故宫国宝

流传宫外纪实

向斯／著

天津出版传媒集团

百花文艺出版社

图书在版编目（ＣＩＰ）数据

故宫国宝流传宫外纪实 / 向斯著. —— 天津：百花
文艺出版社, 2014.4
ISBN 978-7-5306-5883-3

Ⅰ.①故… Ⅱ.①向… Ⅲ.①纪实文学–中国–当代
Ⅳ.①I25

中国版本图书馆 CIP 数据核字(2014)第 040601 号

选题策划：叶立钊　　　　**装帧设计：**蔡露滋
责任编辑：叶立钊　刘　勇　**责任校对：**魏红玲

出版人：李华敏
出版发行：百花文艺出版社
地址：天津市和平区西康路 35 号　　**邮编：**300051
电话传真：　+86–22–23332651（发行部）
　　　　　　　+86–22–23332656（总编室）
　　　　　　　+86–22–23332478（邮购部）
主页：http://www.bhpubl.com.cn
印刷：天津泰宇印务有限公司
开本：787×1092 毫米　1/16
字数：238 千字　**图数：**69 副　**插页：**7
印张：21
版次：2014 年 4 月第 1 版
印次：2014 年 4 月第 1 次印刷
定价：49.00 元

乾清宫宝

皇后之宝

乾隆年珊瑚朝珠

宫中餐具：青玉柄金羹匙、青
玉镶金箸、金镶木柄果叉、金
胎珐琅柄鞘刀、铜镀金胎掐丝
珐琅万寿无疆盘

"三希堂精鉴玺"组印

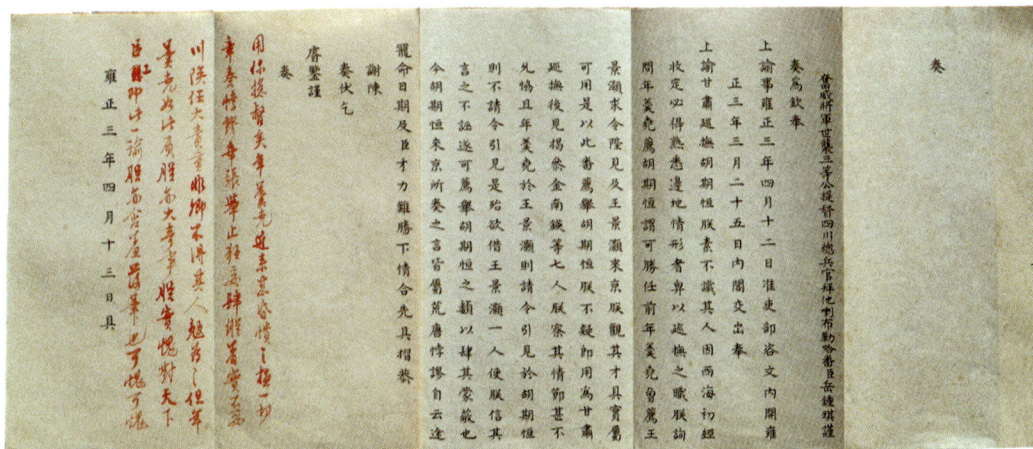

雍正皇帝朱笔批岳钟琪奏年羹尧的折子

清乾隆《威弧获鹿图》（局部）

乾隆年铜镀金象拉战车乐钟

乾隆十一年御笔写本《大佛顶如来密因
修证了义诸菩萨万行首楞严经》

《万寿无疆赋》

太后银指甲套

光绪皇帝夏用朝袍

《懿嫔遇喜档》正文（懿嫔即慈禧，这是慈禧生下同治皇帝载淳时的内廷档案誊清记录。）

同治皇帝患天花时的《进药档》（这是同治十三年十一月十八日的病情及进药记录，半个多月后同治皇帝在养心殿驾崩。）

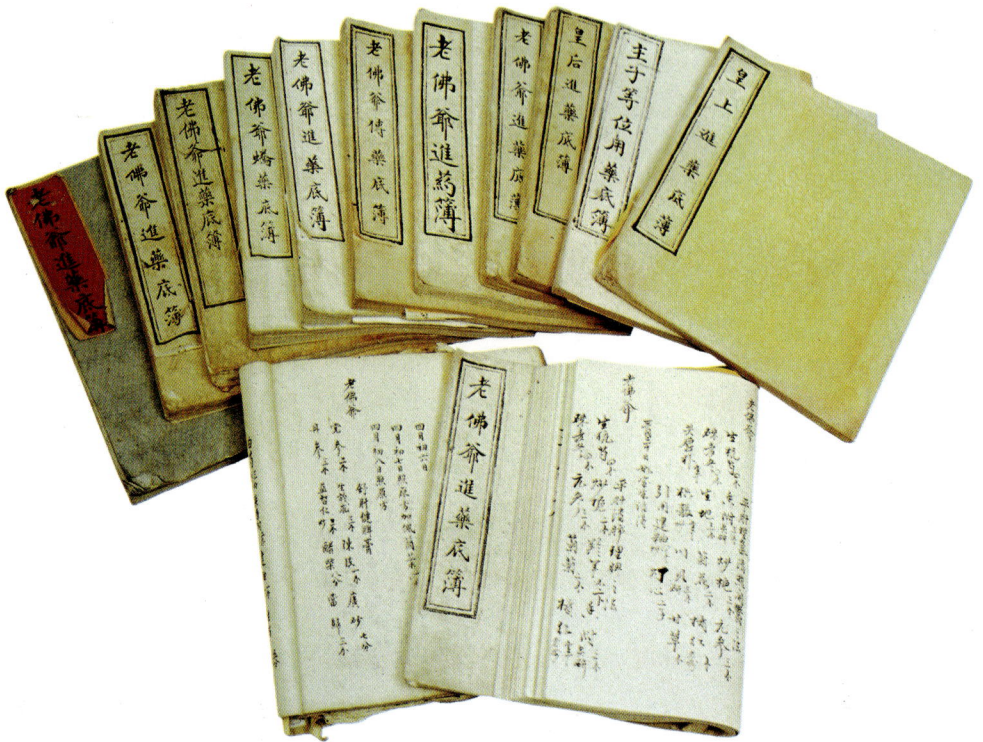

慈禧太后等人的进药底档

序 言

故宫国宝流传宫外触目惊心

一

一直珍藏于历代皇宫中的宫廷珍宝、书籍,是中国传统社会文明发展、演进的产物,它是中华民族物质与精神生活的凝结和传承。

中国历代宫廷流传下来的文物,琳琅满目,精美绝伦,代表着当时先进的文化科技水平。文物中的精品,人们称之为国宝。文物是古代遗留下来的,具有历史、科学和艺术价值的实物,其最大特点就是不可再造。国宝是文物中的精华,是世间的无价之宝,它是一个民族智慧和科技的结晶,是一定时期科学和文化水平的直接物证,是全民族的共同财富。

中国有多少国宝流传海外?有多少皇宫珍籍流传宫外?这是萦绕在每一个国人心头的沉重话题,话题虽然沉重,但必须面对。

根据联合国教科文组织统计,中国大约有 160 万件国宝级的珍贵文物流传海外,被世界各地的 200 余家博物馆郑重收藏。日本仅在侵华期间掠夺的中国文物就达 360 余万件;战后日本归还部分战争时期掠夺的中国文物,有近 16 万车,其中珍贵文物就有 2000 余件。流失海外的 3 万片珍贵的甲骨文片,日本就有约13000 片①。英法联军洗劫圆明园,八国联军进入北京,大肆掠夺,许多珍贵的文物流入英、法、美等国,成为各国博物馆引以为豪的经典收藏。

---

① 《北京科技报》2005 年 7 月 19 日,总第 2989 期。

日本拥有 1000 余座大小博物馆,这些博物馆收藏着大量的中国历代文物,数量应该在数十万件以上,其中珍品、孤品不计其数。东京国立博物馆是日本最大的国家博物馆,收藏着历代的文物珍品,藏品多达 9 万余件。其中,中国珍贵文物就有 1 万余件。这些文物包括玉器、陶器、瓷器、书画、古籍等等,书画名品有李迪的《红白芙蓉图》,马远的《寒江独钓图》,梁楷的《李白行吟图》《雪景山水图》等。

分散在五湖四海私人手中的中国珍贵文物的数量实在无法统计,有人估计,应该在 1000 万件以上。这是一个惊人的数字,这惊人数字的背后,却隐藏着每一件稀世之宝的传奇故事和一个民族多灾多难的悲痛历史。这些文物虽然在中国五千年不曾中断的文明历史长河之中只是沧海一粟,只是一个闪耀着智慧光芒的瞬间,但每一件文物所承载的历史、文化、科技分量都是独一无二的,具有独特的历史地位和文化价值。

大约有数十万件的皇宫国宝流传宫外。

流失海外的中国古代名画大约有 2 万件。其中唐代卷轴画 20 余张,宋代卷轴画 200 余张,元代画近 200 张,明代画约 8000 张,清代画约 12000 张。按照流失海外的地区划分,美洲、欧洲和日本各占三分之一。美洲主要是美国和加拿大,欧洲则主要是当年来到中国大肆掠夺的英国、法国、德国、俄国、意大利、奥地利等国。

这些中国的国宝,绝大多数都是在那个任人宰割的年代被侵略者强行抢夺的。他们掠夺的文物,主要是 1860 年英法联军洗劫圆明园、1900 年八国联军掠夺北京,以及盗窃龙门石窟、敦煌藏经洞等地珍贵藏品。

二

流失和流传宫外的皇宫国宝,是一段沉痛历史的见证。其中,珍贵书籍是极其重要的一部分。

清咸丰十年(1860),英法联军入侵北京,洗劫圆明园,掠夺园中珍贵文物不计其数。仅大英博物馆就有 2 万余件的收藏,包括:皇帝御玺、如意、时钟、金塔、玉磬、瓷器、陶器、玉器、漆器、牙雕、珊瑚、琥珀、水晶、朝珠以及乾隆皇帝极其珍爱的高约 3 尺的白色大玉马等珍稀孤品。

清光绪二十六年(1900),八国联军入侵北京,皇宫珍宝文物再遭浩劫,大量宫廷文物被掠走。据清内务府进奏,掠夺的文物主要包括:碧玉弹子 24 颗,金钟 2 座,李廷珪墨 1 盒,琬琰大屏风 4 扇,玉马 1 匹,墨晶珠 1 串,林凤翔、洪宣娇牙齿 1 盒,宝物 2000 余件。

坛庙方面,珍宝文物损失十分严重:北京四坛——天坛、地坛、日坛、月坛的镇坛之宝——苍璧、黄琮、赤璋、白琥不幸丢失;损失的珍宝也很惊人,主要包括:天坛 1148 件,社稷坛 168 件,嵩祝寺金像 3000 余尊、铜佛 5 万余座等等。

荣禄进奏:皇史宬所存虎纽银印 34 颗,全部丢失;所藏珍贵的皇室家谱,也损失不少:满、蒙、汉实录、圣训丢失 51 函,235 卷。

皇宫典籍方面, 也是损失惨重: 四库书籍 47506 册、《丙夜乙览》135 册、《玉牒》原稿本 76 册、《清穆宗实录》74 册、《光绪起居注》45 册、《光绪御翰》8 册、《历圣翰墨真迹》31 册、《历圣图像》4 轴、《皇华一览》4 册、《满洲碑碣》6 册、《宁寿鉴古》18 册、《发逆奸灭实录》48 册、《历代帝王后妃图像》120 轴、《长白龙兴纪念》4 册、《发逆玺印》1 册、《慈禧御笔光绪御容》1 帧。

中国古籍方面,美国收藏最为丰富。全美收藏着中国古籍善本大约有 3000 种,家谱多达 2000 余种,仅美国国会图书馆就收藏中国地方志 4000 多种。据《柏克莱加州大学东亚图书馆中文古籍善本书志》记载,美国加利福尼亚大学东亚图书馆收藏中国善本书籍 800 余种, 11000 余册。其他各大图书馆也有数量不等的收藏:芝加哥大学东亚图书馆收藏中国善本 394 种,14059 卷,包括十分珍贵的敦煌卷子抄本 3 卷;哥伦比亚大学斯塔尔东亚图书馆收藏中国家谱 1500 余种;康奈尔大学沃森藏书室收藏中国珍本 11300 余册, 包括极其珍贵的明本《永乐大典》1 册;普林斯顿大学葛思德东方图书馆和东亚藏书室收藏中国珍稀的宋本 3 种、元本 4 种、明本佛经 1284 种,包括著名的《碛砂藏》;哈佛大学燕京图书馆、多伦多大学东亚图书馆、耶鲁大学东亚藏书室等处,都有不同程度的中文收藏。

英国收藏着大量的中国宫廷文物,中国珍贵古书也是其中的重要藏品。英法联军掠夺圆明园以后, 英军将部分抢夺的珍贵文物进献给当时当政的维多利亚女王,女王将这批文物存放在大英博物馆。馆中 700 万件藏品,大多是掠夺来的世界各国珍贵文物。中国文物2万余件，包括敦煌盗宝第一人的斯坦因盗取的大批敦煌古书和其他文物。大英图书馆收藏有中国珍贵古籍6万多种，其中包括十分珍稀的甲骨文、竹简、敦煌藏经，还有他们视为极品珍藏的中国般若波罗蜜多经卷的最早版本、明本《永乐大典》4卷和稀见舆图等等。

法国是掠夺圆明园文物的另一个主要国家，收藏圆明园珍贵文物最多、最好的博物馆也是法国称为蓝色之泉的枫丹白露王宫。1860年，英法联军取得空前"大捷"，洗劫了万园之园的圆明园。满载而归的侵华法军司令蒙托邦得意洋洋地将部分抢劫来的战利品敬献给自负的拿破仑三世和欧仁妮皇后。面对士兵们掠夺来的中国圆明园的精美文物，皇后喜不自胜，吩咐特建中国宫，收藏这些稀世之珍。中国馆收藏极其丰富，涉及书画、首饰、金器、银器、书籍、瓷器、玉石、香炉、编钟等等方面，大多是稀有珍品。中国馆的珍藏和展览，可以说是中国圆明园在法国的部分再现。

法国国家图书馆是法国国家级最大的图书馆，收藏着十分丰富的东方图书，特别是中国古籍，藏品时代之早、品相之精、器物之美，都是别的图书馆无法相比的。包括：东晋绢写本《十诵比丘戒本》，沙门弘文手书诵读本；北魏绢写本《佛说无量寿经》卷下，康僧铠译；北魏宣武帝延昌三年(514)写本《诚实论》，敦煌镇经生师令狐崇哲法海寺手写；北魏普泰二年(532)写本《大智第二十六品释论竟》，鸠摩罗什译，东阳王元荣造；梁天监十八年(519)写本《出家人受菩萨戒法卷第一》，戴萌桐书；陈宣帝太建八年(576)写本《佛说生经第一》，洛阳白马寺慧湛造；隋开皇九年(589)写本《大楼炭经卷第三》，法立、法炬译，上书"皇后为法界众生敬造一切经"；唐代精绣本，黄丝绢绣于蓝绢上的丝绣本《佛说斋法清静经》；唐代精写本，《妙法莲华经卷七品第二十五佛说观世音经》，蓝笺，泥金书，鸠摩罗什译；唐写本金字藏经《添品妙法莲华经序品第一》、黑地金字《金刚般若波罗蜜经》、墨笔泥金三行间书的《普贤菩萨行愿王经》；明万历九年(1581)刻本《大方广佛华严经普贤行愿品》，以及大量珍稀舆图《大清万年一统地理全图》、《黄河地区全图》、《重庆府渝城图》等。这里也收藏着丰富的圆明园文物，包括清宫廷画师沈源、唐岱精绘的绢本《圆明园四十景诗》，宫廷画师沈源、孙佑精刻的木刻本《圆明园四十景图》，以及宫廷画师郎世宁所画《圆明园菊花迷宫图》、《格登鄂拉斫营图》,宫廷画师伊兰泰精绘的海晏堂西洋楼铜版画 40 幅等等。

当然,除了绝大多数为战争劫掠外,也有一些中国文物或典籍是通过多种渠道流失海外,有些还是文化交流的见证。例如,美国国会图书馆就在同治八年(1869)收到当时清廷书籍,这是应美国政府要求回赠的书籍,为 10 种,933 册;美国耶鲁大学、哥伦比亚大学等都曾获得清政府的赠书。

三

清宣统三年十二月二十五日(1912 年 2 月 12 日),隆裕皇太后率年幼的皇帝溥仪来到养心殿,正式发布清室退位诏书,大清王朝宣告结束。根据《关于大清皇帝辞位后优待之条件》,逊帝溥仪和他的后妃们依然居住在紫禁城北部,过着小朝廷的生活,前后约 13 年。在这期间,溥仪以赏赐为名,大量盗窃宫中珍稀的书籍、珍宝文物,包括:珍贵书籍 502 函,210 部;字画手卷 1285 件,珍贵册页 68 件,稀见印章 45 颗,皮包 14 件。这 210 部书籍,包括宋本 199 部,元本 10 部,明抄本 1 部。其中有特别珍贵的御题宋版书 5 部:《易传》、《三礼图》、《尚书详节》、《班马字类》、《唐陆宣公集》。

1925 年 10 月 10 日,故宫博物院成立,随后建立三大馆:古物馆、图书馆、文献馆,掌管着故宫的文物珍藏。古物馆收藏着清宫遗留下的古物珍宝约 100 万件,图书馆接收了宫廷古籍图书约 50 万册,文献馆收存着宫廷文献档案近千万件。这些珍贵的古物、图书、文献,都是中华民族数千年积累下来的民族智慧的结晶,每一件都是价值连城的珍稀文化遗产。

20 世纪 30 年代,因为日寇入侵,故宫博物院大量精品文物装箱南迁,辗转数千里,历时十余年,其中一部分运往台湾岛,并于 1965 年建立台北故宫博物院。这批运台文物共计 2972 箱,其中珍贵书籍近 16 万册。

1949 年以后,故宫博物院先后 10 余次,将 20 余万册宫中古书拨给北京图书馆、档案馆、中国科学院、部分省市图书馆和大学图书馆。

明清紫禁城在 491 年时间里,先后有 24 位皇帝在此居住,也是历代珍宝文物的集中之所。因为内盗、赏赐等原因,许多珍贵文物流出宫外。特别是清末时期,内忧外患,因为侵略者的抢掠、逊帝溥仪的盗运出宫和20世纪30年代的文物南迁,以及1949年以后大量珍贵图书外拨,致使大量皇宫珍宝和宫廷秘籍流传宫外。

四

故宫文物的宫外流失,是需要认真探索的一个问题,也是一个复杂的研究课题。

《故宫国宝流传宫外纪实》是一部研究清宫典籍流失的著作,是作者向斯在故宫博物院多年积累的研究成果,也是作者三年前申报的故宫博物院研究课题。作者查阅了大量的档案、史料,进行了细致的调查考察,历时三年,完成了这个课题。

全书约30万字,仔细审读,感觉有三大特点:一是较为系统、完整,脉络清晰。作者对清宫珍本的收藏、传承和流失经过以及宫廷版本特色,研究得较透彻,叙述得较为清楚。二是史料丰富。作者使用了大量的历史档案,查阅了许多史料、笔记,较为真实地复原了那段沉痛的历史。三是行文严谨,字里行间也透出作者对民族文化的深切情怀。可以看出,该书不是一般的考证类书籍,其对宫廷典籍流失宫外的痛惜之心,会令所有关心中国文化史的人产生共鸣。

当然,这个课题较大,涉及的内容较多,每一件流失的国宝、典籍都可以作为一个课题再作深入的调研,查清其来龙去脉。希望作者继续努力,取得更多成果。也寄希望于海内外学人更多地关注中国传统文化,进一步开展故宫学的研究,推进故宫学的发展。

原文化部副部长、原故宫博物院院长　郑欣淼

目录

第一章　清宫秘籍珍藏

001

第一节

文渊阁 ◇ 005

明文渊阁藏书的建立 / 明《文渊阁书目》的问世 / 明文渊阁
藏书的毁灭 / 清文渊阁藏书的建立 / 清《四库全书》的问世 /
清《四库全书》的禁毁与收藏 / 文渊阁的皇家特色 / 四库七阁

第二节

皇史宬 ◇ 027

皇史宬的建立 / 皇史宬的建筑 / 金匮石室收藏皇室家谱

第三节

武英殿 ◇ 030

武英殿修书处 / 内府珍本的纂修 / 铜活字本 / 康熙内府珍
籍 / 雍正内府珍籍 / 乾隆内府珍籍 / 武英殿聚珍本 / 内府
珍本的造价 / 清宫殿本的数量

第四节

乾清宫 ◇ 049

乾清宫印象 / 乾清宫珍藏

第五节

昭仁殿 ◇ 053

乾隆建立天禄琳琅 / 天禄琳琅珍藏 / 嘉庆重建天禄琳琅 /
天禄琳琅藏书的数量与版本 / 五经萃室 / 清末天禄琳琅
藏书的收藏状况

第六节

毓庆宫 ◇ 060

宛委别藏的建立 / 宛委别藏藏书

002

第七节

清代宫廷秘籍特色 ◇ 061

第二章　第一次流传宫外时期
——宫廷国宝秘籍流失

第一节

明宫秘籍窃掠内幕 ◇ 067

明宫建立宫廷藏书 /《永乐大典》的纂修 /《永乐大典》的
流失 / 明末宫廷藏书管理混乱

第二节

《四库全书》的流失 ◇ 078

康乾盛世宫廷珍本 /《四库全书》的流失 /《四库全书荟要》

第三节

英法联军洗劫圆明园 ◇ 085

万园之园／迷宫花园珍藏／疯狂抢劫／火烧圆明园／
宫廷珍宝的流失／宫廷秘籍的流失／天价收购国宝

第四节

八国联军抢劫北京 ◇ 119

掠夺八昼夜／紫禁城珍宝的流失／紫禁城秘籍的流失／
颐和园之变／坛庙三海之灾／衙署台第之难

第五节

清宫秘籍窃掠内幕 ◇ 135

晚清皇宫秘籍的收藏／清末秘阁藏书被盗／偷盗成风／
建福宫大火

003

第三章　第二次流传宫外时期
——溥仪盗取国宝秘籍

第一节

小朝廷的隐秘生活 ◇ 149

大方赏赐胞弟溥杰／国宝秘籍巧妙出宫／溥仪首重皇宫
秘籍／劫后的昭仁殿珍籍

第二节

国宝秘籍运往东北 ◇ 157

天津静园／伪满洲国／伪皇宫藏书楼

第三节

小白楼之变 ◇ 167

大逃亡 / 国宝的流失 / 国兵哄抢小白楼 / 东北货

第四节

流失国宝的命运 ◇ 173

海外秘密收藏 / 政府征集和收购 / 秘籍的神秘去向

第五节

国宝秘籍回到故宫 ◇ 180

东北文管会的收获 / 追寻国宝的踪迹 / 流失秘籍回到故
宫 / 拨交天禄琳琅珍藏

004　第六节

收购天禄琳琅珍本 ◇ 189

重金收购流失国宝 / 人民券 11 万元收购宋本《易小传》/
小米 400 斤收购宋本《三苏文粹》/ 从小米 17000 斤降到
人民券 400 万元收购宋孤本《古文苑》的真相 / 人民券
200 万元收购宋本《刘后村集》

第四章　第三次流传宫外时期
　　——非常岁月故宫国宝南迁

第一节

故宫博物院三大馆 ◇ 203

故宫博物院 / 故宫古物馆 / 故宫图书馆 / 故宫文献馆

第二节

全面点查清宫秘籍 ◇ 206

满院国宝 / 图籍集中寿安宫 / 秘阁特藏秘籍

第三节

国宝秘密装箱南迁 ◇ 211

紧急方案 / 国宝装箱——古物馆 / 秘籍装箱——图书馆 /
秘籍装箱——文献馆 / 珍玩装箱——秘书处

第四节

国宝秘籍南迁 ◇ 221

皇城戒严 / 五批国宝南迁 / 上海点查国宝 / 南京朝天宫

第五节

国宝秘籍西行 ◇ 228

向后方疏散 / 第一路 / 第二路 / 第三路 / 从重庆到南京

第六节

台北故宫博物院珍藏 ◇ 231

国宝秘籍运往台湾 / 台北故宫博物院 / 台北故宫博物院
古物珍藏 / 台北故宫博物院秘籍珍藏 / 北京故宫博物院
古物珍藏 / 北京故宫博物院秘籍珍藏

第七节

两岸绘画法书精品 ◇ 268

三希奇珍 /《三希堂法帖》/ 东晋王羲之《兰亭序》/ 唐颜
真卿《祭侄文稿》/ 唐怀素《自叙帖》/ 南唐顾闳中《夜宴图》/
北宋苏轼《寒食帖》/ 北宋米芾《蜀素帖》/ 北宋张择端《清
明上河图》/ 元黄公望《富春山居图》/ 清郎世宁和艾启蒙
《十骏图》

第八节

国宝秘籍的数量 ◇ 295

　　南迁国宝秘籍的数量／迁台国宝秘籍的种类及保存状况／
国宝秘籍留存南京数量／北返国宝秘籍

第五章　第四次流传宫外时期
　　　　——特别时代秘籍外拨

第一节

北京图书馆 ◇ 311

第二节

天禄琳琅珍本流失宫外 ◇ 316

第三节

档案馆 ◇ 319

第四节

其他单位 ◇ 321

清宫秘籍珍藏

家住天津
津口尝有江大
画家中西
临华基昌

1925 年 10 月 10 日，在北京紫禁城旧址之上，故宫博物院成立了。经过第五次清理，北京故宫文物总数是 1807558 件，其中珍贵文物 1684490 件，一般文物 115491 件，标本 7577 件。珍贵文物中，一级品 8873 件。1965 年，台北故宫博物院成立，收藏 20 世纪 40 年代故宫南迁四分之一的文物，共计 2972 箱，231910 件。两岸故宫博物院珍贵文物，包括绘画、法书、碑帖、铭刻、铜器、瓷器、玉器、珍宝、漆器、珐琅、金银器、文献和古籍善本等等。其中珍贵绘画、法书 15 万余件，北京故宫收藏 14 万余件，台北故宫收藏 1 万余件。据史料记载，乾隆时期，宫中珍稀名画、法书 1 万余件，其中唐、宋、元名画多达 2000 余件，明代绘画 2000 余件。道光以后，大量珍贵文物流失。

公元 17 世纪中期，以满洲贵族为核心的统治集团，建立了大清王朝，定都北京。他们以明宫紫禁城作为政务中枢和生活起居的皇宫，全盘接收了明宫藏书，并在明宫藏书的基础上，建立了较为完备的清代宫廷藏书体系，其藏书规模和藏书品质，都达到了前所未有的程度；其书品之华贵、种类之繁多、所藏历代珍贵典籍之丰富，均居历代宫廷藏书之首。

清康熙皇帝亲政以后，大力发展文化事业，辟昭仁殿为收藏旧本善籍的皇家书室，并下诏搜罗遗籍，着手建立清宫藏书。康熙皇帝还组织儒臣，开展大规模的修书活动，校勘十三经、十七史，编纂《康熙字典》、《佩文韵府》、《明史》以及历朝诗文总集等巨著。经过一二十年的努力，康熙皇帝仍然觉得宫廷藏书不够丰富，于是多次下诏，广求天下遗书。

　　康熙二十五年（1686），康熙皇帝下诏："通都大邑，应有藏编；野乘名山，岂无善本？今宜广为访辑，务令搜罗罔遗，以付朕稽古崇文之至意。""今搜访藏书善本，惟以经学史乘实有关系修齐治平助成德化者，方为有用，其他异端稗说，概不准录！"①各省督抚奉旨后积极行动，派使四出搜罗遗书，然后纷纷送呈京师，入藏皇宫。史学家盛赞这个时期："圣祖继统，诏举博学鸿儒，修经史，纂图籍，稽古右文，润色鸿业，海内彬彬向风焉！"②

　　乾隆皇帝博学通才，承袭父祖的文化策略，稽古右文，大力发展文化事业，将康熙开创的王朝盛世推向鼎盛，史称康乾盛世。乾隆临政的六十余年，朝廷人才济济，儒臣们奉旨编纂了一部又一部鸿篇巨制，大量珍本善籍汇送宫中。所以，史学家赵尔巽这样赞叹："其宋、元精椠，多储内府；天禄琳琅，备详宫史。经籍既盛，学术斯昌；文治之隆，汉唐以来所未逮也！"③

　　清代宫廷藏书继承的是宋、元、明宫廷珍藏旧籍，并在这些旧藏的基础上，清历朝帝王不遗余力地搜罗古籍，开展大规模的修书活动，广泛建立皇家藏书楼，不断地充实宫廷藏书，建立富于清代特色的宫廷藏书体系。清室在武英殿设立修书处，皇帝网罗天下才士入殿修书。大学者全祖望曾入充武英殿校勘官④，钱大昕奉旨入充武英殿纂修官⑤。武英殿逐渐成为清内府书籍的编纂、刻书、印书和收藏中心，其所刻印之书籍，形成独具特色的本子，称为武英殿刻本。这些闻名于世的清内府书籍，在中国版本史上居于十分重要的地位，世称殿本。词臣入殿修书，撰写书签，有诗为证：

　　　　词臣供奉职非虚，金匮书还金殿储。

　　　　进御缥缃千万帙，签题黄绢殿中书。⑥

　　清代宫廷之中，建立了星罗棋布的皇家藏书：在一些重要的宫室，建立了专门的皇家藏书楼；在皇帝、后妃们生活起居的大小宫殿，则建立了规模不一、各具

---

① 清·蒋良骐：《东华录》卷十三。中华书局，1980年。
② 清·张廷玉：《明史·艺文志》。中华书局，1984年。
③ 赵尔巽：《清史稿·艺文志》。中华书局，1978年。
④ 《耆献类征·杭世骏齐公召南墓志铭》。
⑤ 《钱辛楣大昕年谱》。清刻本。
⑥ 《蠡涛诗抄·春明纪事》，转引自《清宫述闻》。

特色的宫室藏书。这些皇家藏书,闻名于世的主要包括:文渊阁《四库全书》,皇史宬玉牒、圣训、实录,武英殿清历朝殿本,昭仁殿"天禄琳琅"、"五经萃室",毓庆宫"宛委别藏"等。

第一节　文渊阁

明文渊阁藏书的建立

明清时期,紫禁城有两座:一是南京紫禁城,二是北京紫禁城。明清紫禁城前后有三座文渊阁:明初南京文渊阁、明代北京文渊阁、清代北京文渊阁。三处文渊阁,地址不同,藏书内容不同,命运也不一样。

明太祖朱元璋定都南京,着手营建紫禁城宫室,建立了文渊阁、大本堂等皇家书室。洪武元年(1368),明太祖命大将军徐达统兵北伐,收复元大都,全部接收了元宫廷藏书。徐达奉命将这批元宫藏书悉数运往南京,入藏紫禁城文渊阁。①

明南京文渊阁,收藏的主要是元宫奎章阁、崇文阁等皇家书室的藏书。

明成祖迁都北京,营建北京紫禁城,在东华门内重建文渊阁藏书。这里的藏书主要来自南京文渊阁旧藏。明成祖很重视宫中藏书,在裁政之暇,他常常到文渊阁巡视,翻阅古书。有一次,他问侍臣:"阁中藏书如何?"侍臣回答:"尚多遗缺。"他立即严肃地说:"士庶家稍有余资,尚欲积书,况朝廷乎?"于是他命侍臣拟诏,派使臣四出,广求天下遗书。他

▲ 文渊阁远眺

---

① 明·焦竑:《国史经籍志》。明万历年金陵刻本。

还明确指示:只要是好书,不计价钱多少,尽力满足持书人,抄录副本,充实宫廷所藏。礼部尚书郑赐也奉命出京,访求古书。经过多年的努力,文渊阁藏书日渐丰富起来。①

永乐初年,明成祖命侍臣利用宫廷藏书,编纂了一部大型类书,最初取名《文献大成》。永乐六年(1408),全书编纂完成,共计22900余卷,赐名《永乐大典》,全书11000余册,入藏南京紫禁城文渊阁。明成祖高度评价了这部文献巨著,称这是天下典籍的集大成者,是宫廷丰富收藏和访求天下遗籍的成果。这部巨型大典,后来移贮北京紫禁城。②

永乐时期,北京文渊阁藏书基本上是承自南京文渊阁藏书。北京文渊阁建成以后,明成祖命侍臣尽取南京文渊阁所藏各类古书,运往北京。明学者俞弁这样记载说:"北京大内新成,敕翰林院,凡南内文渊阁所贮古今一切书籍,自有一部至有百部,各取一部,送至北京,余悉封识收贮如故。修撰陈循如数取进,得一百柜,督舟十艘,载以赴京。"③

据史家记载,文渊阁位于紫禁城东华门内,文华殿南部,全国所有上呈于朝廷的书籍,全部入藏于文渊阁:"旧文渊阁,在内阁旁,当文华殿之前。"④按语中称:"明文渊阁,在午门内,文华殿南。砖城,凡十间,皆覆以黄瓦。阁中置范铜饰金孔子,并四配像一龛。见《可斋笔记》。明之藏书,四方上于朝者,贮文渊阁。见《曝书亭集》。"⑤

明《文渊阁书目》的问世

明成祖之后,继位的明仁宗、宣宗,继承父祖的文治方略,励精图治,弘扬教化,使王朝经济繁荣,文治昌盛,史称仁宣之治。大量内府书籍——明经厂本问世,隐逸民间的一些古本珍籍,也纷纷进献入宫,宫廷藏书得到了极大的充实,明宫藏书体系初步建立起来。明英宗正统初年,宰相杨士奇领衔清点和整理宫廷古书,整理文渊阁藏书之后,编纂了一部极重要的宫廷藏书目录《文渊阁书目》。史

---

① 《明史·艺文志》。
② 清·龙文彬:《明会要·书籍》。清光绪年内府精抄本。
③ 明·俞弁:《山樵暇语》。1916年涵芬楼影印本。
④ 清·朱彝尊:《钦定日下旧闻考·文渊阁》。清乾隆四十三年武英殿刻本。
⑤ 清·钱谦益:《有学集》,《钱牧斋全集》一百六十三卷(《初学集》、《有学集》)。清宣统二年校印,1925年上海文明书局铅印本。

学家在这部书目的跋文中,不无骄傲地称赞了当时的文化繁荣:"仁、宣二世,世既升平,文物益盛。"①

杨士奇是明初著名的大臣,是仁宣盛世的三阁老——三杨(杨溥、杨荣、杨士奇)之一。明仁宗时,他就荣任华盖殿大学士,授实录总裁官,主修《明实录》。明宣宗好古尚文,更加重视文化事业,常和三阁老一同探讨经史学问之道。宣宗常常光顾文渊阁,由宰相杨士奇侍侧,君臣在批阅经史之余,讨论致治之道。

明宣宗宣德八年(1433),阁臣杨荣、杨士奇奉旨入文渊阁点查藏书,并在馆阁中选择能书之人数十,取阁中珍贵的五经、四书和《说苑》之类的古书,各抄录一部副本,以备观览。史称当时典籍最盛,藏书二万余部,近百万卷,刻本占十分之三,抄本占十分之七。②

杨士奇在整理了文渊阁藏书之后,编纂了《文渊阁书目》。他在《书目》中记载说:"本朝御制和古今经、史、子、集之书,自永乐十九年(1421)取自南京,一向在左顺门北廊收贮,无完整书目。近奉旨移贮文渊阁、东阁。"③

根据杨士奇编纂的《文渊阁书目》,可以大致了解当时文渊阁的藏书情况:阁中藏书按照千字文编次排架,从天字一号到往字号,共计 20 类,50 书柜,排列古书 7200 余种。包括:

> 天字五柜,明御制、御定诗文集;
>
> 地、玄、黄字八柜,经部书籍;
>
> 宇、宙字八柜,史部书籍;
>
> 洪、荒字二柜,子部书籍;
>
> 日、月字五柜,集部书籍。

其余二十二柜,都是各类专藏:

> 盈字六柜,类书;
>
> 昃字一柜,韵书、姓氏;

① 《文渊阁书目·跋》。明内府本。
② 《明史·艺文志》。
③ 《文渊阁书目·题本》。

第一章　清宫秘籍珍藏

辰字二柜,法帖、画谱;

宿字一柜,政书、刑书、兵法、算法;

列字二柜,医书、农艺、阴阳等书;

张字一柜,道书;

寒字二柜,佛书;

来、暑、往字七柜,地方志等。①

明文渊阁藏书的毁灭

距明成祖建都北京一百年以后的明嘉靖年间,明世宗进一步完善文渊阁制度,加强藏书管理,使文渊阁更加富于皇家特色:"嘉靖十六年(1537),命工匠相度,以文渊阁中一间,恭设孔圣及四配像。旁四间各相间隔,而开户于南,以为阁臣办事之所。阁东诰敕房装为小楼,以贮书籍。阁西制敕房南面隙地,添造卷棚三间,以处各官书办,而阁制始备。"②

明代末年,北京文渊阁藏书在李自成的兵乱之中毁荡殆尽:"文渊阁所藏,皆宋、元珍本。至李自成入都,付之一炬,良可叹也!"③"明藏阁二百余年图籍,消沉于闯贼之一炬!"④

清史学家全祖望记载说:"(《永乐大典》)一切所引书,皆出文渊阁储藏本,自万历重修书目,已仅十之一。继之流寇之火,益不可问。闻康熙间,昆山徐尚书健庵,以修《一统志》言于朝,请权发阁中书资考校,寥寥无几。"⑤

明末之时,文渊阁藏书所剩无几,以至于清初之时,有人认为明代文渊阁只是沿袭官名而已,根本没有文渊阁藏书。这一观点还获得了官修史书的认同:"明文渊阁,本在南京。成祖迁都后,设官虽沿旧名,实无其地。即以午门内大学士直庐谓之文渊阁。其实,终明之世,未尝建阁也。"⑥

阮葵生是江苏山阳人,乾隆年恩科举人,官至刑部右侍郎。一生好古书,精于鉴藏。他说:"文渊阁无其地,遍质之先辈博雅诸公,皆无以答。王白斋司马、申笏

① 《文渊阁书目》。
② 清·陈梦雷:《古今图书集成·考工典》。清光绪十六年石印本。
③ 明·姜绍书:《韵石斋笔谈》卷上。清刻本。
④ 《有学集》。
⑤ 清·全祖望:《鲒埼亭集·外编》卷十七。清道光十四年刻本。
⑥ 清·纪昀:《钦定历代职官表》。清乾隆四十八年武英殿刻本。

山光禄，皆以为在大内，亦是臆度之词。予意今之内阁大库，仿佛近之。当时，杨廷和在阁，升庵挟父势，屡至阁翻书，攘取甚多。又，典籍刘伟、中书胡熙、主事李继先奉命查对，而继先即盗《易》，宋刻精本！观此情形，必非内廷深严邃密之地，而沈景倩谓制度隘，窗牖昏暗，白昼列炬，当时俱属之典籍云云。则与今日大库形势，宛然如绘。且紫禁殿阁，绮窗藻井，罘罳玲珑，唯皇史宬为明季藏本之地，则石室砖檐，穴壁为窗，盖以本章要区，防火为宜。今大库之穴壁为窗，砖檐暗室，较史宬尤为晦闷，则为当日藏书之所，正与史宬制度相合。"①

清文渊阁藏书的建立

清代前期，直到康熙年间，文渊阁依然破旧不堪，藏书稀少。清康熙初年，任命大臣曹贞吉为内阁典籍，检视文渊阁，发现藏书残破，宋本《欧阳修居士集》八部，竟然没有一部完整的。②明宫文渊阁如此残破，难怪清人感叹："文渊阁向仅沿袭虚名，今拟于文华殿后建阁。"③

清代文渊阁始建于乾隆三十九年（1774）十月，历时两年建成。从选择阁址到建造完成，均由乾隆皇帝钦定。其阁址选在文华殿后原明代圣济殿旧址上，建阁的目的是为了入藏即将成书的《四库全书》。

明代的文渊阁是用砖瓦建造的。清代的文渊阁，最初的谕旨是要求依照宋代三馆秘阁之制，后来，乾隆指示完全仿自浙江鄞县范氏天一阁建造。据《定香亭笔谈》记载，范氏天一阁，阁不甚大，地颇卑湿，而内中书籍却十分干燥，没有虫蚀。清代的文渊阁："制凡三重，上下各六楹，层阶两折而上。瓦用青绿色。阁前甃方池，跨石梁一，引御

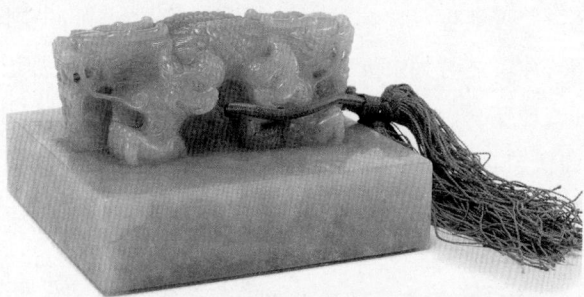

▲ 文渊阁宝

① 清·阮葵生：《茶余客话》卷二。中华书局，1985年。
② 清·王士禛：《古夫于亭杂录》。清康熙六十年刻本。
③ 乾隆乙未《经筵诗》注，《清高宗御制诗集》。清内府本。

河水注之。"①

清代文渊阁分上下两层，上层前后有平座，下层前后有游廊，底层则是用大城砖铺成，中间砌条石。阁上配菱花窗，外檐廊是回纹窗棂式栏杆，廊的两头有券门。阁顶是黑色瓦，正脊和檐头镶绿色琉璃瓦。正脊的绿琉璃瓦之中，一条紫色游龙起伏

▲ 文渊阁内景

其间，中间镶以白色线条的花琉璃瓦。阁的北部和西侧，是太湖石堆砌的假山；其东侧则是驼峰式四脊攒尖碑亭，亭中竖立着乾隆皇帝亲笔御书的《文渊阁记》。

文渊阁下层正中设一宝座，座后正中悬挂着乾隆皇帝的御书大匾：汇流澄鉴。汇流，意为河流相汇；澄，水清且静之意；鉴，镜子，明鉴。汇流澄鉴，意思是中华文化源远流长，历代文明之河在此汇流，河水清澈，明心可鉴。大匾的两侧是三副对联。最著名的是第一副：荟萃得殊观，象阐先天生一；静深知有本，理赅太极函三。荟萃，本意是指草木丛生的样子，这里比喻历代文化之精华，在此汇聚；殊观，异常壮观；象阐，天象阐述。《周易》称："在天成象，在地成形，变化见矣。"先天生一，天地生成之前的混一状态。通常认为：中国远古传说时代，伏羲之时为先天，神农之时为中天，黄帝之时为后天。静深，静谧幽深；有本，有所根本，有根有据；理赅，天理完备，法理包含；太极函三：由太极生成的两仪、四象、八卦三个方面所包含的天地万物。第二副是：壁府古含今，借以学资主敬；纶扉名符实，讵惟目仿崇文。第三副是：插架牙签照今古，开编云气吐芳芬。②

清《四库全书》的问世

《四库全书》是中国古代最大的一部官修百科全书，79000余卷，分装36000余册。"四库"的称谓，最早始于初唐，其皇家书库藏书，按照经、史、子、集四大部

010

---

① 清·于敏中：《日下旧闻考》卷十二。北京古籍出版社，1988年。
② 同上。

类分类收藏,称为"四部库书",人称"四库之书"。《四库全书》卷帙浩繁,在世界上也是独一无二的。据专家统计,全书8亿余字,约230万页。如果一个人一天读2000字,一年365天读73万字,读整整一千年,还没有读完。根据乾隆皇帝的指示,这套全书先后抄写了七套,分藏于皇宫、行宫和江南各地。目前,七套书,只剩下三套半。文渊阁本在台北故宫博物院,文渊阁、文渊阁本书架和纪昀手书内府本《钦定四库全书简明目录》依旧在北京故宫博物院。文津阁本,由中国国家图书馆收藏。文溯阁本,由甘肃省图书馆收藏。半部是文澜阁本,在太平天国战火之中损毁过半,后屡经抄补,基本齐全,今藏于浙江省图书馆。圆明园文源阁本和江南文宗阁本、文汇阁本三套在战火中被毁,荡然无存。

清廷建造文渊阁,用于收藏《四库全书》。文渊阁置领阁事二员,直阁事六员,校理十六员,检阅官八员,由内务府大臣一员充提举阁事官,负责阁门启闭。清学者吴振棫称:"康熙二十五年,有藏书秘录,给值采集抄写之旨。乾隆间,遍访藏书,搜罗大备,因辑为《四库全书》。"①

《四库全书》的纂修活动始于乾隆三十七年(1772)正月,乾隆皇帝颁旨天下,征集遗书:"古今来著作之手,无虑数千百家,或逸在名山,未登柱史,正宜及时采集,汇送京师,以彰千古同文之盛!"乾隆皇帝特地指明:"在坊肆者,或量为给价。家藏者,或官为装印。其有未经镌刊、只系抄本留存者,不妨缮录副本,仍将原书给还。"②同年十一月,纂修《四库全书》的重要人物朱筠率先响应谕旨,明确提出四条建议,具体规范搜访遗书、校录秘籍:"旧本、抄本,尤当急搜。中秘书籍,当标举现有者以补其余。著录、校雠,同当并重。金石之刻、图谱之学,在所必录。"③乾隆皇帝很赏识朱筠的建议,下廷臣合议。经过讨论,军机大臣刘统勋等拟出具体实施方案:"搜访旧本、抄本,宜照原谕旨办理。金石、图谱,令各省收书之外,凡有绘写制度、名物如《三礼图》之类,均系图谱专家,宜并为采辑。其有将古今金石源流衷叙成书者,一体汇采。《永乐大典》,应检派修书翰林逐一详查,其中,如有现在实无传本、而各门凑合尚可集成全书者,通行摘出书名,开列清单,恭呈御览。俟书籍汇齐以后,敕令廷臣详细校定,依四部名目,分类汇列,另编目录一书,具载部分卷数、撰人姓名,垂示永久。"④

① 清·吴振棫:《养吉斋丛录》卷二十。北京古籍出版社,1983年。
② 《清高宗实录·乾隆三十七年》。清武英殿刻本。
③ 《纂修四库全书档案史料》,乾隆三十七年十一月。
④ 《办理四库全书档案》,乾隆三十八年二月六日大学士刘统勋折。

乾隆三十八年(1773)二月,乾隆正式设立"四库全书馆",任命刘统勋、于敏中等十六人为总裁官,副总裁十四人,下设总阅处二十二人、总纂处五十三人,以纪昀、陆锡熊、孙士毅为总纂官,以陆费墀为总校官。先后参与其事的文士,多达四千四百余人,包括名儒戴震、周永年、王念孙、翁方纲、朱筠、姚鼐等三百七十余人。[①]浙江鄞县人陈康祺,是同治十年(1871)进士,官至刑部员外郎,一生喜好书籍,收藏甚富,精于鉴赏。他认为《四库全书》之成,朱筠应得首功。他说:"朱竹君学士筠为翰林时,高宗方诏求遗书。公奏言:翰林院库藏明《永乐大典》,中多逸书,宜就加采录。上善之,亟下军机大臣议行。复御制七言八韵诗纪其事,乃命纂辑《四库全书》。凡海内外仅有之本,得之大典中者,几六百部,次第刊布,嘉惠士流……世皆以《四库》书成,归功纪、陆,不知学士其先河也!"[②]

乾隆皇帝既重视修书,也重视利用,他明确表示:"《四库》所集,多人间未见之书。朕勤加采访,非徒广金匮石室之藏,将以嘉惠艺林,启牖后学,公天下之好也。惟是镌刊流传,仅什之一,而抄录储藏者,外间仍无由窥睹,岂朕右文本意乎?翰林原许读中秘书,即大臣官员中有嗜古勤学者,并许告之所司,赴阁观览,第不得携取外出,致有损失。"[③]

全国性的征书活动始于乾隆三十七年。第二、第三年在乾隆皇帝的一再敦促下进入高潮,直到乾隆四十三年(1778)结束。《四库全书》著录和存目书籍,绝大多数来自全国各地的征书,主要是各省采进本和个人进呈本两大类。征书之初,各省先是采取观望态度,等到乾隆三十八年三月,乾隆皇帝发布了严厉的上谕之后,各省这才开始行动起来。上谕中称:"搜集遗书,揆之事理人情并无阻碍,何观望不前,一至于此?必至督抚等因遗篇著述非出一人,疑其中或有违背忘讳字面,恐涉乎干碍,预存宁略毋滥之见,藏书家因而窥其意指,一切秘而不宣,甚无谓也。"[④]

大势所趋,江苏、直隶、江西、湖南、安徽、福建、河南、山东、山西各省纷纷设立征书局,大规模地搜访遗书。安徽巡抚在奏折中这样写道:"其将年代稍近之宋、元、明三史内所载名臣及《道学》、《儒林》、《文苑》诸贤,凡籍隶安省者,汇订一册,其著

---

① 《四库全书》,清内府本。
② 清·陈康祺:《郎潜纪闻初笔》卷一。清光绪六年刻本。
③ 《办理四库全书档案》,乾隆三十八年。
④ 《纂修四库全书档案史料》。

有某某等书见于本传者,亦于各名下登明,抄发各府州,令其寻访后裔,并于所属坊肆及藏书最富之家,逐加寻访,按籍征求。"①

全国性的征书活动,各省的藏书家自然是最主要的征书对象。乾隆皇帝针对江浙之地人文渊薮,特谕两江总督高晋、江苏巡抚萨载、浙江巡抚三宝重点寻访当地的藏书名家,包括昆山徐氏传是楼,常熟钱氏述古堂,嘉兴项氏天籁阁、朱氏曝书亭,杭州赵氏小山堂,宁波范氏天一阁等。浙江的藏书家居全国之首,浙江巡抚奉旨查核本地藏书名家,如实上奏:"项氏天籁阁、赵氏小山堂均因家业中落,所有藏书早经散失,莫可稽考。朱氏曝书亭藏书,久已散落各方,搜访仅得六十九种。范氏天一阁藏书不下数千种,择取其中六百零二种,其后人范懋柱还愿将祖遗天一阁原贮各书恭进。"②合计浙江藏书家进献的珍本古书达 2600 余种,占全省征书的一半以上。

▲ 乾隆三十五年张书勋精写本《文选》乾隆皇帝 60 岁像

013

乾隆三十八年三月,乾隆皇帝明降谕旨,批示廷臣选择明本《永乐大典》罕见书籍三四种付梓,结合宫廷所藏典籍、内府所修殿本和各省进呈本,按照四部分类编纂,赐名《四库全书》:"前经降旨,令各该督抚等访求遗书,汇登册府。近允廷臣所议,以翰林院旧藏《永乐大典》详加别择校勘,其世不经见之书,多至三四百种,将择其醇备者,付梓流传。余亦录存汇辑,与各省所采及武英殿所有官刻诸书,统按经史子集编定目录,命为《四库全书》。"③

《四库全书》著录、存目书籍,包括宫廷藏书 1000 余种,《永乐大典》辑出本 516 种(包括著录 388 种,存目 128 种),以及各省采进本、私人进献本、内府本等

---

① 《纂修四库全书档案史料》。
② 《宫中档》,乾隆三十八年三月二十八日谕旨。
③ 《宫中档》,乾隆三十九年谕旨。

等,共计 15000 余种。正所谓:"集中外之秘藏,萃古今之著述,搜罗大备,裒辑靡遗。"①

乾隆皇帝特开四库全书馆,广招天下群儒。乾隆特授名望极高的白丁邵晋涵、余集、周永年为编修,戴震为庶吉士,监修《四库全书》,时人钦佩而敬仰,尊称四布衣。②总纂官纪昀,博览群书,深受乾隆皇帝的器重,总纂《四库全书》,笔削手定《四库全书总目提要》。③《墓志铭》称:"乾隆三十八年,公擢侍读,时开四库全书馆,命为总纂官,搜罗逸书,与内廷一体宴赉。丙申(四十一年),充文渊阁直阁事。壬寅(四十七年),授兵部右侍郎,仍兼直阁事。改任不开缺,异数也。公绾书局,笔削考核,一手删定,为《全书总目》。裒然巨观,弆之七阁。真本朝大手笔也!"④

纪昀的杰出才华、精辟见解和敏锐的洞察力,为当世士林学子所公认,朝野文人士子深为折服:"公(纪昀)于书,无所不通,尤深汉易,力辟图书之谬。《四库全书提要》简明目录,皆出公手。大而经史子集以及医卜词曲之类,其评论抉奥阐幽,词明理正,识力在王仲宝、阮孝绪之上,可谓通儒矣!"⑤

据参与纂修《四库全书》的翁氏大臣记载,每天纂修工作十分繁忙,却又井井有条:"自癸巳(乾隆三十八年)春,入院修书。时于翰林院署开四库全书馆,以内府所藏书发出到院,及各省所进民间藏书,又院中旧贮《永乐大典》,合三处书籍,分员校勘。每日清晨入院,院设大厨供给桌饭。以是日所校阅某书,应考某处,在宝善亭与同修程鱼门晋芳、姚姬传鼐、任幼植大椿诸人对案,详举所知,各开应考证之书目,是午携至琉璃厂书肆访查之。是时,江浙书贾亦皆踊跃,遍征善本,足资考订者,悉聚于五柳居、文粹堂诸坊舍。每日,检有应用者,辄载满车以归家中。请陆镇堂司其事,凡有足资考订者,价不甚昂,即留买之。力不能留者,或急写其需查数条,或暂借留数日,或又雇人抄写,以是日有所得。校勘之次,考订金石,架收拓本,亦日渐增。自朱竹君筠、钱辛楣大昕、张瘦同埙、陈竹厂以纲、孔为约广森,后又继以桂未谷馥、赵晋斋魏、阮无轩焞、丁小雅杰、沈匏尊心醇辈,时相过从讨论,如此前后约十年。"这位翁氏,修书有功,乾隆四十一年(1776)十月充文渊

014

---

① 《办理四库全书档案》,乾隆三十八年十月二十三日郡王永瑢折。
② 清·昭梿:《啸亭杂录》。中华书局,1980 年。
③ 《纪昀传记资料》。台北天一出版社。
④ 《朱文正文集·纪文达昀墓志铭》。转引自《清宫述闻》。
⑤ 清·江藩:《汉学师承记》。清光绪二十二年重刻本。

阁校理,又充武英殿缮写四库书分校官。①

怡亲王允祥王府之中,收藏有许多珍贵善本。这些善本,都有些来历:大藏书家绛云楼藏书,一直以收藏宋元精本著称。这些宋元精本,后为大藏书家毛子晋、钱遵王二家所得。毛、钱两家衰败后,善本书籍散出,半数归徐健庵、季沧苇所有。徐、季珍本,由何义门介绍,大部分归于怡亲王府。乾隆年间,征集天下遗书,四海藏书之家纷纷进呈,唯怡亲王府中珍藏没有进献,其中,世所罕见之本甚多,包括《施注苏诗》足本二部。②

乾隆四十一年,纂修大臣舒赫德上奏,创议设置阁职:"查《四库全书》各种,其由《永乐大典》采掇裒辑者,俱有稿本。若系旧本流传,更有原书足资检览。应请俟全书告竣后,各藏其副本于翰林院署。择邃密高燥之地,立架分储,依旧书目次四部编排,标签安庋,置簿详记。派本院办事翰林诚干之员数人,公司其籍。"③所称阁职,就是文渊阁职。

据记载,当时的翰林院是《四库全书》的办理处,武英殿则是缮写书籍之所:"乾隆三十八年,奉旨开四库全书馆。翰林院为办理处,武英殿为缮写处。自殿版馆书外,诏征天下遗书,共一万三千七百二十五种(《宸垣识略》称,内中重复者3752种)。旧存明代《永乐大典》残缺几半,命词臣分类纂出整书八十五种,散片(《宸垣识略》称,古书残缺者曰散片)二百八十四种。分存书、存目二项,纂辑提要,以赅一书大旨,按期轮进。书之佳者,皆蒙御制题词,以冠简端。其四部条目,其前代稍异……其编录叙次,遵奉谕旨:经首《易注》,史首《史记》,子首《老子》,集依时代,而圣祖、世宗皇上御制集冠于本朝集首。书成,缮写七份,仿浙江范氏天一阁式,建阁藏庋:大内曰文渊,圆明园曰文源,热河曰文津,盛京曰文溯。并于扬州大观堂之文汇阁、江口金山寺之文宗阁、杭州圣因寺之文澜阁,亦各庋一份,俾江浙士子得以就近抄录传观。又择其精要者为《荟要》,计全书三之一,缮写二份,一藏大内(御花园摛藻堂),一藏圆明园。凡编录十三年告竣。四库共存书三千四百六十种,计七万五千八百五十四卷。辑简明目录,以便观览。底本,仍存翰林院。"④

据记载,乾隆皇帝极喜爱明本《永乐大典》,发现该书每卷尾有余纸,十分喜

---

① 《翁氏家事略记》,转引自《清宫述闻》。
② 《天咫偶闻》,转引自《清宫述闻》。
③ 清·沈兆沄:《篷窗随录·舒赫德乾隆四十一年议创置阁职疏》。清咸丰七年刻本。
④ 《篷窗随录》。

欢,特地撰写《永乐大典余纸歌》,并亲自写序:“乾隆癸巳(三十八年)春,诏开四库全书馆。命翰林诸臣,取院中所贮嘉靖重录《永乐大典》,分种编辑,每卷尾有余纸,以赐诸臣。谨装册赋诗纪焉:

澄心堂纸欧阳诗,此纸年数倍过之。
况闻郁冈比韵海,不徒博物赐陟厘。
中天帝文四库启,秘阁特遣儒臣披。
尾曰侍郎臣拱上,院体细楷沙画锥。
幅余茧素灿如雪,诏给臣等供其私。
归来作笺效古样,试墨但愧无好词。
院斋去春宿旬月,篇目二万重寻思。
借编崇文秘书录,因想解缙刘季篪。
历城周髯要我咏,六十卷第钞已疲。
莫生界画索小字,灯前絮语又及期。
笑人装潢熟纸匠,万番惟案徒手胝。
勿言文董但一艺,赝语想象无由追!①

乾隆皇帝在诗作注,在“此纸年数倍过之”后,这样注释澄心堂纸:“欧集有《澄心堂纸》诗,计其时距南唐后主仅百年耳。此纸自明嘉靖时重录《永乐大典》,计至今二百六十七年矣!”

全诗之后,乾隆皇帝注道:“相传《永乐大典》有董手书,觅之不得。考此书,重录于嘉靖四十一年,至隆庆初年而竣。文待诏卒于嘉靖三十八年,董宗伯生于嘉靖三十四年,是时才八九岁,俱无写是书之理,盖讹传也。”②

乾隆四十四年(1779)二月四日,上御经筵,赏识翁方纲的学问,特旨翁方纲以校理侍文渊阁。③翁方纲在皇宫殿阁之中校理秘籍,编纂群书,感慨良多,写有《侍文渊阁歌》,记述了当时自己在宫中编纂书籍的感受和皇宫秘阁的地理位置、官职设置和阁中秘籍的情况:

---

① 《清高宗御制诗集》。清武英殿刻本。
② 同上。
③ 清·翁方纲:《翁方纲题跋手札集录》。广西师范大学出版社,2002年。

中天书库照万方，群玉册府开文昌。

今之文渊古秘阁，帝作之记文津详。

勒碑阁东仰宸翰，复书于阁于中央。

汇流澄鉴榜四字，倚天照水金煌煌。

…………

诏衷四库极万种，天禄特启诸琳琅。

四方购献卷各万，散篇大典搜遗亡。

武英缮录兼校刻，文渊规式爰料量。

先是浙中范氏阁，献书图绘来帝傍。

帝曰麟台有故事，领阁直阁咨官常。

提举校理及检阅，翰林詹事局与坊。

遴选俾充典司职，全书荟要齐轴装。

五年奏最襃锡屡，二月讲帷春昼长。

是日御讲易论语，先劳无倦益道光。

墀下讲官拜稽首，桥边绿树仁风翔。

天光下临步井阁，万卷一气生晶芒。

云团九光日五色，精神万古会一堂。

传心东殿俨晤对，羲农轩尧舜禹汤。

诸子诸史总别集，纯乎至理非文章。

帝以躬行为论说，即以实践为收藏。

不需辟蠹用芸叶，自有至治为馨香。

臣等校雠日何补？周阿趋步徒彷徨。

源于敦讨津敦逮，渊乎大海谁为梁？

圣学高深极广大，游其下者胥以匡。

目营非可寸尺度，面立更恐行习忘。

…………①

---

① 清·翁方纲：《复初斋诗集·秘阁集》。

据档案记载,可以印证《侍文渊阁》歌的描述:"乾隆四十五年,文渊阁内里仙楼上下书格,共计一百九座。添安樟木素券口牙子二千二百四十块。漏风屉子下衬平长松木托枨三千三进六十根。又,仙楼上,东西二稍间门旁,撤去书格四座。书格背后,续添槛窗,里面嵌扇花心十六扇,贴落槛墙板四槽。"①

《四库全书》的纂修历时十年,四部内府抄写本先后告竣,分别入藏内廷四阁:紫禁城文渊阁,承德避暑山庄文津阁,御园圆明园文源阁,盛京文溯阁,合称内廷四阁。

内廷四阁都是乾隆皇帝亲自命名的,为何都有文有水?乾隆皇帝这样解释:"文之时义大矣哉!以经世,以载道,以立言,以牖民,自开辟以至于今,所谓天之未丧斯文也。以水喻之,则经者,文之源也;史者,文之流也;子者,文之支也;集者,文之派也。""四阁之名,皆冠以文,而若渊,若源,若津,若溯,皆从水以立义者也,盖取范氏天一阁为之。"②

《四库全书》收书共 3461 种,共计 79309 卷;存目 6793 种,共 93551 卷。全书分经、史、子、集四大部类,部下分 44 类,类下分 65 属,内容上收录了自上古至清代所有重要著作,但尚在人世的作者著作不收,除乾隆皇帝之外。书中收录了全部的御制作品,包括梁元帝《金楼子》,宋高宗《翰墨志》,清乾隆皇帝《日知荟说》、《乐善堂文集》等。

文渊阁建成以后,在其下层正中三间,计划收藏《四库全书总目考证》和《古今图书集成》一部,按照经、史、子、集四部排列,各书均收贮于宫廷特制的楠木书匣之中。

《四库全书》第一部缮录告竣,乾隆四十六年(1781)正月二十一日,奉贮于文渊阁,由乾隆皇帝亲自主持。七部之中,这是第一部,也是缮写最工整、校勘最精细的一部。全书 79030 卷,分装成 36000 册,分别收贮于 6750 书函之中。③

就在这一年,乾隆皇帝颁谕,明确批示入藏的《四库全书》何时正式入藏、书册前后钤盖何印:"文渊阁新藏《四库全书》,自四月四日始,每册用御宝二:前曰文渊阁宝,后曰乾隆御览之宝。"④

① 《内务府奏销档》。
② 《清高宗御制文二集》。清武英殿刻本。
③ 《日下旧闻考》卷十二。
④ 清·陈康祺:《郎潜纪闻初笔》卷八。中华书局,1997 年。

翁方纲当时任《四库全书》校理,特旨观览入藏陈列,翁方纲特地作歌,记述了这件文化盛事:

四库四部编摩新,十年秘帙承丝纶。

特开高阁仿天一,文渊文源溯与津。

仲春上日御经筵,赐茗阁下优儒臣。

文华主敬相次比,方池汇鉴渊写神。

迢迢阁影蠹云汉,万楗栉比罗青旻。

去冬缮书初报藏,雪晴春仲前一旬。

铜乌风定下照水,金户日丽无纤尘。

帘卷栏回静如镜,签排帛拭光流银。

琅函镌目贮之椟,册以椟计参差匀。

三万六千括象数,二十八舍环星辰。

(凡三万六千册,六千一百余函,每架四层,为函四十有八。)

内以经部外子史,经纬表里齐衡钧。

芸香宝气近帝座,四壁彝训敷言申。

(书椟四壁,皆御题《四库全书诗》)

············①

清《四库全书》的禁毁与收藏

乾隆三十九年八月,各省征书一万余种,陆续送到北京。可是,乾隆皇帝觉得奇怪:如此众多的书籍,如何没有一部是稍涉违碍之书？乾隆皇帝立即明白,是大臣们经过筛选之后再送北京。如此一来,许多违碍书籍,依旧藏留民间,对于江山稳固是巨大的威胁。乾隆皇帝思虑再三,颁发圣旨,严厉指责各级征书官员办事不力,并发出严重警告和严厉威胁:"岂有裒集如许遗书,竟无一违碍字迹之理？况明季末造野史甚多,其间毁誉任意,传闻异辞,必有抵触本朝之语,正当及此一番查办,尽行销毁,杜遏邪言,以正人心而厚风俗,断不宜置之不办!……若此次传谕以后,复有隐讳存留,则是有心藏匿伪妄之书目,后别经发觉,其罪断不

---

① 清·翁方纲:《复初斋诗集·枝轩集》。

能逭,承办之督抚等亦难辞咎!"①

如此严厉的警告,让办事大臣们胆战心惊,谁也不敢松懈和怠慢。可是,皇帝究竟想查禁什么书籍?哪些算是违碍之作?乾隆皇帝最先并不急于划定标准,而是尽可能地将所有书籍送呈京师,收藏于宫中。乾隆四十三年十一月,四库纂修大臣根据皇帝的指示,拟定和发布了《查办违碍书籍条款》,明确了查办标准和处理办法:1.字句狂谬、词语讥讽者。2.明季、国初诗文集内触禁悖谬者。3.明万历以前语涉辽东、女真等字样者。4.钱谦益、吕留良、屈大均、金堡等人书籍。5.部分书籍或者抽毁,或者删节,或者摘存,或者撤出。②

从此之后,征集遗书和查禁书籍的活动同时展开。查禁书籍的行动直到乾隆五十八年(1793)方才结束,历时约20年。京师之中,发现了许多四库禁毁抽毁书目,包括:《红本处查办应销毁书籍总目》、《军机处奏准全毁抽毁书目》、《四库馆奏准销毁抽毁书目》等等。另外,在江苏、安徽、江西等文化繁荣之地和河南、广西、陕西等贫困、偏远省份,陆续发现了各种刊印的禁毁书目。根据民国时期的《禁书总目》统计,乾隆时期,全毁书籍2453种,抽毁书籍402种,销毁书版50种,销毁石刻24种。③有人估计,乾隆皇帝在十余年之中,毁书大约10万部,禁书种类在3000种以上④。

清代文渊阁,主要用于收藏《四库全书》、《古今图书集成》。其结构虽然与范氏天一阁相同,但藏书却多出数倍:"视范氏所藏,几铁出一倍以上。故阁之外观虽如天一阁,采用重檐,而内部结构复利用腰檐,地位增为上、中、下三层。至于各书之排列,下层中央三间置《总目》、《考证》及《图书集成》,左右梢间置《四库》经部,而以史部庋之中层,子部、集部庋之上层。书橱之数,除中层外,其余各室胥于左右壁,各列书橱二具,中央复置方橱一。阁下层内部,于次间左右,利用书架为间壁,使中央三间形如广厅。厅中央设宝座,即昔日经筵赐茶处。座后自东至西装隔扇,尽明次三间。自隔扇后,经左右旁门,绕至东西梢间。东梢间于南窗下置榻,西梢间于西壁南端辟小门,自此至尽间。经楼梯可达中层,其余书架配列,与前后窗位置二室一律。又尽间,除前述小门外,南北均设隔扇,与前后廊相通。中层仅有东西梢间及走廊,其中央三间,洞然空朗,即

① 《办理四库全书档案》。
② 同上。
③ 《索引式的禁书总录序》。
④ 《清代禁毁书目题注外一种》。北京图书馆出版社,2004年。

广厅上部也。走廊位于后部通柱与金柱之间，其北侧装板壁，列书架，南侧则沿金柱施栏楯，下临广厅，俱东西梢间。因书架位置以隔扇与栏杆合用，手法略异……惟明间正中施落地罩，前后各置御榻，为他室所无耳。外部色绿，以寒色为主，为此阁特征。"①

文渊阁三重，下层中三楹，两旁十二架收藏《古今图书集成》。左右三楹，收藏《四库全书》，经部20架。中层，史部33架。上层中，子部22架，两旁，集部28架。文渊阁的建成，是清廷一件十分重大的事情，乾隆皇帝格外重视。皇帝经筵日讲，向无赐茶之例。清雍正年间，增赐茶之典，下旨于文华殿赐茶。文渊阁建成后，乾隆下旨，经筵之后，于文渊阁赐茶，以示重视。②

乾隆四十七年(1782)，皇帝御经筵，讲课毕，幸文渊阁赐宴，隆重招待《四库全书》修纂官员。大殿宝座前设立御宴，在阁内分别设立总裁官、总阅官、领阁事官、提举阁事官等宴席；阁外廊中设立总纂官、直阁事官员宴席；纂修官、校理官、总校官、分校官、提调官、检阅官等宴席，分别设于大殿丹墀内。庭中台上上演戏剧，皇帝临宴入座，命诸皇子率侍卫为诸大臣敬酒。所有与宴大臣赐座，进茶、进酒、进果品。宴毕，皇帝命诸王子分颁恩赏总裁官等9人、总纂官等77人如意、文绮、杂佩、笔墨、砚笺等等。③

皇帝设宴，主要纂修官员奉旨入宴，以示恩宠。其余没有与宴的誊录官员等人，分别颁赐宴席果品食物。④乾隆皇帝称："今《四库全书》，每部三万六千册；又《荟要》，每部一万二千册。自癸巳(三十八年)年起，至今壬寅(四十七年)，将及十年间，《荟要》两部及《全书》第一部，共六万册，均已藏事装潢贮阁。"⑤

乾隆皇帝《圣制春仲经筵有述》诗云："讲筵重启仲之春，书仪经言细绎循。知者乐而仁者寿，在知人复在安民。崇文讵祇诠其语，实力犹应行以身。高阁虽云落成久，书成四库庆斯真。"乾隆在诗后注解："文渊阁落成已久，而《四库全书》第一部昨岁冬始得告成。今排列架上，古今美富，毕聚于此，实为庆幸。"⑥从此以后，每年仲春经筵毕，皇帝赐茶文渊阁，成为定例。⑦

① 《清文渊阁实测图说》。排印本。
② 《清高宗御制文渊阁赐宴诗》注。清内府本。
③ 清·庆桂：《国朝宫史续编》卷三十四。北京古籍出版社，1994年。
④ 《日下旧闻考·文渊阁》。
⑤ 《清高宗御制文渊阁赐宴诗》注。清内府本。
⑥ 《国朝宫史续编》卷三十四。
⑦ 《国朝宫史续编》卷五十三。

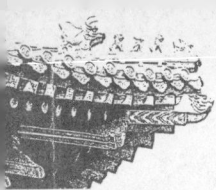

文渊阁幽静秀丽,特别是阁后的假山和阁东的御制碑亭,令大臣感叹,对这神秘之地更加神心向往。

翁方纲是文渊阁校理,奉旨管理文渊阁藏书。按当时宫中规定,每年固定在三月、六月、九月,文渊阁要进行开窗、曝书,具体事宜由校理诸臣负责,分日入值。喜欢用诗歌记载阁中事务的翁方纲,也写下了《文渊阁曝书恭纪十六韵》诗,记述了当时曝书的实况,这是史料所十分罕见的:

芸阁初藏岁,秋光最爽晨。

计厨旬日阅,分直两班轮。

丽日乾坤照,需云雨露新。

琅函端有耀,壁府本无尘。

跪近薇垣座,欣瞻玉字陈。

朱丝凝点漆,素茧滑流银。

自古刊藤竹,惟贞净粉筠。

生香蕊珠秘,聚蠹习鳞珍。

蜡笈矾蒌法,青黄皂白均。

料治非一日,晒晾必更巡。

金钥崇文掌,都官秘府亲。

较量梅雨夏,未若菊华辰。

(《四库全书》告成,初定以五、六月仿宋秘书省仲夏曝书之制,后改定三、六、九月)

至道秋阳曝,中天瑞景申。

分光窗霭霭,吹皱水粼粼。

翠气来松石,祥云集凤麟。

归来谈典故,渺尔筑亭人。①

乾隆皇帝对于文渊阁藏书的管理十分细致,圣谕明确到什么人充文渊阁检阅、在皇帝临御阁中时站班等等。乾隆四十四年二月,乾隆降谕:"现充文渊阁检

022

---

① 清·翁方纲:《复斋初集·秘阁直庐集》。

阅、内阁中书八员,于朕御文渊阁时应行站班,俱赏戴朝珠。"①

道光年间,大臣曾国藩曾任文渊阁直阁校理,每年二月,侍从道光皇帝入阁看书,并因之得以亲眼目睹了文渊阁本《四库全书》。曾国藩观览阁中藏书之后感叹:"其富过于前代,所藏甚远,而存目之书数十万卷,尚不在此列。"②

文渊阁的皇家特色

文渊阁建成之后,乾隆皇帝下令制定文渊阁官制职掌和阁书管理章程。乾隆四十一年六月,乾隆皇帝降谕,明确指示设立领阁事、直阁事,管理阁中事务:"方今搜罗遗籍,汇为《四库全书》,每辑录奏进,朕亲批阅厘正。特于文华殿后建文渊阁弆之,以充册府而昭文治,渊海缥缃,蔚然称盛。第文渊阁,国朝虽为大学士兼衔,而非职掌,在昔并无其地。兹既崇构鼎新,琅函环列,不可不设官兼掌,以副其实。自宜酌衷宋制,设文渊阁领阁事,总其成;其次为直阁事,同司典掌;又其次为校理,分司注册点验。所有阁中书籍,按时检曝,虽责之内府官属,而一切职掌,则领阁事以下各任之,于内阁、翰、詹衙门内兼用。其每衔应设几员,及以何官兼充,着大学士会同吏部、翰林院定议,列名具奏,候朕简定,令各分职系衔,将来即为定额,用垂久远。"③

大学士舒赫德奉旨具体负责其事,他召集有关官员,详细议定文渊阁官制、职掌及管理章程。舒赫德等大臣奏称,参照宋代馆阁制度,议定:1.设立文渊阁领阁事2人,以大学士、协办大学士、翰林院掌院学士兼充,总司典掌。2.设立文渊阁直阁事6员,以由科甲出身之内阁学士,由内班出身之满詹事、少詹事、侍读、侍讲学士,以及汉詹事、少詹事、读讲学士等官兼充,同司典守之事。3.设立文渊阁校理16人,以内班出身之满庶子、侍读、侍讲、洗马、中允、赞善、编修、检讨,以及汉庶子、读、讲、洗马、中、赞、修撰、编、检,及由科甲出身之内阁侍、读等官兼充,分司注册点验之事。4.内务府大臣兼充文渊阁提举阁事衔,负责日常管钥、启闭等事。5.设文渊阁检阅官8员,由领阁事大臣于科甲出身之内阁中书内选任,于检曝书籍时,诣阁点阅。乾隆皇帝批准,文渊阁官制确定。当年七月,乾隆皇帝任命大学士舒赫德、于敏中为文渊阁领阁事,任命署内阁学士刘墉,詹事金士松,侍读学士陆费墀、陆锡熊,侍讲学士纪昀、朱珪等6人为文渊阁直阁事。十月,任命翰林

023

① 清·庆桂:《清高宗实录·乾隆四十四年二月》。清嘉庆十二年内府朱格抄红绫本。
② 清·曾国藩:《曾文正公全集·圣哲画像记》。清同治十三年传忠书局刻本。
③ 《纂修四库全书档案》,乾隆四十一年六月谕旨。

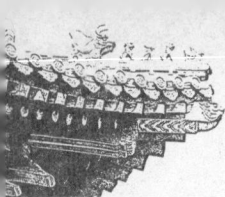

官员翁方纲等 16 人为文渊阁校理。①

《四库全书》的纂修历时 10 年,四部抄写本先后告竣,分别入藏内廷四阁:紫禁城文渊阁,承德避暑山庄文津阁,圆明园文源阁,盛京文溯阁。

《四库全书》卷帙繁富,为了便于识别和检阅,书册采用按部分色装裱,以不同颜色绢面,区别经、史、子、集各部书籍。乾隆皇帝指示,以经史子集四部,各依春夏秋冬四色:经部用青色绢,史部用赤色绢,子部用月白色绢,集部用灰黑色绢。以色分部,一目了然。经过多次讨论,最后确定全书经史子集,按春夏秋冬四季四色装潢。但到最后成书时,四部用色与最初的设想略有出入:经部用绿色,史部用红色,子部用蓝色,集部用灰色。乾隆皇帝有诗为证:"浩如虑其迷五色,挈领提纲分四季。经诚元矣标以青,史则亨哉赤之类,子肖秋收白也宜,集乃冬藏黑其位。"《四库全书总目》,由于"此系全书纲领,未便仍分四色装潢",故专"用黄绢面页,以符中央土色,俾卷轴森严,益昭美备"。

《四库全书》是内府精抄本,在用纸、装帧和贮藏诸方面都十分讲究。纸张上,选用浙江所产的特制宫廷开化榜纸,纸白质坚,吸墨性好。书册装帧上,采用绢面包背装,即书叶正折,版心朝外,书叶两边向书背,以纸捻订牢,用丝绢面包裹书背。为了更好地保管和利用《四库全书》,乾隆皇帝指示制作精致的楠木书架、书函,分别标明经史子集各部、册;每若干册书编为一函,衬以夹板,束之绸带;书函一端可以开闭;每函函面端楷刻写全书名称、书函序号,以及所属部类和具体书名,饰以相应颜色。如《尚书详解》一函六册,函面刻写"钦定四库全书 第二百七函 经部 尚书详解",字迹均为绿色。

按册装函之后,四部书籍,按相应部类顺序放入书架之中。据统计,文渊阁中,有"经部书二十架,每架四十八函,凡九百六十函,分贮下层两侧;史部书三十三架,每架亦四十八函,凡一千五百八十四函,藏于中间暗层;子部书二十二架,每架七十二函,凡一千五百八十四函,安放上层之中;集部书二十八架,每架亦七十二函,凡二千零十六函,分置于上层两旁。总计一百零三架,六千一百四十四函,三万六千册"。为便于查阅,宫中特别绘制了《四库全书排架图》。文渊阁《四库全书》,首页钤盖"文渊阁宝",末页钤盖"乾隆御览之宝"。

《四库全书》入藏以后,文渊阁各项管理工作正常运转起来。领阁事管理日常

024

---

① 《纂修四库全书档案》。

事务,总司其责。提举阁事负责具体事务,督率所辖内务府司员,从事看守、收发、扫除等各项杂务。直阁事、校理、检阅各员每日轮流入值,负责书籍的查点、检阅等事。为便于管理,乾隆皇帝指示,在文渊阁东边的上驷院拨出房屋十余间,作为领阁事、提举阁事大臣并直阁事校理、检阅等官,以及内务府司员、笔帖式等人入值办事之所。按照规定,1.除内务府官员之外,直阁事校理、检阅等官员,每日轮派二人当值。2.辰入申出,率以为常。3.遇有查取书籍时,由当值校理经管,随时存记,以备查核。4.一切上架、启函、翻检、点阅等事,由检阅各官会同内务府官员办理。5.直阁事官不时赴值,会同照料。6.凡遇当值,皆由官厨供应午餐,午后乃散。7.日常入值之外,每年定时曝书:原拟章程,参照宋代秘书省每年仲夏曝书,后定于每年五、六月间曝书;藏书入阁后,依照宫中各处书籍曝书成例,确定每年三、六、九月晾晒书籍。文渊阁曝书成一时盛事:领阁事、提举阁事大臣率直阁事、校理、检阅、内务府司员、笔帖式等各级官员人等齐聚一堂,将插架诸书按部请出,交校理各官登记档册;检阅各官逐一挨本翻晾,完毕,敬谨归入原函。

　　文渊阁所设各项官职,分别由内阁、翰林院、内务府和奉宸苑等衙门派员兼任,时间一长,问题就出来了:职责不清,互相扯皮。每年按季曝晒书籍,也只是应付差事。乾隆皇帝发现了这些问题,他指示由提举阁事专门负责:"文渊阁提举阁事一员,系由总管内务府大臣兼充,其司员以及看守扫除之人,皆其所辖,呼应较灵……交提举阁事一人专为管理,其领阁、直阁、校理、检阅等官,俱作为兼充虚衔,不必办理本阁事务。"每年数次曝书成例,乾隆皇帝说:"各书装贮匣页用木,并非纸背之物,本可无虞蠹蛀。且卷帙浩繁,非一时所能翻阅,而多人抽看曝晒,易至损污;入匣时,复未能详整安贮,其弊更甚于蠹蛀……嗣后止须慎为珍藏,竟可毋庸曝晒……庶专司有人,而藏书倍为完善。"曝书工作,就此停止。①

　　七部《四库全书》,书页印章有着鲜明的皇家特色,又各有千秋,比较如下:

　　文津阁:乾隆三十九年秋至四十年(1775)春建成,乾隆五十年(1785)春入藏。首页:文津阁宝。末页:避暑山庄、太上皇帝之宝。文源阁:乾隆三十九年秋至四十年春建成,乾隆四十九年(1784)春入藏。首页:文源阁宝,古稀天子。末页:圆明园宝,信天主人。文渊阁:乾隆四十年至四十一年六月建成,乾隆四十七年(1782)春入藏。首页:文渊阁宝。末页:乾隆御览之宝。文溯阁:乾隆四十七年初至十月建

① 《纂修四库全书档案》,乾隆四十一年六月谕旨。

成,乾隆四十七年十月入藏。首页:文溯阁宝。末页:乾隆御览之宝。文宗阁(江苏镇江):乾隆四十四年建成,乾隆五十五年(1790)入藏。首页:古稀天子之宝。末页:乾隆御览之宝。文汇阁(江苏扬州):乾隆四十五年(1780)建成。文澜阁(浙江杭州):乾隆四十九年建成。

四库七阁

《四库全书》的纂修及其完成并不是一帆风顺的,也是经历了坎坷,与修大臣因之多次遭到处罚。较严重的一次,就是遗失《四库全书》底本 30 余种。总裁官王杰郑重参奏,乾隆皇帝震怒,以陆费墀专责提调,前后数年,事出其一人之手,命将其解任收监审讯。后来查明,底本没有遗失,实在是因为书卷浩繁,收发不清所致,别无情弊。乾隆皇帝这才释怀,下旨将陆氏复职。①

可是,因校纂《四库全书》失职,乾隆皇帝再次震怒,纂修尚书纪昀罚令重缮应行赔写之书,提调官陆费墀这一次也是在劫难逃,被革去其提调官之职,罚令出资装潢文汇阁、文宗阁、文澜阁三阁书函。②大臣蔡新曾领书局,尝语人曰:"吾校《四库》书,坐讹字夺俸者数矣!然校书时,得于《永乐大典》中见世无传本之书,亦殊幸事!"③

清乾隆年间,遍访天下遗书,充分利用宫廷所藏,纂修《四库全书》,乾隆皇帝下令:在大内建造文渊阁,在圆明园建造文源阁,在承德避暑山庄建造文津阁,在盛京建造文溯阁,收藏《四库全书》各一部,称为宫廷四阁。同时,乾隆皇帝颇旨,以江浙人文渊薮,命令再缮三份《四库全书》,分别在江浙建造三阁加以收藏。三阁建成之后,乾隆亲自赐名:镇江金山寺为文宗阁,扬州天宁寺为文汇阁,杭州圣因寺为文澜阁。三阁又称江南三阁。相对而言,宫廷四阁称为北四阁。

承德避暑山庄著名的风景区千尺雪之后就是文津阁,始建于乾隆三十九年,第二年夏天就率先建好了,入藏一部《四库全书》,乾隆皇帝亲自题匾,前建趣亭,东有月台,西耸西山,完全仿照范氏天一阁。④

圆明园四达亭建筑的文源阁,稍晚于文津阁建成。据史书记载:圆明园内水

---

① 《耆献类征·陆费墀国史馆本传》,转引自《清宫述闻》。
② 清·纪昀:《纪文达公集》。清刻本。
③ 《清宫述闻·文渊阁》。
④ 《热河志》卷四十一。

木明瑟之北,稍西为文源阁,上下各六楹。阁中所悬匾额和阁内"汲古观澜"额,都是乾隆御书。阁前耸立一方巨石,名为玲峰,刊刻御制《文源阁诗》。阁东亭内石碣,上刊御制《文源阁记》。①

紫禁城东华门内文华殿之北,建造文渊阁,乾隆四十年(1775)开始兴建,第二年建成。此阁也是严格按照天一阁的建筑形式,精心建造,凿方池,架木桥,注入河水,叠假石为山,遍植松柏,阁东建造一座小亭,亭内立石碑,上刻乾隆御制《文渊阁记》。

沈阳盛京故宫的文溯阁,在北四阁中建筑最晚,建成于乾隆四十七年。据记载:"阁在宫殿之西,正宇六楹,东西游廊二十五楹,明楼一座,敞轩五楹,南配房十七楹,东西南北耳房六楹,直房十四楹……碑亭一座,宫门三楹。阁南檐前恭悬御书清、汉字'文溯阁'匾额一。碑亭内恭镌《御制文溯阁记》、《御制宋孝宗论》,俱清、汉文。"②

乾隆四十七年,《四库全书》第一部修成,入藏七阁之首的文渊阁。乾隆皇帝下旨:"文渊阁新藏《四库全书》,自四月四日始,每册用御宝二:前曰文渊阁宝,后曰乾隆御览之宝。"

第二节　皇史宬

皇史宬的建立

皇史宬作为皇家书室,始设于明代。明弘治五年(1492)五月,大学士丘濬上奏孝宗,请求仿古代金匮石室故事,建造一座不用木植、全部用砖石砌就的处所,贮藏皇家珍籍。在奏书中他这样写道:"人君为君之道,非止一端,然皆一世一时之事。惟所谓经籍图书者,乃万年百世之事,是皆自古圣帝明王、贤人君子精神心术之微,道德文章之懿,行义事功之大,建置议论之详,今世赖之以知古,后世赖之以知今者也。"③

经籍图书如此重要,如何才能永远保存?丘濬说:"自古帝王藏国史于金匮石室之中,盖以金石之为物坚固耐久,非土木比;又能扞格水火,使不为患。有天下

---

① 《清高宗御制诗五集》卷六十二。
② 清·阿桂:《钦定盛京通志》卷二十。清乾隆四十九年武英殿刻本。
③ 《明孝宗实录》卷六十三。上海古籍出版社,1984年。

者,斫石以为室,铜金以为柜,凡国家有秘密之记、精微之言,凡与典章事迹可以贻谋传远者,莫不收贮其中,以防意外之虞。其处心积虑,可谓深且远矣。后世徒有金匮石室之名,而无其实。典守虽设官,藏贮虽有所,然无虞灾备急之具。不幸一旦有不测之事,出于常虑之外,遂使一代休治事功、人文国典因而散失,后之秉史笔者无所凭据,往往求之于草泽,访之于传闻,简牍无存,真实莫辨,非但大功异政不得记载,而明君良臣为人所诬捏者,亦多有矣!"①

有鉴于此,丘濬建议在文渊阁近便的地方,别建一座重楼,不用木植,专用砖石砌成,用以收藏皇家重要的文书典籍,这些典籍在这座建筑中分层收贮:上层用铜柜,收存累朝实录、国家大政文书;下层用铁柜,收存诏册、敕书、制诰以及内府衙门所藏可备异日纂修一代全史之用的书籍。果真如此,"则祖宗之功德,在万世永传,信而无疑;国家之典章,垂百王递沿,袭而有本矣"!②

明孝宗对这一建议表示肯定,并奖励了丘濬。但奇怪的是,在孝宗执政的弘治年间,这一获得肯定的建议并没有付诸实施。十余年后,孝宗的儿子明武宗将江山移交到了明世宗的手里。他即位之后,就召集内阁大臣,吩咐建一所石室:"祖宗神御像、宝训、实录,宜有尊崇之所,训录宜再以坚楮书,一总作石匮藏之。"③这是明世宗在即位之初就产生的关于建造金匮石室的想法,但这一想法由于震动朝野的大礼议风波而无法付诸实施。

明世宗在大礼议风波中大获全胜,他立即着手王朝礼制的改革。嘉靖十三年(1534)七月,武定侯郭勋,吏部尚书、华盖殿大学士张孚敬等奉旨重修此前的明累朝实录和世宗的父亲兴献帝宝训、实录。张孚敬奏请建造一座金匮石室,收贮宝训、实录。明世宗同意,并责成内阁会同工部诸臣到东华门外的南内选址,建造神御阁。明世宗亲自确定神御阁一如南京斋宫阁制,阁内外全用砖石砌就,阁中设石匮,分上下两层,上层放置御容,下层收藏宝训、实录。后来考虑到夏季时石匮潮润,吩咐改用铜匣代替石匮。④

---

① 《明孝宗实录》卷六十三。上海古籍出版社,1984 年。
② 同上。
③ 《明世宗实录》卷一百六十五。
④ 同上。

皇史宬的建筑

石阁在初建时，取名为神御阁。等全阁建成以后，明世宗赐名为皇史宬。史书记载说："宬即神御阁也。初上拟尊藏列圣御容、训录，命建阁。已乃更名皇史宬，藏训录。其列圣御容，别修饰景神殿以奉之。"[1]世宗对建成后的石阁很满意，并特地颁旨奖赏参与其事的郭勋、李时等有关人员。实录、圣训修成以后，按照礼部奏定的仪式入藏皇史宬。世宗还专门设宴招待建阁和纂修的侍臣，并分别给予厚赏。[2]

明弘治时期大学士丘濬最初设想的金匮石室，是一座重楼式的砖石建筑。明嘉靖年间建造的神御阁，则是阁楼式的。但遗存至今的，却是几经修缮和改建的一座石室建筑，它的顶部覆盖着黄色的琉璃瓦，石室前是一条过道，正中为大门：皇史宬门。大门内是一座院落，正中为正殿，殿门上方悬一块满、汉文大匾：皇史宬。院落内用青砖和石板墁地，四周环以汉白玉栏杆。皇史宬正殿为东西九楹，正中是券门五座。殿的东西是山墙，墙上各开一扇窗户。在这座庑殿式的石质建筑的正室内，建有一溜石台，石台高 142 厘米，石台上整齐地排列着铜皮鎏金的雕龙木柜。这便是这座石室中收藏皇家珍籍的金匮。[3]

金匮石室收藏皇室家谱

清乾隆年间刑部右侍郎阮葵生说："皇史宬，为明季藏本之地，则石室砖檐，穴壁为窗。盖以本章要区，防火为宜。"[4]

皇史宬石台铜皮鎏金的雕龙木柜中，收藏着明清历朝宝训和实录。明代的后继皇帝按例都要为先帝纂修实录，明代的历朝皇帝实录就收存在这里，而且这里还收藏着明代极为珍贵的《永乐大典》的副本。清廷入主北京以后，将皇史宬明室实录全部移送内阁书籍库收存，而清室的历朝皇家玉牒、实录、宝训各一部都收藏在这里。清雍正时，收藏清皇室宝训、实录的铜皮鎏金石台金匮有 31 柜，清同治年间增至 141 柜，到清末时达 152 柜。

---

① 《明世宗实录》卷一百八十九。
② 《明世宗实录》卷一百九十。
③ 《皇史宬实录金匮图》。清内府精绘本。
④ 《茶余客话》卷二。

第三节 武英殿

武英殿修书处

武英殿坐落在紫禁城西南部、西华门内。这里曾是明代皇帝斋居和时常临御的便殿,皇后生日时也曾在这里接受命妇们的朝贺。这里在清初一度是清廷政务活动的中心,康熙皇帝曾在这里居住过一年。之后这里就渐渐成为清代内府刻印中心,清代极有名的内府本就是在这武英殿修书处雕印、校对并装潢完成的,世称为殿本,即武英殿刻本。①

武英殿修书处由两大部分组成:监造处、校刊翰林处。监造处由皇帝任命的王大臣负责,下设内务府司员、正副监造员外郎、副内管领、委署主事、库掌等职,其职责是雕版、排印内府书籍,其下设档案房、书作、印刷作、铜字库、露房、聚珍馆等机构。其中,铜字库设于康熙九年(1670);聚珍馆设于乾隆三十八年,地点在西华门外北长街,清廷有名的聚珍版丛书就是出自这里。校刊翰林处设总裁、提调、总纂、纂修、协修等官,其职责是校刊、装潢监造处已刻印完成的书籍。据史书记载,校刊处刊刻的工价是很高的,御笔每寸字,工价银一分;万字锦边,长八分,宽一寸,工价银一钱五分四厘;宋字、软字,每一百字,银八分;欧字,每一百字,银一钱五分四厘。②

武英殿设立总裁、总纂、总校、提调、翰林等官,负责修书事宜。与修官员的饮食、茶叶等等,都有明确规定。每二员食肉菜一桌,每桌价银二钱五分七厘五毫。每员食粳米一仓升,每升价银二分一厘。每员食茶叶二钱,每斤价银一钱三分。每员跟役一名,每名细老米一仓升,每升价银一分一厘二毫五丝。③

清代武英殿刻书,事实上是

▲ 武英殿宝

---

① 《东华录》。
② 陶湘:《清代殿本书始末记》。1933 年排印本。
③ 《清乾隆三十八年二月总管内务府大臣福隆安折》。

从明代内府刻书发展而来的。明代经厂是明宫内府刻印中心，代表着明代内府书籍的刻印水平。武英殿是清代内府刻印中心，代表着清代宫廷书籍的刻印水平。清代武英殿刻印工匠的技艺是从明代经厂传承下来的，清初的许多内府本即有着明显的明内府本特征。

尽管如此，明代经厂本和清代殿本仍不能同日而语，相提并论，两者差别很大：明代经厂是由司礼监掌管的，一色的内廷太监管理和主持其事，他们的学识、才智和水平，决定了经厂本的低档次，不可能产生高质量、高水平的本子。清代殿本则不同，是由皇帝简选全国最有学问的硕学鸿儒主持其事，选定的工匠也是百里挑一的，由他们编纂、雕印、校刊和装潢的书籍，自然高出经厂本许多倍。事实上，一大批精良殿本的问世，是中国版本史上一个重要的历史事件，也是中国古代刻书史上的最后一次辉煌。

清廷内府书籍主要由两大类组成，一是古书重印，二是清宫纂修书籍的雕印。两类书籍的印行，都是先由大臣上奏皇帝，皇帝同意以后再组成纂修班子着手纂修。纂修总裁官通常是由皇帝钦定，纂修班子确定以后，经费、地点、用料等也一一到位。从着手准备到全书完成，皇帝常常会事必躬亲，或时不时地亲临修书所，现场办公，就地解决问题；一些较重要的书籍，皇帝往往会钦赐书名，亲撰序跋。[①]

内府珍本的纂修

武英殿刻书始于清康熙时期。康熙十三年(1674)，年方二十岁的康熙皇帝明确指示侍臣：补刊明经厂本《文献通考》。这是清廷内府刻书史上的一件大事，从这以后，清内府刻印的书籍，方体字称为宋字，楷书称为软字，字形、字体统一，内府刻印书籍向规范化、标准化迈进了一大步。

康熙十九年(1680)，康熙皇帝颁旨，设立武英殿修书处，专门负责内府图书的雕版、印刷、装潢事宜，办公地点就设在武英殿。从此，清廷一应纂修大臣、儒臣学者、硕学白丁和工匠仆役等员，全部集中于武英殿。这里自此成为清廷内府图书的雕版、印刷、校对、装潢之所，也是清廷的文化活动中心。[②]

康熙四十二年(1703)，清廷设立修书局，士人、才俊吴廷桢、陈鹏年等奉旨入

031

---

① 《国朝宫史·书籍》。
② 《内务府册》。内府本。

值武英殿。陈鹏年写有《初伏值武英殿》诗，其小序云："奉命值武英殿，日在凉堂广厦之间，带星而入，昏黑而返。"诗云："秘府观图书，西清集群彦。每分象管笔，拂拭龙香砚。月榭可披襟，风帘坐展卷。四海如弟兄，岂必同乡县！"①吴士端以诸生入殿，望溪先生以白衣入宫承修书籍，《韵府拾遗》、《子史精华》、《佩文韵府》等纷纷问世。②

文颖馆总裁官董诰，在他上奏的修书折中这样写道："窃据前馆奏称，未经缮完《宫史》、《天禄琳琅》，均交臣馆恭缮。上年，臣等陈奏开馆章程，亦经附片奏明。《文颖》纂辑需时，即令誊录，等将前项书籍先行恭缮，仰蒙圣鉴在案。现将《宫史》恭缮三份，《天禄琳琅》亦陆续缮写，即交臣馆纂校、协修等官，悉心校阅，统俟全行完竣，臣等再行复阅进呈。惟查前馆遵办《宫史》原奉谕旨内，除懋勤殿一份外，仍令缮办六份，于乾清宫、养心殿、尚书房、盛京、热河、圆明园各贮一份。前馆缮呈三份，尚少三份，其由南书房交出《前编》。六份内，乾清宫、圆明园二份系谕旨所有，余如文源阁、摛藻堂、味腴书室、清漪园四份皆谕旨所无。据前馆原奏内称，应加校正改缮，并添写《续编》，以成全书。臣等查清漪园一份，系陈设本，应即更正，仍添缮《续编》。其文源阁处，《前编》均有木匣，向系分架存贮。现经查明，各该处书架已无空函，若添写《续编》，卷帙繁多，势难分贮。谨公同酌商，可否只将此三份《前编》更正，无庸添写《续编》之处，请旨遵行。又前馆进呈尚书房《宫史》，奉旨交圆明园陈设，现在添缮三份，内应归尚书房一份，所有圆明园《前编》一份，即应交回，无须另办，理合一并陈明。"③

大臣奉旨纂修、缮写、刻印，每一道工序都要上奏皇帝，不厌其烦。武英殿刻印每一部书籍，也必须一一奏请，不得苟且。清嘉庆十四年（1809），武英殿为刻印《续三通》进呈仁宗："前经呈进《钦定续三通》样本，时奉旨：'著刷印、装潢、陈设，杉木板、石青杭细套，石青杭细面，页连四纸，书各二十部。赏用纸合背蓝布套，古色纸面，页榜纸，书各三十部。钦此。'今已刷印、装潢完竣，恭呈御览。请将连四纸书各二十部，照例交懋勤殿拟处陈设；其榜纸书各三十部，照例交军机处拟赏。以此谨奏。"④

① 清·陈鹏年：《初伏值武英殿》诗，转引自《清宫述闻·武英殿》。
② 清·陆耀：《切问斋集·吴士端墓志铭》。
③ 《宫中档》，嘉庆十三年五月二十四日正总裁董诰折。
④ 《宫中档》，嘉庆十四年五月八日折。

铜活字本

康熙建立武英殿修书处后不久，就命侍臣刻造铜活字印书。铜活字刻造完成之后，排印的第一部内府书籍就是《历算书》。随后，又排印了一批版本极佳的铜活字内府本，包括：《律吕正义》4卷，允祉等撰，康熙年内府铜活字本；《御制律吕正义》5卷，雍正年内府铜活字本；《御制数理精蕴》53卷，康熙年内府铜活字本；《御定星历考源》6卷，李光地等考定，康熙五十二年(1713)内府铜活字本等。①

铜活字本中，以清雍正四年(1726)内府排印的《钦定古今图书集成》最负盛名，可看作铜活字本的代表作。康熙四十五年(1706)，陈梦雷利用康熙第三子诚亲王王府藏书和自己家藏，独自编撰的一部大型书籍《汇编》，进呈皇帝御览。陈梦雷在《进汇编启》中称："蒙我王爷殿下颁发协一堂所藏鸿编，合之雷家经史子集，计一万五千余卷。至此四十五年四月内，书得告成。分为汇编者六，为志三十有二，为部六千有零。"②康熙览后很高兴，下令再加完善。十年后，陈氏再次进呈。康熙御览之后，赐名《古今图书集成》，并于康熙五十九年(1720)命武英殿以铜活字印行。雍正即位后，诚亲王和他的师傅陈梦雷在劫难逃。雍正称陈梦雷招摇无忌，不法甚多，着将谪戍关外。大臣蒋廷锡奉旨增删全书，历时三年，删定3000余卷，由内府铜活字排印，至雍正四年完成，雍正皇帝亲自写序，共计印行了64部。③

清宫这批珍贵的铜活字命运如何？后来收藏在哪里？据记载，乾隆初年，因京师钱贵，这批铜活字竟然全部销毁用于铸钱了！史书记载："康熙年间，编纂《古今图书集成》，刻铜字为活版排用，藏工贮之武英殿。历年既久，铜字或被窃致少，司事者惧干咎，适值乾隆初年京师钱贵，遂请毁铜字供钱，从之。"④

康熙内府珍籍

康熙时期，武英殿刻本中产生了一批书品好、版本精良的本子，历代被视为殿本中的精华，这些独具特色的殿本，世人誉为"康版"。武英殿刻本历来以书品华贵、版印精良、字体娟秀而享誉天下。清初内府书承袭明宫遗风，以方长宋体字

033

---

① 《清代殿本书始末记》。
② 清·陈梦雷：《松鹤山房文集》卷二。
③ 《古今图书集成·雍正御制序》。清雍正年铜活字本。
④ 《武英殿聚珍版程式》，清高宗御题《武英殿聚珍版十韵诗》。清乾隆年武英殿刻本。

▲ 康熙皇帝在书房

034

刻印书籍。康熙中期以后,始用欧体和赵体字,字体秀雅,间架疏朗,配以内府精致的榜纸、黄纸、开化纸印刷,赏心悦目,世称"康版"。清学者金埴说:"今闽版书本久绝矣,惟白下、吴门、西泠三地书行于世。然亦有优劣,吴门为上,西泠次之,白下为下。自康熙三四十年间,颁行御本诸书以来,海内好书有力之家,不惜雕费,就摹其本之欧字,见宋字书,置不挂眼,盖今欧字之精超轶前后之世,宝惜之,必曰康版,更在宋版之上矣!"①

清康熙时期的武英殿书籍印制精美,藏书家视为奇珍。康熙御制诗文的问世,是内府本的代表作,包括:

《心经》,清康熙年白绫写本;

《太上玄灵北斗本命延生真经》,清康熙五十年泥金写本;

《清圣祖御制诗文集》,武英殿刻本;

《清圣祖御制文》,清康熙年袖珍抄本;

《清圣祖御制诗集》,清康熙年内府蓝格抄本;

《清圣祖实录》,清康熙年抄本;

《大清太祖圣训》4卷,清康熙内府朱格抄本;

《庭训格言》,清康熙年内府精抄本;

《宝薮》,清康熙年内府钤印本;

《御选唐宋元明诗》,清康熙年内府精抄本;

《御选宋金元明四朝诗》,清康熙年武英殿刻本;

《御制避暑山庄三十六景诗》,清康熙年武英殿刻本。②

---

① 清·金埴:《不下带编》卷四。中华书局,1982年。

② 《故宫图书馆殿本书目》。

康版精品包括：

《钦定篆文六经四书》，清李光地编，清康熙年内府刻本；

《御纂周易折中》，清李光地编，清康熙五十四年内府刻本；

《日讲易经解义》，清牛纽编，清康熙二十二年内府刻本；

《日讲书经解义》，清库勒纳、叶方霭编，清康熙十九年内府刻本；

《钦定春秋传说汇纂》，清王掞纂，清康熙六十年内府刻本；

《日讲四书解义》，清喇沙里等纂，清康熙十六年内府刻本；

《四书章句集注》，宋朱熹撰，清康熙年内府仿宋大字刻本；

《御定康熙字典》，清张玉书纂，清康熙五十五年内府刻本；

《御制数理精蕴》53卷，清允祉编，清康熙年内府铜活字本；

《数表》2卷，清允祉编，清康熙年内府朱墨套印本；

《御定星历考原》6卷，清李光地考，清康熙五十二年内府铜活字本；

《佩文斋广群芳谱》100卷，清王灏编，清康熙四十七年内府刻本；

《佩文斋书画谱》100卷，清孙岳颂编，清康熙四十七年内府刻本；

《佩文韵府》，清蔡升元辑，清康熙五十年内府刻本；

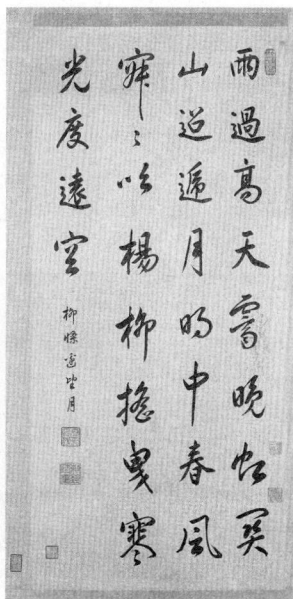

康熙皇帝行书《柳条边望月》诗轴

035

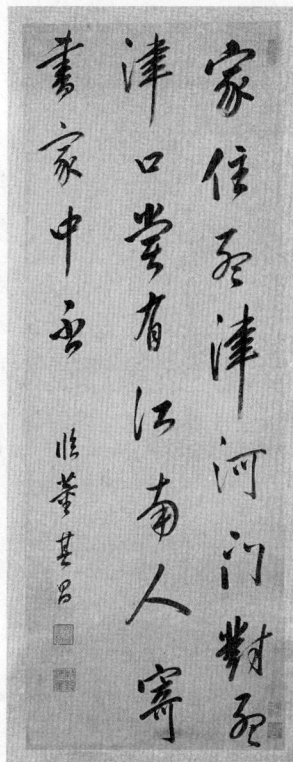

康熙皇帝临董其昌书王维诗轴

第一章　清宫秘籍珍藏

《渊鉴类函》,清张英编,清康熙四十九年内府刻本;

《古文渊鉴》,清徐乾学编,清康熙四十九年内府刻四色套印本;

《全唐诗》,清曹寅编,清康熙四十四年扬州诗局刻本。①

康熙年间的内府本精品之中还包括一些丛书和满、蒙、藏诸文种的特种书籍:

《通志堂经解》139 种 1845 卷,清纳兰性德辑,清康熙年内府本;

《六经图》,清康熙年内府精写本;

《大学讲章》,清康熙年内府精写大字本;

《甘珠尔经》,清康熙三十九年藏文朱印本;

《圣般若波罗蜜八千颂》,清康熙年蒙文泥金写本;

《珠宝经》,清康熙元年蒙文泥金写本,是顺治皇帝敕令翻译的唯一一部蒙文佛经;

《木连源流经》,清康熙八年蒙文泥金写本。②

雍正内府珍籍

雍正时期,政治稳定,经济繁荣。皇宫文化活动十分活跃,产生了一大批书品精美、制作精良的内府本,包括皇帝御制作品、内府抄本和刻本,特别是精美绝伦的内府铜活字本的问世,令世人为之惊叹。这批内府珍本,真实地反映了 18 世纪初期中国领先世界的杰出印刷成就,也充分地代表着那个时期中国在经济、文化和科技领域的发展水平。它们是雍正年间的政治、社会和文化生活的一个侧影,这些华美和精致的清内府本,正是康乾盛世过渡时期文化繁荣的标志之一。御制作品主要有:

《孝经集注》,清世宗撰,清雍正年内府写本;

《孝经合解》,清世宗撰,清雍正五年满文抄本;③

① 《故宫图书馆殿本书目》。
② 《故宫图书馆满蒙文书目》。
③ 同上。

036

《清世宗圣训》,清世宗撰,清乾隆五年武英殿刻本;

《圣谕广训》,清圣祖撰,清世宗注,清雍正二年内府刻本;

《雍正上谕》,清允禄编,清雍正二年满文朱格刻本;

《圣谕广训》,清世宗撰,清雍正年满汉文抄本;

《清世宗御制文集》,清乾隆三年武英殿刻本;

《清世宗御制文集》,清光绪五年铅印本;

《大义觉迷录》,清世宗撰,清雍正年内府刻本;

《御制朋党论》,清世宗撰,清雍正年内府满文刻本;

▲ 雍正皇帝读书像

037

《世宗上谕儒释道三教》,清世宗撰,清雍正年内府刻本;

御选书籍有:

《悦心集》,清世宗选,清雍正年内府精抄本;

《妙圆正修智觉永明寿禅是师心赋选注》,清世宗选,清雍正年内府刻本;

《圆通妙智大觉禅师语录》,清世宗选,清雍正五年内府刻本;

《翻译名义集选》,清世宗选,清雍正年内府刻本;

《教乘法数摘要》,清世宗选,清雍正年内府刻本;

《御选悟后必读》,清世宗选;

《御制序文》,清世宗选,清雍正十一年内府刻本;

《御录经海一滴》,清世宗选,清雍正十三年内府刻本;

《御选语录》,清世宗选,清雍正十一年内府刻本;

▲ 雍正皇帝《夏日泛舟》诗轴

038

《御录宗镜大纲》，清世宗选，清雍正十一年内府刻本；

钦定书籍有：

《钦定书经传说汇纂》，清王顼龄纂，清雍正八年内府刻本；

《御制律吕正义》，清允祉编，清雍正二年内府铜活字本；

《小学合解》，宋朱熹撰，明陈选注，清雍正五年满文写本；

《资治通鉴前编》，清王延年编，清雍正四年朱格自写进呈本；

《钦定古今图书集成》，清蒋廷锡、陈梦雷撰，清雍正四年铜活字本；

《子史精华》，清吴襄撰，清雍正五年铜活字本；

《御定骈字类编》，清沈宗敬辑，清雍正六年铜活字本。①

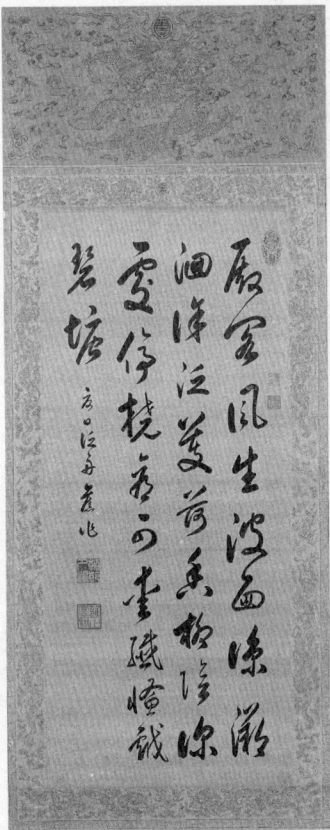

乾隆内府珍籍

清高宗弘历是中国历史上最为博学的一位皇帝，也是文治武功、彪炳史册的一位君主。在他执政的 60 年中，中国经济极大地繁荣，文化空前昌盛，人口快速增长，社会呈现出一派繁荣昌盛的景象，人称乾隆盛世。

乾隆盛世并不是浪得虚名，大量精美别致的内府本，特别是皇帝的御制作品、内府刻本和抄本，尤其是武英殿刻本、天禄琳琅秘本，都是那个时代先进科技成果的体现，代表着当时最高的文化科技成就，可以视为乾隆文化盛世的标志。乾隆皇帝翰墨之娱的御制作品，主要包括：

---

① 《故宫图书馆殿本书目》。

▲ "三希堂精鉴玺"组印

《乐善堂全集》，清高宗撰，清乾隆
年武英殿刻本；

《日知荟说》，清高宗撰，清乾隆年
武英殿刻本；

《御制全韵诗》，清高宗撰，清乾隆
四十三年精写本；

《御制盛京诗》，清高宗撰，清乾隆
年曹文埴精写本；

《御制恭奉皇太后诗文》，清高宗
撰，清乾隆三十六年精写本；

《御制诗文集》，清高宗撰，清乾隆
年武英殿刻本；①

《十全记》，清高宗撰，清乾隆五十
七年写本；

《御制十全老人之宝说》及紫檀
盒，清高宗撰，清乾隆五十七年写本；

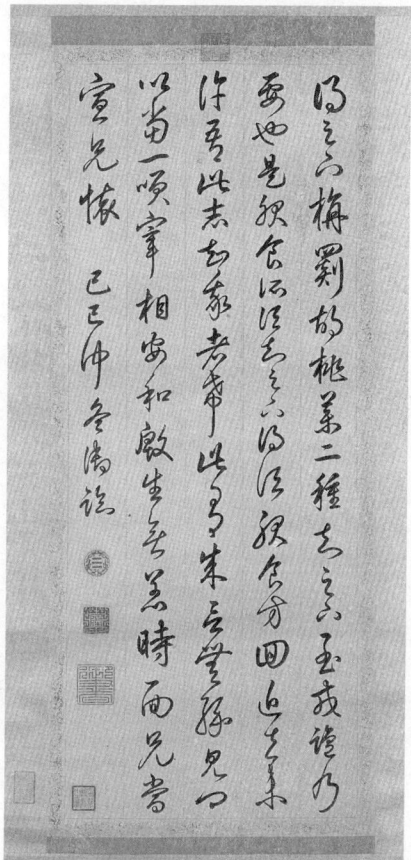

▲ 乾隆皇帝《临王羲之胡桃安和二帖》轴

039

---

① 《故宫图书馆殿本书目》。

《缂丝御笔十全老人之宝说卷》，清高宗撰，清乾隆年写本；

御笔精写本有：

《金刚经》，清高宗撰，清乾隆十一年卷轴写本；

《顾绣金刚经塔轴》，清高宗撰，清乾隆年写本；

《御制宫藏金经》，清乾隆四十六年泥金袖珍写本。上钤：乾隆御览之宝、珠林重定、宜子孙、三希堂精鉴玺、乾清宫鉴藏宝诸印；

《御书瑜珈大教王经》，清乾隆十三年写本。红雕漆书盒，经册上钤：随安宝、德潭月印诸印；

《御书维摩诘所说经》，清乾隆五十年泥金写本。上钤：乾、隆、心清闻妙香诸印；

《刺绣御笔热河考卷》，清高宗撰，清乾隆年卷轴刺绣本；

内府珍本主要包括：

《御选唐宋文醇》，清允禄等纂，清乾隆三年武英殿四色套印本；

《钦定日下旧闻考》160卷，清朱彝尊等纂，清乾隆年武英殿刻本；

《御选唐宋诗醇》，清乾隆十五年四色套印武英殿本；

《九家集注杜诗》，唐杜甫撰，清乾隆年武英殿本；

《钦定热河志》，清和珅等纂，清乾隆年武英殿本；

《评鉴阐要》12卷，清刘统勋撰，清乾隆三十六年武英殿本；

《钦定四库全书总目》240卷，清纪昀撰，清乾隆五十七年武英殿刻本；

《钦定四库全书简明目录》，清乾隆年纪昀写本；

《御制文渊文源文津文溯阁记》，清乾

▲ 乾隆皇帝写字像

隆年绵恩精写本；

《御制文渊文源文津文溯阁诗》，清乾隆年梁国治精写本；

《钦定四库全书天经或问前集》，清乾隆年《四库全书》朱格抄本；

《钦定四库全书天学会通》，清乾隆四十六年《四库全书》朱格抄本。①

武英殿聚珍本

武英殿聚珍版丛书，是清高宗于乾隆三十八年诏令儒臣编纂的一套精致书系，共有138种，2411卷。这年年初，乾隆皇帝诏令侍臣：将《永乐大典》中"实在流传已少，其书足资启牖后学、广益多闻者，即将书名摘出，撮取著书大旨，叙列目录进呈，俟朕裁定，汇付剞劂"。②

《四库全书》馆总裁大臣们接到旨意后立即组成编纂班子，先整理、利用《永乐大典》，按照皇帝的要求分列应刊、应抄、应删三类书籍，其应刊、应抄诸书于审定之后缮成正本进呈御览，并派武英殿员外郎刘惇等具体承办绢板、纸片、界画、装潢、装帧以及监刻诸书事宜。乾隆皇帝对《四库全书》馆总裁们的安排非常满意，特旨简派总管内务府大臣金简总理其事。③

清乾隆三十八年四月，内府开始雕印从《永乐大典》中首批辑出的四部书籍，共二十卷：《帝范》、《汉官旧仪》、《易纬八种》、《魏郑公谏续录》。历时四个月，四部书全部雕印完成，世称聚珍版初刻本。确定应刊的书籍堆积如山，总管大臣金简感到压力很重，"不惟所用版片浩繁，且逐部刊刻，亦需时日"。于是金简提出由内府组织工匠雕造木活字排印这套书籍："臣谨按《御定佩文诗韵》详加选择，除生僻字不常见于经传者不收集外，计应刊刻者，六千数百余字。此内虚字以及常用之熟字，每一字加至十字或百字不等，需五万余字，大小合计不过十五万余字。遇有发刻一切书籍，只须将槽版照底本一摆，即可刷印成卷。倘其间尚有不敷应用之字，预备木字二千个，随时可以刊补。其书页行款大小式样，照依常行书籍尺寸，刊作木槽版二十块，临时按底本将木字检校明确，摆置木槽版内，先刷印一张，交与校勘翰林处详校无误，然后刷印。"④金简仔细计算了雕制这套木活字所

041

---

① 《故宫图书馆抄本书目》。
② 《钦定四库全书总目·卷首》，乾隆三十八年二月十一日谕。
③ 《办理四库全书档案》，乾隆三十八年三月十一日折。
④ 清·金简：《武英殿聚珍版程式·卷首》，乾隆三十八年十月二十八日折。

需的工料和费用，通计需银 1400 余两，比一部一部地印节省了大量的人力、物力、财力。乾隆皇帝非常赞许这套方案，下令内府工匠在正雕造的 15 万木活字基础上，再增加 10 万枣木木活字，共计 25 万个。

金简全力以赴，率领武英殿工匠夜以继日地雕造木活字。到乾隆三十九年（1774）五月，全部木活字雕制完成，共计 253500 个，用去银子 1749 两，再加上印刷时所用的各种备用品，共计用银 2339 两。乾隆皇帝很满意。大臣金简也得意地奏请皇帝："请将此次奏准工料价值作为定例，造具清册，咨送武英殿存案。此后如有刷印模糊及槽版等项应行增添更换之处，即遵照办理。"①

25 万多枚木活字雕造完成以后，按照《佩文韵府》诗韵进行分类，分别放置在十个木箱内，第一个木箱分八层抽屉，每一层又细分为若干个小格，依平、上、去、入四声排列。排印书籍，具体由六人负责：二人专管排版，四人分管四声。排版人据书籍文字唱文索字，分管人依声辨韵，分类捡出。每排完一部书，即印出样书一份，交翰林校刊处校对，校对无误以后即着手正式排印书籍。一部书排印多少份，通常由皇帝或内府主持其事的官员奏呈后确定，不仅印刷的部数明确，而且从纸张到函套到包角用料以至书套里缝用线等都指示得十分详细。如："为装潢上传《庭训格言》清文一部，汉文三部。每部一套一本，做蓝仿丝套，蓝仿丝面页，黄绢签，包角，穿线。每套用仿丝三尺二寸，里缝四寸，面页七寸，共用蓝仿丝二十尺。"②

用这套木活字印出的书籍，称为活字本。一生以风雅自居的乾隆皇帝觉得活字的称谓不雅，特地赐名聚珍；用这套聚珍版活字印行的书籍，称为聚珍本。由于初刻本与聚珍本在版式上基本相同，故统称为武英殿聚珍版丛书。

乾隆皇帝《御题武英殿聚珍版十韵诗》称：

> 稽古搜四库，于今突五车。开镌思寿世，积版或充闾。
> 张帖唐院集，周文梁代余。同为制活字，用以印全书！③

据清乾隆年内府朱格抄本《钦定武英殿聚珍版书目录》记载，到清乾隆三十九年，聚珍本书籍已刊刻了 129 种，包括：经部 31 种，史部 26 种，子部 33 种，集部 39 种。

---

① 《武英殿聚珍版程式·卷首》，乾隆三十九年五月十二日折。
② 《武英殿修书处银两物料清册》。清内府本。
③ 《国朝宫史续编》卷九十四。

武英殿聚珍版丛书始印于乾隆三十八年十月,止于乾隆五十九年(1794),历时二十余年,共印行了 134 种书籍,2393 卷,1420 册;加上初刻本 4 种,共计 138 种,2414 卷。其中以唐宋人的作品为主,包括:唐太宗《帝范》4 卷,唐史徵《周易口诀义》6 卷,唐张说《张燕公集》25 卷,唐颜真卿《文忠集》16 卷,宋司马光《易说》6 卷,宋杨万里《诚斋易传》20 卷,宋吴仁杰《两汉刊误补遗》10 卷,宋项安世《项氏家说》12 卷,宋周密《浩然斋雅谈》3 卷,宋宋庠《元宪集》36 卷等。

嘉庆八年(1803),又排印了 8 种聚珍本:宋吕祖《大事记》,清鄂辉《钦定平苗纪略》,清王履泰《畿辅安澜志》,清齐鲲《续琉球国志》,清阿桂《乾隆八旬万寿盛典》,清董诰《西巡盛典》,清和珅《吏部则例》,清乾隆敕编《钦定重举千叟宴诗》。①这 8 种书在版式、装帧、装潢上与聚珍版略有不同,故世称聚珍版单行本。

清朝末年,各省书局相继成立:江南书局于同治年间建成,此后金陵、湖北、湖南、江苏、江西、浙江、四川、安徽、山西、山东、直隶等地方书局相继问世。这些书局刊印了大量古书,其中有四大书局翻刻了聚珍版丛书:江宁书局翻刻 8 种,浙江书局翻刻袖珍本 38 种,江西书局翻刻 54 种,福建书局翻刻 123 种——清晚期修版增刻了 25 种,共 148 种,世称福本。广雅书局重刻福建本,并附校勘记,世称粤本。②

清宫遗存的聚珍版丛书非常精美:《武英殿聚珍版书》130 种,1368 册,清乾隆三十八年至五十九年武英殿聚珍版木活字本,现存于北京故宫博物院。

《钦定武英殿聚珍版书目录》系清乾隆年内府朱格写本,一直收藏于景阳宫。明黄绸封面,古色纸书签,书签上墨书书名;二珠线四眼装,朱丝栏,白口,上朱鱼尾;版心上题"御制题武英殿聚珍版"。

这本《目录》是乾隆三十九年纂修的,上开列了聚珍版书 129 种,202 函。包括:经部 31 种,如唐史徵《周易口诀义》6 卷,宋司马光《易说》6 卷,宋杨万里《诚斋易传》20 卷等;史部 26 种,如汉卫宏《汉官旧仪》2 卷,宋吴仁杰《两汉刊误补遗》10 卷,以及《东观汉记》24 卷等;子部 33 种,如晋傅元《傅子》1 卷,唐太宗《帝范》4 卷,宋项世安《项氏家说》12 卷等;集部 39 种,如唐张说《张燕公集》25 卷,颜真卿《文忠集》16 卷,宋宋庠《元宪集》36 卷,周密《浩然斋雅谈》3 卷等。③

043

---

① 《钦定武英殿聚珍版书目录》。清乾隆年内府朱格抄本。
② 《清代殿本书始末记》。
③ 《钦定武英殿聚珍版书目录》。

内府珍本的造价

武英殿殿本书的问世，涉及多道工序，在刷印和装潢一部书籍之前，就要备足有关物料。如纸张就包括：白榜纸、泾县榜纸、五折榜纸、罗纹纸、黄笺纸、黄软笺纸、太史连纸等等。

《武英殿修书处银两物料清册》是清同治年间的一部内府抄本，黄绫封面，黄绫书签，上题："武英殿修书处自同治元年正月初一日起至十二月叁拾日止　此一年写刻刷印折配装潢各书给发匠役工价等项用过银两物料数目清册。"这本清册开列了武英殿修书处在同治元年以前旧存的书籍用料：

制钱六百六十六串四百七十五文，银八百两；

红格白榜纸八万八千五百页，红格太史连纸五万五千三百三十三页，罗纹纸一百一十七页，泾县榜纸一千一百九十张，五折榜纸二百三十一张，黄笺纸五百四十七张，黄软笺纸一万零三张；

六十层合背六块，四十层合背十四块半，徽墨二百零一点一二六八四斤，雄黄七点六九八斤，广花末六点四三八两，朱砂锭四点一钱，胭脂三十二张，银朱九十五点九一斤，玫瑰花露三点五斤，芸香露三点五七斤，乳钵二个；

玉别子大小二十三对，象牙别子四对，白象牙别子四对，泡红象牙别子一对；

长九寸宽七寸梨木板二百五十二块，长八寸宽六寸梨木板三百一十块，长八寸宽六寸枣木板一百零四块，备刻书签板四百八十二块，杉木板二千零五十二套，锦三十五点六尺，旧仿丝杉木板十七个，旧杭细合背套四个。

清同治元年(1862)年初新收：黄花绫二百三十七匹，黄素绫四十三匹，黄杭细二百四十丈，黄高丽布一千丈，大珠线四十七斤，粗合背一万块，象牙别子三千二百对，银一千两。

清同治元年年末，武英殿修书处备存物料：

制钱五百三十五串十一文，银三百二十点二八两；

红格白榜纸八万八千五百页，红格太史连纸五万四千三十三页，罗纹纸一百十七张，泾县榜纸五张，黄笺纸四百三十九张，黄软笺纸三千五百零三张；

四十层合背十四块半，徽墨五点六六八四斤，雄黄七点六九八两，广花末六点四三八两，朱砂锭四点一钱；

胭脂三十二张，银朱九十四点九一斤，玫瑰花露三点五斤，芸香露三点五七斤，乳钵两个，玉别子大小二十三对，玉勾别子二个，象牙别子四对，白象牙别子四对，泡红象牙别子一对；

长九寸宽七寸梨木板二百五十二块，长八寸宽六寸梨木板三百一十块，长八寸宽六寸枣木板一百零四块，备刻书签板四百八十二块，杉木板九百零八块，锦三十五点六尺，旧仿丝杉木板套七十个，旧杭细合背套四个；

黄花绫五十七匹，黄素绫二匹，黄杭细六十四丈，黄高丽布六十四丈，大珠线十一斤，粗合背六千一百块，象牙别子二十八对。①

从上述记载看，同治元年一年所使用的武英殿修书处物料，使用较多的是：红格太史连纸1300张，五折榜纸226张，黄笺纸108张，黄软笺纸6500张，杉木板1144块，黄花绫180匹，黄素绫41匹，黄杭细176丈，黄高丽布936丈，粗合背3900块，象牙别子3172对。银子也耗费不少，存银由800两减少至320两。

武英殿书籍的印刷是非常昂贵的。据当时的书籍记载，同治时期，在方略馆供职的界画工匠5人，一年（包括闰月）的饭银是96两，每两发给的制钱是1串500文，合制钱144串。而刷印一部《佩文诗韵》4000册，所用银是172两多。

据史书记载，细账如下：为刷印存库《佩文韵府》四千本，每本书身小页一百七十七页，共计书身小页七十万八千页。刷印每四页工银一钱，合银七十两八钱；折配每四页工银一钱三分，合银九十二两四分；刷印每千页用棕墨各一两五钱，共用棕墨六十六斤六两，每斤价银一钱四分，合银九两二钱九分二厘四毫，共用墨六十六斤六两，先行发给一半，用墨三十三斤三两，以上共合银一百七十二两一钱三分二厘四毫，每两发给制钱一串五百文，共合制钱二百五十八串一百九十八文。②

武英殿修书处刷印书籍昂贵，同样，其皇宫特色的装潢也是费用惊人。以《庭训格言》满文一部，《四书》汉文一部，《清宣宗圣训》满、汉文各一部为例如下：

---

① 《武英殿修书处银两物料清册》。清内府本。
② 同上。

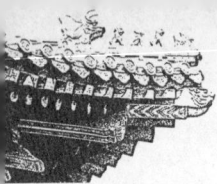

为装潢上传《庭训格言》满文一部，汉文三部，每部一套一本，做蓝仿丝套，蓝仿丝面页，黄绢签，包角，穿线。每套用仿丝三尺二寸，里缝四寸，面页七寸，共用蓝纺丝二十尺；每尺时价用制钱一串二百文，合制钱二十四串。共用黄绢一尺三寸二分，每尺时价用制钱一串一百文，合制钱一串四百五十二文。糊饰套里托裱材料用加连纸十八张，每张时价用制钱一百六十文，合制钱二串八百八十文。每本用白三珠线一分五厘，共用线六分；每两时价用制钱三串，合制钱一百八十文。用别子四对，每对时价用制钱七十五文，合制钱三百文。共用书匠四个，每工工饭用制钱四百文，合制钱一串六百文。

为装潢上传汉文《四书》一部一套六本，入衬页，做蓝布套，古色纸面页，包角，穿线，共四百六十页。每三页用纸一张，共用连四纸一百五十张；每张时价用制钱八十文，合制钱十二串。套面用蓝布四尺二寸，每尺时价用制钱二百文，合制钱八百四十文。用古色纸三张，每张时价用制钱三百文，合制钱九百文。包角里缝绢六寸四分，每尺时价用制钱一串一百文，合制钱七百文。每本用线一分五厘，共用白三珠线九分；每两时价用制钱二串，合制钱一百八十文。成做书套用制钱一百五十文。

为装潢《宣宗成皇帝圣训》进呈陈设颁赏满、汉各书，需用黄花绫一百七十九匹，黄素绫四十一匹，黄杭细一百七十六丈，黄高丽布九百三十六丈，大珠线三十六斤，榜纸二百二十六张，黄笺纸一百零八张，黄软笺纸六千五百张，六十层合背十块，粗合背三千五百九十块，杉木板一千一百四十四套，象牙别子三千一百七十二对。①

武英殿殿本书籍，有些是装贮于楠木书匣的。如清傅恒等撰《西域同文志》24卷，8册，收贮于一匣之中；清乾隆四年（1739）至四十九年武英殿刻本《二十四史》3242卷，目录11卷，666册，分贮于四十八匣之中；另一部698册，一直收藏于昭仁殿，分贮于二书柜十五匣之中；《钦定辽金元三史语解》46卷，18册，分贮于四匣之中；《钦定古今图书集成》10000卷，目录40卷，5020册，分贮于五百二十个木书匣之中；《乐善堂全集定本》30卷，18册，收贮于一精致木匣中；《九家集注杜诗》36卷，24册，分贮于二匣中；《钦定古香斋袖珍书》10种903卷，316册，分贮于五十三匣之中等等。

武英殿楠木书匣的制作、刻字也是十分讲究的，自然也很费工费力。以懋勤殿楠木书匣为例：懋勤殿陆续交出楠木匣盖十四件，内计三寸五分字六个，每字

---

① 《武英殿修书处银两物料清册》。

工饭银三分六厘,合银二钱一分六厘;刻六字一工,填二十字一工,每字用青四分。二寸五分字十六个,每字工饭银二分七厘,合银四钱三分二厘;刻十二字一工,填二十字一工,每字用金十二张半。一寸五分字十六个,每字工饭银一分八厘,合银二钱八分八厘;刻十二字一工,填三十字一工,每字用金四张半。一寸字八个,每字工饭银一分,合银八分;刻三十字一工,填三十字一工,计刊刻周围边线十三件,每件工饭银三分,合银三钱,计九件,每件用金八张。刻字并边线用刻字匠十工,每工工银六分,合银六钱。填字并边线共用画匠十工,每工工银一钱五分四厘,饭银六分,合银二两一钱四分,共合银四两一钱四分六厘。每两发给制钱一串五百文,合制钱六串二百十九文。共用青二钱四分,每两时价用制钱八百文,合制钱一百九十二文。共用金三百九十二张,每百张时价用制钱十串文,合制钱三十九串二百文。金每百张用广胶四钱,共用广胶一两五钱六分八厘,每两时价用制钱五百文,合制钱七百八十四文。以上统共合制钱四十六串三百九十五文。[1]

　　武英殿刻印之书,向来存而不卖,前库存贮大量书籍。乾隆四十一年四月,总管内务府奉旨清查进奏:今查得武英殿前库存贮正项书共一百七十六种,后库存贮正项书共五百十种,与册载相符。至所报余书,共五十六种,内有十三经、二十一史等书二十四种,原系远年抄没之项。此外,又有《朱批谕旨》底本,并各种书籍图版四十九种,或全或缺。又有不全《古今图书集成》一部,内每典缺欠不一,共少六百八十一本。[2]

　　嘉庆年间,许多书籍贮于大殿后之敬思殿。嘉庆十九年(1814),大臣谢峻生奉旨入殿清查,将书籍完好者移贮于前殿,残缺不全者变价处理,后殿仅仅收藏书版。谢氏记载称:"查书时,窗台上有黄包袱贮一物,拂尘展视,得书十二本,盖兵书也。无名目,书中画,各按图解说,如白虹贯日、恶风震雷之类。天见何象,则何如应。画有断尸横陈、将军缺首等像,图皆着色画,见之可怖,解具称朱子曰,恐系秘本,不敢细读,因进御览。奉旨,仍藏于殿中。"[3]查《清仁宗圣训》,有嘉庆十九年五月上谕:"武英殿御书处书籍、版片,积年刊刻不易,若任其残缺漫漶,殊为可惜。著逐一查点,其颁行有用之书,如版片间有缺坏,应即补刻齐全。"[4]

①　《武英殿修书处银两物料清册》。
②　《清乾隆四十一年四月总管内务府折》。
③　清·姚元之:《竹叶亭杂记》。清光绪十九年刻本。
④　《清仁宗圣训·嘉庆十九年五月》。清光绪年铅印本。

清宫殿本的数量

据粗略统计,清各朝刻印的内府书籍数量如下:

顺治时期,内府书 16 种,79 卷。

康熙时期,武英殿本 57 种,5418 卷。

雍正时期,武英殿本 72 种,11998 卷。

乾隆时期,武英殿本 156 种,16484 卷。

嘉庆时期,武英殿本 28 种,4130 卷。

道光时期,武英殿本 12 种,952 卷。

咸丰时期,武英殿本 2 种,19 卷。

同治时期,武英殿本 1 种,10 卷。

光绪时期,武英殿木刻本 22 种,14994 卷;石印本 7 种,11705 卷;铅印本 7 种,3010 卷。[1]

从清初顺治皇帝,到清末宣统皇帝,以所见资料统计,清廷刊行的内府书籍:380 种,68799 卷,8 种不分卷;武英殿聚珍版 138 种,2414 卷;武英殿袖珍版 13 种,940 卷,合计 539 种,72153 卷。[2]

故宫博物院成立以后,将清宫图书集中于寿安宫,建立故宫图书馆,馆中专设殿本库。据 1931 年统计,当时图书馆中所藏殿本:"八百零六部,二万五千零六十册。又殿版开化纸《图书集成》一部,五千零一十九册(缺一册)。又殿版竹纸《图书集成》一部,五千零一十七册(缺三册)。"书中特别注明:"本库专收'钦定'诸书,以《宫史》及《续宫史》所著录者为范围。其刊刻在《续宫史》以后者,如系'钦定'书或'御制'书,亦一律收入,每种只选一部。"[3]

20 世纪 30 年代,著名学者陶湘曾专门研究殿本。他记述说:"予购求殿版书,起光绪十五年乙丑,迄民国十六年己巳,得百数十种,按代为次,编目以存。其非购得而内府尚存者,又内府写本书之未发刻者,均各编一目以附。又内府不存而

---

① 《故宫图书馆殿本书目》。
② 《清代殿本书始末记》、《故宫图书馆殿本书目》等。
③ 《北平故宫博物院图书馆概况》。1931 年。

南北书贾求售而得以及各书馆照影石印者，低一格录入以示别。若聚珍版书、袖珍版书，均殿本之一，别有端绪，略记始末，并编目以备考焉。"①

陶湘与其同人编纂完成了三部殿版书目：《故宫所藏殿版书目》、《故宫殿本书库现存目》、《清代殿版书目》。

第一部完成于1933年年初，书中记述了故宫图书馆从紫禁城各宫提取而集中于寿安宫图书馆殿版书库的藏书情况，也就是图书装箱南迁以前的殿本藏书数量：收录书籍480余种，分成六大类——经、史、子、集、聚珍版、古香斋袖珍版书。

后两部书目，是图书南迁以后的殿本存目。《故宫殿本书库现存目》三卷附录一卷。陶湘在该书前言中称："御制、钦定以及呈览诸书，凡刻本、写本、抄本、铜版、聚珍、石印、铅印等，但与内廷有关者，均归之为殿本书库，即武英殿库之遗意也。编兹书目，一以殿本书库之有无为断，名曰《故宫殿本书库现存目》。"②这部书目收录的刻本200余种。《清代殿版书目》著录了殿本、内府本、石印本、铅印本等书297种。

第四节　乾清宫

乾清宫印象

从乾清宫外形上看，其功能和布局方面类似于太和殿，但在建筑规模和格局上略逊一筹：太和殿是外朝的象征，乾清宫是后廷的象征。汉白玉台基高大雄伟，台基上是青石甬道。宫前是露台，陈列着龟、鹤、日晷、嘉量、铜鼎。丹墀下面有两座文石台。汉白玉雕镂台座之上，安放着镀金宫殿，左边称社稷金殿，右边称江山金殿。明代时，乾清宫之中，常年陈设镀金铜制镈钟和编钟。清代时，这些镈钟和编钟陈设在大殿檐下。③

乾清宫大殿内，明代崇祯皇帝以前，没有任何牌匾。崇祯初年，大殿内悬挂四字大匾：敬天法祖。据说，这四字匾额是司礼监掌印太监高时明奉旨手书。据史料记载，明代永乐年间，紫禁城初建，所有宫殿匾额，都是松江（南京）人朱孔阳奉旨手书的。清代时，乾清宫内高悬四字匾额：正大光明。《易经》称："大者，正也……

---

① 《清代殿本书始末记》。
② 陶湘：《故宫殿本书库现存目录》。1933年。
③ 《清宫述闻·述内廷（一）》。紫禁城出版社，2009年12月。

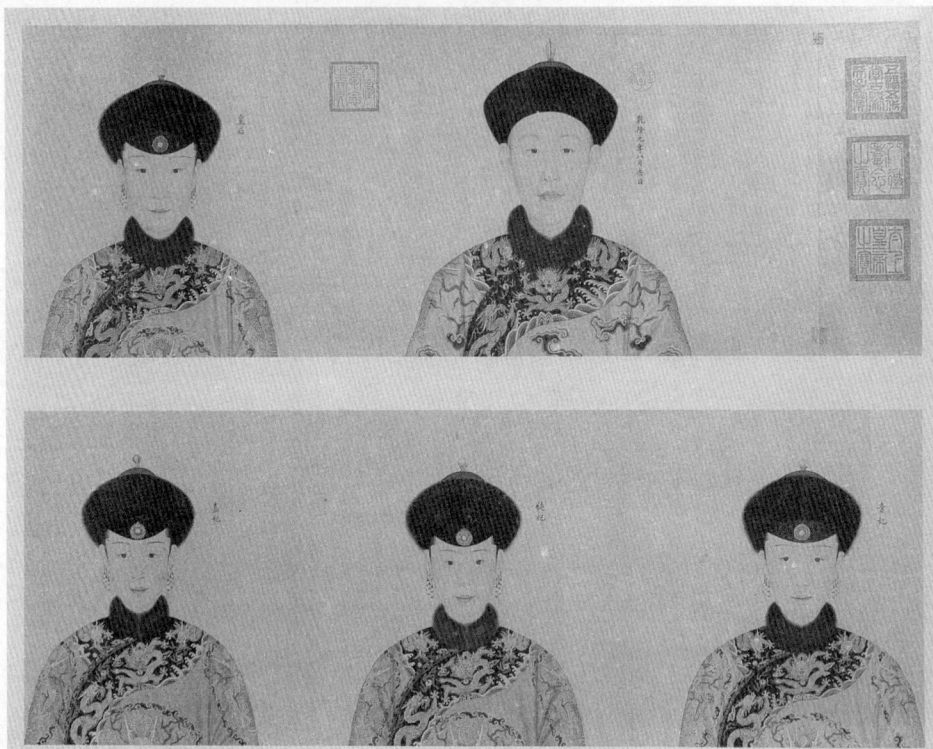

▲ 乾隆皇帝及后妃

刚中正,履帝位而不疚,光明也。"据档案记载,这四字大匾出自顺治皇帝御笔手书。康熙皇帝对于父皇手书的"正大光明"充满敬意,曾恭敬地写下赞语:"皇考世祖章皇帝御笔'正大光明'四字,结构苍秀,超越古今。仰见圣神文武精一执中,发于挥毫之间,光昭日月,诚足媲美心传。"①

乾清宫大殿内有众多联语,最有名的是两副楹联。大殿前面一对楹柱之上,是康熙皇帝御笔楹联:表正万邦,慎厥身,修思永;弘敷五典,无轻民,事惟艰。表正万邦,意思是天下表率、楷模。慎厥身,意为谨慎其身。修思永,自我修养,坚持不懈。《尚书》称:"慎厥身,修思永。"弘,大。敷,传播。弘敷五典,意为弘扬父义、母慈、兄友、弟恭、子孝等五常道德准则。无轻民,不要轻视百姓之事。《尚书》称:"无轻民事,惟难;无安厥位,惟危。"

大殿后面一对楹柱之上,是乾隆皇帝御笔楹联:克宽克仁,皇建其有极;惟精

① 《清宫述闻·述内廷(一)》。紫禁城出版社,2009年12月。

惟一，道积于厥躬。克，能。克宽克仁，意为宽仁之德，明信天下。皇建有极，意为治理天下，应该遵循一定法则。精，精审；一，纯一。《尚书》称："人心惟危，道心惟微。惟精惟一，允执厥中。"道积厥躬，意为大道积于一身。

乾清宫，意思是皇帝遵循上天法则，永清海内。明代时，乾清宫是皇帝寝宫。乾清宫内设暖阁九间，分为上下两层，内有床铺二十七张，用于嫔妃居住，以备侍寝。明代皇帝侍寝，通常是两种方式，一是嫔妃前来乾清宫侍候，二是皇帝亲往嫔妃寝宿。乾清宫大堂之中有五扇屏风，每扇屏风之上镌刻着康熙皇帝亲手辑出的经书格言。中间屏风：惟天聪明，惟圣时宪，惟臣钦若，惟民从义。左边屏风：首出庶物，万国咸宁。最左屏风：功崇惟志，业广惟勤。右边屏风：恺悌君子，四方为则。最右屏风：知人则哲，安民则惠。乾清宫东暖阁，乾隆皇帝御笔匾额：抑斋；西暖阁，乾隆皇帝御笔手书：温室。[1]

乾清宫珍藏

乾清宫是皇帝日常临御之地，珍宝文物灿烂："乾清宫为常日临御之地，球图法物，粲然备陈，而专藏实录、玉牒，宝笈琼函，尤为严重。间岁命三品以上官，满、汉各二员，同批本处官，及乾清宫保管首领太监，于四月内抖晒一次。"[2]晾晒时，拂尘、展袱、开函、包袱、归架。大殿内正中一黄案，左右两边两长案，用于展开包袱和书函；东西前墙两长案，用于将实录、圣训包好。东西隔扇内黄案，用于换套、归架。翁同龢称：抖晒日，"睹乾隆中《南巡图》，凡十二卷，盛以雕漆匣，装潢极精。第一卷，正阳门、彰仪门至长辛店（乘轿）；第二卷，德州渡运（船轿）；第三卷，渡黄（方舟）；第四卷，阅视清淮交汇（临坝）；第五卷，渡江（画舫）；第六卷，苏州至虎丘到胥江（乘马）；第七卷，入浙江境嘉兴烟雨楼（乘小舟）；第八卷，杭州西湖（湖船）；第九卷，谒禹陵（龙褂步行）；第十卷，江宁阅武（御将台）；第十一卷，登陆（乘马）；第十二卷，回銮午门（椅轿）。"[3]

乾清宫内，收存英国赠送的天球仪和地球仪，以及廓尔喀进贡的镀金番刀、花露水、红花等。乾清宫东西暖阁，收藏清代历朝实录、圣训和皇家族谱玉牒。清

051

---

① 《清宫述闻·述内廷（一）》。
② 《养吉斋丛录》。
③ 清·翁同龢：《翁文恭日记》。上海涵芬楼影印本，1925年。

▲ 乾清宫宝

廷祖制规定，每天清晨，皇帝都要衣冠整齐，在乾清宫恭读前朝实录一卷。后来皇帝迁居养心殿，就到养心殿恭读。乾清宫中收藏有《清太祖实录》，内有《战图》八册，是当年盛京旧本，异常珍贵。乾隆皇帝十分珍爱这套《清太祖实录》，"以尊藏之帙，子孙不能尽见，因于辛丑（乾隆四十六年）春，命依式重摹二本，以一本藏上书房，一本恭送盛京藏弆"。①石鼓是千秋法物，元大德年间，移置国学大成门，世为艺林珍秘。石鼓拓本，收藏于乾清宫，木匣珍藏，前有乾隆皇帝御笔题写的长句。②

紫禁城中，一些宫殿内部建造时设有夹层，称为阁楼或者仙楼，楼上主要用于供佛，或者存放备用物品。乾清宫中，临北窗之处就有一组阁楼，收藏珍宝，其栏杆和槛窗都是用楠木制成。乾清宫西暖阁，陈设书画古玩之格架上，所有纱帘缎罩，用板箱装贮封固，收藏于西暖阁仙楼上。西暖阁中存放着康熙皇帝喜爱之御玺：敬天勤民。这颗御玺是康熙皇帝众多御印中的一颗。据记载，雍正皇帝即位，来到乾清宫，点藏父皇御用印玺，特地将这一颗御用印拿出来，以备铃用。后来，乾隆皇帝点藏父皇雍正御玺，也特将这一颗御玺拿出来，特别存放在乾清宫。乾隆临政五十年后，特地将自己珍爱的御玺"古稀天子"之宝收贮在乾清宫东暖阁中。乾隆皇帝七十五岁时留下谕旨："若我子孙内有享永祚而登上寿者，亦得铃用此宝。"西暖阁内还有两支木根如意，是康熙时御用旧物，乾隆皇帝多次御制题咏。几上有周虎镈，供木根如意和吉祥草。③

乾清宫收藏香烛、赏用器物，特设药箱，盛贮皇帝所用冷色、杂色丸药。设太监25名，专司供奉列祖实录、圣训、江山社稷殿，以及香烛收贮、赏用器物，本处陈设、洒扫及御前坐更等事。乾清宫金镈钟，9361两；金编钟，10239两；黄钟，11336两。乾清宫东暖阁备御用书案，上陈晋玉兰堂砚；西暖阁书案，陈晋王廙璧

052

① 清·陈康祺：《郎潜纪闻》。中华书局，1984年。
② 乾隆《重定元拓石鼓文》诗注。
③ 《养吉斋丛录》。

水砚;高案上,陈元澄泥龙珠砚。这三方御用砚,都是清开国之初所拥有的,视为国宝,异常珍贵。乾隆皇帝尤其珍爱这几方古砚,多次题诗吟咏。[①]乾隆五十五年,乾隆皇帝八十大寿,特地在乾清宫举行寿宴,皇子皇孙彩衣献舞,敬献万寿酒。乾隆点砚挥毫,御笔赋诗:"八旬开帙春秋永,一代同堂今古稀!"[②]

第五节　昭仁殿

乾隆建立天禄琳琅

乾清宫东为昭仁殿,是清康熙皇帝日夕寝兴之温室。康熙曾写《昭仁殿》赞颂:雕梁双凤舞,画栋六龙飞。[③]

乾隆九年(1744),乾隆皇帝命内值诸臣点查宫廷秘藏图书,选择其中的精品善本进呈御览,收贮于乾清宫东之昭仁殿。乾隆取汉宫天禄阁藏书故事,赐名天禄琳琅[④]。

乾隆十二年(1747),乾隆皇帝自述:"乾清宫之东廒为昭仁殿,皇祖在御时,日夕寝兴之温室也。朕弗敢居焉,乃贮天禄琳琅宋、元镌本于内,时一徘徊,曷胜今昔之思。""高宗纯皇帝敕检内府书籍善本,先后排比,列架庋藏,匾曰天禄琳琅。"[⑤]

昭仁殿天禄琳琅藏书收存宫中宋、元善本,日渐丰富。乾隆四十年,乾隆命儒臣于敏中、王际华等入殿整理天禄琳琅藏书,撷取精华,剔除赝刻,编成《天禄琳琅书目》十卷,称为《书目前编》。该书目按经、史、子、集四部详细著录藏书,各部依版本先后为序。

乾隆皇帝十分珍爱这批善本,多次写诗吟咏:

甲子琳琅辑天禄,因之内殿庋昭仁。

三旬阅岁编维旧,四库于今书荟新。

体个参差置应别,品资检校得求真。

053

---

①　乾隆壬子《题乾清宫所藏五砚》诗注。
②　《国朝宫史续编》。
③　《清圣祖御制诗集》。清内府刻本。
④　《日下旧闻考》卷十四。
⑤　《国朝宫史续编》卷五十四。

笑咨迩日抽增者，岂乏当时预选人。①

天禄琳琅珍藏

天禄琳琅收藏宏富，鉴赏精详，所收书籍，确实是宫藏旧籍之珍品："往代延阁、广内之书，徒侈缥缃宏富，徒未有如我高宗纯皇帝鉴古精深，多文求旧，一时琅嬛充牣，咸应昌会而备甄藏者。溯自乾隆甲子岁(九年)，敕检内府书善本，进呈鉴定，列架庋置昭仁殿，御题天禄琳琅为额。越乙未(四十年)，重加整比，删除赝刻，特命著为《天禄琳琅书目前编》，详其年代刊印、流传藏弄、鉴赏采择之由，书成，凡十卷，缮录陈设，后入《钦定四库全书》者是也。"②

经统计，《书目前编》著录宋版71部，2536卷，4部不分卷，1451册。包括经部19部，414卷，4部不分卷，277册；史部17部，914卷，509册；子部10部，161卷，112册；集部25部，1047卷，553册。其中皇帝御题宋版书31部，1116卷，1部不分卷，560册。包括经部3部，122卷，1部不分卷，62册；史部9部，472卷，309册；子部3部，102卷，77册；集部9部，361卷，170册。

《书目前编》著录影宋抄本20部，383卷，147册。包括经部8部，107卷，47册；史部4部，140卷，66册；子部4部，32卷，12册；集部4部，104卷，22册。其中皇帝御题影宋抄本5部，35卷，14册。包括经部1部，6卷，6册；史部1部，12卷，2册；子部2部，13卷，4册；集部1部，4卷，2册。

《书目前编》著录元版书86部，5373卷，2部不分卷，2860册。包括经部14部，446卷，1部不分卷，192册；史部28部，3028册，1部不分卷，1960册；子部16部，662卷，193册；集部28部，1237卷，515册。其中皇帝御题元版书6部，284卷，67册，包括经部2部，243卷，56册；史部2部，21卷，5册；子部1部，10卷，1册；集部1部，10卷，5册。③

御题书，是指清乾隆皇帝在天禄琳琅藏书中，自认为珍稀而有价值并亲加题注的书籍。这批御题书，是天禄琳琅藏书中珍品中的珍品，而其中最珍贵的当首推24部御题宋版书，包括：

经部《东莱家塾读经记》32卷、《春秋分记》90卷、《六经图》不分卷；

---

① 《清高宗御制诗文集·昭仁殿诗》。清内府本。
② 《国朝宫史续编》卷七十九。
③ 《天禄琳琅书目》。清乾隆四十年内府抄本。

史部《汉书》100卷、《后汉书》120卷、《隋书》85卷、《资治通鉴考异》30卷、《资治通鉴纲目》59卷、《通鉴纪事本末》42卷、《帝学》8卷、《新唐书纠谬》20卷、《古列女传》8卷；

子部《南华真经》10卷、《容斋三笔》16卷、《太学新编排韵字类》76卷；

集部《楚辞》8卷、《谢宣城诗集》5卷、《九家注杜诗》36卷、《新刊训诂唐昌黎先生文集》51卷、《新刊五百家注音辨昌黎先生文集》59卷、《新刊五百家注音辨唐柳先生文集》32卷、《六臣注文选》60卷、《唐文粹》100卷、《选青赋笺》10卷。①

嘉庆重建天禄琳琅

清嘉庆二年(1797)十月二十一日，由于太监用火不善，乾清宫失火，殃及昭仁殿。这次火灾十分严重，昭仁殿天禄琳琅藏书全部化为灰烬。

乾隆太上皇和嘉庆皇帝派大臣和珅、福长安等重建乾清宫。②

被烧毁的宫殿修复以后，昭仁殿天禄琳琅藏书也得以重建：儒臣奉旨，选取宫中宋、元珍本入藏昭仁殿，再建天禄琳琅藏书。据嘉庆二年十一月大臣的奏折称："遵旨询问彭元瑞，据称现在昭仁殿陈设书籍内，成安家书籍约有十分之三，每本均有谦牧堂图记；其余七分皆御花园旧藏之书，尚有康熙年间南书房认片在内。查前次宋版书共贮七架，今装十一架，既属较多，而宋版内如《春秋经传集解》、《资治通鉴》、《通鉴纪事本末》、杜氏《通典》，又如影宋抄《算书》各种，尤为稀世之宝，实较从前更为美备。至御花园书籍，除宋、元旧版拣出外，所存书籍甚多。"③清宫御花园等各处收藏着丰富的宋、元珍本书籍，因此，天禄琳琅藏书得以很快重建。

天禄琳琅藏书重建以后，尚书彭元瑞等奉旨点查所藏，编成《天禄琳琅书目后编》，称《书目后编》。史称："嘉庆二年丁巳十月，敕尚书彭元瑞等仿前编体例，重辑《天禄琳琅后编》。维时遍理珠囊，详验楮墨，旁稽互证，各有源流，而其规模析而弥精，恢而愈富，凡前人评跋、各家印记俱确有可证，绝无翻雕驳文，为坊肆书贾及好事家伪托者。"④

---

① 《天禄琳琅书目》。
② 《清高宗实录》卷一四九七。
③ 《清宫述闻·昭仁殿》。
④ 《国朝宫史续编·书籍》。

《书目后编》二十卷,历时七个月完成。该书体例与《书目前编》相同,所著录的各书都精加鉴别,考证明确。该书总裁彭元瑞自豪地说:"得后编而益足征我朝右文之盛、藏书之富、圣学之高深。"①

该书目著录宋版书 241 部,5345 卷,包括御题宋版 7 部,161 卷;御题影宋抄本 2 部;鉴藏宋版 223 部,4946 卷;影宋抄本 9 部,235 卷。其中清高宗御题宋版书共 9 部,164 卷,111 册,即:《易传》6 卷、《尚书详解》13 卷、《三礼图》20 卷、《佩觿》3 卷、《班马字类》3 卷、《算经》不分卷、《唐陆宣公集》22 卷、《朱文公校昌黎先生集》50 卷、《增广注释音辨唐柳先生集》47 卷。②

重建的天禄琳琅藏书分前后两层排列,共 35 架:前层从东南起依次为御题宋版、御题影宋抄、宋版、影宋抄、辽版、影辽抄、金版、元版书,共 15 架;后层自西南起依次排列元版、明版书,共 20 架。据称:"共六百六十三部,计千八百二十八函。敬登御题冠首,宋、辽、金、元、明各序时代,仍分经、史、子、集,依仿四库全书次第。"③

天禄琳琅藏书的数量与版本

056

事实上,天禄琳琅藏书的统计数字一直略有出入。

清大臣庆桂称:《书目前编》"综计原贮宋版书七十一部,金版书一部,影宋抄书二十部,元版书八十五部,明版书二百五十二部"。合计 429 部。

《书目前编》实际所列书籍,包括御题书 38 部、鉴赏宋版书 47 部、影宋抄书 15 部、元版书 79 部、明版书 250 部,合计 429 部。数目相符。

《书目后编》实际所列书籍,包括御题宋版书 7 部、御题影宋抄书 2 部、鉴藏宋版书 223 部、影宋抄书 9 部、辽版书 1 部、影辽抄书 1 部、金版书 1 部、元版书 116 部、明版书 289 部、明抄本书 8 部,合计 657 部。庆桂称《书目后编》著书 659 部,多出 2 部。④

清内府统计《书目后编》所列书籍 663 部,比庆桂所统计的又多出 4 部。⑤1934 年 1 月,目录学家张允亮统计,《书目后编》著书 664 部⑥。

---

① 清·彭元瑞:《天禄琳琅书目后编》。清嘉庆年内府朱格抄本。
② 同上。
③ 《天禄琳琅排架图》。清内府本。
④ 《国朝宫史续编·书籍》。
⑤ 《天禄琳琅排架图》。
⑥ 《故宫善本书目》。民国排印本。

今人钱亚新统计,《书目前编》著书450部;《书目后编》著书687部。

统计数字何以如此悬殊?其实,所定标准不同,统计的数字自然不同。细查该《钦定天禄琳琅书目》之凡例,就可以找到答案:"同一书而两椠均工、同一刻而两印各妙者俱从并收,以重在鉴藏,不嫌博采也。"[1]

昭仁殿天禄琳琅藏书均系稽古右文的清代皇帝精心建立的、由大臣奉旨精心挑选的宫廷秘藏善本,这些藏书版本精良,书品上乘,可称为中国古书中的奇珍。《书目前编》所著书籍,主要是由康熙皇帝苦心搜罗的,其中的精品,乾隆皇帝一一鉴赏并集中收贮,且选取精华加以题注,编成书目。《书目后编》

稽古右文之
章随便可用

▲ 清康熙"稽古右文之章"印

057

成书之时,长于鉴赏的乾隆皇帝依然健在,仍选取精华加以题注。每部书均收存于内府精制的函套、木匣之中,根据乾隆皇帝的指示,各种版本用不同的颜色加以区分:宋版、影宋抄、辽版、金版函以锦,元版函以蓝色绨,明版函以褐色绨[2]。

鉴赏天禄琳琅藏书的首要标准是其特有的藏书印,其次是书品、纸张、字体、装潢、装饰等。天禄琳琅藏书,各部书书册的首页均钤盖有"天禄琳琅"、"乾隆御览之宝"两印;而乾隆皇帝御题书亲笔御题的地方,则都钤有数玺:"乾隆宸翰"、"乾隆御笔"、"乾"、"隆"、"得佳趣"、"含味经籍"、"几暇怡情"、"稽古右文之宝"、"内府书画之宝"、"万国桑麻瘰寐中"等;各册书末页均钤"乾隆御览之宝"、"天禄继鉴";一部分书前后空白衬纸上钤有"五福五代堂宝"、"八徵耄念之宝"、"太上皇帝之宝"一式三印等[3]。

天禄琳琅藏书,除上述宫廷印玺外,各书还盖有许多藏书印,从几颗到数十

---

① 清·于敏中:《天禄琳琅书目·凡例》。清乾隆年内府抄本。
② 《天禄琳琅排架图》。
③ 《天禄琳琅书目后编》。

颗不等。如御题《易传》,卷首朱文"乾学",卷一白文"徐健庵"、"臣之印";宋版《春秋繁露》有"皇甫子孙"、"华阳山人皇甫冲印"、"秋光何处堪消写元晏先生满书架"等十余颗印①。据赖福顺统计,《书目前编》各书有印 902 颗,算上重复的有 1278 颗;《书目后编》各书有印 1019 颗,算上重复的有 1778 颗,"两部书目藏书印合计 1921 颗,若计入重复出现者,总印数高达 3056 颗,此等数量于书目中应属首屈一指"。②

五经萃室

昭仁殿后,乾隆皇帝特建南宋岳珂《五经》特藏"五经萃室"。

岳珂字肃之,号倦翁,相州汤阴人,岳飞之孙,岳霖之子。官至户部侍郎、淮东总领制置使、宝谟阁学士,著《金陀粹编》、《愧郯录》、《玉楮集》和《刊正九经三传沿革例》等书。

058

宋时,原有《九经》刻版,以廖刚按建安余氏本和兴国于氏本所校订重刻本为善本。岳珂据此善本,参考其家塾所藏名本二十三种,反复校雠,在相台书塾重刻九经,世称《相台九经》。

清乾隆皇帝,寻得《易》、《书》、《诗》、《礼记》四经,并惊喜地从天禄琳琅中发现了《春秋》,合为五经。乾隆吩咐内府以相台《五经》版式镂版刻印,特在后殿建立"五经萃室",并亲书"五经萃室"匾额,亲自撰写《五经萃室记》。③

乾隆皇帝写道:"盖自甲子时,荟萃宋元明三代旧版,藏之昭仁

▲ "五经萃室"印

---

① 《天禄琳琅书目后编》。
② 赖福顺:《清代天禄琳琅藏书印记研究》。台北中国文化大学编印,1991 年。
③ 《国朝宫史续编》卷八十一。

殿,名曰天禄琳琅。其时即有岳氏所刻之《春秋》,未详其所由来,亦不过与别部《春秋》一例载之天禄琳琅之书而已。兹复得岳氏所刻《易》、《书》、《诗》、《礼记》四种,而独缺《春秋》。因思天禄琳琅中或有其书,命细检之,则岳氏所刻之《春秋》故在!其版之延袤分寸无不吻合,而每卷之后皆有木刻亚形相台岳氏刻梓、荆溪家塾印,大小篆隶文、楷书不等,且每页之末,傍刻篇什,如《易》之乾坤卦、《书》之尧舜典之类,其用心精而纪类审,即宋版之最佳者,亦不多见也!"①

史称:"昭仁殿后庑,慎德俭三楹,分右一楹,汇贮宋岳珂校刻《五经》全编,凡九十卷,御题'五经萃室'为额。圣制记文,识集成之幸,而推广于位置政务之咸宜。大哉!诚因学喻政之彝训也。每经分咏一诗,亲洒宸翰,冠诸册首。"②

清末天禄琳琅藏书的收藏状况

从清嘉庆年间直至清末,清帝对于昭仁殿天禄琳琅藏书的经营一直没有中断。宫中秘藏的宋、元珍本,陆续入充昭仁殿中。光绪时,《昭仁殿书目三编》问世了,《昭仁殿书目四编》也完成了一半。清廷内忧外患日渐加深,天禄琳琅藏书在动荡岁月中也有相当程度的损毁,但到清末光绪年间,昭仁殿藏书仍然十分丰富。

光绪时的大臣真实地记述了当时的情形:"壬辰、癸巳(光绪十八、十九年)间,今上锐意讲求古籍。南书房翰林查天禄琳琅各书,则已于咸丰间毁于圆明园之火矣。既复奏,上又命诸翰林检查宫中各宫殿所珍藏书画之所,稽检宋、元本书,编排目录。始请开昭仁殿,廊下所藏各书,皆为《续编》著录本。又请开慈宁宫,则所藏悉为正、续两编目所未载。又请开景阳宫,于殿隔扇复架上发见宋、元椠书,于中检得道光中词臣奉敕编纂《天禄琳琅书目三编》写定进呈本一函。具奏请旨,敕南书房诸翰林每日入内廷,赐午膳,限至申正始退。以慈宁宫藏本为始,又检查翰林院清秘堂、宝善亭所储各书中宋、元本及内府收藏之本,经三次著录者,编为《天禄琳琅目录四编》。顾方未及半,而有甲午中日之役,遽尔中止。三次编目,与正编、续编例同,惟四编兼载每叶行字,较胜以前诸编,惜未能竣也。"③

① 《清高宗御制文集·五经萃室记》。清内府本。
② 《国朝宫史续编》卷八十一。
③ 《敬孚类稿》,转引自《清宫述闻·昭仁殿》。

宣统三年十二月二十五日(1912年2月12日),五岁的末代皇帝溥仪在隆裕太后的监护下退位,按照民国政府给予的《清室优待条件》,继续生活在紫禁城北部的后廷中,并沿用宣统年号,称为小朝廷。逊帝溥仪不甘心失去江山社稷,一心想复兴大清帝国,重登皇帝宝座。他在《我的前半生》一书中这样说:"我们行动的第一步是筹备经费,方法是把宫里最值钱的字画和古籍,以我赏赐溥杰为名,运出宫外,存到天津英租界的房子里去……古版书籍方面,乾清宫东昭仁殿的全部宋版、明版书的珍本,都被我们盗运走了。运出的总数,有一千多件手卷字画,二百多种挂轴和册页,二百种上下的宋版书。"①

1923年七月至九月,溥仪先后41次赏赐溥杰:昭仁殿珍本古书210部,古字画珍宝1285件。其中古书几乎全是宋本精品,包括宋本199部、元本10部、明抄本1部。②

第六节　毓庆宫

宛委别藏的建立

宛委别藏是清宫极重要的一处皇家书室,它位于毓庆宫。毓庆宫是乾隆少年时期曾经居住过的地方,嘉庆皇帝当皇子期间以及即位以后的前四年也居住在这里。后来,嘉庆皇帝经常在毓庆宫回顾他以往数十年的读书生活。该宫后殿的东次室名为味余书室。③

味余书室再东,为知不足斋。嘉庆《题知不足斋诗》云:"斋名沿鲍氏,阙史御题诗。集书若不足,千文以序推。予别有所会,萦心惟邦基。寰区至广大,焉能物无遗。"④后殿西次室,为宛委别藏。

乾隆年间,召集天下才学之士,纂修了一部中国典籍集大成者的巨著《四库全书》。当时阮元年纪尚小,不能躬逢盛事,他一直引以为憾。嘉庆年间,阮元任职浙江巡抚。他在任职期间,遍访人文荟萃的江南地区,刻意搜求古旧秘籍,尤其注重搜罗《四库全书》未曾收录的古书,一有发现,便不惜重金购置。

---

① 溥仪:《我的前半生》。群众出版社,1996年。
② 《赏溥杰书画目录》。故宫博物院,1934年10月排印本。
③ 《清仁宗御制诗集·毓庆宫继志》诗注。清内府本。
④ 《清仁宗御制诗集·知不足斋诗注》。

古旧秘籍日渐丰富,阮元细心整理,并依照《四库全书总目》体例,将所有收存古书一一撰写提要。全部整理和纂写完成后,阮元上书仁宗,进呈皇宫。嘉庆皇帝审定了这批珍贵古书,将它们视为奇珍,吩咐将这批古书收藏于毓庆宫中,派专人管理。收藏这批古书的书室,仁宗亲自选定,并特地赐名宛委别藏:"阮文达元抚浙,日进七阁未录书百种,睿庙赐名'宛委别藏',副墨浙中有之。"①

宛委别藏藏书

皇家书室的宛委别藏,共计收藏珍贵古书172种,780册。这些古书分别装入清宫特制的红色楠木书匣之中,共计103函,每函木匣上均刻写四个大字:宛委别藏。匣盒上分别刻写着匣内所贮古书的书名。这批古书全按经、史、子、集四部排列,各部书分别以绿、红、青、白四种不同的颜色加以区别。这些古书以旧本、影抄本为主,大多为白纸朱栏,精抄精刻。书衣以蓝、紫、红三色相区别。每部书的正编首页上均钤盖着清仁宗朱印:嘉庆御览之宝。②

第七节　清代宫廷秘籍特色

清代皇帝倡导文治,重视汉族文化,全面接受儒家学说,确定以儒学为国学、以文治天下的治国方针。清代宫廷藏书,直接承自前朝的宫廷旧藏,并在清代历朝皇帝的参与和鼓励下逐渐建立起来。清帝不遗余力地搜罗遗籍,建立了基本的宫廷藏书。

清代丰富的宫廷藏书是清帝文治的直接体现,同时,清帝利用这些珍贵收藏,博览群书,加强个人的文化修养,丰富自己的读书生活,撰写了大量御制作品,作品的数量达到了历史上皇帝御制作品之最。这些作品真实而生动地记述了当时的社会、文化生活,是极有史料价值的文献。

可以说,清代皇帝的御制作品,在中国数千年历史上、在五百多个帝王之中,是数量最多、内容最为丰富的。清帝不断地组织儒臣,利用丰富的宫廷珍藏,大规模地纂修书籍,在文化成就上也创造了历史之最。这些钦定、御纂作品,进一步完

---

① 清·龚自珍:《龚定庵全集·述怀》。清宣统元年上海国学扶轮社铅印。
② 赵尔巽:《清史稿·阮元传》。中华书局,1978年。

善了宫廷藏书,从而形成了较为完整的清宫藏书体系。清代宫廷藏书规模和藏书品质都达到了历史上前所未有的程度;其书品之华贵、种类之繁多、所藏历代珍贵典籍之丰富,均居历代宫廷藏书之首。

清代宫廷藏书收藏丰富,书品华贵,藏书布局星罗棋布。较之历代宫廷藏书,清宫藏书有如下特色:

一、明承宋宫旧藏,清室全盘接收了明宫紫禁城藏书。史称:"汉唐以来,公家藏弆,均在长安、洛阳二处。至赵宋,始集中于汴京。南渡后,金人辇而致北,宋人聚而在南。及元建大都,又致临安之书,而燕都藏弆之地位始以显著。明成祖以北京所蓄,益之以南都所聚,北京乃为官家收藏之中心矣!"①

二、清历朝皇帝稽古右文,重视文化事业,不遗余力地搜罗古籍,组织儒臣纂修书籍,大力发展和充实宫廷藏书。康熙二十五年,颁诏广求天下遗籍:"通都大邑,应有藏编。野乘名山,岂无善本?今宜广为访辑,务令搜罗罔遗,以付朕稽古崇文之至意。"②清乾隆三十七年,诏谕天下:"朕稽古右文,聿资治理。几余典学,日有孜孜。……是以御极之初,即诏中外,搜访遗书。并令儒臣校勘十三经、二十一史,遍布黉宫,嘉惠后学。复开馆纂修《纲目三编》、《通鉴辑览》及《三通》诸书。凡艺林承学之士所当户诵家弦者,既已荟萃略备!"③

三、清宫设立专门皇家藏书楼,收藏大型典籍。如文渊阁收藏《古今图书集成》、《四库全书》,昭仁殿收藏《天禄琳琅》,毓庆宫收藏《宛委别藏》等。乾隆皇帝写《重华宫茶宴诗》吟文渊阁《四库全书》:"琅嬛秘籍历增多,从事诹言觉太过。史乘书仓屏忌讳,稗官杂说概搜罗。要拈摛藻先誊缮,典数开元广勘磨。著作酬他业勤肄,施行愧我政如何?"④琅嬛,神话中天帝、神仙的藏书处。

四、清宫藏书楼建筑独特,保存条件良好,库房图书设备齐全,有一套完备的图书保护措施和规章制度,专人、专库、专责管理。如皇史宬收藏玉牒、实录、圣训,乾清宫收藏《古今图书集成》,摛藻堂收藏《四库全书荟要》,昭仁殿之"五经萃室"等。乾隆在《题五经萃室岳珂宋版五经诗》序中称:"经天纬地,精华统备于三才;合璧联珠,美富集成于一室。荟数圣人之宝训,全帙重完;收千载上之遗文,新

① 陈登原:《古今典籍聚散考》卷二。
② 《东华录》卷十三。
③ 《国朝宫史续编》卷八十三。
④ 《国朝宫史续编》卷八十四。

题式焕。溯自相台锓刻,名重荆溪;天禄搜罗,版留岳氏。顾麟经久归部目,而载纪续入鉴藏。伟兹四库之全,更获五经之萃。验标名于篇页,易诗书椠刻皆符;审印字于钤题,篆隶楷规模悉肖。经七八家而收藏可证,阅六百岁而分合堪稽。爰因慎德之后楹,更出昭仁之秘本。书仍旧简,罗函排鳞次之观;楣焕新颜,堆几翕雁行之序。"[1]

五、清室建立宫廷刻印中心,刊印了独具皇宫特色的内府本——武英殿刻本,世称殿本。殿本之精华,包括康版、活字版诸书。完成于康熙、雍正时期的铜活字版《古今图书集成》,就是一部精品之作:"《古今图书集成》设馆于康熙丙申,历二十载告成。书分大部,为典凡三十六。备员纂修者如其数,一专一典,时谓之'集成馆'。黄莘田题《集成馆纂修图》云:藏珠府接大罗天,握椠怀铅各并肩。不比兰亭修禊事,群贤毕集永和年。""雅雅鱼鱼俨受经,五云深处子云亭。缥缃亦有麒麟阁,一一丹青是汗青。"[2]

六、清宫藏书之中,收藏着许多十分珍贵的绝世孤本,它们是用特殊材料精制而成的,部分出自皇帝御制,部分是由著名大臣精抄精写之后进呈皇宫,还有一些是内府秘本和舆图。这些珍贵本子包括:皇帝御笔写经、臣工写经、内府写本、内府刻本、宫廷戏本、抄本、舆图、建筑图样、陈设档、佛经、道经,以及满、蒙文等各民族语写本、刻本等等。现存:皇帝御笔抄写的佛经、道经有约 200 部,2300余册;臣工精抄的佛经、道经有约 800 部,1300 册;抄本 24000 余册,刻本 23000余册,清武英殿刻本 39000 余册,佛经、道经 28000 余册,宫廷戏本 11000 余册,建筑图样 2900 余册,陈设档 680 余册,舆图 320 余册等。乾隆《咏侧理纸》诗:"万幅昔何多,一番今已稀。瓷坚知略胜,铜久较诚非。浮碧虚称锦,流黄漫说机。有名惟鱼网,无缝乃天衣。"诗后注解:"侧理纸出晋时,今无。似晋时陶器,知纸坚过之。三代范铜颇多,如侧理纸,不多见也。"[3]

七、清宫藏书,几乎遍布所有重要宫室,形成了星罗棋布的宫廷藏书网。文渊阁是明清两代皇室的专业藏书楼,收藏着历代皇宫珍籍,清代收藏两部巨著《古今图书集成》、《四库全书》。皇史宬是明清两代皇家家谱专藏,收藏着明清皇室丰富的玉牒、实录、圣训,仅收藏清代皇家的宝训、实录铜皮鎏金金匮就达 152 柜。

---

① 《国朝宫史续编》卷八十一。
② 郭则沄:《十朝诗乘》。1935 年排印本。
③ 《清高宗御制诗四集》卷六。

武英殿是殿本的校勘、刻印处,也是殿本的收藏中心。昭仁殿是清康熙、乾隆年间宋、元珍贵版本的收藏中心,乾隆年间的《天禄琳琅》藏书和嘉庆年间的《天禄琳琅》续藏,都是垂名青史的宫廷珍藏。与此同时,皇帝、后妃出入的宫中大小宫室,几乎都是藏书处,收藏着不同规模、各具特色的藏书。清末之时,寿皇殿藏书3076册,景福宫藏书2894册,弘德殿藏书5455册,毓庆宫藏书约15000册,寿安宫藏书16000余册,景阳宫藏书则在84000余册。[①]

---

① 《北平故宫博物院图书馆概况》。排印本。

第二章

第一次流传宫外时期

——宫廷国宝秘籍流失

第一节　明宫秘籍窃掠内幕

明宫建立宫廷藏书

明太祖朱元璋早在建明以前就选派官员,访求天下遗书,入藏秘阁,以资阅览①。洪武元年,他建都南京,命大将军徐达统兵北上,占领元大都即北京。徐达入都以后,头等大事就是封存元宫府库图书宝物:"大将军收秘书监图书、太常法服、祭器、仪象版籍和元奎章阁、崇文阁等秘室图书,尽数载运南京。"②

明成祖迁都北京,着手建立北京宫廷藏书。成祖命侍讲陈敬宗:"取南京文渊阁所藏古今书籍,自一部至一百部以上,各取一部运送北京。"③侍臣们奉旨选书,共取书一百余柜,装船十余艘,从水路过长江,经京杭大运河、通惠河运抵北京。"于是,宋、金、元来皇家之旧藏,群集于北京之文渊阁矣!"④

明代的宫廷藏书,承自宋、辽、金、元的宫廷藏书。对此,清代大学者朱彝尊有如下评述:"宋靖康二年(1127),金人索秘书监文集,节次解发。见丁物起《孤臣泣血录》。而洪氏《容斋随笔》亦云:宣和殿、太清楼、龙图阁御府所储书籍,靖康荡析之后,尽归于燕。元平金也,杨中书惟于军前收伊、洛诸书,载送燕都。及平宋,王

---

① 《皇明大政记》卷一。
② 《国朝经籍志·序》。
③ 清·张廷玉:《明史·艺文志》。清武英殿刻本。
④ 《古今典籍聚散考》卷二。

承旨构首请辇宋三馆图籍。宋之实录、正史皆完。当时，敕平章政事太原张易兼领秘书，有诏许京朝官随时借观。由是言之，文渊阁所藏，乃合宋、金、元所储而汇于一，加以明永乐间南都所运百柜。"①这就是明初宫廷藏书的构成。

实际上，明代宫廷藏书是从中国汉唐以来宫廷藏书递衍而来，是中国历代皇宫藏书的直接继承者。学者陈登原在考察了中国宫廷藏书的演变之后，这样说道："汉唐以来，公家藏弆，均在长安、洛阳二处。至赵宋，始集中于汴京。南渡后，金人辇弆至北，宋人聚而在南。及元建大都，又至临安之书，而燕都藏弆之地位始以显著。明成祖以北京所蓄，益之以南都所聚，北京乃为官家收藏之中心矣。"②

明仁宗、宣宗大力发展经济，开创了一个王朝盛世，史称仁宣之治。明宫藏书得到了进一步的充实和丰富。清代史学家钱大昕称赞这个时期是："仁宣二世，世既升平，文物益盛。"③清代大学者张廷玉这样描述："是时，秘阁贮书二万余部，近百万卷，刻本十三，抄本十七。"④明英宗时，庐陵人杨士奇、建安人杨荣、南郡杨溥主持朝政，史称三杨。三杨博览群书，在政务之暇，留意于古书、古董，精于鉴藏，特别是杨士奇，精通古书鉴赏和版本之学，也长于书画真迹鉴别，曾从如山的字帖之中慧眼挑出《唐欧阳询梦奠帖》真迹，亲笔题记。面对宫廷珍籍收藏之状况，阁臣杨士奇进奏："文渊阁所贮书籍，有祖宗御制文集及古今经、史、子、集之书，向贮左顺门北廊，今移于文渊阁、东阁，臣等逐一点勘，编成书目，请用宝钤识，永久藏弆。"英宗同意。杨士奇等奉旨整理皇宫库藏，编成《文渊阁书目》。该书目只写书名，没有写卷数，其所记文渊阁藏书43200种，约在10万卷。⑤

《永乐大典》的纂修

明宫皇家书室之中，能与宋、元旧椠比美的，就是由明宫修纂的大型类书《永乐大典》。

类书，就是以类相从的书籍。起码在三国时期，中国就有类书问世，最著名的早期类书是魏缪袭等人编纂的《皇览》，680卷。此后不断有类书面世，主要有：梁

① 转引自《续通考》卷一百四十一。
② 《古今典籍聚散考》卷二。
③ 《文渊阁书目·跋》，转引自《清宫述闻》。
④ 《明史·艺文志》。
⑤ 《文渊阁书目》，转引自《清宫述闻》。

刘孝标《类览》，120 卷；北齐祖珽《修文殿御览》，360 卷；唐魏徵《文思博要》，1200 卷；唐欧阳询《艺文类聚》，100 卷；唐虞世南《北堂书钞》，160 卷；唐张昌宗《三教珠英》，1300 卷；宋初四大类书——李昉《太平御览》，1000 卷；李昉《太平广记》，500 卷；李昉《文苑英华》，1000 卷；王钦若《册府元龟》，1000 卷。

宋初四大类书，基本上是分类抄书，体例方面也是仿自前代，没有突破。《太平御览》，就是仿自《修文殿御览》、《文思博要》和《艺文类聚》诸书，而且所有这些类书都是在 1300 卷以下。明初的《永乐大典》，依韵编排，多达 2 万余卷，真是空前绝后的一件文化盛事。体例上，主要依宋钱

▲ 明成祖永乐皇帝朱棣画像

069

讽《回溪史韵》和元阴时夫《韵府群玉》，每字依韵目编排。当时纂修此书，主要依据的是宫廷文渊阁藏书，大量的诗文、歌赋、小说、医书、方志之类的珍贵典籍借以保存。特别是一些当时流行但宫中没有收藏的小说、戏曲，也收录其中，十分珍贵，如《薛仁贵征辽》、《魏徵梦斩泾河龙》等。

此书修成于明成祖永乐年间，但早在明太祖洪武二十一年(1388)四月，大臣解缙就曾建议纂修。解缙在《上封事万言书》中说："臣见陛下好观《说苑》、《韵府》杂书与所谓《道德经》、《心经》者，臣窃谓甚非所宜也。陛下若喜其便于检阅，则愿集一二志士儒英，臣请得执笔而随其后，上溯唐、虞、夏、商、周、孔之华奥，下及关、闽、濂、洛之佳范，根实精明，随时类别，以备劝戒。删其无益，焚其谬妄，勒成一经，上接经史，岂非太平制作之一端也欤？"①可惜大才子解缙很快陷进了一场政治灾难之中，此议告寝。

明成祖朱棣武力夺取江山以后，倚重大才子解缙，擢迁他为侍读学士，入文渊阁参决机务。永乐元年(1403)七月，成祖诏谕解缙："天下古今事物，散载诸书，

---

① 明·程敏政：《皇明文衡》。明嘉靖八年宗文堂刻本。

篇帙浩穰,不易检阅。朕欲悉采各书所载事物类聚之,而统之以韵,庶几考索之便,如探囊取物尔。尝观《韵府群玉》、《回溪史韵》二书,事虽有统而采摘不广,记载太略。尔等其如朕意,凡书契以来经史子集百家之书,至于天文、地志、阴阳、医卜、僧道、技艺之言,备辑为一书,毋厌浩繁。"①

解缙欣然奉旨,带着一班硕学鸿儒开始编纂这部大型类书。次年十一月二十一日,全书编成,进呈御览以后,成祖赐名《文献大成》。成祖虽然奖励了纂修人员,但他总觉得此书的完成过于仓促,在许多地方还没有达到自己的要求。于是成祖下令重修此书:以太子少保姚广孝、刑部侍郎刘秀篪和解缙为总裁,总理其事;以翰林学士王景、侍读学士王达等为副总裁。永乐三年正月,在南京文渊阁设立永乐大典馆,开始重修此书,集中了全国各地的硕学鸿儒和中外博学的官员、学者,并选择国子监和各郡县学校善书的生员负责抄写,由光禄寺提供酒食。据记载,参与纂修书籍的人员在3000人以上。前后历时三年,全书修成,共2.2万余卷,成祖很满意,亲自作序,赐名《永乐大典》。②

《永乐大典》是明代一部大型综合性的百科全书,全书共约3.7亿字,分成22937卷,11095册。该书以《洪武正韵》为纲,以韵统字,以字系事,内容包罗万象:"是书之作,上自古初,下及近代,经史子集与凡道释、医卜、杂家之书,靡不收采。诚以朝廷制作所关,务在详备无遗,显明易考。用韵以统字,用字以系事,凡天文、地理、人伦、国统、道德、政治、制度、名物以至奇闻异见、庚词逸事,悉皆随字收载。"③

该书的21条凡例从原则上规定了全书的收录范围和编纂体例,但在具体的纂修过程中却没有严格遵循:"或以一字一句分韵,或析取一篇以名分韵,或全录一书以书名分韵,与卷首凡例多不相应,殊乖编纂之体。疑其始亦韵府之体,但每条备具始末,比《韵府》加详。今每韵前所载事韵,其初稿也;继以急于成书,遂不暇随条采掇,而分隶以篇名;既而求竣益迫,更不暇逐篇分析,而分隶以书名。故参差无绪,至于如此。"④清代学者讥讽《永乐大典》是"割裂庞杂、漫无条理"。⑤

尽管如此,《永乐大典》在中国文化史乃至世界文化史上都有着很重要的地

---

① 《明太宗实录》卷二十一。清史馆抄毛订本。
② 《明太宗实录》卷七十三。
③ 明·姚广孝:《永乐大典·凡例》。中华书局,1959年。
④ 清·纪昀:《四库全书总目提要》。清纪氏手抄本。
⑤ 《四库全书总目提要·子部类书》。

位，人们还是从整体上肯定它保存中国文化的价值。清代大学者全祖望这样评述："其例乃用《洪武四声韵》分部，以一字为纲，即取十三经、二十一史、诸子百家无不类而列之，所谓因韵以统字，因字以系事者也。而皆直取全文，未尝擅减片语。夫偶举一事，即欲贯穿前古后今书籍，斯原属事势所必不能。而《大典》辑合并包，不遗余力，虽其间不无汗漫陵杂之失，然神魄亦大矣！"[1]

明中期自号草桥子的杭州人郎瑛，一生以委身载籍自居，在所著《七修类稿》中曾感叹这部大书过于庞大，担心恐难流传。他说："《永乐大典》，成祖命胡广、王洪等编成一书，名曰《永乐大典》，计二万二千八百七十三卷，一万一千九十五本，目录六十卷。其表文尝见于《螺精隽》中，然亦不叙中之事实，徒具望洋之叹而已。呜呼！《御览》、《元龟》不过千卷，人间亦不可得矣，《大典》动以万计，安能使世传也哉？"[2]

明末手定国史的史学家朱国祯说："《永乐大典》，乃文皇命儒臣解缙等粹秘阁书，分韵类载，以便检考，赐名《文献大成》。复以未备，命姚广孝等再修，供事编辑者凡三千余人，二万二千九百三十七卷，一万一千九十本，目录九百本，贮之文楼。世庙甚爱之，凡有疑，按韵索览。三殿灾，命左右趣登文楼出之，夜中传谕三四次，遂得不毁。又明年，重录一部，贮他所。"[3]

《永乐大典》的流失

自《永乐大典》正本问世以后，永乐皇帝迁都北京，这部书也一同北上，收藏在紫禁城文楼之中，从此，基本上就再没有动过。明孝宗、明世宗喜爱读书，多次用过此书：明孝宗喜欢医书，曾下令将《永乐大典》中医方抄录出来，赏赐给太医院[4]；明世宗特别喜爱这部大书，吩咐将自己喜爱的数册书籍放在身边，这样，在他的御案上，每天都有几册有关炼丹长寿的《永乐大典》。明世宗时，文楼失火，世宗一夜四次下诏，命令抢救《永乐大典》，正本完好无损。但世宗仍然不放心，吩咐重新抄录一份，为《永乐大典》副本，收藏于皇史宬，[5]直到清康熙时期，前后历时

①　清·全祖望：《立斋闲录》卷三。清刻本。
②　明·郎瑛：《七修类稿》卷十七。清光绪六年广州翰墨园刻本。
③　明·朱国祯：《涌幢小品》卷二。文化艺术出版社，1998 年 8 月。
④　《明孝宗实录》。
⑤　《明世宗实录》。

一百余年。

明神宗时,《永乐大典》基本上依然完好。南京国子监祭酒陆可教曾经上书,建议皇帝刊印《永乐大典》。太史令李维桢说:"其书冗滥可厌,殊不足观!"①

明末时,情况就有些不妙了,《永乐大典》的去向成为谜案。

有专家认为,明末时,《永乐大典》就已经不在人世了。有的说毁于大火,有的说随葬于帝陵,有的干脆说去向不明。

明代史学家谈迁认为,大约在明神宗时,《永乐大典》正本就已经失踪,可能毁于大火。他说:"万历末,《永乐大典》不存,抑火失之耶?"②

明末太监刘若愚熟悉明宫生活,特别注重明室收藏,可他也不知道《永乐大典》的下落:"旧《永乐大典》二部,今又见贮于何处也?"③

清初史学家顾炎武也持这一看法,认为《永乐大典》,全部皆失。④

康熙年间,大臣徐乾学等人奉旨入皇史宬检阅书籍,发现《永乐大典》副本,清点后得知,副本已经残缺,他认为:"鼎革时,亦有佚失。"

雍正时,《永乐大典》副本改藏于翰林院敬一亭。雍正、乾隆年间纂修三礼,设立三礼书局,负责其事的学识渊博的大臣李绂、全祖望,在翰林院见过《永乐大典》副本。全祖望兴奋地猜测:《永乐大典》正本没有丢失,而是收藏在后宫正宫的乾清宫。为此,他曾郑重建议,对照正本,将副本补齐。直到清末时,大学者缪荃孙也认同全祖望的看法,坚持正本收藏于乾清宫,毁于嘉庆年间乾清宫大火。

《永乐大典》的正本一直是史学界的一个谜案,可能是在明亡之际毁于战火。

乾隆初年,建立天禄琳琅,一直没有《永乐大典》正本的踪影,《天禄琳琅书目初编》和《天禄琳琅书目续编》都没有著录。

乾隆三十八年,设四库全书馆,组织儒臣纂修《四库全书》。乾隆吩咐检阅《永乐大典》,收辑佚书。总裁大臣纪昀清查的结果,《永乐大典》缺少1000余册,2422卷。这2000余卷何时散佚,无从知晓,也没有线索,纪昀只能望洋兴叹。有人同意康熙时期徐乾学等人的说法,认为这些流失的书籍可能毁于明亡之际。但也有人

① 《明世宗实录》。
② 明·谈迁:《国榷》。北京古籍出版社,1958年。
③ 明·刘若愚:《酌中志》。清康熙年内府朱格抄本。
④ 清·顾炎武:《日知录》。清乾隆六十年刻本。

猜测，徐乾学等人是贼喊捉贼，应该是在康熙年间，总裁官徐乾学、高士奇、王鸿绪等大臣奉旨修书，入皇史宬查书，将部分书籍带回家中，没有归还。乾隆时，皇帝特地命令两江总督高晋、浙江巡抚三宝，前往这些总裁官家中，探问这些皇宫秘籍的下落，并郑重声明：《永乐大典》是官家之物，即使当年拿取，忘记归还，也属无意收藏，只要交出归还宫中，不予追究。可惜，连恐带吓，也无济于事，一本没有得到。①

乾隆皇帝再三吩咐，寻访《永乐大典》，但一直没有找到正本、副本的足本。皇帝和与修大臣一再感慨《永乐大典》副本不全，众人也在宫里宫外可能存放书籍的地方仔细寻找，并没有发现正本，也没有人提到《永乐大典》正本。这一万余册的大型秘籍，如果在宫中，不可能不被发现。乾隆皇帝求书心切，猜想这些丢失的书籍可能会在街巷书肆之中找到，特地派专人前往察访，也没有找到。

乾隆皇帝对《永乐大典》散佚十分惋惜，也无可奈何。他曾写诗，这样感叹：

大典犹看永乐传，搜罗颇见费心坚。
兼及释道欠精覆，久阅沧桑惜弗全！②

乾隆皇帝对找到的《永乐大典》副本十分重视，派专人看护和保管。尽管如此，这部副本也差点被盗。乾隆三十九年，《四库全书》纂修官黄寿龄费尽心机，竟然私自将《永乐大典》六册带回家中，不料书籍被人偷窃！黄寿龄四处寻找，没有结果，只好奏报。③

乾隆皇帝得讯大怒，指责说："《永乐大典》为世间未有之书！本不应该听纂修等携带外出！"乾隆吩咐，立即查询明确，据实复奏，并命令步军统领尚书英廉严格访查，缉拿窃贼。一时之间全城戒严，到处搜查。

因为门禁森严，搜查严密，全城大小书肆店铺又不敢收购，这几册宫中之物的《永乐大典》一时无法脱手，盗贼万般无奈，只好在深夜悄悄将这六册书籍放在大臣经过的御河桥边。

六册秘籍失而复得，乾隆皇帝喜出望外，但依然余恨未消，下令将纂修官黄寿

---

① 《办理四库全书档案·乾隆三十八年》。
② 《清高宗御制诗文集》。清武英殿刻本。
③ 《清高宗实录》。清乾隆三十九年武英殿刻本。

龄罚俸三年！乾隆又命四库全书馆制订严密措施，不许将宫中秘籍携带出宫。①

《四库全书》修成后，一些大臣打《永乐大典》的主意，奏称《永乐大典》精华采尽，糟粕可捐，是多余之物，可以弃之。②

宫中秘籍，保存严密，当然不会贸然弃之。

嘉庆时期纂修《全唐文》，大臣曾奉旨入阁，利用《永乐大典》。③

道光年间纂修《大清一统志》，儒臣也曾检阅和利用秘阁珍藏的《永乐大典》。④

清末时，秘阁书籍管理松懈，一些不良儒臣发现有机可乘，起了贪婪之心，费尽心机地偷窃宫中秘本《永乐大典》。据清末史官缪荃孙记载：翰林大臣文廷式等人，每天早上进翰林院时，特地让随从携带一个包袱，内装自己穿的棉袍。晚上离开翰林院时，这些贪婪的大臣将棉袍穿在身上，将秘阁《永乐大典》两册书籍打成同样大小的包袱，带回自己家中。这些伎俩，巧妙伪装，门卫如何知道？日复一日，月复一月，一百余册就这样悄然消失。⑤

不良翰林大臣偷窃《永乐大典》，先有些害怕，后来发现没人追究，也无人过问，没有风险，于是渐渐胆大起来，公然倒卖。早眼馋皇宫秘籍的洋人，知道宫中秘本流失宫外，立即四处打探，千方百计收购。他们暗中联络，以高价收购，每册银子 10 两。这样，大量《永乐大典》秘本流入洋人手中，带出中国。

光绪元年(1875)，清廷重修翰林院，清点秘本《永乐大典》，发现只有将近 5000 册，宫中秘本，丢失严重。可是大臣们的偷窃并没有停止，仍在继续，而且愈演愈烈。光绪二十年(1894)六月，帝师翁同龢奉旨入翰林院查阅书籍，发现《永乐大典》只有 800 册了！⑥

咸丰十年(1860)，英法联军入侵北京，洗劫圆明园，也拿走了大量宫廷珍藏的《永乐大典》。英国人对这些秘阁典籍兴致最浓，拿得最多，这些秘籍很快被带回英国。四十年后，八国联军再次入侵北京，大肆抢劫，位于东交民巷的翰林院紧邻使馆，沦为战场，贮存《永乐大典》的翰林院敬一亭惨遭不测，几乎被毁，内中的秘籍大部分葬身火海，幸免于难的少部分书籍则横七竖八地散落一地。有些士兵

---

① 《清宫述闻·武英殿》。
② 同上。
③ 清·董诰：《钦定全唐文》。清嘉庆二十三年扬州诗局本。
④ 清·穆彰阿、潘锡恩：《大清一统志》。清道光二十二年内府进呈本。
⑤ 清·缪荃孙：《艺风堂集》。1913年刻本。
⑥ 清·翁同龢：《翁同龢日记》。中华书局，1997年。

感觉这些书籍体积大,比较结实,干脆将这些书籍当作砖头或器物用,有的用作马槽,有的用于工事,有的干脆铺路!①

英国大使馆紧邻翰林院,英国人盗窃和抢劫《永乐大典》最积极,收获也最多。

《庚子使馆被围记》一书作者这样描述参与八国联军抢劫活动的英国军人:翰林院里的藏书排列成行,一望无尽。这些都是前人苦心经营的文字,都是手抄本,大约有数千万卷!这些典籍,与黄金等价。在猛烈的枪声中,有人将火抛入翰林院中,无价之文字,大多被焚。龙式池子和井中书函狼藉,为人所抛弃。有绸面华丽的书籍,都是手订本。也有善书者抄写的文字,都被人随意丢弃。在使馆中研究中国文学的学者,看见宝贵的皇宫秘籍如此之多,都是平时所不能见到的书籍,心中不忍,拣选抢归。自火光中寻觅一路,抢之而奔!……将来中国遗失之文字,或在欧洲出现,亦一异事也!②

经过一次次的浩劫,皇宫珍本《永乐大典》被侵略者抢劫之后,流散到世界各国,有的收藏于国家图书馆,有的被私人图书馆或者个人收存,还有一些出现在书肆、旧书店、捐卖行。

日本一直垂涎中国,是抢掠中国秘籍最多的国家,也一直千方百计地收购中国古籍,特别是皇宫秘籍。1914 年,中国官员董康私自携带 17 册宫廷秘籍《永乐大典》前往日本,被日本以低价收购,日本人喜出望外。

英国人莫利逊创办了莫利逊文库,它就是日本东洋文库的前身。莫利逊在庚子之变中参与了抢劫秘本《永乐大典》,抢到了 6 册。莫利逊去世后,东洋文库从莫利逊的妻子手中接收了 6 册《永乐大典》,并指示代理人,在北京等地全力收购《永乐大典》,不择手段。这样,他们在很短时间内,又获得了多册《永乐大典》。1943 年春天,东洋文库获得一个重要消息:嘉兴大藏书楼嘉业堂,要出售所珍藏的《永乐大典》,共计 49 册。东洋文库决意要获得这批秘本,开始费尽心机,不择手段。他们勾结大连满铁图书馆的松冈洋右,松冈洋右十分兴奋,强行收购了这批珍本,收藏于满铁图书馆。③

据记载,日本收藏中国皇宫秘本《永乐大典》多达 55 册(见附表)。

① [英]朴笛南姆威尔:《庚子使馆被围记》。中华书局,1928 年。
② 《庚子使馆被围记》。
③ 《〈永乐大典〉编纂六百周年国际研讨会论文集》。中国国家图书馆编,北京图书馆出版社,2003 年。

收藏《永乐大典》仅次于日本的是：美国 45 册，英国 37 册(见附表)。①

中国方面一直在全力收购这批流失宫外的皇宫秘籍，北京图书馆(今中国国家图书馆)收藏了 110 册。后来商务印书馆捐赠北京图书馆 21 册，苏联列宁格勒大学移赠 11 册，天津副市长周叔弢捐赠 1 册，以及苏联列宁图书馆转赠从日本满铁图书馆收缴的 52 册、苏联科学院捐赠的 1 册，加上东德总理捐赠的 3 册，共计 199 册。北京大学图书馆收藏 4 册，燕京大学图书馆收藏 1 册，加上私人收藏大约 14 册，中国内地共拥有 218 册。另外，民国时期南京中央图书馆所藏 6 册、中央研究院历史语言研究所所藏 2 册，共计 8 册，后被国民党当局运往台湾。这样，中国共有《永乐大典》226 册。

中国人很爱惜自己的文物，特别是皇宫珍宝秘籍，一直在千方百计地搜罗、调查和收购。

1920 年，叶恭如在伦敦发现了《永乐大典》戏字韵 1 册，立即买下，带回中国。

1951 年，苏联列宁格勒大学东方学系图书馆将所藏抢劫来的珍本《永乐大典》11 册归还给中国，由中国文化部接收，转交北京图书馆。

1954 年，苏联列宁图书馆将从日本满铁图书馆收缴的《永乐大典》52 册归还给中国，由中国外交部接收，转交给北京图书馆。

1954 年，中国代表团访问苏联，苏联科学院将所藏《永乐大典》梦字韵 1 册归还中国代表团。

1955 年，东德总理格罗提渥访问中国，将在庚子之变中抢劫到德国、收藏于德国莱比锡大学图书馆的《永乐大典》3 册归还给中国。②

明末宫廷藏书管理混乱

明中期以后，宫廷藏书管理日渐混乱，包括管理藏书的大臣在内也参与盗书活动，宫廷藏书损失严重。

学者阮葵生记载说："当时，杨廷和在阁，升庵挟父势，屡至阁翻书，攘取甚多。又典籍刘伟、中书胡熙、主事李继先奉命查对，而继先即盗《易》，宋刻精本。"③

史书称："典司者半系贵郎，于四部之旨懵如，且秩卑品下，馆阁之臣借阅者

---

① 《〈永乐大典〉研究资料辑刊》，中国国家图书馆编。北京图书馆出版社，2005 年。
② 《〈永乐大典〉编纂六百周年国际研讨会论文集》。
③ 《茶余客话》卷二。

《永乐大典》收藏情况一览表

国家	收藏者	收藏数量	备注
中国226册	北京图书馆 （今中国国家图书馆） 199册	110册	本馆所藏
		52册	列宁图书馆捐赠
		21册	商务印书馆捐赠
		11册	列宁格勒大学捐赠
		3册	东德总理捐赠
		1册	苏联科学院捐赠
		1册	周叔弢捐赠
	私人收藏	14册	
	北京大学图书馆	4册	
	燕京大学图书馆	1册	
	民国南京中央图书馆	6册	运往台湾
	民国中央研究院	2册	运往台湾
日本55册	日本东洋文库	34册	
	日本静嘉堂文库	9册	
	日本天理图书馆	3册	
	日本帝国图书馆	2册	
	日本帝国大学图书馆	1册	
	日本大阪府立图书馆	1册	
	日本小川睦之辅氏	1册	
	日本石黑传六氏	1册	
	日本内藤乾吉氏	1册	
	日本市谷村顺氏	1册	
	日本上野精一氏	1册	
美国45册	美国国会图书馆	40册	
	美国康乃尔大学图书馆	5册	
英国37册	英国牛津大学图书馆	12册	
	英国大英博物馆	10册	
	英国马登氏	9册	
	英国伦敦大学	3册	
	英国剑桥大学	2册	
	英国伦敦图书馆	1册	

往往不归原帙。值世庙而后,诸主多不知文,不复留意查核,内阁之储,遂缺佚过半。"①

大臣张萱奉神宗之旨检视皇家书室藏书,编纂《内阁藏书目录》,张萱进奏说:"视前所录,十无二三。所增益者,仅近代文集、地志,其他唐、宋遗编,悉归子虚乌有。"②"先是,秘阁书籍皆宋、元所遗,无不精美,装用倒折,四周外向,虫鼠不能损。迄流贼之乱,宋刻元镌胥归残缺。"③

第二节 《四库全书》的流失

康乾盛世宫廷珍本

崛起于白山黑水之间的满洲民族精英的贵族集团,眼光远大,他们很早就留意汉族文化,充分吸收汉族文化营养,积极准备入主中原。入关之前,满洲贵族就创造了满语,并开始着手翻译汉人作品。据记载,清太宗时,设立史馆,命达海等人翻译汉人的经史作品,纂修国史:"改国史、秘书、弘文三院,编纂国史,收藏书籍,文教始兴。"④这些作品包括儒家经典、史书、兵书和诗文小说之类著作,主要有:

《圣孝鉴》,清初满文精写本;

《三略》,清初达海等译,清初满文精写本;

《六韬》,清初达海等译,清初满文精写本;

《蒙古源流》,清满文朱格抄本;

《蒙古源流》,清蒙文抄本;

《满文老档》,清初满文档案。

入关以后,清初统治者完全接收了明宫藏书,他们充分吸收汉文化,确定以汉人的儒学作为国学。清世祖命大臣冯铨等着手纂修《明史》,下诏广求天下遗

① 转引自《清宫述闻》。
② 《明史·张萱传》。
③ 《明史·艺文志》。
④ 《清史稿·艺文志》。

书,充实宫廷馆藏。①

清初数十年间,内府刻印了大量御制诗文、儒经和汉人诗文作品,主要包括:

《孝行十二诗》,清写蒙文本,是太皇太后(孝庄)在慈宁宫供奉的佛经;

《御制人臣儆心录》,清顺治十二年满、汉文本;

《孝经》,清初汉、蒙合璧本;

《三朝宸翰》,清世祖编,清乾隆年内府写本;

《四朝宸翰》,清世祖编,清乾隆年内府写本;

《万寿诗》,清世祖撰,清顺治十三年内府朱格写本;

《万寿诗》,清世祖撰,清顺治十三年内府刻本;

《御注孝经》(大字本),清世祖撰,清顺治十三年内府刻本;

《御注孝经》(小字本),清世祖撰,清顺治十三年内府刻本;

《大清顺治十四年七政经纬里度时宪书》,清钦天监编,清顺治十三年监本;

《御制孝献皇后哀册》,清世祖撰,清顺治十七年内府刻本;

《御制人臣儆心录》,清世祖撰,清顺治十二年内府刻满、汉合璧本;

《劝学文》,清世祖撰,清顺治十三年内府刻本;

《御制劝善要言》,清世祖撰,清顺治十二年内府刻本;

《御制劝善要言》,清世祖撰,清顺治十二年内府刻满、汉文合璧本;

《西洋新法历书》,明徐光启修,清顺治二年补刻本;

《新法历引》,[德]汤若望撰,清初内府刻本;

《历法西传》,[德]汤若望撰,清初内府刻本。

康熙时期,一方面广征天下书籍丰富宫廷藏书,一方面在宫中组织儒臣开展修书、校书工作。康熙初年,清廷着手纂修《明史》,为此,诏谕广征明季遗书:"其官民之家,如有开载明季时事之书,虽有忌讳之语,亦不治罪。"②

当时,统一全国的战火尚未熄灭,广大汉人面对新统治者的武力征服和严厉

① 《清史稿·冯铨传》。
② 《清实录·康熙四年》。中华书局,1986年。

的禁例,一时不敢相信他们会放下屠刀,偃武修文。因此,官府征书,响应者寥寥。有些人继续收藏书籍,有些人则害怕查出禁书,干脆将所藏书籍丢弃或烧毁。①

年轻的康熙皇帝亲政之后,平定三藩,收复台湾,基本上完成了全国的统一。康熙立即着手进行经济建设,并以宫廷为中心,广泛开展各项文化活动,特别是搜罗遗书,广征天下贤才入宫,编纂、刻印典籍。

康熙皇帝认为,中华疆域如此之辽阔,经济繁荣、文化发达的都城、市镇,应当收藏着许多珍贵书籍,一些名山大川也必定藏匿着刻印精良的善本。于是康熙皇帝颁诏天下:"通都大邑,应有藏编;野乘名山,岂无善本?今宜广为访辑,务令搜罗罔遗,以付朕稽古右文之至意!"②

圣谕一下,地方官员开始行动。可是,哪些是善本?什么标准的才是搜访的藏编?康熙皇帝明确指示:"今搜访藏书善本,惟以经学史乘、实有关系修齐治平、助成德化者方为可用,其他异端稗说,概不准录!"③

大量善本秘籍进入皇宫,康熙皇帝十分高兴,吩咐辟自己寝室的昭仁殿为收藏珍本秘籍的藏书之所。同时组织儒臣,充分利用宫廷藏书,大量纂修典籍,校勘古书,包括:《御制耕织图诗》、《御制千叟宴诗》、《御制避暑山庄三十六景诗》,编修《亲征平定朔漠方略》、《治河方略》、《幸鲁盛典》、《大清会典》、《万寿盛典初集》,御纂《周易折中》、《日讲易经解义》、《日讲书经解义》,校勘《十三经》、《十七史》,编纂《明史》、《康熙字典》、《佩文韵府》等等。史家盛行赞:"圣祖继统,诏举博学鸿儒,修经史,纂图籍,稽古右文,润色鸿业,海内彬彬向风焉!"④

乾隆皇帝博采天下遗籍,网罗四海人才,在宫廷之中开展大规模的修书活动:汇集三百余学者,历时二十余年,纂修《四库全书》,缮成 7 部,每部 36000册,著录宫廷秘籍 3458 种,存目 6788 种,合计 10246 种。选择四库之中的精华,修成《四库全书荟要》,缮写 2 部,每部 12000 册。在乾隆皇帝的倡导和鼓励下,王朝呈现欣欣向荣的文化繁盛景象,许多经史著作和经世典籍纷纷问世,这些作品主要包括:《乐善堂全集定本》、《御制日知荟说》、《御制盛京赋》、《御制圆明园四十景诗》、《御制冰嬉赋》、《大清通礼》、《皇朝礼器图式》、《词林典故》、《钦定

① 清·钱林:《文献征存录·朱彝尊传》。清咸丰八年刻本。
② 《东华录》卷十三。
③ 同上。
④ 《清史稿·艺文志》。

学政全书》、《钦定中枢政考》、《御纂周易述义》、《日讲春秋解义》、《御纂春秋直解》等等。①

乾隆皇帝搜罗天下遗籍，建立了系统的宫廷藏书，主要藏书楼包括：文渊阁、皇史宬、武英殿、昭仁殿、景阳宫等处，尤其以昭仁殿收藏宋元善本秘籍的天禄琳琅藏书书品最好，选择最精，皇帝亲自御题最多，也最负盛名。史家感叹："其宋元精椠，多储内府。天禄琳琅，备详宫史。经籍既盛，学术斯昌，文治之隆，汉唐以来所未逮也！"②

博学大臣张廷玉曾这样评述当时的文化之盛和收藏之富："我朝文治光昭，藏书之富，冠于往代。内府所贮图书，具于天禄琳琅，东壁琅函诸编者，彪炳美富，无烦载述。惟是圣圣相承，大文弥耀。世祖章皇帝制作昭明，垂光册府，微言大义，炳若日星。圣祖仁皇帝契苞符之秘钥，探洙泗之渊源。六十一年中，性道文章，广大悉备。世宗宪皇帝笃志绍庭，单心宥密，仰羹墙而见道，守精一以执中。谟训煌煌，光于前烈焉。皇上以内圣外王之学，必为垂世立教之文。言根至道，事纪殊勋，真足同天地之帱载，朗羲娥之照烛者矣！"③

当然，乾隆皇帝为了巩固统治，在编纂《四库全书》的同时，禁毁、抽毁了大量书籍。从北京皇宫到地方官府衙门，根据皇帝的意图和四库全书馆臣所拟定的标准，都普遍刊行了官方的禁毁书目，包括：《四库馆奏准销毁抽毁书目》、《军机处奏准全毁抽毁书目》、《红本处查办应销毁书籍总目》以及各省官府的禁书书目。有学者认为，乾隆十余年中，销毁书籍总数至少 10 万部④；也有学者从种数上统计，提出乾隆年间纂修《四库全书》，禁书种类在 3000 种以上。⑤

在禁毁、抽毁书目之外，还有大量的撤出本。故宫博物院图书馆现存乾隆年间《四库全书》撤出本 10 部：吴其桢《书画记》，潘柽章《国史考异》，周亮工《印人传》、《读画录》、《书影》、《闵小记》、《同书》，李清《南北史合注》、《南唐书合订》、《历代不知姓名录》。⑥

081

① 《国朝宫史》卷二十二至三十六。
② 《清史稿·艺文志》。
③ 《国朝宫史》卷二十二。
④ 郭伯恭：《四库全书纂修考》。
⑤ 吴哲夫：《四库全书纂修之研究》。台北故宫博物院。
⑥ 《故宫图书馆抄本书目》。

《四库全书》的流失

紫禁城内的文渊阁藏书，在七阁之中，是条件最好、管理最为严格的地方。依照宫中管理藏书的惯例，每年六月，都要由提举阁事大臣，郑重领衔奏请曝晒阁内藏书，届时，所有领阁事大臣会同直阁校理官员，一起启阁开窗，搬书曝晒，晒后归库。可是，《四库全书》都是木匣装贮的珍贵秘籍，可以防潮防蛀，然而，大臣们抽晒曝晒之后，污迹斑斑，木匣变形，不仅没能保护秘籍，反而形成新的祸害："各书装贮匣页用木，并非纸背之物，本可无虞蠹蛀，无奈多人抽看曝晒，至于污损，入匣时未能详整安贮，其弊更甚于蠹蛀！"有鉴于此，乾隆皇帝明下圣谕，禁止晒书："嗣后，止须慎为珍藏，竟可毋庸曝晒！"①

1917年春天，逊清皇室的内务府大臣绍英奉旨，派员前往文渊阁，点查所藏《四库全书》。主事汉章、掌稿笔帖式晋昌等官员率领臣工入阁点验，历时两个月，最后进奏：文渊阁所藏《四库全书》，经、子、集三部各有缺失。经，缺《四书大全》；子，缺《天经或问前集》、《天步真原》、《天学会通》、《邓子》、《公孙龙子》、《关尹子》、《鬼谷子》；集，缺《李太白集注》。总凡二十三卷。②

皇室历来最看重的宫禁之地的文渊阁，所藏最为完好、书品最佳的《四库全书》，竟然也被盗窃，这是最为不祥的状况，也是皇家所不能容忍的事情。内务府大臣绍英深感责任重大，立即派出忠心于皇室的精干大臣笔帖式广仁等人前往热河文津阁，照其原本，一一抄录补齐，校勘无误，然后照文渊阁原藏秘本，装潢入匣，恢复原样；并且编成《清查四库全书架隔函卷考》，装成一函，随书入藏。③

这部书籍后来随国宝南迁，辗转运往台湾，现藏于台北故宫博物院。

咸丰十年，英法联军入侵北京，占领圆明园，将园中国宝洗劫一空，园中文源阁《四库全书》惨遭浩劫，最后全部葬身火海。法国埃里松伯爵喜爱古书，特别喜爱东方珍本秘籍，面对圆明园如此精美的园林、珍宝和秘籍被英法联军无情焚毁，不禁哀叹："宫殿毁了，还有那些寺院、珍宝馆、藏书楼，特别是那些宏伟的藏书楼，被烧得片纸不存！那些珍贵的稿本，就像当年在亚历山大城一样，只剩下黑

---

① 《办理四库全书档案·乾隆五十三年十月二十三日》。
② 《内务府奏销档》。
③ 同上。

色的灰烬,随风散落在初雪之上! "①

热河行宫的文津阁,在乾隆年间一直管理严格,阁内《四库全书》也保存完好。道光年间,内忧外患日深,国库空虚,经费不能按时到位,文津阁的管理开始松懈,每年定期曝书也被迫中止。咸丰、同治时期,太平天国战争几乎耗尽了大清国力,王朝的运转出现了严重障碍,资金入不敷出,难以为继,没有余钱投入到皇宫藏书方面,行宫的藏书更是艰难,根本没有资金。②

长年失修,文津阁油漆剥落,布满蛛网,雨水充足的季节,屋顶开始渗水,渗漏日益扩大,渐渐淋湿了书架和架上的《四库全书》,导致大量书籍洇湿潮霉。

光绪二十年,喜爱读书的光绪皇帝牵挂《四库全书》,特别批示大臣入阁查看。热河总管大臣世纲等人奉命之后,立即带领儒臣进入文津阁点查书籍,进奏:阁中《四库全书》,并无缺失现象! ③

宣统时,学部奉旨筹建京师图书馆,圣谕:文津阁《四库全书》以及避暑山庄各处书籍,一体拨交京师图书馆。至此,七阁之中保存最为完好的文津阁《四库全书》,全部移交京师图书馆。京师图书馆后改名为北京图书馆,现改名为国家图书馆。

沈阳故宫文溯阁,收藏着另一部《四库全书》,这套书籍一直保存较好。

光绪二十六年(1900),八国联军入侵北京,沙俄乘机强占中国东北,侵占了沈阳,文溯阁藏书遭到了严重的破坏,大量丢失和散落。清廷宣布退位以后,袁世凯执掌政权,负责督理东北三省军务的军阀段芝贵,千方百计讨好袁世凯,特地奏请将文溯阁所藏内廷秘籍《四库全书》进献给袁世凯。袁世凯大喜,欣然接受。

1914 年,文溯阁《四库全书》全套运抵北京,收藏在紫禁城保和殿。1925 年,东北筹建奉天图书馆,经过反复交涉,决定又将这套《四库全书》全数运回东北沈阳,仍然收藏于文溯阁中。经过仔细点查,发现这套《四库全书》缺少 16 种,72 卷。点查人员随即着手抄补,直到补齐为止。

九一八事变之后,日本军国主义侵略中国、强占领土的野心更加明显,公然

---

① [法]埃里松,《一个赴华翻译的日记》,转引自《1860 年:圆明园大劫难》。浙江古籍出版社,2005 年。
② 《清史稿·艺文志》。
③ 《宫中档·光绪二十年世纲奏》。

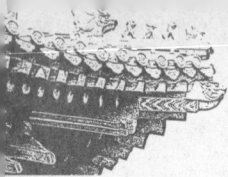

扶立清逊帝溥仪在东北成立伪满洲国,同时建造了伪皇宫,并建立了伪满国立图书馆,正式接管了全部文溯阁藏书。经过点查,发现所藏《四库全书》,缺少3种,12册,亦全部补齐。

1966年,文化部决定将文溯阁《四库全书》拨交甘肃省图书馆。这样,这套完好的藏书再次踏上征途,由沈阳运往兰州。这套秘籍,至今保存完好。

国难当头,江浙三阁的《四库全书》没有宫廷四阁幸运,一再惨遭变故,命运多舛。

咸丰三年(1853),太平军以排山倒海之势席卷半个中国,占领了江南军事重镇镇江、扬州。在太平军与清军的战斗中,镇江金山寺文宗阁和扬州大观堂文汇阁毁于战火,阁中所藏《四库全书》化为灰烬,荡然无存。

咸丰十一年(1861),太平军与清军交战进入白热化,太平军经过殊死血战,第二次占领杭州。经过战火考验的杭州,大片城市变成焦土,处于火线的杭州圣因寺后玉兰堂的文澜阁,在血腥的战火中倾覆,阁内的珍贵秘籍《四库全书》和《古今图书集成》大部分被焚烧和损毁,其余的则星散四野。①

当地大藏书家丁申、丁丙兄弟躲避战乱,在市场上偶然发现了有人用特殊的字纸包裹售卖物,丁氏兄弟近前一看,不禁大惊,原来是一直收藏于文澜阁的《四库全书》!藏书家心疼不已,立即以高价买下了售卖物的包裹纸,售卖人大惑不解。丁氏兄弟立即行动,前往文澜阁,一路上收购阁中流失的秘籍,或者在路边捡拾满是泥浆和灰尘的残书,获得了数十本之多。经过多方收购和寻找,丁氏兄弟共计获得了文澜阁《四库全书》8000余册!

光绪六年(1880),杭州地方官绅富户筹钱重建文澜阁,阁建成后,郑重将存世的8389册原阁中秘籍入藏其中。光绪八年,杭州官绅集资,抄补文澜阁所缺的《四库全书》。至光绪十四年(1888),全部抄补完成,共计抄补所缺书籍2174种,文澜阁藏书共3396种,34769册。后来又经过三次抄补校勘,文澜藏书基本完好,恢复了当年乾隆盛世的原貌。这套藏书现藏于浙江省图书馆。②

084

---

① 《文澜阁目索引》,1929年铅印本。
② 同上。

《四库全书荟要》

《四库全书荟要》是《四库全书》的精华本、缩简本，是撷取全书之精华率先完成的一部小型全书，乾隆皇帝赐名为《四库全书荟要》。

《四库全书荟要》始修于乾隆三十八年五月，由大臣于敏中、王际华主持修纂，先后参与的修纂人员达150余人。总计著录图书463种、20828卷、11178册；分经、史、子、集四部，42类。

全书完成于乾隆四十三年五月，采用包背装四色装潢：经用绿色，史用红色，子用白色，集用黑色，总目用黄色。先后缮写了两份，分别入藏皇宫摛藻堂、御园味腴书屋。

摛藻堂《四库全书荟要》一直保存完好，现藏于台北故宫博物院。

味腴书屋本焚于咸丰十年英法联军火烧圆明园，园内《四库全书》和《四库全书荟要》付之火海。

第三节　英法联军洗劫圆明园

万园之园

北京西部的三山五园，是清代皇帝的专用御园。三山，就是香山、玉泉山和颐和园内的万寿山。五园则是皇家建造的五座园林，它们是：圆明园、畅春园、静明园、静宜园、清漪园。

明代时，武清侯李伟在海淀东北河湖交错、地势平坦的地方建造清华园，大书画家米万钟在这里建造勺园。清康熙二十九年(1690)，康熙皇帝在这里正式营建畅春园，这是清代在这一带建造的第一座皇帝御园，也就是皇帝夏天避暑的行宫。康熙四十八年(1709)，康熙皇帝正式建造圆明园。

圆明园坐落在北京的西郊，是一大片风景美丽的皇家园林，由一座座富丽堂皇的宫殿组成，称为皇帝的别宫、行宫。因为清代皇帝经常在夏天到这里避暑，西方人因之称之为夏宫。

康熙时期，这里曾是明代一位贵族的废园，十分荒凉。康熙皇帝认为这一带地势独特，风景优美，风水极佳，就将这一片废园赏赐给自己非常喜爱的皇四子胤禛，赐名圆明园。胤禛即位，为雍正皇帝，大力着手营建这片龙潜之地的园林。

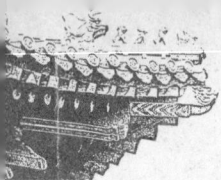

经过雍正、乾隆、嘉庆、道光四朝皇帝的精心营造和扩建,历时 150 余年的时间,耗费了大量财力、人力、物力,将这一片山林建造成为一座风景秀丽、气势宏伟的皇家园林。园中山环水绕,古木参天,屋宇华丽,250 余座假石山丘连绵不绝,亭台楼阁、曲廊桥堤组隔的不同风景群景致各异,别有洞天,人称万园之园。①

圆明园与长春园、绮春园,是清代皇帝的御用园林,合称京西三园,又称圆明三园。以三园为中心,东起近春园,西至香山,包括畅春园、静宜园、清漪园在内的广阔园林,连绵 20 余里,面积达 5000 余亩,覆盖了三山,人称三山五园,构成了十分独特而美丽的皇家园林。这里山高林密,风光秀丽,泉水清澈,鸟语花香,确实是避暑、休养的理想之所。②

万园之园的圆明园,华丽的宫殿掩映在一片绿色之中,一步一景,园中套园,真是美不胜收,令人目不暇接。圆明园之中,由层层推进的风景群构成别具一格的园中景致,形成层层叠叠的风景区,分隔成四十处美丽的景群,康熙、乾隆命名为"圆明园四十景",并亲自赋诗、作画,大加赞美。圆明园四十景包括:

086

正大光明、勤政亲贤、九洲清晏、镂月开云、天然图画、
碧桐书院、上下天光、杏花春馆、慈云普护、茹古涵今、
坦坦荡荡、武陵春色、万方安和、长春仙馆、山高水长、
汇芳书院、月地云居、日天琳宇、鸿慈永祜、澹泊宁静、
水木明瑟、濂溪乐处、多稼如云、四宜书屋、鱼跃鸢飞、
西峰秀色、澡身浴德、蓬岛瑶台、接秀山房、方壶胜境、
平湖秋月、北远山村、夹境鸣琴、涵虚朗鉴、曲院风荷、
别有洞天、廓然大公、坐石临流、紫碧山房、洞天深处。③

除了风景如画的四十景之外,还有大量的独特风貌和人文景观,包括藻园、文源阁和若帆之阁。据记载,乾隆皇帝效法祖父康熙,六下江南,随行带去了大量善于绘画的宫廷画师,将所到之处的江南美景真实摹绘,由内廷工匠如实设计、建造,在圆明园中再现江南园林——仿宁波天一阁,建造文源阁;仿黄氏苏州法

---

① 清·沈源、唐岱奉敕编:《圆明园图》。清内府精绘本。
② 清工部奉敕编:《圆明园河道地盘全图》。清内府样式房朱色墨绿精绘本。
③ 乾隆咏诗,沈源、唐岱奉敕绘:《圆明园四十景图咏》。清内府精绘本。

园,建造狮子林;仿海宁陈氏安澜园,建造四宜书屋;仿杭州西湖十景,再造曲院风荷、三潭印月……

圆明园的确是世界奇迹之一，园内连绵起伏的宫阙层层推进,座座相连,都是由大理石和珍贵木材建成。宫院幽深辽远,空旷宁静,室内随处都是奇珍异宝。皇帝和

▲ 宫中金印：皇后之宝

后妃们出入的宫室,特别是理政大殿、御膳堂、起居室和燕居斋,都有收藏丰富的书库,卷帙浩繁,书籍堆积如山。圆明园堪称是中国建筑史上的一座丰碑,也是世界建筑史上的一座放射异彩的灿烂明珠。

法国史学家皮埃尔描述说:"法军以为大敌当前,殊不知只是一场'一千零一夜'之梦。据说,面前这座举世闻名的宫殿,在此之前,还没有一个普通欧洲人见过。还有不确切的传闻,说那里面尽是奇珍异宝!"[1]

法国学者伯纳在描述法军到达圆明园时，看到眼前的景色的兴奋之情时这样写道:"一条铺着花岗岩石板、修整得十分漂亮的宽阔大道,穿过海淀村,直达圆明园。海淀很富裕,一看住宅就可以断定皇家宫邸就在附近。走过那座横跨运河的壮观大桥,来到了一条林荫大道。大道的一边,是一座座园林和清代大臣的私人府邸庭院交相辉映,另一边则是高大的柳树排列成行。"[2]

伯纳继续描述:林荫大道的两旁各有一座宽大的池塘,其面积相当于法国凡尔赛瑞士人水池的四倍。大道通向圆明园大门,门前则是一个十分广大的广场,广场正前方就是圆明园宫殿。宫院的大门紧闭,宫垣显得更加绵长。这样的外观足以表明,园内宫殿一定有各种各样精妙绝伦的装饰。圆明园的大门高大厚重,门扇紧闭。宫墙非常高,围有宽阔的角隅。[3]

当时法军统帅蒙托邦将军这样回忆他第一次见到的圆明园:"我和格兰特将

---

① [法]皮埃尔:《第二帝国史》。法文版,1895年。
② [法]伯纳·布立赛:《1860:圆明园大劫难》。浙江古籍出版社,2005年。
③ 同上。

军约定,去距离北京4法里远的夏宫——圆明园,皇帝差不多总是住在那里。那一带没有大路,树木茂密,交通不便……所以,格兰特将军和他的部队走失了方向。我单独到达那座由清兵守卫的宫殿,尽管经过长途艰难跋涉,但我还是命令部队于当晚七时占领它,强行攻入!"①

蒙托邦将军在给陆军部大臣的信函中这样描述圆明园:"难以计数的壮丽豪华建筑,一座连着一座,绵延十六公里。这就是人们常说的皇帝夏宫!园内有很多寺塔,里面供奉着各种各样金、银、铜的巨大神像。比如,仅一尊青铜大佛,就高达70来法尺。其余的一切,也都如此。花园湖泊,星罗棋布。一座白色大理石建筑物,以琉璃瓦盖顶,五颜六色,熠熠生辉,里面有数世纪以来收藏的各种奇珍异宝。"②

法国海军上尉巴吕惊叹说:"第一批进入圆明园的人以为到了一座博物馆,而不是什么居住场所。因为摆在架子上的那些东方玉器、金器、银器,还有漆器,不论是材料还是造型,都是那么珍稀罕见,那简直就像欧洲的博物馆!"③

法国传教士王致诚是乾隆时期受到皇帝特别宠信的宫廷画家,他以御用画师的身份,经常出入于皇帝夏宫的圆明园。王致诚惊叹东方人的艺术天赋和巧夺天工,从心底感叹这座东方的凡尔赛宫远远胜过了真正的凡尔赛宫!1743年,王致诚给好友达叟写了一封信,详细地描述了他眼中的圆明园。几年后,这封信在法国公开发表,立即在法国以至整个欧洲引起了巨大的震动,特别是在英国,很快形成一股强大的向往中国、研究中国的浪潮,这股中国热的浪潮由英国很快席卷整个欧洲:他们欣赏着东方的委婉含蓄,潜心仿造着蜿蜒小径、曲径通幽、杂乱变换的园林风格。也就是说,王致诚笔下的圆明园,成为欧洲人心目中的时尚,从而取代了欧洲的严格对称的传统,特别是法国整齐划一的造园之风。④

迷宫花园珍藏

康熙六下江南,乾隆皇帝崇敬祖父,也是六下江南,东巡泰山,西游五台山,北幸热河、盘山、盛京,真是看尽了江南美丽的景色和各地秀雅多姿的风光。乾隆皇帝每到一地,只要有让他心动之处的一亭、一树、一楼、一角,或者是整个的园

---

① [法]蒙托邦:《回忆录》。法文版。
② 同上。
③ [法]巴吕:《1860年中国远征纪行》。法文版。
④ 《王致诚致达叟先生的信》。

林、假山和楼阁台榭，都让随从画师描摹成图，回京后一一审视，再加完善、修改，然后指定地方仿建。①

圆明园最大的特色之一，就是大量依照江南美景和各地名园，逼真仿建各地园林景观。

据记载，圆明园大约有50处是全国各地的再造美景。其中乾隆皇帝最为钟爱的杭州西湖十景，原模原样搬进圆明园，甚至连名字也不改。北部是著名的西式水法，清水引入室内，风扇转动，水声泠泠，仿佛从幽远的天际不断地飘来天籁之音。乾隆皇帝喜爱此地，常常如醉如痴，他写道："林瑟瑟，水泠泠，溪风群籁动，山鸟一声鸣。"②

坐石临流，仿自浙江绍兴的兰亭，这处兰亭美景建造于雍正年间，又称流杯亭、曲水流觞，是皇帝和文人们饮酒赋诗之所。兰亭坐落在峭立的奇石之上，激流在曲折的水渠中流淌，曲水流觞之上是三开间的重檐敞亭。

乾隆四十四年，乾隆皇帝精心收集了虞世南、褚遂良、柳公权、董其昌等6件世间罕有的名家《兰亭序》帖。乾隆十分高兴，自己也亲笔手书一幅《兰亭序》。书法大家、大学士于敏中知道皇上所好，特地沐浴熏香，书写《兰亭序》。这样，《兰亭序》8件，乾隆视为奇珍，合称兰亭八柱册。乾隆亲自绘图，吩咐将兰亭建造成八柱，柱为玉石，照原件镂刻8件《兰亭序》，一序一柱，这就是圆明园名垂青史的兰亭八柱。③

长春园，建造于乾隆十年(1745)，建园工程数十年都不曾中断。早期的著名景区包括：含经堂、思永斋、得全阁、流香渚、法慧寺、宝相寺、爱山楼、丛芳树、玉玲珑馆各处。乾隆中期以后，开始大规模扩建，整个园区达1000余亩，经典胜景主要有：如园、鉴园、狮子林、西洋楼。西洋楼位于园林北部，是一座欧式园林建筑，由十余座大小宫殿、院落组成，包括：谐趣园、线法桥、万花阵、养雀笼、海晏堂、方外观、大水法、观水法、线水墙等。其最为经典之处就是人工喷泉，时称水法。谐趣园、海晏堂、大水法，构成三大水法群，十分壮观。④

谐趣园是最早建成的主体建筑，三屋高大的楼体，楼前是一座超大型的海棠式喷泉水池，池边就是园中最有代表性的工艺品——由铜鹅、铜羊、石鱼等组成

---

① 程演生：《圆明园考》。1928年上海中华书局铅印本。
② 《清高宗御制诗文集》。清武英殿刻本。
③ 《日下旧闻考》卷三。
④ 《圆明园四十景图咏》。

的一组生动的喷泉。西洋楼中最大、最豪华的宫殿是海晏堂,宫殿坐东向西,殿前是一座大型水池,围绕水池的就是十二座十二生肖的兽面人身铜像,呈现八字形排开,昼夜轮流喷水,日夜不断。特别奇妙的是,正午时刻和每个准点时辰,十二生肖一齐准时喷水,奏响着天籁一般的动听音乐,场面十分壮观,时称水力钟。

西洋楼中,最为壮观的喷泉就是大水法。石龛式的独特造型,远远看去如同一座十分厚实的、造型别致的大门洞。其下是一尊非常雄壮的狮子,从高昂的头部喷水,阳光之下的七彩喷水从天而降,形成七层水帘,美不胜收。水帘之下是菊花形状的椭圆水池,水池中央耸立着一座铜制的巨型梅花鹿,从雄伟的鹿角喷涌八道柱,形成优美的水花。水花两侧侍立着10只铜狗,从铜狗嘴中喷射出道道水柱直冲梅花鹿身体,溅起巨大的浪花,时称猎狗逐鹿。[1]

大水法前方左右,建造着两座巨型喷水塔,方形的水塔高十三层,巨大的水柱从塔顶喷涌而出,水塔四周88根铜管则同时喷涌水花。据记载,当所有的喷泉打开时,泉水喷涌,如同山洪暴发,奔腾潮涌,轰轰隆隆,声传数里。在这种情形下,坐而观景的人只能靠打手势来交流。当年乾隆皇帝就是在这里对面的观水法接见英国特使马嘎尔尼和荷兰使臣得胜等人,他们一同观赏喷泉,一起感受世界上土地最为广袤的泱泱大国的气势和富有。

万花阵无疑是一座更加奇特的迷宫花园,完全仿自文化独特的欧洲园林。这座迷宫花园的最奇特之处就是用高约4尺的万字雕花花砖,将花园分隔成若干部分,构成一个大的迷阵,因而称之为万花阵。

每年中秋时节,明月高悬,月华似水,皇帝心情舒畅地坐在万花阵中央的圆亭内,吃着月饼,品着美酒,一边赏月,一边观赏着踏着月色奔跑而来的美女。宫女们身穿彩衣,手持黄绸制作的莲花灯,寻着小径飞奔而来——按照约定,谁先到达皇帝跟前,谁就能获得皇帝的重赏。因此,时人也称之为黄花阵。从花园入口到皇帝端坐的中央圆亭不过三十余米,然而,经过的是易进难出的迷魂阵,所以置身其中,很难出来。黄色的莲花灯在曲折的弯道中流动,东奔西突。看着兴冲冲寻找出口的美女,一次次走进死胡同,表情各异,垂头丧气,端坐在高高宝座上的皇帝感觉十分惬意,乐不可支。[2]

---

① 清工部奉敕绘:《圆明园地盘大草图》。清内府精绘本。
② 清·沈源、唐岱奉敕绘:《圆明园图》。清内府精绘本,中华书局珂罗版,1928年。

不仅仅万花阵是迷宫花园,事实上,整个圆明园就是一座迷宫花园。花园是由雕梁画栋的宫殿、坚固结实的石料、纹理细密的家具、巧夺天工的工艺品、一片又一片的树林和成千上万的珍宝、器玩、文具、书画、秘籍组成。花园内究竟收藏着多少珍稀宝贝,恐怕谁也说不清楚。所到之处,满目富丽堂皇,室内布置着精美的紫檀雕花家具,家具上摆满了各式各样的金器、银器、玉器、陶器、瓷器、文玩,珐琅彩瓶和碎纹瓷器摆放在十分显眼的位置,一座座库房内堆满了历朝书法、绘画、织金彩缎、织银仿宋锦、各式各样的艺术珍品和装饰品,真是琳琅满目,堆积如山。

圆明园内收藏着十分珍贵的宫廷秘籍,包括皇帝经常御览的《皇舆全图》、《圆明园总图》和大量珍贵的内廷四部书籍。文源阁是全园区收藏典籍的文化中心,也是宫廷四阁之一,建筑结构完全仿自浙江宁波范氏天一阁。圆明园中收藏着乾隆皇帝最为珍爱的三部大型典籍,也是中国历史上三部影响深远的巨著:《古今图书集成》、《四库全书》、《四库全书荟要》。前两部收藏于文源阁,第三部贮存在长春园含经堂东厢的味腴书屋。在此之外,淳化轩收存着对后世影响巨大的著名法帖《淳化阁帖》摹版。①

091

英国人亨利这样描述:"假若你能够的话,你必须想象一所广大的迷宫,充满着峥嵘参差的山石,景色如画,房子都是用上等的香楠木精制而成。湖、泽、池、沼交错其间,上下天光,碧波万顷。屋顶镶嵌着黄色琉璃瓦的亭子、戏台、库房,巍峨壮丽,收藏着衣料、宝物、歌裙舞衣和各种行套。所有演戏的戏台及附属房屋,差不多占地五至十亩。周围琳宫梵宇众多,供奉着奇特的神祇。宫殿之内,充满着中国古代的美术珍品,美丽且极有价值。嘉木珍林,奇花异卉,千姿百态,五光十色,是造物主所赋予的最好的礼物。"②

圆明园中的珍藏极其丰富,历代皇帝都倾其财力、物力,不间断地进行扩建和营造。乾隆三年(1738),圆明园初具规模。擅长宫殿楼阁的宫廷画师沈源奉命绘制宫室房舍图,精于描绘山水的宫廷画师唐岱奉旨绘画园林、山水、树木。5月11日,圆明园全景描绘完成,28岁的乾隆皇帝十分高兴,下令将此宏图悬挂于四十景之一的九洲清晏内的清晖阁北壁,赐名《圆明园全景图》。全图高约8尺,宽

① 清工部奉敕绘:《圆明园北路文源阁地盘画样图》。清内府精绘本。
② [英]亨利·劳赤:《二次出访中国纪事》。英文版。

约 3 丈 2 尺，以精致的尺寸、细腻的画风，将圆明园内的山山水水描绘得栩栩如生，自然风光之美展示得淋漓尽致。①

乾隆八年(1743)，法国传教士王致诚多次奉旨进入圆明园，为皇帝画写真像。他这样描述圆明园："殿内之陈设、桌椅、装饰、字画、贵重木器、中日漆器、古瓷瓶盏、绣缎织锦诸品，无不精美，这里真可谓是天产之宫啊！简直是巧夺天工的精粹之地！"

乾隆九年，乾隆皇帝吟咏圆明园四十处景致，御笔写诗四十首。皇帝欣赏的宫廷画师沈源、唐岱奉旨根据皇帝吟诗，描绘四十处景物入画，皇帝赐名《圆明园四十景咏图》。全图绢本设色，高 2 尺，宽 2 尺 4 寸，四十景咏图，共四十幅画。同时，乾隆皇帝十分赏识的大书法家汪由敦，奉命将皇帝御笔的四十首诗用楷书一一抄写，赐名《圆明园四十景诗》，共四十幅。两套诗、画，合成一套，八十幅，分上下两册，珍藏于正大光明殿内。②

乾隆初年建造的方壶胜境，位于东北角。九座雄伟的楼阁中供奉着 30 余座佛塔和 2000 余尊精致的佛像。朱红的梁柱上配有蓝色、绿色和白色的装饰，看上去十分美观。精美的小型园林景观，从西湖三潭印月借景而来，真正是方壶胜境。乾隆皇帝御笔称："海上三神山，舟到风辄引去，徒妄语耳！要知金银为宫阙，亦何异人寰？即境即仙，自在我室，何事远求？此方壶，所为寓名也。东为蕊珠宫，西则三潭印月，净绿空明，又辟一胜境矣！"③

嘉庆十年(1805)，两淮盐政使承办圆明园内一处景区的修缮，所用紫檀木饰物就达 200 多件，还有特别设计和要求的地罩、多宝格。每一件都要求精雕细刻，不能达标、验收不合格的通通销毁。乌黑发亮的木器上精心雕刻着芝仙祝寿、榴开百子等吉祥图案，刀工精细，线条遒劲，器具精致而秀丽。

嘉庆二十二年(1817)，两淮盐政使再次为皇室效力，承办圆明园四十景之一的接秀山房的修缮，仍旧增添 200 多件紫檀饰品和地罩、多宝格，地罩高约 1 丈 2尺，多宝格多个，高约 9 尺 2 寸，上刻九秋同庆、寿献兰孙、万寿长春等吉祥图案。房中、窗下摆放着地罩，墙前、门后放置着多宝格，在闪着幽光的紫檀木器的地罩上和多宝格中陈列着金器、银器、珍珠、玉玩、宝石、珊瑚、水晶、翡翠、砗磲、玳瑁、

---

① 《养吉斋丛录》。
② 《圆明园四十景图咏》。
③ 同上。

玛瑙、象牙、青金石、寿金石、绿松石等精工制作的装饰品。

在这座万园之园的珍宝城中，仅仅供奉佛像的舍卫城，就有金质、银质、铜质等佛像几十万尊。①

疯狂抢劫

咸丰九年(1859)九月，法军在大沽之战中惨败。法皇拿破仑三世下令海军、陆军大臣筹备大规模的对华远征。皇后欧仁妮喜爱东方珍宝，极力赞成远征中国。英国、法国共同研究对华作战计划，确定组建两国联军2万人远征。其中英军1.2万人，由苏格兰人格兰特将军统率，包括2个师、1个女王工兵连和骑兵队。英军骑兵1340人，包括2个女王卫队龙骑兵队和2个印度锡克骑兵队，计英人440人，印度人900人。法军8000人，由63岁的蒙托邦将军任总司令，冉曼、柯利诺任副司令，拿破仑副官施密茨任参谋长，作战部队由2个步兵旅组成，共5600人，其中海军1600人，没有骑兵，只有50人的轻骑兵护卫队护卫总司令。②

法国史学家弗勒里伯爵不无自豪地宣称："人们曾说，出征埃及，堪称我国历次战争中的传奇故事。而这种称颂，似乎更适合于1860年远征中国！的确，还有什么比这小股登陆官兵那几乎难以置信的辉煌历险更动人心魄呢？他们历时近半年，远行六千来法里，来到一个辽阔而神秘的帝国，大胆深入欧洲人从未涉足的地区。他们虽然遭遇到那么多意想不到的处境，终于来到那仙境般流光溢彩的财富和珠宝面前，最后，伴着鼓乐声，步入拥有二百余万臣民的天子之城——古老而神奇的、被历史赋予了无数梦想、幻想和幻景的北京！"③

法国海军上尉巴吕年轻好动，充满好奇，面对圆明园的美丽景致目瞪口呆。后来，他这样回忆中国皇帝的这座富丽堂皇的园林奇观："这是咸丰皇帝偏爱的御宅，与京城皇宫相比，他更喜欢住在这里。他到紫禁城中，只是为了主持每年的各种庆典活动。这里的建筑，包括一系列的宫殿，中间间以湖泊、拱桥、假山之类。很多别墅式庭院，都是用松木镀金建造，黄、绿、蓝琉璃瓦与姹紫嫣红的花木交相辉映，令人赏心悦目。所有这些宫殿，好像无序地坐落在一个占地广阔、高墙环绕、宛如矩形的园林之中。按照东方君主的习惯，在皇帝居所的附近都要建造库

---

① 《清宫述闻》。
② [法]蒙托邦：《回忆录》。法文版。
③ 转引自《1860：圆明园大劫难》。

房,以储藏丝绸、裘皮等用品,还有粮食,以及皇家卫队所需要的各种物品。"①

英国随军牧师格赫说:"走进那些富丽堂皇的屋子去看,陈设得极其丰富,摆满了紫檀的桌椅,雕刻得极其精细,风景人物栩栩如生,只有一两个地方和背景连接起来,如若你不临近细看时,简直就不会看出来。雕刻之精巧,大概没有比这些更完美的了。墙上装饰着同类的壁板,椅子和床榻上还铺着极其华丽的绣花缎子,一律是御用的黄色,而且还织了金龙的花纹。在那五丈见方、砌着大理石的庭院对面,有一间更加宽大的屋子,布置的样式大致相似,而且周围的桌子、茶几上还摆设着最精美的景泰蓝瓷器,珐琅质的瓶子、杯盏、镀金、纯金的钟表,有几个是法国制造的;还有很大的镜子镶在贵重的框子里面,而且天花板上悬挂着灿烂的玻璃灯架。……殿的左端,乃是宫中嫔妃的寝室,还有精美的绣房,陈列着华丽而考究的东方物品,颇为完美,而且衬托得更加好看了。一个螺旋形的梯子,这座宫殿内唯一的一个,通到楼上一排相似的屋子,其中装饰的物件大都是中国最珍贵的美术品,掺杂着几件法国货。……房子的后面却有无数的小院落,其中四面都是储藏室,装满了一箱一箱的皮货、瓷器和绣花的衣鞋。"②

法军统帅蒙托邦将军见多识广,到过欧洲、非洲和亚洲的许多地方,也看见了各种各样的皇宫、京城和都市,见到过无数的奇珍异宝,然而,他贸然踏进了圆明园,看到这座精美的花园宫殿,惊得心都发颤。这位 63 岁的将军用颤抖的手给朗东元帅写信:"这里华丽得难以用语言形容的宫室一座连着一座,在我们欧洲,没有任何东西能与这样的豪华相比!我简直无法用几句话向您描述如此壮观美丽的景象,尤其是那么多的珍稀瑰宝,令我眼花缭乱!"③

法国人最先到达圆明园,蒙托邦将军下令在英国格兰特将军到达之前,什么也不能动。然而,面对如此众多的金银财宝和精美绝伦的艺术珍品,几乎所有的侵略者眼睛都绿了,如同凶恶的狼一样,见到自己眼馋的美食眼放绿光。法军由最初的顺手牵羊,到后来群起而动,拿自己眼前较小又非常值钱的东西。法军一直否认在英军到达之前自己就动手抢劫,但几乎没有人相信这些。弗利少将就直截了当地说:"我对声称园内未被抢过的说法不敢苟同!"④英军统帅格兰特也明

① [法]巴吕:《1860 年中国远征纪行》,法文版。
② [英]格赫:《我们是怎样占领北京的——1860 年对华战役的叙述》。
③ [法]蒙托邦:《回忆录》。法文版。
④ 《泰晤士报》,1874 年 3 月 14 日。

白地说:"我们发现,法国人已经驻扎在御座宝殿的大门旁边,看到那里被洗劫一空的样子,真感到惋惜!"①

法国柯第埃在给外交大臣的密信中说:"予命法国委员注意,先取艺术及考古上最有价值之物品。予行将以法国极罕见之物由阁下以奉献皇帝陛下(拿破仑三世)而藏之法国博物院。予在园中所得文件,未知为何物(实为《天津条约》秘稿,与正式文本有所不同),予将派军曹长比挪赍至尊处转呈皇帝陛下。……早餐后,余与额尔金爵士乘马前会蒙托邦将军。行将至,遥望园林深处,行宫耸立其中,至美丽也。其前复郊原罗列,别具青葱之景。余等由一精美古旧庄严之门而入,沿园墙而进,至一逶迤之小径,始见鳞次栉比、富丽堂皇、上覆黄色琉璃瓦屋顶的中国式样之宫殿,有四十余所,极其美丽,分置于庭院各处。其中,水木清华,丘壑曲折,小而曲径,大而甬道,均极整洁。有喷水具数件,小巧精致,点缀其间。吾人已知,法军驻于正大光明殿之入门处,目击彼等肆意抢劫之情状,实令人伤心惨目,恻然不忍卒睹也!"②

最初动心思抢夺圆明园国宝的就是蒙托邦将军,他执意要为英国女王挑选一件最为珍贵的礼物。他看见大殿御座上放着一个镶嵌绿宝石闪闪发光的宝物,认为那就是中国皇帝的权杖。于是他取了过来,郑重其事地敬献给英国联军,作为对英国女王的献礼。英国人也发现了另一个宝物,与这个一模一样。英国人额尔金勋爵立即拿过来,也郑重其事地回赠给法国联军,进献给法国皇帝陛下。③

这真是世间最为滑稽的一幕,两个强盗十分优雅地将别人的财宝以暴力手段据为己有,然后赠送给对方的君主作为献礼。其实这不是什么权杖,而是中国宫殿中数量惊人、无以计数的如意,金的、银的、珊瑚的、玛瑙的,什么都有。

更为滑稽的是,英法联军在大肆抢劫之前,还要张贴布告,说抢劫是为了惩罚清皇帝,与人民无关!布告称:"宇宙之中,任何人物,无论其贵如帝王,既犯虚伪欺诈之行为,即不能逃其所应受之责任与刑罚也!兹为责罚清帝不守前言,及违反和约起见,决于十八日焚烧圆明园!所有种种违约举动,人民既未参与其间,决不加以伤害。惟于清帝政府,不能不一惩之也!"④

---

① [英]格兰特口述,亨利·诺雷斯著:《日志》。英文版。
② [法]亨利·柯第埃:《1860年对中国的远征》。
③ [英]额尔金:《信札与日记》。英文版。
④ [英]利文沃斯:《瞄准中国之箭》。英文版。

如何抢劫？怎样瓜分堆积成山的财宝？英法联军最高统帅决定，成立一个联合委员会，由英方弗利上校、法方杜番上校负责，将所有战利品由双方军队瓜分。委员会的任务是：挑选最好的物品，送给法国皇帝陛下和英国女王陛下。同时，把最好的珍宝保管起来，由双方平分。①

然而，开始行动之后，一切都变了样，许多贵重的物品不翼而飞，人们从顺手拿起珍宝悄悄地藏起来，发展到挑选最好的珍宝，进而抢夺珍宝，眼睛血红，官兵们变得狂野、疯狂。法国士兵在太监的带领下来到圆明园第二进院子最深处，这里是皇帝的金库，里面满屋子都是金锭、银锭以及金银珠宝，尤其是存放了大量珍贵的朝珠，都是用琥珀、珊瑚、珍珠、宝石做成的。这个收藏丰富的金库珍宝，全部由英军、法军平分。委员会后来用这些珠宝分赏给将士，法国统帅蒙托邦获得了三条项链，他送给了自己的夫人和女儿作为远征纪念。他还用分得的珠子为美丽的欧仁妮皇后做了一串念玫瑰经用的念珠，获得了皇后的欢心，引起世人议论纷纷！②

抢劫后的许多珍贵物品就地售卖，如同儿戏。英国皇家炮兵队长诺雷斯回忆："将抢来的东西，当时就在北京分给英军的军官和士兵们，物件用拍卖方法售出，与法人交给我们的一齐合算起来，得着一笔很大的款项！……幸得女皇体谅，赞成我的举动(所售出的款项，总计 8000 镑，还有法人交给我们的 18000 镑现款)。……许多美丽的装饰物，都陈列起来出售。而且军官们知道将得到奖金，立刻随便出价，所以这些物件都卖得很多的价钱。一个黄色的中国式小茶杯，就卖到 22 镑。我买到了几块美丽的宝石，还有一个最精美的碧玉项圈，上面还镶着红宝石呢！看上面粘贴着的标签，我们知道，这是一位著名的鞑靼酋长进贡给清帝的。我仅仅花了 50 块钱就买到了，好像没有人喜欢这件装饰品似的。我还买了一块天蓝色的宝石，雕镂得很是精致。奖品委员会得着一个美丽的金瓶，清帝用来将玫瑰香水倾注到他那柔荑般的手上，他们却很慷慨地送给了我！……另外，还有两个美丽的大瓷瓶，样式非常好看，请允许我将这两个瓷瓶送给女皇！"③

金库只是圆明园内众多库房中的一个，而且这座库房内的珍宝既不是最好的，也不是最丰富的。每占领一个库房，英国、法国委员会就进行平分，最好的珍宝秘籍留下来，其余的财宝则分给冲进库房的第一位官兵。人人兴高采烈，个个笑逐颜开，

---

① 《信札与日记》。
② [法]蒙托邦：《回忆录》。法文版。
③ [英]亨利·诺雷斯：《1860 年对华战争事件》。

连晚上的梦境都是美的,都是在快乐的天堂中笑醒了,然后高兴或者疯狂地大叫。海军上尉巴吕说:"普通士兵和水手都分到珍宝,每人都得到了一份贵重之物,但是,这和他们抢劫来的那些金银财宝、珍稀物件的价值相比,这又算得了什么!"①

在金库旁边就有一座较大的库房,里面放着马车和大量的器物,这些器物都是成套的,几乎不是镀金,就是镀银,非常精美。蒙托邦将军一眼看出,这是一个车马库,存放的都是欧洲货,有 1793 年英使马嘎尔尼代表英王乔治三世敬送给83 岁高龄的乾隆皇帝的豪华大马车,还有 1792 年在英国伍尔维奇皇家军事学院制造的杀伤力极高、制作精致的榴弹炮以及炮弹、炮架和牵引马车等全套装备,还有马嘎尔尼私人敬送的礼品。令众人惊讶的是,这些进献之物竟然全都原封未动,上面落满了灰尘。②

衣料库房存放的丝绸更是堆积如山。丝绸五颜六色的,十分美丽,手感柔滑,极其精致。官兵们进入库房之后,如入温柔仙境,一个个像是魔鬼缠身,纵跃欢呼,大声叫喊,有的抱着一匹十分艳丽精致的绸缎在大殿奔跑,有的将丝绸高高扔起,划出一道长长的弧线。蒙托邦将军自得地回忆说:"到了联军手里,这些华丽的丝绸的用场变得十分拙劣蹩脚。比如,用来当绳子在营地拴马,做包袱布用来包扎在宫里弄到的东西,剩下的就都丢给跟在部队后边的中国盗匪!"③

如同历史上所有的征战部队都有寄生虫般的盗匪相随一样,英法联军从踏上中国的海域和疆土之时起,就有大批的无业游民或者是谋生者随从在这些侵略者左右,当侵略者占领一个地方大肆抢劫之后,就有一大批盗匪紧随其后更加疯狂地进行洗劫。因此,圆明园无数珍宝秘籍的流失,英法联军是罪魁祸首,中国的盗匪们则是助纣为虐。英法联军从登陆天津开始,就有一大批盗匪跟随其后,联军抢劫之后他们再次抢劫。英法联军到达北京时,这群盗匪人数众多,他们多次用武力驱逐。侵略者法国人埃里松谴责中国盗匪:"尾随部队的寄生团伙,他们像一群群乌鸦、野狗、豺狼,那些食客从北塘开始,我们走到哪儿他们就跟到哪儿,他们抢夺、偷盗,甚至破坏连我们自己都没有损坏的东西!"④

英国、法国联军议定,将抢劫来的珍贵宝物秘籍的大部分作为礼物,送给英

① 《1860 年中国远征纪行》。
② [英]格兰特口述,亨利·诺雷斯著:《日志》。英文版。
③ [法]蒙托邦:《回忆录》。法文版。
④ 《一个赴华翻译的日记》。

097

国女王和法国皇后，因为是英国女王和法国皇后的大力支持，才使这次远征成为可能。英军将最珍贵的抢夺品送给了英国女王，这部分中国国宝秘籍后来成为大英博物馆的专藏。法国侵略军将掠夺来的中国国宝秘籍全部装箱，运回法国，派遣为人凶悍的康普农上校护送着这批珍宝回到巴黎，将大部分作为礼物进献给欧仁妮皇后。其余大量的贵重珍宝单独存放，分别赠送给领导这次远征的军政高官，包括统筹全局的陆军大臣、皇帝特使、总司令蒙托邦、副司令冉曼和柯利诺，还有海军司令、海军准将等高级军官，都获得了珍贵礼品。①

法国人和英国人分驻在两处营地，对豪华的圆明园虎视眈眈，抢劫渐渐公开，进而不断升级。法国人喜欢个体行动，堂而皇之地抢，肆无忌惮地叫喊。英国人则讲究整体行动，抢劫时分工协作，有条不紊，由军官指挥，整袋整车地搬运园中的珍宝，他们的盗窃简直像训练有素的大演习。令人难以置信的是，英国人抢劫时，一个又一个军官人手一枚试金石，他们竟然在圆明园中从容不迫地用试金石测试抢劫的金银财宝，然后将最好的、最有价值的珍宝搬走。②

抢劫者都是武夫出身的官兵，他们只是一心盯着金银财宝，欧洲军人喜欢金属之物和金银器皿，印度士兵则喜欢精美首饰、衣料、丝绸、皮货。一拨又一拨的抢劫者眼睛放射着绿光，拥进富丽堂皇的宫殿，疯狂抢掠，纵火烧毁那些带不走的器物、字画和秘籍。③

20岁的年轻翻译埃里松回忆说："10月7日，大约下午三四点钟，法英联军委员会忙着清点从圆明园抢来的战利品。这时，有些勤杂士兵不停地在园子里进进出出。他们向站岗的哨兵出示了通行证，但他们每个人都带了一些小玩意儿出来。目睹此情此景，一些士兵的贪欲被激起了，他们既有英国和法国的步兵、轻步兵、炮兵，也有法军引为自豪的北非骑兵和英国女王的王牌军龙骑兵，还有印度士兵和雇佣到军中服务的中国苦力。所有的人都瞪大了眼睛，贪婪的欲火中烧！"④

英国陆军军官赫利思是抢劫圆明园珍贵文物最多的人员之一，因而人称中国詹姆。80岁时，他回忆起52年前因为抢劫圆明园而终身富贵，仍然十分得意，写了《中国詹姆》一书记载这场"盛典"。他写道："我们奉命掠取我们所能掠到的

---

① [法]蒙托邦:《回忆录》。法文版。
② 同上。
③ [英]格兰特口述，亨利·诺雷斯著:《日志》。英文版。
④ 《一个赴华翻译的日记》。

一切，并携带车辆载回我们所喜欢的东西。因为我不附属于任何连队，所以非常自由，而我对于圆明园的地理又很熟悉，于是便想在园内由南到北游历一番……最后，我走到了似乎是皇帝的起坐间，桌子上陈设着各色各样的雕刻精致的漆盒子，屋里更有一些很精美的山水浮雕。"[1]

　　面对琳琅满目的金银玉器和奇珍异宝，几乎每一个士兵、军官、将军都为之怦然心动。当这些稀世奇珍处于无人看守的无序状态之时，看着军官们顺手牵羊地拿走珍宝，几乎所有的无所约束的官兵眼睛发红，胸中开始燃烧一直在血液之中流动着的欲望之火，他们急切地期望将眼前唾手可得的珍宝立即据为己有！他们一次又一次地在心中叫喊：最珍贵的东西被拿走了，我们要进去，该轮到我们了！我们大老远地跑来，难道只是为了傻子似的站在这里？我们要进去！我们要进去！官兵们笑闹着、相互推搡着，开始有意无意地向宫殿挪动，拥向堆积如山的珍宝。秩序开始乱了，人们的眼睛开始泛着绿光，欲望的旗帜之上开始熊熊燃烧压抑已久的欲望之火！[2]

　　正在这时，聚集在圆明园周围的一些村民、土匪和法军雇用的苦力开始架设云梯，爬上宫院的高大墙头。呼喊声、抢夺声在幽深的院子中弥漫，有几处着了火，恐慌在火光中蔓延。火光就是信号，声音更是助燃剂，官兵们兴奋起来，眼中贪婪的绿火开始燃烧，他们相互拥挤着，在推搡中奔向宫殿，翻越墙壁，扑向任何一个金光闪闪、玲珑剔透的珍宝，他们叫喊着，去拿去抢夺自己中意的任何东西。英国人、法国人、中国人、印度人都兴奋地冲进了宫殿，将校、军官、士兵、雇佣军、苦力、农民、流氓、土匪等等人群，组成了一股股狂野的浊流，他们无所阻挡，肆无忌惮地拥向皇宫，去占有、摧毁中华民族数千年文明结晶的珍宝文物！乒乓声、碎裂声、撕裂声、叫喊声和疯狂的笑骂声响成一片，一座经营了上百年、耗费了无数财富、智慧、劳力和心血的人间天堂，瞬息之间变成了一座一片火光之中人面群兽疯狂舞蹈、纵情狂欢的可怖地狱！[3]

　　根据史料的记载，是英国人首先开始抢劫圆明园，最早动手的是巴特尔准将手下的军官。士兵们蠢蠢欲动，将军知道已经失控，就允许他们动手抢劫，军官们后来称之为大搬家。法国柯利诺准将奉命带一个旅占领圆明园第一道院子，他们

①　[英]赫利思：《中国詹姆》。
②　《一个赴华翻译的日记》。
③　同上。

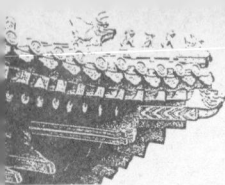

眼睛血红,盯着满院子珍宝,开始了各自的行动。柯利诺将军顺水推舟,干脆宣布:允许每一个人选几样合意的东西,作为出征的纪念品。可是,看见这些触手可及的财宝,各种欲望如同大火一般燃烧了起来。欲望是压制不住的,各级军官尽管极力压制,但都没能奏效。这些军官随即淹没在欲望的洪流之中,也成为欲望洪流中的一股股浊浪,奔向那闪耀着诱人光芒的宫廷珍宝。①

　　法国年轻的翻译目睹了这场疯狂的抢劫,称眼前的景象是印度大麻吸食者的梦幻场景:"面对那奇特的景象,我真是大开眼界,想忘都忘不了!人头攒动,肤色各异,头发不同,简直就是世界人种的大杂烩,他们只有一个目标,一窝蜂地向一堆又一堆的金银财宝扑去!他们很兴奋,用世界上各种各样的语言欢呼着、叫喊着!一些人埋头在皇后的首饰盒里寻找,那些首饰一个个都上了红漆,十分精美。有些人翻找着,几乎淹没在丝绸、锦缎堆里。有些人胸前挂满了一串串的大珍珠,还把那些晶莹的红宝石、蓝宝石、水晶石和珍珠往衣袋、内衣、军帽里塞得满满的。还有些人抱着座钟、挂钟,兴高采烈地往外走。工程兵带着斧头,他们为了把镶嵌在家具上的宝石取出来,就用斧头把家具劈开。还有那么一个人,看见了一个漂亮的路易十五时代的座钟,因为表盘上的时间数字是水晶石的,他以为那是钻石,就把那个表盘敲了下来拿走了。时不时地有人呼叫:救火!人们慌忙赶过去,东西掉得满地都是,火舌舔舐着宫殿的豪华内壁。大家用丝绸、锦缎床垫和皮货压熄火焰,烟雾弥漫。那场景,真是一场印度大麻吸食者的梦幻啊!"②

　　此时的圆明园,到处是叫喊声、杂沓的跑步声。抢劫的人群奔向宫殿,拥向宝塔,扑向文源阁。士兵们个个满载而归,从银质的小锅到天体望远镜,还有精致的六分仪,真是五花八门,应有尽有,事实上,他们知道,他们肯定带不走这些东西!英国军营里井然有序,把抢劫来的东西摆得整整齐齐。法国军营里乱哄哄的一片,简直像个大型化装舞会——炮兵们回来了,个个身上都裹着皇后的丝袍,胸前挂满了清朝大官所用的朝珠。精明的士兵偷偷地拿走金银首饰、珍珠项链、古钱币、糖果盒、鼻烟壶,塞满了一套套的金银餐具。还有一些士兵像大小孩,他们哄抢着军官们慷慨扔过来的挂钟、自动机构之类的珍玩。③

　　接到可以抢劫的命令,士兵们兴奋起来,欢呼着四散开来,所到之处,破门而

① [英]格兰特口述,亨利·诺雷斯著:《日志》。英文版。
② 《一个赴华翻译的日记》。
③ [法]蒙托邦:《回忆录》。法文版。

入，争先恐后，肆意抢劫："一间一间的屋子，充满了价值连城的物品，或是国产的，或是来自欧洲。一间一间的大厅，放置有价值昂贵的瓶缸，还有储藏着绸缎绣货的房间，也一一敞开在他们的眼前。乱七八糟、予取予夺的抢劫，肆意破坏一切过于笨重、不能移动的物品的行动都立刻开始了！……一群一群的人穿过宫殿、房屋，寻找着有价值的东西，谁也不知道该拿什么东西——为了金子而把银子丢了，为了镶有珠宝的别针和宝石而把金子丢了！这人也许喜欢景泰蓝的宫瓶，那人或者贪恋一件绣花的长袍，也许还有人想到将来需要的用途，就挑选了一件特别的大衣！"①

抢劫的士兵立即进入疯狂状态，他们东拿一件，西丢一件，对不能携带或者看着不顺眼的物品，立即砸碎："一切不能携带的物品，极力伤毁，使其变成不值钱的东西。……看呀，他们走进一扇关着的门，若是轻举门闩，或者转动闩柄，未免太过麻烦，所以，杰克用脚踢开。他们走了进去，有人就推翻桌子，或者将有些珍贵的手抄本从里面倾倒出来，在士兵的眼中，这些不过是废纸罢了，就用为点燃烟斗的火具。另一个士兵偶然转身，看见他的面庞照在一面镜子里，立刻勃然大怒，认为是一种侮辱，就拿起一个踏脚的矮凳直向镜子扔去！而威廉又以为，墙壁上所悬挂的精美画框中的那位老绅士正对他做鬼脸，就立即用枪刺破了画绢！有些美妙的维纳斯雕像，立刻被装点上胡子，用于击木偶游戏的目标。所有别的物件，都乱遭枪击，因为这些物品太过精美，惹人注目，似乎有点触犯了久战士兵的眼睛！他们愿意将房屋变成沼泽，喜欢破坏和毁掉一切物品。这也许是人类的天性，人们愈被严厉阻止，不能肆意毁坏，一旦机会来临，他们似乎更加热切地喜欢见物就毁了！"②

第二天，抢劫更加疯狂，而且变本加厉，持续了两天两夜！

据抢劫者自己回忆，几乎每一个士兵口袋里都装有2万、3万、4万，甚至100万法郎的珍宝。离开圆明园时，军中每一个人都获得了45磅以上的掠夺品。③

英国一位军官参与了这场空前的暴行，他回忆说："横穿过一座庭院，便是皇帝的觐见大殿。殿内除了一些极大的景泰蓝花瓶外，其余的东西全被抢走了。我转到右边一个小房间，里面满是有封面的小册子，我想，这些册子一定是园内藏

101

① [英]润尼：《北中国和日本的英国武力》。英文版。
② 同上。
③ 《信札与日记》。

品的目录了。……我找到了一个奇形镂金的花盆,在金镂之间,更用白色珊瑚琢成文字。盆中充满了泥土,在泥土之中栽着一株高约一尺的黄金树!树枝上,悬挂着红玉为核的蓝宝石果子!此外,我又收集到很多卷上等质料的绸缎。我把掠夺的全部物品装在七个筐子里,这七个筐子是从门口的卫兵处要来的,而守卫圆明园的法国军官又供给我所需要的中国苦力!于是我跳上拴在门边铁环上的坐骑,命七个中国人抬着我的掠夺品走在前面,我则骑马执枪,在后面押着,回到北京的军营。"①

法国士兵阿尔芒·吕西惊叹说:"我为我看见的东西而震惊、瞠目,整个惊呆!现在,'一千零一夜'对我来说,完全是实实在在的东西。两天中,我在值3000万法郎的绫罗绸缎、金银首饰、瓷器、青铜器和雕像中,总之是在无数珍宝财富之中徜徉!我想,远自蛮族对罗马的洗劫以来,没有人见到过这样好的东西!"②

法国保罗中尉这样写道:"我们撤出了那些被蹂躏、被践踏、被掠夺的宫殿,心里充满了凄凉,因为,那场面真是令人哀伤,好好的珍品,好好的瑰宝,那么快,那么突然,一下子就变成了一堆垃圾!"③

法国贝齐亚上尉抢劫之后,心情也很沉重:"10月9日,我们终于撤离了劫掠现场,身后留下了一片废墟和熊熊大火。战争之中,这悲惨的一幕无论如何是掩盖不了的,它使军队失去了尊严,使一些人失去了荣誉!"④

英国随军牧师格赫说:"皮货就是银鼠皮、黑貂皮、灰鼠皮、细骆驼绒,一种特别而且美丽的灰色皮子,上面带有很细微的卷曲的毛,珍珠皮、黑狐皮,还有别种皮衣,我们似乎从未曾见过,也说不出它的名称来。但是龙袍和宫装,我怎么描写呢?华丽的绸缎或蓝或黄,或棕或紫,上面绣着精细的花样,颜色都配合得极其巧妙,手工方面简直无与伦比,五爪金龙盘旋其上。这些龙袍看起来真能使人领会到,穿着它们在宫殿内行走,那种堂皇富丽、高贵无比的感觉!……还有充满着绸缎衣服的几间屋子,因为这些衣服都从箱子里拉扯了出来,乱掷一地,所以当你走进屋子时,几乎要被这些绸缎的衣裳遮没到膝盖上来。还有大的屋子,周围用板壁隔成一格一格的,在每一格里,安置着一些中国的美术品,如景泰蓝、珐琅质

①　《军人见证录》。英文版。
②　[法]蒙托邦:《回忆录》。法文版。
③　同上。
④　同上。

之类,还有铜制、瓷制的也许是前几十年英国使臣所贡献的贵重礼物。……这些建筑的厢房也储藏着绸缎,堆积的材料极其丰富,足够北京居民半数所用。当这所宫殿重门洞开,任人抢劫,这一匹一匹的绸缎为印度士兵们所注意,就用大车将它们运走。"①

火烧圆明园

恭亲王派信使给法国葛罗男爵送来一封信,严厉谴责英法军队,为什么要抢劫圆明园?!

英法联军没有理睬,提出 10 月 6 日是清廷遣返人质的最后日子。恭亲王确实信守诺言,释放了所有人质,然而,有些人质已经去世。

这些英法侵略军远涉重洋,跑到中国的土地上烧杀抢掠,无恶不作,却反过来说清政府野蛮无知,为了"惩罚"清政府,他们决定火烧圆明园!

额尔金勋爵认为,清政府背信弃义,犯下了野蛮的罪行,他的同胞受到了非人的虐待,并被残忍地杀死,应当严惩清政府,请求立即采取行动。格兰特将军公开表示同意,并且郑重地宣布:为了使严惩具有象征意义,应该将皇帝的夏宫圆明园完全彻底地烧毁,直至夷为平地!②

法军指挥官蒙托邦将军拒绝参与摧毁圆明园,他给英国指挥官格兰特将军写信,主要提出两条理由:

一是:"我觉得,摧毁圆明园,首先是出于要报复对我们可怜的同胞犯下的野蛮的、背信弃义的行为,而这种报复达不到我们自己设定的目标。"

二是:"在圆明园重新燃起大火,会不会在已经不安心的恭亲王心里增加恐惧感,致使他放弃谈判?在这种情况下,进攻北京的皇宫就成为必然,结果是现王朝垮台。这与我们所接到的命令相违背!"③

葛罗男爵也赞同这一看法,认为烧毁圆明园这个不设防的乡间景点是不合适的。但是,一个更加荒唐的想法却冒了出来:在他的眼中,一个王朝的档案秘籍比起一座园林甚至一座城市还要重要,与其摧毁园林或者城市,不如摧毁其档案秘籍:"在欧洲人看来,北京城里的那座宫殿处于首都,是最高权力机构所在地。

---

① 《1860 年对华战役的叙述》。
② 《信札与日记》。
③ [法]蒙托邦:《回忆录》。法文版。

▲ 慈禧太后宝玺(玉印)

▲ 慈禧太后宝玺(印文)

如把里面的档案资料取出,然后彻底摧毁它,可能会成为更加引人注意的抵罪行为,胜过烧掉一座寻欢作乐的园林!"①

英军统帅格兰特将军立即复函,希望说服蒙托邦一起参与火烧圆明园的行动。他在回函中主要列举了四条理由:

一、"圆明园是(联军)俘虏们被残酷虐待的地方,就是在那里,他们的手脚被锁链铐在一起,关了三天,不给吃喝。"

二、"如果不严惩清政府,英国就不会满意。严惩是英国人对人权遭到野蛮侵犯时所表示的愤恨。"

三、"如果只满足于求和平、签条约,然后撤军,清政府就会以为他们可以不受惩罚地抓捕、杀害我们的同胞。"

四、"圆明园,在皇帝的心目中极其重要。摧毁它,只是针对清政府,而不是针对人民,因为只有清政府应该对这些野蛮罪行负责。"②

然而,是否烧毁圆明园,最高权力掌握在英国额尔金勋爵手中,而他早已下定决心:火烧圆明园!英国首相帕麦斯顿赞同这一建议,并对此感到高兴。10月16日,额尔金致函恭亲王:已经命令英军最高指挥官于10月18日摧毁圆明园。他在信中威胁说:"圆明园是皇帝偏爱的居住之地,摧毁它,就等于打掉皇帝的威严,也刺痛他的个人情感。正是在这个地方,他把我们那些可怜的同胞弄来,对他

---

① [法]葛罗男爵:《黄皮书日记》。法文版。
② [英]格兰特口述,亨利·诺雷斯著:《日志》。英文版。

们实施了残酷的折磨。正是在他自己宫殿的围墙内，找到了我们被俘骑兵的马匹和用具，还有从一位勇敢的法国军官胸前扯下的徽章，以及属于俘虏的个人物品。……只要这一卑鄙行为还没有得到抵偿，大英帝国与现今的清王朝之间就不可能有和平！"[1]

事实上，火烧圆明园，前后有两次：

第一次是 10 月初，英法军队进驻圆明园时的 6 至 9 日，官兵们在大肆抢劫之后火烧圆明三园。士兵们奉命前往各个地点，纵火焚烧。大火从山门前熊熊燃起，浓烟滚滚，遮云蔽日。浓密的山林、漫山遍野的宫殿、连绵起伏的山冈丘壑，到处是滚滚烟云、火光冲天。华丽的屋宇、美丽的园林、精美的建筑、精巧的雕塑和无数的艺术珍品、成千上万的皇宫珍藏，通通在顷刻之间付之一炬。[2]

第二次就是彻底大焚毁，也就是在英法侵略者大肆抢夺之后，10 月 18 至 19 日，彻底焚毁圆明园以及圆明园之外的香山、万寿山、玉泉山等山林之中的宫殿建筑。

英国士兵到处张贴告示，声称奉格兰特将军之命：火烧圆明园！

米切尔将军带领英军第一师第 60 来复枪团、第 15 印度旁遮普团和骑兵旅官兵 3500 人，扑向圆明园正大光明殿和周围的各大建筑。山林之中的建筑陷入一片火海，正大光明殿等重要宫殿也在劫难逃。

正大光明殿是全园的核心，也是皇帝们引以为豪的豪华宫邸和宫廷珍宝集大成的艺术宝库。巍峨的宫殿、宏伟的建筑、沥粉描金的彩色绘画、镂空精雕的木质屋顶、各式各样的门扇窗楣和厚重朴实的灰砖、大理石地板等等，真是令人目不暇接。

米切尔的纵火指挥中心设在正大光明殿，他在清代皇帝当年颁布诏令的地方指挥他的官兵无情地摧毁这里的一切，包括圆明园、长春园、绮春园在内的所有皇家宫殿、园林、道路以及所有精美的附属物。[3]

纵火之前，格兰特将军允许所有官兵，可以将能够拿走的东西全部拿走！这样，纵火之前更是一场空前浩大的洗劫，这次洗劫的不仅仅是圆明园，还包括附近的山林和官员的豪华府邸。难怪邓恩上尉自得地说："对圆明园和附近官员府

105

---

① 《信札与日记》。
② ［法］蒙托邦：《回忆录》。法文版。
③ 《军人见证录》。英文版。

邸的第二次抢劫,比起第一次来,更有收获!"参与纵火的军官回忆道:"入门左边墙壁上方悬挂着一幅巨大的图画,是用等度量方法射影的,画的是避暑山庄行宫和行宫周围的宫苑。这种画法,中国十分精通,比起平常描绘山水美景信手涂鸦来,这作品高出许多!"①

英国炮兵队长诺雷斯说:"10 月 18 日,米切尔将军的部队和骑兵的大半部分都开向圆明园,并且把鳞次栉比的建筑物架起火,燃烧起来。这番景象,很灿烂辉煌!"②

官兵们足足地抢劫了几昼夜之后,指挥官下达命令:士兵们整队奔赴北京,离开前将正大光明殿焚毁。官兵们兴高采烈,手持冒着浓烟的火把,分成一个一个小组,奔向圆明园各大宫殿,跑进正大光明殿等各大宫殿的宫室和角落,放肆纵火,甚至连宫院中的雪松、桧柏和花草都不放过。面对缕缕浓烟和一片冲天火光之中烧毁的精美建筑,抢劫的官兵们也为之动容,不禁感叹:"世上独一无二的建筑,从此不能重睹了!"③

有的士兵目睹这场大火,写下日记:"19 日,星期五,整整一天的时间里,圆明园继续在燃烧。大风吹拂着,浓烟形成的黑云飘向北京城,给北京城蒙上了一层黑纱。"有的士兵在惋惜华丽的建筑付之一炬的同时,对没有机会再度如此痛快淋漓地抢劫深感遗憾:"很难想象,被我们烧毁的地方有多么的雄伟壮观!把它们付之一炬,会让你的心里流血!事实上,这里宫殿建筑面积之广大、行动时间之仓促,都使我们无法从容地抢劫。无数的金质器皿被当成了黄铜,投入火中烧毁了。对于一支军队来说,这真是道德败坏之举,所有的人,都抢疯了!"④

格兰特将军看着燃烧的熊熊大火,颇为自得,就像当年取得胜利的皇帝尼禄不可一世地下令焚毁繁华的罗马城一样,格兰特将军心满意足地赞叹道:"真是蔚为壮观啊!"一座座华丽的建筑在冲天的火光中轰隆隆地倒塌了,他说:"对这座雄伟古迹的毁灭,我本人也不胜惋惜!我也觉得,这个行动不甚文明。然而,我认为这是必须的,其目的是警告中国人!"⑤

华美的皇家园林建筑,在一片烟尘火海之中轰然倒塌。参与抢劫的许多官

① 《军人见证录》。英文版。
② 《1860 年对华战争事件》。
③ 《军人见证录》。
④ 同上。
⑤ [英]格兰特口述,亨利·诺雷斯著:《日志》。英文版。

兵,面对这一切,也感到一丝愧疚:"宫殿屋顶在火焰中燃烧,很快就要倒塌了。在一百码开外,就能感觉到燃烧的炽热。扑通的巨响震耳欲聋,惊心动魄,屋顶倒塌下来了!于是,园门和门内那些小屋一个不留,一间也不留,通通化为乌有。可算作世界上最为宏伟最为美丽的宫殿——圆明园,绝不存留一点痕迹。""庙内供奉的神祇,虽然没有什么同情的心愿,但当你看见几百年前精心构造的几座建筑一旦被火焚烧,感觉仿佛是在亵渎神灵,摧毁造物!这些美丽的建筑点缀在山水之间,可以给天然的风景增色,引起了我们强烈的惋惜和爱怜!"[1]

英国的译员也目睹了这悲惨的一幕,用 80 页的篇幅详细描述了这场大火:"一根又黑又长的巨大烟柱直插蓝天,表明行动已经开始了。随着时间的推移,烟柱不断地扩大、变厚,越来越浓,给北京城罩上一层黑云,仿佛一场暴风雨即将来临。当我们接近圆明园时,大火发出了骇人的呼啸声。日光透过浓烟,给花草树木涂上了一层惨淡的色彩。暗红色的火光映照在往来忙碌的士兵脸上,使他们活像一群魔鬼,正在为举世无双的珍宝的毁灭而欢呼雀跃!"[2]

宫廷珍宝的流失

英法联军抢劫圆明园,不仅玉石珍宝惨遭毁灭,园内珍藏的大量宫廷秘籍也几乎全部化为灰烬。也就是说,整个皇家园林被一次又一次地洗劫之后,最后燃起了一把大火,将美丽的庭院化为焦土!

圆明园究竟有多少国宝被抢劫而流失?至今也没有一个准确的数字。

根据联合国教科文组织统计,中国国宝级的珍贵文物流传海外的有 160 余万件!这些珍贵的历史文化遗产,被全世界的 200 余家博物馆作为最为珍贵的文物,甚至是镇馆之宝郑重收藏;而分散在五湖四海私人手中的中国珍贵文物的数量实在无法统计,估计应该在 1000 万件以上。

1861 年 11 月 25 日,法国著名作家雨果在给英法联军远征中国的巴特勒上尉的信中这样写道:

　　在世界的某个角落,有一个世界奇迹,这个奇迹叫圆明园。艺术有两个

---

① 《军人见证录》。
② 同上。

来源,一是理想,理想产生欧洲艺术;一是幻想,幻想产生东方艺术。圆明园在幻想艺术中的地位,就如同帕特农神庙在理想艺术中的地位,一个几乎是超人的民族的想象力所能产生的成就尽在于此。

....

请您想象,有一座言语无法形容的建筑,某种恍若月宫的建筑,这就是圆明园!

请您用大理石,用玉石,用青铜,用瓷器建造一个梦,用雪松做它的屋架,给它上上下下地缀满宝石,披上绸缎,这儿盖神殿,那儿建后宫、造城楼,里面放上神像,放上异兽,饰以琉璃,饰以珐琅,饰以黄金,施以脂粉,请同是诗人的建筑师建造一千零一夜的一千零一个梦,再添上一座座花园、一方方水池、一眼眼喷泉,加上成群的天鹅、朱鹭和孔雀,总而言之,请假设人类幻想的某种令人眼花缭乱的洞府,其外貌是神殿,是宫殿,那就是这座名园!

....

这个奇迹已经消失了!

有一天,两个强盗闯进了圆明园。一个强盗洗劫,另一个强盗放火。似乎得胜之后,便可以动手行窃了。对圆明园进行了大规模的劫掠,赃物由两个胜利者均分。我们看到,这整个事件还与额尔金的名字有关,这名字又使人不能不忆起帕特农神庙。从前对帕特农神庙怎么干,现在对圆明园也怎么干,只是更彻底、更漂亮,以至于荡然无存!

我们所有大教堂的财宝加在一起,也许还抵不上东方这座了不起的富丽堂皇的博物馆。那儿不仅仅有艺术珍品,还有大堆的金银制品。丰功伟绩,收获巨大!两个胜利者,一个塞满了腰包,这是看得见的;另一个装满了箱箧。他们手挽手,笑嘻嘻地回到了欧洲!

....

将受到历史制裁的这两个强盗,一个叫法兰西,另一个叫英吉利……

法兰西帝国吞下了这次胜利的一半赃物,今天,帝国居然还天真地以为自己就是真正的物主,把圆明园富丽堂皇的破烂拿来展出。我希望有朝一日,解放了的干干净净的法兰西,会把这份战利品归还给被掠夺的中国。①

---

① [法]雨果:《给巴特勒上尉的信》。

咸丰十年，英法联军入侵北京，洗劫圆明园，掠夺园中珍贵文物不计其数。仅大英博物馆就有2万余件的收藏，包括：皇帝御玺、如意、时钟、金塔、玉磬、瓷器、陶器、玉器、漆器、牙雕、珊瑚、琥珀、水晶、朝珠以及乾隆皇帝极其珍爱的三尺白色大玉马等珍品。

▲ 清宫后妃织锦多格梳妆盒

大英博物馆坐落在英国风景优美的都城伦敦城的西北部，这座营建于18世纪中期的博物馆，创建之初就引起了世人的关注。1759年，这座独具特色的博物馆正式开馆，从此，随着大英帝国在世界各地的疯狂扩张，它的藏品日益丰富，渐渐成为收藏世界珍贵文物最为丰富的世界性的大型博物馆。①

109

据统计，大英博物馆中的珍品收藏达700余万件，其中，东方艺术馆收藏着最为经典和最为名贵的东方古典艺术珍品，尤其以收藏历代精美的文物而著称——这座令世人惊叹的东方艺术馆，除了收藏有少量的日本文物和南亚、中亚、东北亚的文物之外，绝大多数是中国历代的文物精品，其中大部分就是1860年英法联军入侵北京、抢劫圆明园时所掠夺的皇宫珍贵文物。

英军疯狂掠夺了圆明园内大量的国宝秘籍，英军统帅将最珍贵的一部分中国皇宫文物进献给极力支持远征中国的维多利亚女王，另一部分则或者被个人收藏，或者被拍卖。进献给女王的这部分珍贵的中国文物存放在大英博物馆，成为东方艺术馆的主体。

▲ 宫中黑漆描金云龙套装墨盒

---

① ［日］织田武雄：《大英博物馆》。台北出版家文化事业公司。

流失海外的中国古代绘画精品也几乎都在这东方艺术馆中,包括:东晋顾恺之《女史箴图》,唐代摹本,清乾隆皇帝最为珍爱;初唐宗室李孝斌之子、左武卫大将军李思训《青绿山水图》,宋初江南画派代表人物巨然《茂林叠嶂图》,北宋三大家之一的范宽《携琴访友图》,号称龙眠居士的安徽人李公麟《华岩变相图》,宋代大文豪苏轼《墨竹图》等。①

光绪皇帝的英文教师张德彝是一位十分能干的大臣,曾经代表清廷,出任英国、意大利、比利时等国公使。同治五年(1866),帝师张德彝深得慈禧太后的信任,奉命随第一批官方代表团访问欧洲。4月4日,代表团来到英国伦敦。有一天,一位朋友约他们外出游玩,驱车10余里,到达一个十分幽静而偏僻的地方。令他们吃惊的是,竟然在这里,木质的房屋,宽敞、明亮和整洁的室内,排列着许多百宝架:"上下罗列者,皆中国圆明园失去之物,置此赁卖。……有龙袍、貂褂、朝珠、太后朝珠、珠翠、玉石、古玩、诸般画轴、神像、金鸡、中天马、银鼠等衣,皆御用之物!"②

110

英国伦敦维多利亚博物馆收藏着为数不少的圆明园国宝文物,其中最有名的就是嘉庆时期的玻璃画《皇帝在万寿山下接见蛮人》。画中的皇帝可能就是嘉庆皇帝。玻璃画是欧洲艺术家的发明,大约18世纪的乾隆、嘉庆时期,由传教士传入中国宫廷,成为中国画师们喜爱的画种之一。它采用的是西方焦点透视画法,讲究绘画技巧,注重运用色彩,画面着意于构图,有很强的视觉冲击力。

法国拥有从圆明园抢夺来的大量国宝文物,这些文物不仅数量大,而且十分精美。

法国的枫丹白露宫特设中国馆,收藏着中国珍稀文物也达3万余件,涉及中国古代绘画、书法、书籍、舆图、经卷、陶器、瓷器、玉器、青铜器等各个方面。

法国国家图书馆也收藏着丰富的中国文物,藏品之精,令人惊叹。

光绪十六年(1890),大臣薛福成奉命出使英国、法国、意大利、比利时四国,参观了法国东方博物院。在中国展室大厅,他看见了大清皇帝的宝玺:"有圆明园玉印二方,一曰:保合太和,青玉方印,稍大;一曰圆明园印,白玉方印,稍小。"③

光绪三十年(1904),康有为游历欧洲法兰西、意大利等11个国家,他参观了

① 《世界文明珍宝·大英博物馆之250年藏品》。文物出版社,2006年。
② 清·张德彝:《航海述奇》。
③ 清·薛福成:《出使英法意比四国日记》。湖南人民出版社,1981年4月。

法国巴黎博物馆之后,被法国收藏的中国圆明园文物所震撼,十分悲愤地感叹:"观内府玉印、晶印无数,其属于臣下者不可胜录!……呜呼,高庙雄才大略,每日必作四千言。想下此印时,鞭笞一世,君权之尊,专制之威,于是为极,并世无同尊者!……岂意不及百年,此玺流落于此。昔在北京睹御书无数,皆盖此玺文,而未得见,又岂意今日摩挲之!"①

法国侵略者抢劫的圆明园国宝文物都是十分珍稀的,大可数丈,高可数米,小巧玲珑者仅仅几毫米。法国枫丹白露宫内的中国馆,挂满天花板的三幅巨型画作,就是一直摆放在圆明园的文物,是清乾隆年间的缂丝精品三幅画像,是藏传佛教的制品,分别是三世佛、四大金刚像和十八罗汉像。馆中最为显著的地方则耸立着一座巨型佛塔,用青铜精制而成,外表鎏金,佛塔高约2米,层层叠叠,特别珍贵的地方是,各层都镶嵌着无数的闪射着华丽光泽的珍稀绿宝石;佛塔的顶部镶嵌着巨大的日、月、三宝绿宝石;佛龛内是神态安详的释迦牟尼佛像,十分逼真;底部很稳定,是极为结实的雄狮托架;佛塔左右挺立着一对青铜龙,神态栩栩如生。这正是圆明园正大光明殿内皇帝御座前的一对珍贵实物。

康有为对流失国外的皇宫国宝十分痛心。他详细记载了参观的所见所闻:"乾那花利博物院,此院一千八百七十九年开,亦伤心地也。院为圆式。内府珍器,陈列满数架,凡百余品,皆人间未见之瑰宝,精光射溢,刻镂精工。有碧晶整块,大五六寸。一白玉大瓶,高尺许。一白玉山,亦高尺许,所刻峰峦阁楼人物精甚。其五色玉盘、玉池、玉屏、玉磬、玉罗汉、玉香橼,皆精绝,亦多有刻字者。玉瓶凡十一,大小不一,皆华妙。有玉刻《绮春园记》十简,面底皆刻龙,精绝。一白玉羊,大三寸许,尤华妙。如意亦百数,以红玉镶碧玉及白玉者佳。有一纯白玉者,至清华矣。其他水晶如意、瓷如意,亦极清妙。其铜铁如意尤多,不可数。其刻漆、堆蓝、雕金之屏盘杯盂百器甚多,皆非常之宝也!其御制瓷有字者甚多,有御书'印心石屋'墨宝六幅,金纸《印心石屋图》三幅,亦刻龙。斋戒龙牌一,封妃嫔宝牒一。其他晶石漆瓶盘、人物无数。皆中国积年积世之精华,一旦流出,可痛甚哉!"②

流失海外的中国古代名画有2万余件,其中唐代卷轴画20余张,宋代卷轴画200余张,元代画近200张,明代画约8000张,清代画约12000张。按照流失海

111

① 清·康有为:《法兰西游记》。
② 同上。

外的地区划分，美洲、欧洲和日本各占三分之一。美洲主要是美国和加拿大，欧洲则主要是当年来到中国大肆掠夺的英国、法国、德国、瑞典、比利时。

这些中国的国宝几乎都是在那个任人宰割的年代被侵略者强行掠夺的。他们掠夺的文物主要是 1860 年英法联军洗劫圆明园所掠夺的珍贵藏品，包括中国古代最为珍贵的古画《女史箴图》和乾隆最为喜爱的白玉马。

西晋大文豪张华有感于宫廷女史记载的宫中生活，写下了名作《女史箴》。女史是宫中的女官，随从在皇后左右，主要职责有二：一是记载皇后的言行；二是根据皇帝、皇后旨意，制订宫中制度，以便宫中嫔妃们遵守。箴是古代的一种文体，意在告诫、规劝、示范，既是一种座右铭，也是生活的行为规范。

中国古代书业中流传有这样一副名联：玉轴牙签唐李泌，琅函金籍晋张华。意思是说，论文才出众、书香门第，首推张华、李泌。张华是西汉重要谋臣张良的后裔，因才华出众，从魏至晋，历官县吏、长史、黄门侍郎、中书令，官至宰相。

当时晋惠帝昏庸无能，贾皇后乘机把持朝政，安置亲信，朝廷一片昏暗，引起宗室诸王和朝野大臣的强烈不满。张华有感于晋室混乱、后宫无序，特地完成了 334 字的《女史箴》。这篇宫廷规箴的《女史箴》，以女史的口吻，用生动流畅的韵文，规劝生活在宫中的所有女性，无论何时何地，不管是白天还是夜晚，应当谨守三条准则：对神敬、对主忠、对夫从。这套儒家所推崇的礼制纲常，也是张华所期望的礼仪箴条和道德规范。在这篇箴中，列举了许多女性误国的历史故事，讽刺了淫荡、堕落和专权的贾皇后。

气势恢宏的《女史箴图》是东晋大画师顾恺之的绢画杰作，这部构图精美的作品是根据《女史箴》的内容而精心构思和勾画的宫室生活长卷。出身名门望族的顾恺之生长于江南名镇无锡，一生喜好绘画、诗书，博学通才，人称三绝：画绝、才绝、痴绝。顾氏在绘画方面的才华是独步当世的，特别擅长画人物、山水，提出了以形写神的著名论断。

▲ 宫中进贡后妃用品：铜架香水瓶

魏晋时期,生性浪漫的画师们喜欢运用富于神韵的线条来勾画自己理想的、有着特殊人格的、性格各异的人物,这种细腻的线条十分均匀流畅,尤其富于动感和节奏感。人称画神的顾恺之,将这种线条技法推向了极致,创造了一种如春蚕吐丝般连绵缭绕的线条画面——他笔下的女史,端正秀丽,神态安详,雍容华贵;她那修长的身材,在宽大飘逸的衣裙和颜色艳丽的飘带的衬托下越发显得婀娜多姿,看上去更加的出众脱俗,飘若仙子。

《女史箴图》流传着两个绢本:一是南宋摹本,品相一般,现收藏于故宫博物院;一是唐人摹本,一直由宫中收藏,清末时被英国大尉基勇松盗往英国,现收藏于大英博物馆。

从档案、史料和中外的报刊、书籍的大量记载看,英法联军入侵圆明园,流失的珍贵国宝文物主要有:

西洋楼谐趣园,海棠喷泉池:池周的铜鹅、铜羊、石鱼。

西洋楼海晏堂,八字形水池:池周的 12 只十二生肖兽面人身铜像。

西洋楼大水法,狮子头喷泉池:池中心 1 只铜制梅花鹿,池周 10 只铜狗。

正大光明殿:宝座左边墙壁上悬挂的巨幅《避暑行宫图》,紫檀雕花宝座,雕镂玫瑰等花的挖花栏杆,装饰着蓝翡翠和孔雀羽毛的镶玉、镶宝石屏风,紫檀桌子、椅子、柜子、花梨木橱柜、角柜、瓷瓶、瓶缸、瓷碗、冰纹壶、碧玉瓶等珍稀古玩。

缂丝三世佛、四大金刚、十八罗汉。

商、周青铜器,青铜鼎、青铜雕龙、青铜香炉。

羚羊皮货、海貂皮货、白貂皮货、鬃毛羔羊皮货。

皇帝、皇后、嫔妃的龙袍、貂褂、朝珠、珠翠、金鸡、神像。

古名画:《女史箴图》、《乾隆肖像》、《皇帝在万寿山下接见蛮人》。

金塔、金钟、鎏金编钟、景泰蓝麒麟、宝石、铜鎏金云龙纹编钟、如意云纹金瓶。

古陶器,古瓷器——宣德青花大碗,康熙、雍正、乾隆五彩、粉彩瓷瓶、瓷罐、瓷花盒、古漆器、金器、银器、牙雕、珐琅,景泰蓝——明景泰蓝熏炉、尊、壶、吊灯,珊瑚、琥珀、玛瑙、水晶、文竹、象牙、犀角、黄杨木器物,大金塔、小金塔、金曼达、皇帝肩舆。

金罐、金壶、金盒、军刀、盔甲、珊瑚狮子、青花大碗、五彩大盘、康熙五彩瓷,乾隆粉彩瓷——粉彩千花壶、粉彩镂空熏炉、珐琅釉瓷瓶、茶釉龙耳罐、剔红百子

图盒、太阳兄弟衣服、掐丝珐琅麒麟、掐丝珐琅五供、金嵌珠宝坛城、茶叶末釉双龙柄瓶、红金胎掐丝嵌画珐琅执壶和温碗。

金、银、玉如意,玉盘、玉池、玉屏、玉磬,玉罗汉、玉香橼、玉山——乾隆大玉山(白玉大山,浮雕人物,上有乾隆御笔临摹王羲之《兰亭序》)、玉瓶、玉碗、玉洗、玉鼎、玉壶、玉册——乾隆《御制八征耄念之宝记》璧玉册、玉如意——康熙玉如意(白玉透绿,上书御制,有铭文:敬愿屡丰年,天下咸如意。臣吴敬恭进)、玉插屏、白玉浮槎、白色玉玩、绿色玉玩、玉兽面纺双耳炉。

宫廷画师沈源、唐岱精绘绢本《圆明园四十景诗》,西洋画师郎世宁精绘本《格登鄂拉斫营图》、《乾隆帝后和十一位妃子肖像》,伊兰泰精制海晏堂西洋楼铜版画,世间稀见的《圆明园菊花迷宫图》和宫廷画师沈源、孙祜精刻木刻本《圆明园四十景图》。

法方战利品委员会代表吕西对御园中的珍稀文物很熟悉,他曾对他父亲描述了圆明园国宝文物毁坏的真实场景:"我找到了皇家的家具库房,我们的士兵正在那里抢东西,那场面很特别,令人遗憾,又滑稽可笑。东西几乎完全被砸碎了,这是士兵们奇怪的乐趣之一。他们在挑选东西时,表现出极为荒唐的癖好。有几个很漂亮的景泰蓝,我给保护了下来。但我如何处置呢?我还看见一些非常精致的瓷器,被摔得粉碎。还有些很古老的漆器、碎纹瓷、象牙制品、玉器,被砸得碎片满地。有些人拿彩釉花瓶当球耍。看了这些,真叫人难受,为那些东西而感到惋惜。"[1]

据咸丰十一年大臣奏报:圆明园失落大钟93件、大表20件、小表182件。[2]

静明园原存陈设20112件,火毁17523件,英法联军洗劫之后,只有981件。[3]

宫廷秘籍的流失

流失和流传宫外的皇宫国宝之中,珍贵书籍是其中极其重要的一部分。

英国收藏着大量的中国宫廷文物,中国珍贵古书也是其中的重要藏品。大英图书馆收藏有中国珍贵古籍6万多种,其中包括十分珍稀的甲骨文、竹简、敦煌藏经,还有他们视为极品珍藏的中国《波罗蜜多心经》的最早版本、明本《永乐大

① 《军人见证录》。
② 《奏销档·圆明园》,咸丰十一年。
③ 《静明园陈设档》。

典》45 卷和稀见舆图等等。

圆明园内宫廷秘籍的收藏是十分丰富的，其藏书规模几乎可以与皇宫大内相比。文源阁是皇家四阁之一，其收藏的《四库全书》极其精美，书品仅次于文渊阁珍藏。

按照清宫惯例，皇帝、后妃们理政、起居、生活的宫殿、院落，都摆放有经、史、子、集四部书籍，特别是清历朝皇帝圣训、实录和儒家经典著作，都陈列丰富，加上几部大型书籍《四库全书荟要》、《古今图书集成》等，都是园内的特别珍藏。因此，文源阁建筑虽然仿自天一阁，但藏书却是天一阁的一倍以上，藏书量也远远高于文渊阁藏书。①

可是，在英法联军的这场空前浩劫中，几乎所有的皇宫秘籍都在劫难逃。

法军统帅蒙托邦喜爱典籍，对军队抢劫、掠夺圆明园内的宫廷秘籍感到尤其遗憾，曾在自己的《回忆录》中多次提到。法国作家伯纳说："蒙托邦对抢掠储藏中国档案的文书阁，尤其感到遗憾。档案是由许许多多 50 厘米见方的画组成，每张画下面都有说明。他（蒙托邦）写道：整个中国历史应该都在这套画上，画的颜色仍然那么鲜亮，就好像刚刚画成似的！将军说，他拿了几张，他手下的军官们也拿了一些。"②

保罗是法军统帅蒙托邦指定的法军战利品委员会的代表，他记述了当时亲眼所见抢劫圆明园、毁灭珍贵国宝秘籍的实况，并详细描述了文源阁藏书以及周围宫殿内的国宝秘籍珍藏，笔下充满了文学色彩："圆明园后边是一个更大的湖。湖的周围有三座大的建筑物：右边为文源阁，里面收藏着大量的文书档案和中国墨盒，还有一些艺术品。另外两个建筑物里，全是贵重的家具和丝织物。……在这些宫殿中，有一个殿是按照路易十五时代风格建造的，好些房间饰满了巴黎戈布兰花毯厂生产的带有法国徽章的花毯。这些戈布兰花毯，是 1767 年法国王室送给乾隆皇帝装饰欧式宫殿用的。墙壁上是亭亭玉立的法国宫廷美女的全身像，下方还有她们的名字。但是，花毯和画作都已破损、撕裂，好像是被遗弃很久了。"③

吕西作为指挥官的亲密随从，紧随着蒙托邦将军进入大殿，来到御用宝座

---

① 《内务府档》。
② ［法］蒙托邦：《回忆录》。法文版。
③ 《军人见证录》。

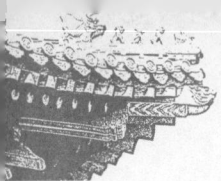

前,眼前所见,令他大为吃惊:绝妙的雕刻品、精美的青铜器和几百年前的景泰蓝大花瓶比比皆是。他亲眼看见巴特尔准将和他手下的军官不知羞耻、无所顾忌地往自己口袋内装东西,一本封面烫金、镶嵌宝石的书籍转眼间不见了,几只漂亮的景泰蓝小烛台也不翼而飞,宝座旁边小台正中央的纯金小宝塔上美丽的珍珠、宝石不知不觉间被全部抠走了!接着,他们进入了一个更加富丽堂皇的御座大殿,四周是精巧的小陈列室,其中一间内满是首饰。军官们开始动手了,有的拿走了几只难看的表,有的公然地拿几盒御用墨,翻译官们发现了一本珍贵的皇帝御笔批写的文书秘籍,立即据为己有。吕西对毁灭圆明园感到很愤慨:"他们前去扫荡圆明园的残余,还放火烧了圆明园。这座壮观的园林,或者说这些壮观的园林,即使失去昔日的财宝,仍不失为一个奇迹,如今却只剩下一堆灰烬!只是为了毁灭的快感,他们就去毁灭啊!"①

年轻的翻译埃里松喜欢古籍,他对军队毁灭文物秘籍感到惋惜:"宫殿毁了,还有那些寺院、珍宝馆、藏书楼,特别是那些宏伟的藏书楼,被烧得片纸不存!那些珍贵的稿本,就像当年在亚历山大城一样,只剩下黑色的灰烬,随风散落在初雪之上!"②

保罗还看到了藏书楼的毁灭,记述了这场灾难的经过:"没有任何东西能够幸免。皇家行宫、堆满了四十代人文学和艺术作品的藏书楼、比我们所熟知的世界更为古老的寺院,通通被付之一炬!"③

法国军官柯第埃日记中写道:"10月18日,星期四,万寿山始焚。19日,火势仍继续燃烧。火焰之上黑烟成云,浮向北京而去。恭王惊惧,恐被擒泄愤,欲逃——幸其未逃,议和有人,可免冬日作战矣。"④

恭亲王正想逃离北京,在一个小山丘上亲眼目睹了这场冲天大火,不禁放声大哭,所有的随从也痛哭失声。恭亲王悲痛地上奏皇帝:"初五日辰刻,该卿(负责圆明园大臣恒祺)来后,正在谆嘱商办间,即见西北一带烟焰忽炽。旋接探报:夷人带有马步数千名前赴海淀一带,将圆明园三山等处宫殿焚烧。臣等登高瞭望,见火光至今未息,痛心惨目,所不忍言!……据恒祺面禀:该夷云,借以泄愤,如派

116

① 《军人见证录》。
② 《一个赴华翻译的日记》。
③ 《军人见证录》。
④ 《1860年对中国的远征》。

兵拦阻,必于城内宫殿拆毁,以呈其毒等语。臣等办理抚议,致令夷情如此猖獗,只因夷兵已阑入城,不得已顾全大局,未敢轻于进剿。目睹情形,痛哭无以自容!"

咸丰皇帝流着眼泪批朱:"览奏,曷胜愤怒!"①

法国是掠夺圆明园文物的另一个主要国家,收藏圆明园珍贵文物最多、最好的博物馆也是法国称为蓝色之泉的枫丹白露王宫。

宫中建有中国馆,用以收藏从圆明园洗劫来的稀世之珍。中国馆的珍藏和展览,可以说是中国圆明园在法国的再现。

法国国家图书馆是法国国家级的最大图书馆,收藏着十分丰富的东方图书,特别是中国古籍,藏品时代之早、品相之精、器物之美,都是别的图书馆无法相比的。②馆中的藏品主要包括:

东晋绢写本《十诵比丘戒本》,沙门弘文手书诵读本;北魏绢写本《佛说无量寿经》卷下,康僧铠译;北魏宣武帝延昌三年(514)写本《诚实论》,敦煌镇经生师令狐崇哲法海寺手写;北魏普泰二年(532)写本《大智第二十六品释论竟》,鸠摩罗什译,东阳王元荣造;梁天监十八年(519)写本《出家人受菩萨戒法卷第一》,戴萌桐书;陈宣帝太建八年(576)写本《佛说生经第一》,洛阳白马寺慧湛造;隋开皇九年(589)写本《大楼炭经卷第三》,法立、法炬译,上书"皇后为法界众生敬造一切经";唐代精绣本,黄丝绢绣于蓝绢上的丝绣本《佛说斋法清静经》;唐代精写本《妙法莲华经卷七品第二十五佛说观世音经》,蓝笺,泥金书,鸠摩罗什译;唐写本金字藏经《添品妙法莲华经序品第一》、黑地金字《金刚般若波罗蜜经》、墨笔泥金三行间书的《普贤菩萨行愿王经》;明万历九年(1581)刻本《大方广佛华严经普贤行愿品》以及大量珍稀舆图《大清万年一统地理全图》、《黄河地区全图》、《重庆府渝城图》等。③

法国国家图书馆还收藏着十分丰富的圆明园国宝文物秘籍,主要包括清宫廷画师沈源、唐岱精绘的绢本《圆明园四十景诗》,宫廷画师沈源、孙佑精刻的木刻本《圆明园四十景图》,以及宫廷画师郎世宁所画《圆明园菊花迷宫图》、《格登鄂拉斫营图》,宫廷画师伊兰泰精绘的海晏堂西洋楼铜版画40幅等等。

① 《筹办夷务始末》(咸丰朝,第七册)。中华书局,1979年。
② 《法国国家图书馆藏敦煌》。上海古籍出版社,2006年。
③ 《笔墨乾坤——中国历代图书展览目录》。法国国家图书馆编印,2004年。

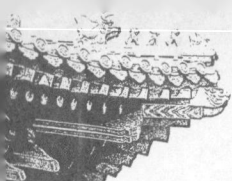

天价收购国宝

晚清大臣李慈铭说：咸丰十年八月二十七日，英法联军撤走次日，奸匪之徒乘机拥入，车拉人载，洗劫圆明园：上方珍秘，散无孑遗！①

清军立即包围了圆明园，全力清剿入园抢劫的土匪，就地正法。

随后，清室在整个京城开展大规模的清查运动，缉拿抢劫御园文物的人员，收缴所有园内皇家物品，明令天下，凡是皇室之物，不论误取还是拾遗，限一个月内上交官府，否则，一经查实，加倍治罪。当时，在城中发现了三个可疑之人，一搜查，一个怀藏一幅皇帝画像，一个揣着一只镶嵌宝石的翡翠碗，一个包裹着一件翠玉如意——如意镶嵌着珍稀的红宝石，上有刻字，原来是成亲王进呈皇帝的贡品！②

咸丰十年八月到第二年九月，历时一年时间，清禁卫御园的胜保将军先后六次对圆明三园及周围地区进行逐家逐户大搜查，共计搜回皇家珍宝器物近 1400 件，包括：瓷器、陶器、玉器、珍玩等等，特别是翡翠、玛瑙、黑玉扳指，珊瑚、紫晶，各式玉佩、手镯等，都是十分珍贵的。

从此以后，百余年来，中国方面一直在尽力征集和收购散失在外的圆明园珍贵国宝文物秘籍，一旦发现，不惜一切代价坚决收回。

中国曾多次要求入侵中国，大肆抢劫、转卖和收藏中国珍贵文物的国家，归还属于中国的珍贵文物秘籍。

英国大英博物馆、法国罗浮宫等 18 家收藏历史文明古国中国、埃及、希腊等历史、艺术、文化财产最多的博物馆联合发表了一个强盗式的声明，拒绝中国、埃及、希腊等国提出的归还文物的要求。

中国对此作出了强烈反应，坚决抨击这种不负责的强盗行为。1996 年，中国政府签署《国际统一司法协会关于文物返还的公约》，郑重声明，中国政府保留对这些流失海外的中国珍贵文物秘籍追索的权力。

2000 年春，香港嘉士德、苏富比两场大型拍卖会上，拍卖四件被英法联军从圆明园掠夺的珍贵文物。国家文物局立即致函，强烈要求拍卖行停止拍卖圆明园文物，指出这四件国宝是战争期间被掠夺的文物，不能拍卖。两大拍卖行无视中

① 《李慈铭日记》。
② 同上。

国的声明,仍然拍卖这些文物。

4月30日,嘉士德拍卖两件圆明园文物。中国保利集团以天价收购了被盗掠走的圆明园海晏堂前水力钟十二生肖中流失国外的两个生肖动物头像:猴首铜像,740万港元;牛首铜像,700万港元。①

5月2日,苏富比拍卖另外两件圆明园文物:铜虎首和乾隆六方套瓶。中国保利集团倾尽全力收购:铜虎首,1400万,加上佣金共1544万。北京文物公司不惜代价收购:乾隆描粉彩镂雕六方套瓶,1900万,加上佣金共2100万。②

法国作家伯纳说:"中国的皇上自称为天子,是世界的中心,是王中之王。其他民族只是其臣民,而且特别鄙视野蛮人。的确,英法联军就是一帮野蛮人,他们的所作所为如同野蛮人。遗憾的是,这些野蛮人手中有枪炮,又懂得战争。这是一次帝国主义的殖民远征,是以强凌弱的强盗逻辑。法国人,特别是英国人,把从中国那里掠夺的大量钱财和物品带回欧洲,这是天大的丑闻!"

记者问道:"听说你最近写信给希拉克总统,希望法国方面将收藏在国家图书馆的珍品《圆明园四十景诗》归还中国?"伯纳肯定地回答:"确有其事。我是今年八月份写的信。我在书中也提到这一绝世珍品。这些丝绸诗画出自18世纪的两位中国艺术家之手,主题是昔日圆明园的四十个美景,是唯一能反映圆明园外貌的诗歌绘画作品。1860年,杜潘上校将这些景图从中国抢来,并于1862年2月转让给德鲁欧拍卖行。最后,(法国)国家图书馆收藏了这一绝世之作。"③

第四节　八国联军抢劫北京

掠夺八昼夜

1900年8月14日,八国联军——英国、法国、德国、俄国、美国、日本、意大利、奥地利开着全副武装的铁甲军舰,动员了成千上万的官兵,一个个做着发财的美梦,跨越黄海、渤海,入侵中国,一路上烧杀抢掠,无恶不作,踏过死尸铺成的道路,攻陷天津,占领北京。

8月15日凌晨,慈禧太后携光绪皇帝仓皇出逃。

---

① 香港《文汇报》,2000年4月30日。
② 《北京青年报》,2000年5月3日。
③ 《揭开被西方有意遮掩的历史——访历史学家伯纳》。

八国联军进入北京城区，大肆掠夺和疯狂抢劫，历时八昼夜。

乘坐罗督大卜战舰入侵中国的随军记者贝野罗蒂目睹了入侵、抢劫、掠夺的整个过程，他从侵略者的眼光，记述了这场西方文明世界对古老东方文明的疯狂掠夺、无情毁灭和野蛮大屠杀："我们现在在河中前进，震荡着的污秽的水中浮着大肚子的船只和人尸、兽尸。凄清的两岸在夕阳中显现随处的荒凉，被战争蹂躏——泥土、灰烬及木炭，什么都没有，只有崩陷的墙壁，废墟一片凌乱……同时在废墟中、水中、泥泞中、死尸中，更加骚动，拥挤得更加厉害……在大道上与无屋顶的房子，及穿肚的墙壁之间，堆积着许多的废物。红裤兵、非洲的猎人穿来穿去，与戴尖帽的德国兵挽着手臂。矮小的是日本兵，俄国兵戴的是发亮的平顶帽，意大利兵插着羽毛，奥国兵、美国兵戴的是大毡帽，印度骑兵则缠着大头。欧洲人的国旗飘扬在这里！"①

这次八国联军入侵中国，实际上是武装的欧洲对自以为是的古老中国的公然掠夺，用欧洲人的话说就是：武装的欧洲去对抗黑暗的老中国。侵略者所到之处，尸横遍野，疮痍满目，只留下一片废墟："我们被拉着，溯白河而上，水中芦苇各处，漂浮着死尸的肚腹。……黄昏的时候，在一个荒废的村间走过，俄国人正在那里分排夜营。一个抛弃的屋子，他们把雕花的家具搬出来去烧火。我们一面远离，一面看见火焰上冲，燃烧了邻近的沙谷，良久发出火灾的光芒。在我们空洞而灰暗的后头，降在我们船上的夜色是非常悲哀的，一刻一刻地，我们深陷在如此奇怪的孤独冷清之中。我们四周有如许的暗影，草莽之中有如许的死尸！在紊乱而无尽的黑暗中，只有敌对而凄清的周围！"②

在欧洲人的笔下，被征服的北京是一片衰败，死气沉沉："古老的国土上，只看见兵士、侵略者、大炮和用于战争的材料。哥萨克人兴奋

▲ 八国联军入宫：侵略者首领在宫中

① [法]贝野罗蒂：《北京的末日》。
② 同上。

120

地试骑着捕获来的骏马，在来来往往的成群队伍中慢跑着，如同疯人一样狂野地叫喊。联军的各国国旗随处滥插着，飘扬在被枪弹打穿的城墙高处，飘扬在兵营上、船舶上、废墟上。风儿在继续号叫着，冰冷而不可解之风散发着死人气味的毒尘，去磨难到处插着的、对于剿灭呈现出喜庆之气的各国旗

▲ 晚清时的紫禁城午门广场：侵略者列队

帜。……北京，几秒钟之间，我为了这个名字而震惊了。一座丧服色的城墙，高度是从未见过的，全现出来了，无尽头地舒展着，在灰色而残缺的冷静中，好像是凶恶的荒原。……北京的城，压死我们，魁伟的东西，有巴比伦式的神情，黑漆的事物，在秋晨死气沉沉的雪中。这个城高耸空中，但它走着，延长着，始终如一，几千里，几百里。城市中没有一个人走过城墙上，上面也没有一根草，一个多么凹凸、多么凄凉如灰烬的地面，有破布头、骸骨和头壳，每一个城雉上有一只乌鸦在与我们打招呼。

"传教士的住宅、学校的校舍，到处都堆满了箱子，有成箱的高级茶叶，有一堆堆的古铜器、瓷器、香炉和花瓶。这些东西都是从紫禁城中搬运出来的。有些宫中仍然堆积着箱子，是日本、德国、俄国官兵们掠夺之后剩下来的，还留有不少华贵的东西。兵士们只注意上层箱子内的古董，下面的大箱子装着玻璃框或者丝制盒子精装的玛瑙、琥珀、各种精致的花草、风景、人物和宝塔，都是中国人几年甚至几十年智慧、心血的结晶，就这样毁于一旦。

"皇帝专用的丝袍，绣满了金龙，被随意地扔在地上，混杂于泥土之中。满地是象牙、玻璃、刺绣和珍珠，官兵们随意在上面行走。有上千年的铜器，皇后极喜爱的珍宝。有奇异的屏风，上面的刺绣出神入化，仿佛是天使绣出来的。来到一片空地，地面上是白色的大理石，那里侍立着铜鹿。金色的宫殿，黄色的琉璃瓦，九重深处华丽的门户，中间一个大台，摆设着各色食物供奉先祖。"[①]

121

———————————

① ［法］贝野罗蒂：《北京的末日》。

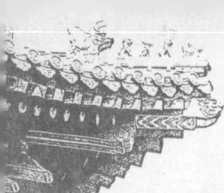

"宏伟的钟,有普通的,有玉的和大理石的,用金绳挂着,装饰着长有金色翅膀的怪兽。漆饰的箱子十分庞大,内中收藏着古代名画,用紫檀木或者象牙棍卷着,外面包裹着黄锦或丝绸。许多画是极其灿烂的,有皇帝打猎的,有林中遐想的,有故世皇后的,画在绢上,色调浅淡。还有很长的画卷,摆放在石板上,上面描绘了大臣上朝的景象,排列着公使、马队、旗帜。成百上千的大臣,衣着华丽,用放大镜才能看得清楚。帝都所有的这一切,都被抢劫一空。"①

1900 年 8 月 15 日,北京陷落,直到 1901 年 9 月,中国与八国联军签订《辛丑条约》,前后一年时间,八国联军的官兵横行于京城的宫殿楼阁之中,极尽盗窃、抢劫和掠夺之勾当。这种抢劫活动,从占领北京的第一天就开始了。

八国联军总司令德国人瓦德西说:占领北京以后,八国联军的抢劫活动从北京陷落的第一天就开始了,至少持续了八天之久。然后,八国联军以种种借口,大肆中饱私囊,半公半私地公然掠夺甚至洗劫,一拨抢完了,第二拨接着又抢,他们随心所欲,不分区域,随意抢夺。②

122

紫禁城珍宝的流失

清光绪二十六年,八国联军入侵北京,皇宫珍宝文物再遭浩劫,大量的宫廷珍贵文物被掠走。

八国联军受到 40 年前英法联军抢劫圆明园一事的诱惑和刺激,怀揣着抢劫中国发财致富的美梦,疯狂地攻占北京。北京刚刚陷落,日本、美国、法国、俄国的军队就开始了争夺皇宫的竞争,几乎是同时进攻皇宫,相互之间还多次发生冲突。

最先进入皇城的又是法国军队。法国人知道古老的中国皇宫遍地珠宝,这些军人早就垂涎三尺。他们到达皇宫,恨不得立即行动,闯入宫门,任意取携。官兵们刚想行动,传来了指挥官的命令:不许马上进入皇宫。命令一出,立即引起了军队的骚动,怨恨之声此起彼伏。有的士兵甚至质问:"若无赏赐,若不能在此国中掳得财物,则何故于此炎热灰尘之中驱逐彼等而来?使彼等筋疲力尽,如此辛苦?"③

意大利海军陆战队的官兵,早就听说中国皇宫紫禁城之中金银满室,珠宝遍

---

① [英]朴笛南姆威尔:《庚子使馆被围记》。中华书局,1917 年 8 月。
② 同上。
③ 同上。

地,他们刚刚开进北京,就迫不及待地请求使馆人员立即带路,直扑皇宫。他们行色匆匆,眼中冒出了欲望之火,一副急切的样子:"匆遽行走,状甚慌张,眼中似将冒火!……沿途不断询问,美人、法人已入宫乎? 全宫已尽被掳掠乎?……得

▲ 储秀宫:慈禧太后寝宫

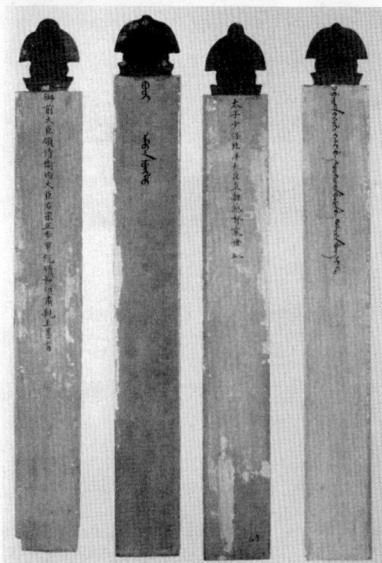

知凡紧要之处均已为人占据,愈觉慌张,行步愈为匆忙!"[①]

美国人和俄国人最先进入皇宫,其他各国军队相继跟进,随之发生了利益冲突。为了平衡各方权益,避免军事火并,各国出于自身利益的考虑,相互妥协,在中国权力中心的皇宫商量着如何进入宫城、由谁把守宫门、宫内的珍宝将如何分配等等。而他们商量这些之时,却没有皇宫的主人——中国方面的人参加。这就是强盗逻辑,征服者就是统治者,可以奴役被征服者,不仅可以公然抢劫、掠夺珍宝文物,还可以纵火烧毁他们看不顺眼的所有东西。

▲ 皇帝御桌上的红头签、绿头签:宗室王公用红头签,大臣用绿头签

经过讨价还价,联军统帅部最后决定:由最先进入皇宫的美国人、俄国人守护宫门,其他各国军队不许擅自入宫。这样,有专门的军队守护,各国军队又不许擅自进入,从某种意义上说,避免了英法联军占领圆明园时起哄抢劫的混乱局

---

① 《泰晤士报》,1900 年 8 月。

面,使一座辉煌灿烂的皇宫免遭玉石俱焚的灭顶之灾。然而,联军统帅部的约定只是表面上的妥协,他们不是为了保护中国的皇宫和皇宫内无数的奇珍异宝,他们的共同目的是想占有这些中国人用智慧和心血换来的珍稀之物,他们妥协的目的,只不过是想平均得到这些奇珍而已。①

从他们进入皇城开始,各种各样的盗窃活动也就开始上演了,而且随着时间的推移,这种丑恶的闹剧愈演愈烈。

俄国人派两个中队守卫被占领的紫禁城,按照约定,其他各国军官可以在俄国军官的陪同下参观紫禁城。这种参观是心照不宣的,面对堆积如山的珍宝,没有人看守,也没有人约束,有几个"正人君子"仅仅是参观而已?如果是正人君子,就不会不远万里一路烧杀着来到中国,进入紫禁城。但在当时,参观皇宫,成为各国军官最时髦、最有身份和地位、最能够获得实惠的权力,也成为各国军官们共同达成的默许偷盗的代称。②

英国人朴笛南姆威尔曾获得允许参观皇宫的特权,他由俄国军官陪同,进入皇宫游览。一路上,他亲眼看见同行的军官时不时地将眼前珍稀之物拿在手上,或者装入袋中,或者将许多心爱之物聚成一堆,转眼之间,就塞入自己的腰包,成为私有之物。转一圈下来,看见了什么?谁也说不清楚,但是一个个兴高采烈、心满意足,因为他们每一个人的口袋里都是满满当当的,手上、耳朵上甚至帽子里也塞进了珍宝!朴笛南姆威尔写道:"人人衣服口袋凸起甚高,而有得意之色!"

俄国军官守卫着皇宫珍宝,伸手偷盗,甚至公然搬运珍贵文物,是再自然不过的了。

俄国侵华最高司令官利涅维奇、阿列克谢耶夫两人以胜利者的姿态前往紫禁城参观,想看看不可一世的慈禧太后曾经生活的寝宫。指挥官和陪同人员一大群,奇怪的是,在这炎炎夏日,这些怕热的火性极大的军官们却出奇的不怕热,一个个穿着大衣,外披宽大的斗篷。他们进入皇宫之后,如入无人之境,眼睛血红血红的,只是盯着闪耀着奇特光芒的各式珍宝。没有多少时间,一个个的口袋鼓胀了起来,像巨大的肿瘤一样迅速膨胀,连宽大的外衣也高高地鼓起,仿佛一个一个巨大的能够活动的大木偶来了,有模有样地行走在中国的皇宫之中。

124

---

① 《庚子使馆被围记》。
② 同上。

俄军最高司令官一行是沿着紫禁城东路行走的,他们穿过一座座宫门,走过一个又一个高大门槛,经过一个又一个院子,一路走一路拿,一边说笑一边偷盗,谈笑之间,将一颗又一颗硕大的珍珠、项链、珊瑚、翡翠、碧玺、如意据为己有!就这样,他们从容不迫地顺手牵羊,大大小小、形状各异的珍宝很快充满了他们的衣服,他们圆圆滚滚的,还没有走到慈禧太后生活起居的寝宫,就已经硕果累累了!他们全心全意地照看着自己塞满一身的宝贝,相互之间还忘不了嬉笑、逗乐,有的甚至为了争夺一件珍宝发生口角,以至于动起了手。

两位最高司令官知道,真正的珍宝是在慈禧太后的寝宫里。他们有意地留有余地,十分端庄地走进了太后宫室。面对如山的珍宝,两位自认为见多识广的司令官也吃惊不小,只是呆呆地站在那里。很快,军官们回过神来,不约而同地动手拿东西,桌子上、窗台上、茶几上、花瓶里、衣柜内、坐炕间、大大小小橱柜之中和各式各样的箱笼、妆奁之内,他们都伸手去拿、去抢、去夺。很快,数十上百件的金、银、宝石器玩,转眼之间不翼而飞。

俄军守卫紫禁城,直到 8 月 31 日,十余天中,大量珍宝不知去向,宫中被盗情形十分严重。代替守卫这座中国皇宫的是德国军队和日本军队,他们是一群没有喂饱的饥饿之师,他们眼看着俄国人大发横财,一个个早就急红了眼,他们一进入皇宫,就开始大张旗鼓地偷盗中国国宝文物了。

皇宫大内的许多镇宫之宝,就这样落入强盗们的手中,流失宫外。

据清内务府进奏,紫禁城中流失的珍宝主要包括:

宝物,2000 余件;碧玉弹子,24 颗;琬琰大屏风,4 扇;金钟,2 座;李廷珪墨,1 盒;玉马,1 匹;墨晶珠,1 串;林凤翔、洪宣娇牙齿,1 盒。[①]

据现场目击者称:宫里所藏珍宝,所失过半。宫中贵重之物,劫掠无遗![②]

据《雨华阁陈设档》记载,洋人拿去的文物有:铜掐丝珐琅玉垂思香筒,1 对;铜胎秘秘佛,1 尊;黑石秘秘佛,1 尊;紫檀嵌玉垂思香筒,1 对;铜镀金嘛呢,1 件;筒子六番,1 首;杵,64 件;铜胎上乐王佛,1 尊;紫檀小龛,1 座;灯笼,6 个;金镶白海螺,2 个;擦擦白救度佛母,270 尊;银镀金七珍,1 份等。[③]

① 《庚子使馆被围记》。
② 狄葆贤:《平等阁笔记》。1913 年上海有正书局铅印本。
③ 《雨华阁陈设档》。

紫禁城秘籍的流失

皇宫秘籍方面损失也是十分惨重,主要包括:

《四库全书》书籍,47506 册;

《丙夜乙览》,135 册;

《历代帝王后妃图像》,120 轴;

《玉牒》,原稿本 76 册;

《清穆宗实录》,74 册;

《发逆歼灭实录》,48 册;

《光绪起居注》,45 册;

《历圣翰墨真迹》,31 册;

《宁寿鉴古》,18 册;

《光绪御翰》,8 册;

《满洲碑碣》,6 册;

《历圣图像》,4 轴;

《皇华一览》,4 册;

《长白龙兴纪念》,4 册;

《发逆玺印》,1 册;

《慈禧御笔光绪御容》,1 帧等。[1]

中国古籍方面,美国收藏最为丰富,而这些收藏有相当一部分就是来源于八国联军侵华之时,在北京掠夺的珍贵古书。

据统计,全美珍藏着中国古籍善本大约有 3000 种,家谱多达 2000 余种,仅仅美国国会图书馆就收藏中国地方志 4000 多种。

据《柏克莱加州大学东亚图书馆中文古籍善本书志》记载,美国加利福尼亚大学东亚图书馆收藏中国善本书籍 800 余种,11000 余册。[2]

美国其他各大图书馆,也有数量不等的收藏:

芝加哥大学东亚图书馆，收藏中国善本 394 种，14059 卷，包括十分珍贵的敦煌卷子抄本 3 卷。

哥伦比亚大学斯塔尔东亚图书馆，收藏中国家谱 1500 余种。

康奈尔大学沃森藏书室，收藏中国珍本 11300 余册，包括极珍贵的明本《永乐大典》。

普林斯顿大学葛思德东方图书馆和东亚藏书室，收藏中国珍稀的宋本 3 种、元本 4 种、明本佛经 1284 种，包括著名的《碛砂藏》。

此外，还有哈佛大学燕京图书馆、多伦多大学东亚图书馆、耶鲁大学东亚藏书室等各处大大小小的图书馆，都有数量不等的中文收藏。①

颐和园之变

紫禁城西北大约 30 里，就是慈禧太后著名的疗养胜地颐和园，这里也是清代皇帝们最为喜爱的避暑胜地。

这座雄伟的园林，自 12 世纪中叶开始营造，经过不断的扩充和营建，历时 700 余年，建设成为一座宫殿巍峨、金银充栋、珍宝遍园、古木林立的皇家御园。

金海陵王是中国帝王之林中的第一淫君，也是一位讲究享受、喜爱游乐，又善于寻乐的皇帝。金贞元元年(1153)，海陵王在南下征战之中发现了西山脚下一处风景优美的风水宝地，于是下令在此营建行宫。这处行宫就是北京西北部的颐和园。②

明成祖迁都北京，营造紫禁城。喜欢游乐的明代皇帝也喜爱颐和园的风景，经过改建，改称好山园。

清代皇帝喜爱这里的山水，特别是乾隆时期，一再增修和扩建，赐名清漪园。③

咸丰十年，英法联军入侵北京，抢劫圆明园，颐和园也在劫难逃，大量珍宝被洗劫一空。

光绪十四年，慈禧太后挪用海军军费，大肆扩充和营建，修造成了富丽华贵、精巧迷人的避暑胜地，赐名颐和园。

127

---

① 依据各馆藏目录、复印材料及有关档案资料。
② 《颐和园志》。中国林业出版社，2005 年。
③ 《内务府档》。

▲ 清宫珐琅:"向用五福"莲座盒

颐和园占地 290 公顷,主要由高大巍峨的万寿山和碧波荡漾、烟雨迷蒙的昆明湖组成。园中建造了各种精巧的房舍楼阁,大约 3000 间。皇帝、后妃们出入的每一间房屋,都陈列着大量的皇宫秘籍和宝石玉玩,包括古代文物、历代字画、各种古书、金银珠宝等等,特别是宝石、翡翠和碧玺

等,都是慈禧太后的珍爱之物,是各地封疆大臣进献给慈禧的寿礼。①

1900 年 8 月 19 日,俄军伊林斯坦中校事先派兵侦察了颐和园,发现那里风景秀丽,珍宝无数。这天凌晨,中校带领侵华第十团 5 连、8 连、赤塔骑兵连、上乌迪内骑兵连等步兵、骑兵组成的混成团,直扑颐和园,很快就占领了该园。俄军立即将全园布上岗哨,大肆抢劫园内的国宝文物秘籍,历时四十多天。10 月 2 日,俄军满载而归,按照约定,正式地撤离了该园。②

一心想抢夺中国国宝文物的日本侵略军,因抢占颐和园慢了一步而后悔不已。

10 月 30 日,英国少校布勒带领英国、意大利联军再次占领颐和园,逐殿进行抢劫,清洗园内的珍贵文物。历时十个多月的时间,直到第二年 8 月底才撤离颐和园。

俄、英、意军先后入驻颐和园,不仅对园内的珍贵文物大肆抢劫、掠夺,还肆无忌惮地破坏园内的宫殿建筑和山林园囿,甚至毁坏园内的珍宝文物,以此取乐,或者是仅仅为了方便和开心。

据记载,俄军最早进入颐和园,发现如此众多的稀世珍宝,兴奋不已,就用绿色的大军车"满载所掳之物,自颐和园入城,一小队马兵送之。石路崎岖不平,车中物屡坠而碎,俄兵不暇整理,乃弃掷各物,车下珍瓷巧玉,同时粉碎"。③

128

---

① 《内务府档》。
② 《庚子使馆被围记》。
③ 《庚子诗鉴》。

第一批进入颐和园的俄军，抢劫的是园内各宫室苑囿中的金银珠宝和奇珍异物，他们用绿色大军车装满一车又一车，满载而归，回到北京城中的大本营。

第二批进入的英国和意大利联军，只能获得俄军抢劫剩下的文物，主要是一些不好移动的木器、饰物和大件物品。

佛香阁高大巍峨，一直香火不断。然而，被清室恭敬供奉的佛尊无力阻止侵略军的野蛮抢劫，也不能保护自己平安逃此大难，紫檀镂空的许多佛像、法器和供奉品都不见了。

排云殿坐落在佛香阁下，是颐和园内的一座珍宝库。这里有数十个造型精美的什锦柜，柜子里存放着许许多多分类详细、用途明确的珍宝珠玉和各种别致、巧夺天工的装饰品。各种珍宝珠玉不翼而飞，曾经塞满珍宝的什锦柜空空如也。接踵而至的鬼子们，对这些什锦柜子和柜子上的装饰品、装饰画以及室内各处的木器装饰物也不放过，纷纷伸手，强行占有："各国游客，皆争取一二物，谓留纪念品。遂至，壁间所糊之字画、窗间雕刻之花板，亦瓜剖豆解矣！"①

坛庙三海之灾

坛庙方面，珍宝文物同样损失严重。天坛、地坛、日坛、月坛，称为北京皇宫四坛，四坛的镇坛之宝，一直是皇宫大内十分重视的祭物，代表着皇家对天、地、日、月的崇拜和恭敬。

这四坛镇坛之宝是：苍璧、黄琮、赤璋、白琥。可是，在这场八国联军的浩劫之中，四大镇坛之宝全部不翼而飞。

八国联军洗劫北京，所到之处，坛、庙、观、寺无一幸免。他们先后进驻天坛、先农坛、太庙、嵩祝寺，将寺庙内的珍贵器物、用品大肆抢劫。同时，对其他坛、观、寺、庙也派兵扫荡，掠夺一切珍爱之物。

据记载，坛庙损失的珍宝也很惊人：皇帝祭天的天坛，拥有大量的祭祀器物，包括金、银、铜、玉、瓷、竹等各式各样的祭器和各种用品。这次天坛失窃之物主要是祭器，失去较多的是银器、玉器、铜器、竹器和瓷器，共计1148件。皇帝祭祀江山社稷之地的社稷坛，也有十分丰富的祭祀物品，这次被抢劫的银器、玉器、瓷器、铜器、竹器等祭祀用品共168件。贪图钱财的俄军率先占领了嵩祝寺，大肆洗

---

① 《庚子使馆被围记》。

劫这里的珍贵物品,特别是造型独特的佛像,共抢劫各种财物、用品高达数万件!主要包括:

各种各样铜佛,50000 余座;

铜镀金佛像,3000 余尊;

铜器,4300 余件;

墨迹、刻印拓品,1600 余轴;

锦缎丝绣品,1400 余件;

竹器、木器,110 余件;

乐器,100 余件;

幢幡,70 件根;

锡器,58 件;

镀金物品,40 件;

瓷佛,13 尊;

瓷瓶,12 对;

银器,7 件;

御座陈设物品,无数,等等。①

荣禄进奏:皇史宬所存虎纽银印 34 颗,全部丢失;所藏珍贵的皇室家谱也损失不少,满、蒙、汉实录、圣训丢失 51 函、235 卷。②

衙署台第之难

北京是八朝古都,数百年的经营、建设,到处都是文物珍宝。王朝各大办公衙署,分布在皇宫周围,在天安门南边一带,主要是包括六部、九卿衙署在内的各大军政机关公署,在皇宫四周则主要是皇城禁卫军和驻防京城的军事指挥机构。主要包括:吏部、户部、礼部、兵部、刑部、工部、内务府、太医院、詹事府、銮仪卫、都察院、翰林院、鸿胪寺、光禄寺、钦天监、理藩院、国子监、顺天府、兵马司、神机营、

---

① 《内务府档》。
② 《宫中档》。

130

八旗衙门等。①

　　八国联军入侵北京,自然不会放过任何能够发财的机会。他们进入北京,占领了许多衙门作为自己的指挥部。他们抢劫了皇宫大内和坛、庙、寺、观后,将贪婪的目光瞄向京城的各大衙门和王府。他们知道京城各大衙门珍宝文物众多,知道许多物品都是无价之宝,他们精心布置,立即行动,抢先占领了吏部、户部、兵部、工部和内务府。接着,他们又占领了钦天监、鸿胪寺、太医院、詹事府和銮仪卫等重要衙门。

　　八国联军将占领的衙门大加改造,变成自己的指挥部和官兵营房:"堂、库房屋,俱皆拆改。库存各物例典案卷,均被劫抢焚烧,一无所留!"②

　　吏部、户部、内务府是管理王朝最为重要的人事、财务机构,衙门内文物古董众多,损失也最惨重。

　　日本人知道,户部、内务府是管理皇宫事务的机构,也是最为富裕的第一、第二大衙门。日本侵略军抢在各国之前,率先占领了户部,第一件大事就是打开银库,将库存银子291万余两全部运走,一两不剩地搬运到日本使馆!

　　银库抢完了,日本人兵分两路,更加疯狂地抢劫:

　　第一路官兵,继续在户部之中寻找珍宝库房。他们行动迅速,在银库不远的地方,很快就发现了绸缎库、颜料库等许多库房,那里绫罗绸缎堆积如山,各色颜料令人眼花缭乱。但日本侵略军十分冷静,只是闷声不响、有条不紊地搬运珍宝文物和财物用品,一车又一车地运往他们的军营。

　　第二路人马,则是马不停蹄地前往被认为是油水最多、职位最肥的内务府。他们事先就侦察好了内务府最重要的几大仓库:银子库、恩丰仓、官三仓和官租库房,他们疯狂地运走了库存中的所有银子、重要物料、战备物资、各种用品以及32万石仓米。

　　户部位于俄国人所辖的占领区,喜爱珍宝钱财的俄国人当然不能容忍日本人在自己的占领区抢夺库房中存贮的全部银子和仓米。俄国人前去交涉,说户部位于联军指挥部分配给俄军的占领区内,户部银库的银子,最少要分给俄军一半。

　　日本人包围了户部,占领了各个要冲和制高点,日本人态度强硬,不愿意与

131

---

① 清·昆冈等:《大清会典》。清光绪二十五年上海书局石印本。
② 《庚子使馆被围记》。

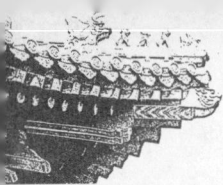

俄国人妥协。日本人强调说,日军是在 8 月 15 日凌晨事先占领了户部,而联军指挥部分配占领区是在当天下午 4 点以后才正式生效!日本人明确地说,户部银库是日本人用生命换来的,是他们的战利品,所有银子一两也不会相让!

俄国人被日本人拒绝,心中窝着火,一时也不知道如何发泄。他们听说,户部在这银库之外还有珍藏着大量金子的金库,而这金库日本人还没有发现。俄军官兵眼睛血红,在熟悉内情的人员带领下,立即前往户部一处隐蔽的地方,重兵把守,开来一辆又一辆军用大卡车。工兵熟练地拆墙毁屋,费了好大的力气,才找到了户部窖藏金子的地窖。可是,他们又晚了一步,日本人已经将窖藏的金子、银子全部运走了!似乎是为了证明这里是重要的金银库房,日本人不知是有意还是无意,在库房中留下了一锭银子,仿佛在嘲笑俄军,你们只能拿些剩余的。

俄国人气急败坏,破口大骂。他们听说日本人去了户部、内务府,知道自己慢了好几步,就立即集合大队人马,前往负责外交、军政事务的政府中枢机构总理各国事务衙门。俄国人到了那里,疯狂抢劫,将所有值钱之物全数装上军车。①

喜欢科学技术的德国人、法国人,看重北京的钦天监。他们率先派兵进入东直门的古观象台,不遗余力地抢劫中国天文工作者用于观察天象的天文仪器。

中国人观察天象有几千年的历史。北京古观象台始建于 15 世纪中叶,正式建立是在明正统七年(1442)。古观象台设立在北京城的东南方,位于东直门外的城墙之上。这座古观象台建筑独特,房屋整齐而宏伟,是当时世界上最为古老的天文观象台之一。这里的仪器也是当时最为齐全、最为先进的,以仪器完备、观察准确、建筑雄伟而著称于世。古观象台内拥有许多精密仪器和十分珍稀的物品,主要有:

> 古铜天文观察仪,一套 10 件;
> 浑仪、简仪,明代制造;
> 天体仪、象限仪、纪限仪、赤道经纬仪、黄道经纬仪、地平经纬仪,康熙年制造;
> 地平经纬仪、玑衡抚辰仪等,乾隆年制造。②

德国、法国都长于天文科学,发明创造了许多天文仪器,也积累了大量的天文

---

① 《庚子使馆被围记》。
② 《大清会典·钦天监》。

132

资料。法国人曾以自己的天文仪器为荣,出使其他国家时,常以自己制造的天文仪器作为礼品进献。法国使臣出访中国时,曾带来了大量的天文仪器,进献给中国皇帝。这些作为进贡礼品的天文仪器,有很大一部分就摆放在北京古观象台。

1900 年 12 月,法国政府通过法军指挥官和法国大使馆,郑重告知八国联军总司令、德国人瓦德西:北京古观象台中的许多仪器是法国制造的,还有相当一部分精密仪器是法王路易十四送给中国皇帝的, 因此, 这些仪器应该归法国所有,由法军接收,运回法国。

瓦德西既是联军总司令,也是德国侵略军的最高指挥官,他当然会为德国方面考虑,特别是对这些先进而精密的天文仪器,他绝对要占有,绝不会放手。瓦德西坚决拒绝了法国方面的请求,强调说:按照八国联军的约定和分配确立的占领区,古观象台是属于德军的占领区,占领区内的所有物品:"依照此间通行习惯,应作德军战利品看待! "

法国方面态度坚决,绝不让步。法军全副武装,调集重兵,奉命开赴古观象台,一方面摆开阵势,要与德军一决高下;一方面再三请求瓦德西,请将法国进献中国的天文仪器由法国方面接收。

经过一再地讨价还价,德国方面作出让步,瓦德西允诺:古观象台天文仪器,由德国、法国分享,条件是观象台中最为重要、最为核心的仪器天体仪,必须交给德国。法国方面考虑再三,只好同意。两国按照约定,一同拆除中国古观象台的天文仪器,像分自家的财产一样,严格分配这些属于中国的珍贵仪器。①

侵华美军总司令沙飞将军十分注重天文仪器,当他得知德国、法国共同瓜分北京古观象台时,十分恼火,立即前往德军司令部,向瓦德西将军当面提出抗议:德国、法国共同瓜分古观象台的行动是十分不明智的行为! 德国、法国的行动严重地影响了各国与清政府缔结的有关和约! 必须尽快结束这一行动,因为这一行动极大地违背了美国急于结束中国战事的愿望!

清室听说德军、法军想拆除古观象台,运走所有的天文仪器,大为震惊,十分惊慌。奉命代理北京事务的庆亲王,立即指示中国政府的外交代表荫昌前往八国联军总部,与瓦德西交涉,制止这一野蛮行为。事实上,荫昌早就被八国联军的超强军力吓破了胆,哪里敢与瓦德西交涉?他只是一再乞求德国公使,乞求瓦德西

① 《庚子使馆被围记》。

将军,希望撤销拆除古观象台天文仪器的决定,希望不要搬走中国古观象台的天文仪器,因为那是几百年来中国天文学者的心血结晶。①

趾高气扬的瓦德西将军更加踌躇满志,哪里会将懦弱无能的清政府放在眼里?哪里在乎一个胆怯的外交官的一点带泪的乞求?他认为那是一钱不值,白费力气。瓦德西蔑视着荫昌,十分坚决地拒绝了他的乞求,并极不耐烦地将他打发走。

瓦德西不理睬中国政府的请求,一方面请求德国皇帝,一方面与法国方面仔细商讨有关瓜分天文仪器的细节。德国皇帝当然高兴接收这些珍贵的仪器,当即表示,同意接收这些远在中国的科学仪器。瓦德西拟定分配方案,随即同法国指挥官着手瓜分天文仪器,基本原则如下:

德国方面,拥有明造浑仪,清造所有天体仪、纪限仪、地平经纬仪、玑衡抚辰仪等;

法国方面,拥有明造简仪,清造象限仪、赤道经纬仪、黄道经纬仪和地平经纬仪等。

德军将拆除的大量中国古观象台仪器分车装卸,一车一车地运往德国使馆,再全部运往德国首都,收藏于柏林博物馆。

法军将所有法国进献的天文台仪器和所分得的中国天文仪器拆除装车,运到法国驻华使馆,然后全部运回法国首都,存贮于法国博物馆。②

1902年,根据和约,法国政府将抢劫中国古观象台的天文仪器归还中国。

1921年,德国在第一次世界大战中战败,根据《凡尔赛和约》,德国将抢劫中国古观象台的天文仪器归还中国。

据记载,许多重要的国宝文物在洗劫重要政府衙门时丢失:

> 翰林院珍藏皇宫秘籍,数万册,包括明本《永乐大典》;
>
> 钱法堂新铸铜钱,数万串;
>
> 禄米仓积年陈米,数万石;
>
> 太常寺金器、银器、铜器等,数百件;
>
> 光禄寺金器、银器、玉器等,数百件;

① 《大清会典·钦天监》。
② 《庚子使馆被围记》。

卤驾库皇帝御用辇乘车马及相关用品,数千件等。①

皇帝御用车马及配套用品主要包括:皇家御辇,21 乘,特别重要的是,有皇帝母亲皇太后寿节时所乘金辇 1 驾,皇帝御用金辇 1 驾、玉辇 1 驾;御用车轿,12 乘;五宝,2 件;卤驾物品,1373 件;皇帝妃子专用仪仗,282 件;皇帝嫔御所用仪仗,84 件;锦缎纛旗,133 件;香垫拜裤,9 套;象牙,9 件;象鞍,2 件;战鼓,2 件;更钟,2 件;静鞭,2 件。妆奁盘,1 件;小团扇,1 把;珐琅轿杆,1 件;广郎木轿杆,1 份;新云盘伞,1 件;旧云盘伞,1 件;等等。②

第五节　清宫秘籍窃掠内幕

晚清皇宫秘籍的收藏

嘉庆、道光时期,承袭乾隆盛世之余辉,继续发展文化事业。清武英殿继续大量刻印书籍,特别是皇帝的御制作品和大量内府抄本的问世,极大地丰富了内廷藏书。这个时期的重要书籍主要包括:

嘉庆时期:

《心经》,清嘉庆御笔写本;

《心经》,清明善写,清嘉庆十年泥金写本;

《佛说十吉祥经》,清李汪度写,清嘉庆年写本;

《佛说八吉祥经》,清赵秉冲写,清嘉庆年写本;③

《味余书室全集定本》,清嘉庆年武英殿刻本;

《味余书室随笔》,清嘉庆年武英殿刻本;

《清仁宗御制诗集》,清嘉庆年武英殿刻本;

《御制全韵诗》,清嘉庆年武英殿刻本;

《清宁合撰》,清嘉庆年武英殿刻本;

135

---

① 《东华录》。
② 《内务府档》。
③ 《故宫图书馆抄本书目》。

《昭代箫韶》,清王廷章撰,清嘉庆十八年五色套印殿本;

《御制养心殿记》,清嘉庆年绵亿精写本;

《御制喜雨诗》,清董诰写本;

《咏二十四节气》,清嘉庆十四年精写本。

道光时期:

《养正书屋全集定本》,清宣宗撰,英和等编,清道光二年殿本;

《清宣宗御制诗集》,清宣宗撰,曹振镛等编,清道光九年殿本;

《清宣宗御制文集》,清宣宗撰,曹振镛等编,清道光十一年殿本;

《御制巡幸盛京诗》,清宣宗撰,曹振镛等编,清道光年殿本;

《钦定春秋左传读本》,清英和等纂辑,清道光二年殿本;

《钦定回疆则例》,清赛尚阿续修,清道光二十二年殿本;

《大清通礼》,清穆克登额续纂,清道光四年殿本;

《圣谕广训直解》,清圣祖撰,清道光三十年殿本;

《性理精义》,清李光地纂修,清道光三十年殿本。①

然而,大清王朝面对内忧外患,统治者束手无策,日渐衰落,文化事业萎靡,盛极一时的清内府本也开始走向衰败。

咸丰时期:

《清文宗实录》,清同治五年内府朱格抄本;

《清文宗圣训》,清同治五年内府朱格抄本;

《筹办夷务始末》,清贾桢编,清同治年内府抄本;

《心经》,清咸丰年御笔写本;

《心经》,清咸丰三年醇郡王写本;

《千手千眼无碍大悲心陀罗尼》,清咸丰四年御笔写本;②

---

① 《故宫图书馆殿本书目》。
② 《故宫图书馆御笔写经书目》。

《佛顶心陀罗尼经》,清瑾妃写,清咸丰四年写本;

《文宗上谕》,清咸丰三年殿本;

《清文宗御制诗集》,清文宗撰,许彭寿编,清同治年殿本。

慈禧时期:

咸丰以后,慈禧太后开始执掌大权。由于她个人对《诗经》、《红楼梦》等书的喜好和对少年皇帝教育的需要,清内府本在国家艰难时期纷纷问世,并且比较精致,数量也很可观,宫中秘阁书籍得以充实。这个时期主要的宫廷秘籍包括:

《诗经集传》,宋朱熹撰,清内府朱格精抄本;

《翻译诗经》,宋朱熹撰,清内府满汉合璧精抄本;[①]

《诗经集传》,宋朱熹撰,清国子监本;

《诗经集传》,宋朱熹撰,清同治年刻本;[②]

《万花争艳》,清升平署抄本;

《比寿图》,清升平署抄本;

《长生祝寿》,清南府抄本;

《尼姑思凡》,清升平署抄本;

《翠屏山》,清升平署抄本;

《绿牡丹》,清升平署抄本;

《双摇会》,清升平署抄本;

《美人计》,清升平署抄本;[③]

《慈禧御笔心经》,清光绪三十年慈禧太后朱笔写本。[④]

同治时期:

《清穆宗实录》,清光绪五年内府朱格抄本;

① 《故宫图书馆抄本书目》。
② 《故宫图书馆刻本书目》。
③ 《故宫图书馆戏本书目》。
④ 《故宫图书馆御笔写经书目》。

《清穆宗圣训》,清光绪五年内府朱格抄本;

《筹办夷务始末》,清宝鋆编,清光绪年内府抄本;

《心经》,清同治十三年御笔写本;

《清穆宗御制文集》,清穆宗撰,李鸿藻编,清光绪年殿本;

《清穆宗御制诗集》,清穆宗撰,李鸿藻编,清光绪年殿本。①

光绪时期:

《心经》,清光绪年御笔写本。

《钦定书经图说》五十卷,清孙家鼐纂辑,清光绪三十一年内府石印本;

《钦定书经图说》,清孙家鼐纂辑,清光绪年内府朱格稿本;

《清德宗御制诗》,清内府抄本;

《清德宗御制文》,清内府抄本;

《清德宗读史随笔》,清内府抄本。②

宣统时期:

《心经》,清宣统年御笔写本;

溥仪启蒙习字本:《韵对》、《对联本》、《大学》、《孟子》、《唐诗》、《杂词》、《醒世歌》、《满文习字本》、《百物图》、《战艾陵》、《十三经集字》等。③

清末秘阁藏书被盗

清代宫中国宝秘籍被盗,大致说来主要有三种情形:

一是暗盗。宫中值侍、看守宫殿的太监、宫女监守自盗、顺手牵羊,以各种方式和手段暗中盗窃宫中的珍宝秘籍。如唐代卢楞枷《六尊者图》,从漱芳斋戏台后一个角落的一堆烂棉花堆中被发现,这自然是当年太监们监守自盗留下的物证。

---

① 《故宫图书馆殿本书目》。
② 《故宫图书馆抄本书目》。
③ 《溥仪启蒙练习册》。

二是明盗。近侍、大臣、朝野群工，在皇权的非常时期，以各种手段采用求赐、借用、鉴赏、抵押、标卖等方式，公然地盗窃、占有。《诸位大人借去书籍字画玩物等糙账》内所列国宝珍品比比皆是。

三是赏赐。在皇权正常运转时期，皇帝赏赐皇亲国戚和近侍、要臣，宫中的国宝秘籍正大光明地流失宫外。《赏溥杰书画目》所列1200余件书画珍宝、210部宋元珍本，都是以赏赐的名义盗窃出宫的。

宫中物品被盗，一直是中国宫廷之中一个很难处理和解决的顽疾。皇帝和管理宫廷的官员们做过无数次的努力，想解决这个顽疾，最终都是以失败而告终，许多珍贵国宝秘籍神秘失踪不仅没有解决，反而更加严重，严重到无法掩盖的地步，就放火一烧了之。[①]

不知道从什么时候开始，皇宫周围邻近太监们出入、生活和居住的地方，特别是地安门大街和东西皇城根的一些胡同街巷，悄悄地开设了一些古玩商店，专门售卖各种珍贵书籍字画。这些商店门面不大，也从不大张旗鼓地叫卖，但生意却出奇的好，买卖兴旺。

原因何在？一是因为这些商店的主子有来头，不是太监、内务府的官员，就是皇亲国戚、近侍大臣；二是因为在这些神秘的商铺内，正是由于这些有背景的人物，经常会出现世所罕见的内府古玩、古书和古代名人字画！

清末时期，宫中的书籍、字画流失宫外究竟有多少？恐怕很难统计，也无人知道确切的数字。不过，赏赐和外借显然是国宝秘籍流失宫外的重要途径之一。赏赐，自然是皇帝主动地给；外借，也自然是堂而皇之地从宫里拿出。

清逊帝溥仪时，就大量赏赐和外借宫中宝物秘籍，特别是借，就是溥仪身边的"诸位大人"以"借"为名公然将宫中之物据为己有。这种堂而皇之的借，使宫里极其珍贵的古物、书籍流失严重，这也是中国历代宫廷之中古物、书籍、字画流失的一个主要途径。[②]

1916年，溥仪赏赐了师傅四件国宝文物：

赏赐陈宝琛，宫廷画师王时敏《晴岚暖翠阁》，1卷；

赏赐朱益藩，著名画师赵伯驹《玉洞群仙图》，1卷；

赏赐伊克坦，一流大书法家米芾真迹手卷，1卷；

---

① 《我的前半生·四》。
② 《诸位大人借去书籍字画玩物等糙账》。

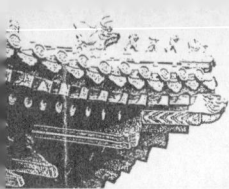

赏赐梁鼎芬,一流大画师阎立本《孔子弟子像》,1 卷。①

1917 年三月初十日,溥仪再次赏赐师傅四件宝物:

赏赐朱益藩,范中正《夏峰图》,1 轴;恽寿平《仿李成山水》,1 轴;

赏赐梁鼎芬,《唐宋名臣相册》,1 轴;

赏赐伊克坦,《唐宋名臣相册》,1 轴。

管理东北三省的张作霖表示效忠溥仪,溥仪立即大方地赏赐:乾隆款御窑瓷瓶,1 件;《御制题咏董邦达淡月寒林图》,1 轴。

手握兵权的吴佩孚 50 岁生日,溥仪为了笼络这位将军,特地命郑孝胥带去厚礼,为吴大帅贺寿。吴佩孚见到宫里的珍宝、字画,喜出望外,眉开眼笑地高呼万岁。②

从档案、账目的记录上看,这些"诸位大人",主要是指溥仪身边的师傅们,他们通常是"外借"或者"求赏"那些好携带的书画手卷,也有一些是珍本秘籍,虽然数量不多,然而每一部都十分珍贵。

这些溥仪的师傅们,喜爱古物、字画、书籍的主要有三位:一是陈宝琛,二是朱益藩,三是罗振玉。

汉文师傅陈宝琛,是所有师傅中对溥仪影响最大的一位。溥仪认为,"他是最忠实于我、最忠实于大清的"。③可就是这位戴着老光镜片眼镜、留着雪白稀疏胡子的老学究陈师傅,却"借"去了许多宫里稀世之珍的字画手卷和书籍,有不少是有借无还,如宋徽宗御笔《临古图》、宋欧阳询书《千字文》真迹等。陈宝琛"借"去的珍贵书籍有宋本《韵补》、内府书《诗义折中》以及《题画诗》、《名画大观》、《唐宋元明清五朝合璧》等。④据清宫内务府书房的记录,陈宝琛还借阅了:宋本《常建集》、内府本《渊鉴类函》以及《庚娘传小说》、《彭翼仲小说》等。⑤

第二位大人朱益藩师傅,也是一位"借"阅大户。

1920 年九月十二日,朱益藩外借 3 件珍贵手卷:苏轼《二赋》手卷、苏轼《书杜甫桤木诗》手卷、张即之《书楼钥汪氏报本庵记》手卷。内臣在账本上写道:朱大人借去,随借他达蓝包袱一块,佐臣手记。

---

① 《故宫博物院档案》。
② 同上。
③ 《我的前半生·四》。
④ 《诸位大人借去书籍字画玩物等糙账》。
⑤ 《外借字画浮记簿》。

1920年九月二十三日,朱益藩外借珍稀手卷 8 件:梁楷《右军书扇图》、林逋《苏轼诗帖》、赵子固《山水》、宋高宗书《毛诗·陈风》、李公麟《五马》、隋人书《出师颂》、董源《溪山风雨》、燕文贵《秋山萧寺》各 1 卷。

朱大人"借"出的几部宫内古书都很珍贵,包括:宋本《中兴纪事本末》、内府本《御选四朝诗》、明本《疑耀》以及《京师五城胡同集》等。[①]

在溥仪的印象中,大学问家罗振玉也是一位"借"阅大户。

罗振玉入宫时已经五十开外了,中等个儿,戴一副夹金丝的近视眼镜,最显著的模样是下巴上的一小撮黄白相间的山羊胡子,配着瘦小的脑袋后的白中带灰的辫子,斯斯文文的,一脸学究气。

罗振玉的官运一般,只做到了学部参事的小官。可是他的学问很大,特别是考古方面的见识和造诣令人叹服,闻名遐迩。由于帝师陈宝琛的建议,对这位考古方面声名远扬的学者早有耳闻的溥仪,破格授予罗振玉南书房行走,并特旨请他对宫中收藏的古彝器进行逐一鉴定。

进宫后,内务府把一大批内府秘籍的武英殿刻本交给罗氏,让这位大能人代卖。罗氏喜出望外,高兴得差点昏死过去。他如数付给内务府官员费用,再额外加付劳务费,让这些官员万分高兴。而他从中获得的赢利远远超出了数倍:宋版书的价值是按照页数计算的。[②]

溥仪在成功地盗运了一批国宝秘籍出宫以后,还意犹未尽,接连赏赐了三部极珍贵的内府刻本:

一是 1923 年二月十五日,赏英文帝师庄士敦《庭训格言》1 部;

二是 1923 年五月初一日,赏皇后婉容《御批历代通鉴辑览》1 部,4 套;

三是 1924 年正月十八日,赏军阀吴佩孚《御纂周易折中》1 部。[③]

偷盗成风

紫禁城宫殿重重,颠连起伏,辉煌壮丽。然而,在这平静的宫室屋檐之下,却在不断地上演着偷鸡摸狗的盗窃勾当。

---

① 《诸位大人借去书籍字画玩物等糙账》。
② 同上。
③ 《昭仁殿书目》。清宣统年内府本。

太监们守护的宫殿,盗窃活动从不间断。发展到溥仪大婚的时候,盗窃演变成了公然的行为,达到了前所未有的疯狂程度:皇帝、皇后刚刚行过大婚礼,皇后凤冠上镶嵌的真正珍珠、宝石、玉翠,竟然整个换成了赝品。

溥仪回忆说:"参加打劫行径的,可以说是从上而下,人人在内。换言之,凡是一切有机会偷的人,是无一不偷,而且尽可放胆地偷。偷盗的方式也各不同。有拧门撬锁秘密地偷,有根据合法手续明目张胆地偷。太监大都采用前一种方式,大臣和官员们则采用办理抵押、标卖或借出鉴赏,以及请求赏赐等等,即后一种方式。至于我和溥杰,采用的一赏一受,则是最高级的方式!"①

溥仪的英文教师庄士敦耳闻目睹了宫廷内的盗窃,特别是对宫室内太监的百般偷盗和内务府官员的巧取豪夺深恶痛绝。庄士敦告诉皇帝,宫中偷盗已经成为一种公开的秘密,许多宫廷珍宝竟然在大街上销售!就在庄士敦居住的地安门大街上,眼看着新开了一家又一家的古玩店,他们都是太监或者内务府的官员们开的,店内卖的古玩,许多都是货真价实的内府珍品。②

142

1923年夏天,庄士敦建议,将历代皇帝的御容写真像从库房内拿出来晾晒晾晒,然后用最新款的相机为皇帝御容照相。溥仪觉得这主意很不错,吩咐立即照办,让太监到库房取像,然后交给美国的摄影师照相。可是奇怪得很,太监们总是胆战心惊,一面满口答应立即前往库房,取皇帝的御容写真像,一面做起事来,往往不是进错了库房,就是磨磨蹭蹭,好一会儿才拿来,有时根本就找不到。

溥仪如果想看什么字画、珍宝,太监们就更加紧张了,一个个口齿不清,一头虚汗,经常找了好一会儿,根本就找不到所要找的珍宝。溥仪身边的师傅和近侍大臣们自然知道原因,他们建议溥仪,将宫里的物品好好清查一下。

溥仪说,我从师傅们那里知道,清宫中的财宝早已在世界上闻名。只说古玩字画,那数量和价值就是极其可观的。明清两代帝王收集的宝物,除了两次被洋兵弄走的以外,大部分还存放在宫里。这些东西大部分没有数目,就是有数目的也没有人去查。所以,丢没丢、丢了多少,都没有人知道。③

溥仪16岁了,精力旺盛,好奇心强,喜欢到处逛。有一天,他信步来到紫禁城西边的建福宫。进了宫院,发现一排排的库房,库房房门紧闭,门上贴了封条,封

---

① 《我的前半生》。
② 《紫禁城的黄昏》。
③ 《我的前半生》。

条很厚,看上去起码有十余年没有人动过。他让太监把库房门打开,看见满屋子都是大箱子,从地上一直堆放到天花板了。箱子的外皮上也贴有封条,是嘉庆年的,将近一百年了。溥仪吩咐太监打开面前的一个箱子。箱子开了,令他大为惊讶,原来箱子里面全是历代珍贵的手卷字画和世间罕有的古玩玉器。问了管事的太监,原来这些东西都是乾隆皇帝喜爱之物。乾隆皇帝经常把玩观赏,爱不释手,将这些珍玩字画留在自己的身边。乾隆去世以后,嘉庆皇帝很伤感,睹物思人,就将父皇的这些遗物全部封存, 一箱子一箱子地运到乾隆皇帝一生钟爱的地方建福宫,几乎装满了这里大大小小的宫室殿堂。①

就这样,乾隆皇帝潜心营造的建福宫花园,就成了专门收藏乾隆皇帝珍爱宝物秘籍的大库房。博学多才的乾隆皇帝一生爱好广泛,兴趣较多,古物珍玩的造诣较深。这些库房自然都是按照类别来进行划分,是分别归类、整理和收藏的:玉器库房专门收藏历代珍贵玉器,彝器库房专门收藏古代青铜器,书画库房专门收藏历代名人字画和当朝御笔、名臣字画,包括西洋画师郎世宁的许多绘画作品。②

143

意犹未尽的溥仪继续检查库房,他信步来到养心殿后院,走进一个不起眼的库房,吃惊地发现,库房内竟然有许多各式各样的百宝匣,听太监们说,这些也是喜好古物的乾隆皇帝的遗物:

> 这种百宝匣用紫檀木制成,外形好像一般的书箱,打开了像一道楼梯,每层梯上分成几十个小格子,每个格子里是一样玩物。例如,一个宋瓷小瓶,一部名人手抄的寸半本《四书》,一个精刻的牙球,一个雕着古代故事的核桃,几个刻有题诗绘画的瓜子,以及一枚埃及古币等等。
>
> 一个百宝匣中,举凡字画、金石、玉器、铜器、瓷器、牙雕等,无一不备,名为百宝,实则一个小型的匣子即有几百种,大型的更不止千种。还有一种特制的紫檀木炕几,上面无一处没有消息,每个消息里盛着一件珍品。这个东西我没看见,我当时只把亲自发现的百宝匣,大约有四五十匣,都拿到养心殿去了。

---

① 《我的前半生》。
② 《建福宫档案》。

这时,我想到了这样的问题:我究竟有多少财宝?我能看到的,我拿来了;我看不到的,又有多少?那些整库整院的珍宝怎么办?被人偷去的有多少?怎样才能制止偷盗?①

建福宫大火

师傅们一直说宫中的偷盗蔚然成风,日甚一日。溥仪想知道自己拥有的财宝究竟有多少?想方设法制止偷盗。师傅们就说,最好的办法是全面清点库房。溥仪认为有道理,清点库房,做好账目,自己的财物就会一目了然,也无人敢再偷。

溥仪很兴奋,吩咐立即行动:清点库房。

这声吩咐声音不大,可是这声音对于偷盗成瘾的太监们来说,无疑是晴天霹雳。

溥仪回想起来,也有点后怕:"这样一来,麻烦更大了。首先,是盗案更多了。毓庆宫的库房门锁给人砸掉了,乾清宫的后窗户给人打开了。事情越来越不像话,我刚买的大钻石也不见了。为了追查盗案,太妃曾叫敬事房都领侍组织九堂总管,会审当事的太监,甚至动了刑。但是,无论是刑讯还是悬重赏,都未获得一点效果。不但如此,建福宫的清点刚开始,六月二十七日的夜里便突然发生了火警,清点和未清点的,全部烧个精光!"②

建福宫坐落在紫禁城北部偏西,御花园的西边,是乾隆时期建造的一处自成体系的大型宫殿花园式的院落。园内著名的宫室有:静怡轩、吉云楼、碧琳馆、慧曜楼、延寿阁、积翠亭、凝辉楼、香云亭、广生楼、妙莲花室等等。院落之中宫殿巍峨,楼阁壮丽,宫室内收藏着十分丰富的珍宝秘籍,特别是在皇帝行乐图、帝王御容写真、名人字画、佛经书籍、佛经书版、金佛、金塔、金银法器以及珍贵铜器、稀有瓷器方面,收藏较为全面和系统,是清代帝王们十分看重的一处皇家收藏宝库。③

清代最后一个皇帝、皇后大婚时用的物品和全部礼品,也都存放在这里。④

1923年六月二十七日深夜,建福宫突然烧起大火。

目击者说,那天天气很好,夏天的夜晚晴朗无风。建福宫院没有人居住,是一

144

---

① 《我的前半生》。
② 同上。
③ 《建福宫档案》。
④ 《故宫档案》。

座典型的皇家收藏宝库。院子里只有 7 名太监,负责看守。在这种状况下,不可能是自然起火,或者是遭受突然雷击所致,只有一种可能,那就是人为纵火!

大火熊熊,火警最早是东交民巷的意大利使馆消防队发现的,他们立即出动救火车,风驰电掣地奔赴皇宫。意大利的救火车开到皇宫时,门卫吓了一大跳,不知道发生了什么事。

宫中得知火警,立即通知京畿卫成总司令王怀庆、北京警察总监薛之珩、北京步军统领聂宪藩。于是一时之间,全北京的军警和消防车快速拥向皇宫。[1]

奇怪的是,建福宫火灾现场难得见到几个真正奋力救火的场面,人们进进出出,眼睛放射着贪婪的绿光,从火堆之中抢出一些珍宝,据为己有。内务府的官员们抢,军警也抢,消防队员也抢,甚至外国人和有身份的外国女人也抢。人们乱成一团,抢夺能够抢出的各种珍宝古玩和内府秘籍。最令人惊讶的是,一个年事已高的外国老太婆,竟然身手敏捷地出入于火场之中,乘机抢了一些珍宝,并为一件珍贵物品竟然和一位身体强壮的消防队员打了起来,人们惊奇地看到,老太婆为了夺回珍宝,竟然扬起手,重击消防队员的鼻子,消防队员当即鲜血直流![2]

大火燃烧了一夜,建福宫宫院内的建筑几乎全部化为焦土。大火所到之处一片狼藉,仿佛一条黑色的巨龙,狂野地掠过了这片美丽的宫院,留下一片黑色的污秽不堪的印迹。曾经令乾隆皇帝流连忘返的宫院不见了,曾经收藏着无数珍宝秘籍的碧琳馆、积翠亭、延春阁、香云亭、凝辉楼和珍藏着无数珍贵秘籍、经版的妙莲花室化为灰烬。[3]

这场大火之后,内务府发表了一个象征意义的声明,大概报告了一下这场大火的损失。报纸的头版对这场莫名其妙的大火作了大量的报道,报道了大量数字和不可知的损失,自然也报道了内务府的这笔糊涂账。

这笔糊涂账依据的是什么?谁也不知道。不过,这笔开脱罪责的保守糊涂账所报的数目也委实惊人。

大火烧毁物品主要包括:

各种造型的金佛,2665 尊;

---

① 《故宫档案》。
② 《我的前半生》。
③ 《建福宫档案》。

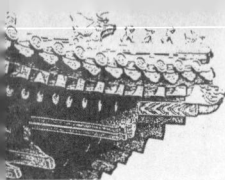

历代名人的字画，1157件；

各式珍稀古玩，435件；

珍贵内府古书，数万册。①

溥仪对这场大火不是很痛惜，感觉不是自己的宝贝没了，反而说正要找一块空地做球场，这个火场正好做这个用场！溥仪回忆说：

要想估计一下这次的损失，不妨说一下那堆烧剩和摸剩下的垃圾的处理。那时我正想找一块空地，修建球场，由庄士敦教我打网球。据他说，这是英国贵族都会的玩意儿。这片火场，正好做这个用场。于是，叫内务府赶快清理出来。那堆灰烬里，固然是找不出什么字画、古瓷之类的东西了，但烧熔的金银铜锡还不少。

内务府把北京各金店找来投标，一个金店以五十万元的价格，买到了这片灰烬的处理权，把熔化的金块、金片拣出了一万七千多两！金店把这些东西拣走之后，内务府把余下的灰烬装了许多麻袋，分给了内务府的人们。后来，有个内务府官员告诉我，他叔父那时施舍给北京雍和宫和柏林寺每庙各两座黄金坛城，它的直径和高度有一尺上下，就是用麻袋里的灰烬提制出来的！②

146

---

① 《故宫档案》。
② 《我的前半生》。

第三章

第二次流传宫外时期

——溥仪盗取国宝秘籍

第一节　小朝廷的隐秘生活

大方赏赐胞弟溥杰

　　清宣统三年十二月二十五日，五岁的末代皇帝溥仪在隆裕太后的监护下退位，按照民国政府给予的《清室优待条件》，继续生活在紫禁城北部的后廷中，并沿用宣统年号，称为小朝廷。逊帝溥仪不甘心失去江山社稷，一心想复兴大清帝国，重登皇帝宝座。

　　溥仪在《我的前半生》一书中这样说："我们行动的第一步是筹备经费，方法是把宫里最值钱的字画和古籍，以我赏赐溥杰为名运出宫外，存到天津英租界的房子里去。……古版书籍方面，乾清宫东昭仁殿的全部宋版、明版书的珍本，都被我们盗运走了。"[①]

　　从 1923 年七月至九月，溥仪先后 41 次赏赐溥杰昭仁殿珍本古书 210 部，几乎全是宋本精品，包括宋本 199 部、元本 10 部、明抄本 1 部。[②]

　　七月十三日开始赏赐书籍，到九月二十五日止；九月二十八日开始赏赐字画手卷和稀有珍宝，到十二月十二日终止。

　　溥仪以赏赐为名，盗窃出宫的珍贵字画手卷主要有：

---

① 《我的前半生·七》。群众出版社。
② 《赏溥杰书画目》。

▲ 前门景象：清宣统皇帝溥仪登基时

唐周昉《调婴图》、《地宫出游图》，阎立本《步辇图》；南唐顾闳中《韩熙载夜宴图》；宋徽宗《观马图》、《摹张萱虢国夫人游春图》、《雪江归棹图》、《临怀素书》，宋高宗《书马和之画诗经·唐风图》手卷、《书马和之画诗经·陈风图》手卷、《书马和之画诗经·小雅·南有嘉鱼之什六篇图》手卷、《书马和之画诗经·鲁颂三篇图》手卷、《书马和之画诗经·周颂·清庙之什图》手卷、《书马和之画诗经·小雅·节南山之什图》、《书女孝经马和之补图》、《书养生论》真迹，宋孝宗《赐周必大手敕》手卷、《书马和之画诗经·齐风六篇图》，宋人《文姬归汉图》，张择端《清明上河图》，李公麟《西园雅集图》、《列仙图》、《画罗汉》、《明皇击球图》、《五马图》、《临洛神赋》，苏轼《春帖子词》；元赵孟頫《水村图》手卷、《书归去来辞》；明宣宗《三鼠图》、《武侯高卧图》，唐寅《桐山图》，仇英仿张择端《清明上河图》，董其昌《岩居图》、《锦堂图》、《江山秋霁图》、《采菊望山图》；清艾启蒙《十骏犬图》，张宗苍《梧馆新秋》、《飞阁流泉》，钱惟城《小春图》、《台山瑞景》，董邦达《静寄山庄十六景图》、《苍岩古树》，丁观鹏《摹丁云鹏罗汉》，王著《书千文》真迹等。①

　　随着年龄的增长，溥仪复辟大清帝国的愿望和改善禁锢生活环境的要求日益强烈。溥仪很清楚，要想改变现状，就需要大量的钱。这笔巨款如何筹措？思来想去，溥仪想到了宫廷古物珍宝；而将这些宫廷古物盗运出宫的最佳人选，便是身为伴读的皇弟溥杰。

　　于是，溥仪以赏赐为名，将大批昭仁殿内康熙、乾隆百余年来艰辛搜罗的天禄琳琅古书珍品分批盗运出宫。②

---

① 《赏溥杰书画目》。
② 《我的前半生·七》。

150

国宝秘籍巧妙出宫

清逊帝溥仪清楚地记得他和弟弟一赏一受,偷盗宫中珍宝古物之事。他回忆说:"溥杰比我小一岁,对外面的社会知识比我丰富,最重要的是,他能在外面活动,只要借口进宫,就可以骗过家里了。我们行动的第一步是筹措经费,方法是把宫里最值钱的字画和古籍,以我赏赐溥杰为名运出宫外,存到天津英租界的房子里去。溥杰每天下学回家,必带走一个大包袱。这样的盗运活动,几乎一天不断地干了半年多的时间。运出的字画、古籍,都是出类拔萃、精中取精的珍品。因为那时正值内务府大臣和师傅们清点字画,我就从他们选出的最上品中挑最好的拿。我记得的……有司马光的《资治通鉴》的原稿……古版书籍方面,乾清宫东昭仁殿的全部宋版、明版书的珍本,都被我们盗运走了。运出的总数有一千多件手卷字画,两百多种挂轴和册页,两百种上下的宋版书。"①

溥仪的弟弟溥杰也清楚地记得这一幕,他回忆说:"我每天上午进宫伴读,下午回家就带走一包东西,名义是皇上赏给我的。字画、古籍,什么珍奇的都有,如王羲之、王献之父子的墨迹。……这样的情况持续了一年多,一共拿出书画精品两千多件,里面有手卷两百多件,卷轴和册页两百多件。"②

151

参与这场盗运活动的还有另一个,即溥仪的英文伴读溥佳。他是溥仪七叔载涛的儿子,是溥仪的堂弟,因伴溥仪学习英文,经常出入宫禁。

溥佳回忆说:

▲ 清逊帝溥仪分身照

从 1922 年起,我们就秘密地把宫内所收藏的古版书籍(大部分是宋版)和历朝名人字画 (大部分是手卷),分批盗运出宫。

这批书籍、字画为数很多, 由宫内运出时也费了相当的周折。因为宫内各宫所

---

① 《我的前半生·七》。
② 《溥杰自传·三》。

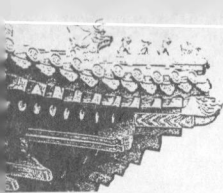

存的物品,都由各宫太监负责保管,如果溥仪要把某宫的物品赏人,不但在某宫的账簿上要记载清楚,还需拿到司房载明某种物品赏给某人,然后再开一条子,才能把物品携带出宫。

当时,我们想了一个自以为非常巧妙的办法,就是把这大批的古物以赏赐溥杰为名,有时也以赏给我为名,利用我和溥杰每天下学出宫的机会,一批一批地带出宫去。

我们满以为这样严密,一定无人能知。可是日子一长,数量又多,于是引起人们的注意。

不久,就有太监和官伴(宫内当差的,每天上学时给我拿书包)问我:这些东西都是赏给你的吗?

我当时含混地对他们说:有的是赏我的,也有修理之后还送回宫里来的。

可是,长期以来,只见出,不见入,他们心里已明白大半,只是不知道弄到什么地方去了。①

152

溥仪首重皇宫秘籍

溥仪被驱逐出宫以后,社会名流和专家学者组成清室善后委员会,点查清宫遗物。

1925年3月19日,清室善后委员会点查毓庆宫时,发现一本十分重要的账本:《诸位大人借去书籍字画玩物等糙账》。这是宣统在宫内时,身边的帝师、大臣和近侍以各种名义借去的宫内珍贵秘籍、字画的清单。这本账本上清楚地写着:"宣统庚申年(1920)三月记。"②

7月31日,善后委员会在点查养心殿时,无意之中发现了一束《赏溥杰单》和一束溥杰手书的《收到单》。这是身居内廷的溥仪赏赐给自己弟弟溥杰的宫中珍贵书籍、字画目录,自然也是溥仪兄弟公然偷盗国有财产的罪证。

清室善后委员会向社会公布了这一惊人的发现,在报刊上刊登,将此事大白于天下。

---

① 《溥仪出宫的前前后后》。
② 《诸位大人借去书籍字画玩物等糙账》。

故宫博物院后将四份秘档编辑成书,取名《故宫已佚书籍书画目录四种》。书前按语称:"民国十四年(1925)三月十九日,点查毓庆宫,至余字九六四号分号五十四时,发现题名《诸位大人借去书籍字画玩物等糙账》一册,内有'宣统庚申年三月记'等字样,当时颇讶其可随意借取。继又于是年七月三十一日,点查养心殿,至吕字五二四号,更发现《赏溥杰单》一束,又《收到单》一束。二者大体符合。内计宋、元、明版书籍二百余种,唐、宋、元、明、清五朝字画一千余件,皆属琳琅秘籍,缥缃精品。《天禄琳琅》所载,《宝籍三编》所收,择其精华,大都移运宫外,国宝散失,至堪痛惜!"①

溥仪以赏赐为名的盗运行动始于1922年七月十三日,止于当年十二月十二日,历时整整五个月。

盗运出宫的国宝秘籍主要包括:古书210部,502函;字画手卷1285件,册页

▲ 溥仪和泰戈尔在御花园。

---

① 《故宫已佚书籍书画目录四种》。故宫博物院编,1934年9月排印本。

153

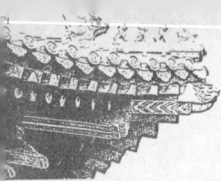

68件，图章1匣45件，皮包14件。

盗运的前两个月，他们集中全部精力盗运宫中古书秘籍，先后41次，盗出宋、元、明版古书秘本，共计210部、500余套。这些被盗出宫的宫廷秘籍，绝大多数是无价之宝的宋版书，其中有许多珍贵的宋版古书珍品被盗走的在2套以上：2套的有46部，4套的有31部，6套的有4部，8套的有3部，10套、12套的各1部，18套的有2部。

溥仪盗走最多的两部书，是《唐书》、《资治通鉴》，每一部18套。

溥仪盗走12套的是《十七史详节》；盗走10套的是《新增合璧联珠万卷精华》；各取8套的3部书，是《史记》、《通鉴总类》、《纪纂渊海》；各取6套的4部书，是《续资治通鉴长编》、《通鉴纪事本末》、《六家文选》、《春秋经传集解》。①

这次盗运出宫的210部古书中，宋版书占199部，元版10部，明抄1部。

199部宋版书中，比较著名的有清高宗御题宋版5部：《尚书详节》、《三礼图》、《易传》、《唐陆宣公集》、《班马字类》(影宋版)；仿宋版1部：《周易王注》；宋抄本1部：《谢谔孝史》；影宋抄本8部：《唐史论断》、《琴史》、《坡门酬唱》、《孟子》、《春秋繁露》、《唐开元礼》、《春秋张氏集注》、《易小传》；翻宋版10部：《群经音辨》、《文章正宗》、《说文解字》、《文选类林》、《吕氏家塾读诗记》、《广韵》(3套)、《史记》、《玉台新咏》、《巾箱本九经》、《玉篇》。

元版书10部，都是元版中的珍品：《韵府群玉》、《屏山集》、《陶靖节集》、《增类换联诗学栏江纲》、《孔丛子》、《增修事类聚翰墨全书后丙集》、《绝妙词选》、《稽古录》、《元经薛氏传》、《增广注释音辨唐柳先生集》。

明抄本1部：《诗经解颐》。②

盗运活动之初的几天，从七月

▲ 明董其昌写本《董其昌楷书心经》卷端

154

十三日到二十日，差不多天天盗运，选最好的宋本拿。

第一天，溥仪赏赐 10 部 13 套，全是最为珍贵的宋版：御题《尚书详节》、《毛诗》、《韵语阳秋》、《玉台新咏》、《卢户部诗集》、《纂图互注南华真经》、《和靖先生文集》、《帝学》、《孙可之文集》各 1 套，《五经》1 匣 4 套。

每一次赏赐基本上赏 10 部上下，而第三次即七月十五日赏得最多，共 18 部，且都是宋版中的珍品：御题《三礼图》、影宋抄《唐史论断》，仿宋本《尚书孔传》、《周易王注》，宋版《说文解字》、《纂图互注南华真经》、《夏侯阳算经》、《画继》、《班马字类》、《周易辑闻》、《说文解字韵谱》、《云溪友议》、《权文公诗集》、《周易》、《纂图互注尚书》、《帝学》、《春秋繁露》、《书苑精华》等。①

赏赐的书籍被盗运出宫以后，溥杰送回一份《收到书画目录》，"赏赐单"和"收到单"记载的数目基本一致。

"收到单"最早记录的日期是 1922 年九月二十三日，这已是第一次赏赐日期的两个月以后了。"收到单"是按照每一次来编号的，一次一号，每号数目都不等，共计 25 号，包括"书 502 卷，手卷 1285 件，册页 68 件，图章 1 匣 45 件，皮包 14 件，原封"。从 1 至 19 号，几乎全是书籍。②

155

九月至十二月的赏赐中，也有许多珍贵的内府秘籍，包括御笔诗赋、名家手迹、名臣手稿和诗文墨宝之类，主要有：宋徽宗《手敕》，司马光《资治通鉴》手稿，欧阳修《自书诗文草稿》，苏轼《二赋》、《古柏图张即之书画松诗》、《书御书颂》、《书杜甫桤木诗》，黄庭坚《书李白忆游诗》，米芾《尺牍》、《拜中岳命诗》、《书绝句诗》、《书易义》、《书苕溪帖》，宋刊细字《妙法莲华经》；元赵孟頫《尺牍》、《杂书四帖》、《书万寿曲》、《书法华经》、《书洛神赋》、《书金刚经》、《心经》墨迹；明王守仁《龙江留别诗》，祝允明书《前后赤壁赋》，董其昌《书内景黄庭经》、《秋兴赋》、《书自书诗帖》、《书神龙感应记》、《书杜甫三诗》、《书功臣传赞》；清乾隆《御制盛京赋》、《御制开惑论》、《御制复古说》、《御制载月十咏诗意》、《御制平定两金川告成大学碑文》，张照《书千字文》、《书了义经》、《临黄庭经》，汪由敦《临王宠书诸葛亮出师二表》等。

---

① 《赏溥杰书画目》。
② 《收到书画目》。

劫后的昭仁殿珍籍

清室善后委员会在清点清宫遗物时，发现了一本宣统时期的墨笔楷书抄本《昭仁殿书目》。

这部《昭仁殿书目》，从书目内容上可以断定，是溥仪盗运古书出宫后完成的昭仁殿藏书目录。理由有二：一是昭仁殿曾收藏的、溥仪赏给溥杰的宋元珍本古书，书目中均没有记载；二是书目上记述的时间，最早是1923年二月十五日，最晚时间是1924年八月二十一日，而溥仪盗运古物的时间是1922年七月至十二月。

另外，该书目内还夹有一张黄纸，纸上墨笔楷书：

> 皇上 恭亲王溥伟 醇亲王载沣 御前大臣五人 军机大臣六人 内务府大臣四人 南书房翰林八人 王文韶 孙家鼐 那桐 赵尔巽等十一人。[1]

156

从该书目和所夹黄纸的记载上推断，这部书目是溥仪盗运古书、字画之后意犹未尽，吩咐由亲王挂衔、前清大臣会同翰林文臣同入昭仁殿，点查剩余的殿藏古书而后编成的书目，以便溥仪再据书目"提起"古书。

事实上，溥仪正是据此书目"提起"了一些珍贵的古书，或赏赐帝师，或送给后妃，或借机盗运出宫。

自1923年年初至1924年十一月，溥仪先后20余次"提起"昭仁殿藏书，共约40部；每部"提起"的书籍，内府人员都在该《书目》该书书

▲ 1924年11月5日溥仪出宫，18天后，宫中两位太妃箱笼运出故宫神武门。

▲ 1924年宫内太监在隆宗门外收拾包袱。

---

[1] 《昭仁殿书目》。

名下粘贴一小黄签,签上墨书:"宣统某年某月某日上要去安养心殿"等字。①

　　仅 1924 年八月二十一日,溥仪"提起"古书放到养心殿的就达 21 部之多,都是十分珍贵的书籍,包括:《御制翻译易经》、《御选万善同归》、《四圣心源》、《帝鉴图说》、《圣学心法》、《天文祥异赋》、《地理心法》、《诸葛武侯全集》、《深省堂自箴录》、《断易大全》、《渤海阅师图》、《古今格言》、《庭训格言》等。

　　从该《书目》可以看出,溥仪盗运古书出宫以后,昭仁殿中绝大多数珍贵的宋元珍本已流失宫外,留存在殿中的仅有 10 部宋版书、15 部元版书。

　　10 部宋版书,共 19 套,包括:

　　宋抄本,《欧阳文忠公集》,1 部 1 套 4 匣;

　　影宋本,《列女传》,1 部 1 套;

　　宋本,8 部:《古史》1 部 2 套,《晁公武读书志》1 部 1 套,《俞德邻文集》1 部 1 套,《范文正公集》1 部 2 套,《南轩文集》1 部 1 套,《史记》1 部 8 套,《六臣注文选》1 部 1 套,《东都纪事》1 部 1 套。

　　15 部元版书,共 60 套,包括:

　　元抄本,《赵惠四书笺义》,1 部 1 套;

　　元本,14 部:《宋文鉴》1 部 3 套,《博古图录》1 部 1 套,《礼部韵略》2 部 2 套,《松雪斋文集》、《朱子成书》、《通鉴纲目集览》、《全唐诗话》、《礼经会元》各 1 部 1 套,《玉海》2 部 36 套,《后汉书》2 部 10 套,《元丰类稿》1 部 2 套。

　　此外,还有抄本 143 部、176 套,包括较珍贵的《易图说》、《龙虎山志》、《东观奏记》、《古今治统》、《朱子诗集》、《书经直指》等。

　　这些秘籍都是版本精良、书品较好的本子,但比起盗运出宫的珍本书籍,又稍逊一筹。

第二节　国宝秘籍运往东北

天津静园

　　1924 年 11 月 5 日,冯玉祥将军发动北京政变,将清逊帝溥仪和他的后妃们赶出了皇宫。下午四点,国民军在皇宫北门神武门准备了五辆车;京畿卫戍司令

───────────

① 《昭仁殿书目》。

157

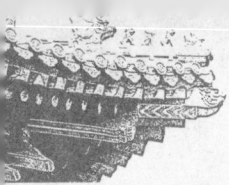

▲ 1924年11月宫中女仆出宫神武门前军警检查。

158

鹿钟麟、民国代表李煜瀛上第一辆车，溥仪与其父亲上第二辆车，皇后婉容上第三辆车，警察总监张璧上第四辆车，内务府大臣绍英等上第五辆车。五辆车离开紫禁城，前往后海的醇亲王府。

11月6日，发行量很大的一家北京报纸在头版报道：

> 昨日上午九时，警卫司令部又派出一部分军队至神武门一带，先行谕令驻在神武门护城河营房之警察，将军械枪弹一律缴出，听候改编。……旋派员与清室内务府大臣绍英、朱益藩接洽，请废帝宣统即日迁出皇宫，并派员点验宫内各项公私物品。绍、朱当向溥仪报告，溥即在宫，邀集各遗妃开御前会议，评论此事……
>
> 由绍、朱两氏出与国民军方面交涉，请约定日期，清室即可迁出皇宫，物件亦不能归国民军点收。双方磋商三小时之久，国民军方面亦因宫内物件过多，绝非短时间所能竣事，允稍缓一二日举行，惟废帝溥仪应即日搬出皇宫。①

1924年11月20日，成立办理清室善后委员会。

1924年11月29日，出宫以后寝食难安的溥仪，在帝师陈宝琛、庄士敦等人的

▲ 1924年11月宫中女仆从内右门出宫。

---

① 《北京社会日报》，1924年11月6日。

鼓动下悄悄离开北府[1]，潜往使馆区东口哈德门附近的苏州胡同。庄士敦与日本芳泽公使秘密交涉，安排溥仪进入日本使馆。郑孝胥用马车将溥仪送到日本公使馆，日本司令官竹本大佐在门口等候，引领溥仪进入日本使馆。溥仪在这里住了三个月，过了一个不寻常的元旦，迎来了一个完全不同的新年，并过了一个具有非凡意义的 20 岁生日。

▲ 溥仪出宫时养心殿原状。

正月十四日，是溥仪的生日。日本使馆别有用心地为逊帝溥仪举行盛大的皇帝生日寿宴。一座使馆礼堂隆重地装饰起来，彩绸飘扬，红花遍地，一路之上是高高悬挂的大红灯笼，猩红的地毯将贵宾引向铺着黄缎的高高龙椅前。这次寿宴盛况空前，有 600 多位贵宾被邀请参加。溥仪的近侍、太监们一律头戴红缨大帽，身穿各式袍褂、顶戴。600 位宾客，分班朝贺叩拜：第一班是近支皇室王公，第二班是蒙古王公、藏传佛教僧人，第三班是内廷师傅、大臣、翰林官员，第四班是前清旧臣，第五班是遗老遗少等。[2]

溥仪一身新装，在寿宴上郑重发表了生日演讲，对宫中祖宗遗留给自己的珍宝器物念念不忘，对冯玉祥赶他出宫、不许他带出古物愤恨不平："余此时系一极无势力之人，冯玉祥以如此手段施之于余，胜之不武。况出宫时，所受威胁情形无异凌辱，一言难尽！逐余出宫，犹可说也，何以历代祖宗所遗之衣物、器具、文字一概扣留?! 甚至日用所需饭碗、茶盅及厨房器具亦不许拿出？此亦为保存古物乎？此亦可值金钱乎？此等举动，恐施之盗贼、罪囚，未必如此苛刻！"[3]

溥仪生日之后仅仅几天，罗振玉秘密告诉说，他和日本公使馆池部书记官谈妥，获得了日本政府的同意，一切安排妥当：先到天津，然后前往日本。溥仪当即

---

① 北府，即溥仪生父醇亲王的府邸。——编者按
② 《顺天时报》，1924 年 11 月 30 日。
③ 《申报》，1924 年 11 月 30 日。

同意了这一安排，立即派南书房行走朱汝珍先去天津，选择一处日租界的好房子。朱汝珍到达天津，经过认真选择，最后选定了幽静、安全的地方——张园。

日本芳泽公使亲自安排溥仪的行程，并派亲信通知总理北京事务的段祺瑞。芳泽公使很有耐心，特派天津日本总领事馆警察署长带领一大批军警护送溥仪一行。

1925年2月23日下午七时，溥仪向芳泽公使辞行，随后步行至前门火车站，登上了特别列车，前往天津。到达天津车站时，日本驻天津总领事馆总领事吉田茂率日本官兵数十人迎接。溥仪在天津大和旅馆住下，第二天，皇后婉容、文绣在日本使馆一行人的陪同下来了，一起前往日租界宫岛街张园。①

张园是前清驻武昌第八镇统制张彪的园子，武昌起义成功，张彪吓破了胆，官印也不要了，带着大量金银财宝，领一群家眷到天津日租界做了张园寓公。张园占地约20亩，风景优美，园子正中建造了一座精致的楼房，八楼八底，十分气派。

溥仪在这里住了五年，张彪对溥仪一直十分恭敬，绝不收房租。溥仪在这里心情还算平静，过上悠闲的隐居皇帝生活。1926年9月11日，一天的生活十分丰富多彩：每天六七点钟就起床，由精于医道的前都察院御史萧丙炎诊脉，然后听帝师郑孝胥讲《资治通鉴》。在园中短暂时间散步之后，接见康有为等要人，10时才早餐，每人赏赐福字、寿字各一张。在园中与李景林部将张宪、孙传芳部将张庆昶等人合影。下午，接见国戚后裔佟济煦。用果品、茶点，稍事休息。英国任萨姆女士到，面谈，为皇后婉容英文教师。皇后的女画师崔慧弗小姐到达，与皇后画画，溥仪回寝室休息，然后骑车。

160

▲ 1961年，溥仪和当年驱逐他出宫的鹿钟麟在一起畅谈往事。

① 《顺天时报》，1925年2月24日。

傍晚,乘汽车出园。晚上 8 点,吃晚餐。①

张彪去世后,他的儿子却不管谁是皇上,坚持要收房租。溥仪感觉很不痛快,也觉得这房子不太好,就搬到了陆宗舆的私宅静园,一住又是两年。②

静园位于协昌里,是安福系大政客陆宗舆的休养之地,原名乾园。一心休养生息,总在静观变化、等候时机的溥仪搬进乾园之后,特地改名为静园,期望盼来一个真龙复位的好日月。罗振玉用他三寸不烂之舌给溥仪描绘了一幅美丽的蓝图:东北全境的"光复"指日可待,东北三千万子民急切地盼望着皇帝回去,日本关东军也会帮助皇帝复位。

溥仪也跟着兴奋,但时间长了,不免疑惑,他眼中的大才子罗振玉就有些走样:"他说得兴高采烈,满脸红光,全身颤动,眼珠子几乎都要从眼眶子里跳出来了!他的兴奋是有来由的,他不仅有熙洽的欲望,而且有吕不韦的热衷。他现在既相信不久可以大过其蟒袍补褂、三跪九叩之瘾,而且看到利润千万倍于墨缘堂的奇货!"③

陈宝琛上奏说:"观今日民国情形,南京与广东虽趋合并,而彼此仇恨已深,同处一堂,相互猜忌,其合必不能久。彼等此时若与日本决裂,立将崩溃。如允日本要求,则与其平日夸示国人者完全背驰,必将引起内乱,无以自立;日本即一时撤兵,仍将伺隙而动。故此时我之所谋,即暂从缓动,以后机会甚多。若不察真相,轻于一试,一遭挫折,反永绝将来之望,而无以立足矣!"④

溥仪伙同弟弟溥杰,将宫中国宝秘籍盗运出宫以后,这批古物古书去向何方?

据溥仪说:这批古书出宫以后,都交给了溥仪的父亲前清摄政王载沣,载沣交给载涛,载涛再秘密运到天津静园,变卖了几十件,最后全部运往东北,入藏伪满洲国皇宫藏书楼。

溥仪回忆说:"这批东西移到天津,后来卖了几十件。伪满成立后,日本关东军参谋吉冈安直又把这些珍品全部运到了东北。日本投降后,就不知下文了。"⑤

———————

① 《溥仪日记》。天津人民出版社,1996 年。
② 《我的前半生》。
③ 同上。
④ 《陈宝琛折》。
⑤ 《我的前半生·七》。

溥仪的胞弟溥杰回忆说："这些文物都交给我父亲,由我父亲交给七叔载涛,带到他在天津英租界新置的房子里。后来在天津卖掉了几十件,大部分又带到伪满。最后的下落,我就不知道了。"①

其实,这批宫中珍宝从北京运往天津时,颇费了一番周折。载涛的儿子溥佳这样写道："这批古物运往天津时,又费了一番周折。这些书籍、字画共装了七八十口大木箱,体积既大,数目又多,在出入火车站时,不但要上税,最害怕的是还要接受检查。恰巧,当时的全国税务督办孙宝琦是载抡(庆亲王载振胞弟)的岳父。我找了载抡,说是醇亲王和我们家的东西要运往天津,请他转托孙宝琦办一张免验、免税的护照。果然,很顺利地把护照办妥,成了溥仪将来的生活和留学的雄厚资本,所以,认为去天津居住最为相宜,可以说是有恃而无恐。"②

杨仁恺研究这段痛史之后这样说:

溥仪终于在几个月之后,于1925年2月23日,在日本警察保卫下,偷偷地潜逃到天津,又在日本租界的张彪私宅名曰张园那里安顿下来,作为逊位皇帝的新宫,还成立了所谓清室办事处。……他的财源还不止于此,竟把念头转到前由京盗运出来的大批历代法书、名画、珍宝上面!它早已存放在天津英租界戈登路的一栋楼房里,这才是真正的无价之宝!……溥仪才丝毫不加顾虑,敢于将国宝盗出变卖,换为金钱,供其挥霍无度。这一勾当行为,是通过旧日的臣工如宝熙、郑孝胥之流,经他们之手和帝国主义勾搭,也与古玩商相狼狈,就无声无息地使国宝消失得无影无踪!

除去溥仪在长春伪宫,先后赏赐过近臣《晴岚暖翠图》卷、米元章《真迹》卷、赵伯驹《玉洞群仙图》卷、阎立本画《孔子弟子像》卷之前,还在天津赏赐经手人,即其师傅陈宝琛之外甥刘骏业,以资酬答。据所了解的材料中,有唐人阎立本《历代帝王像图》卷、《步辇图》,五代阮郜《阆苑女仙图》卷三卷。当时,还酬有宋拓《定武兰亭序拓本》一卷。当然,尚不止此!③

---

① 《溥杰自传·三》。
② 《溥仪出宫的前前后后》。
③ 《国宝沉浮录》。上海人民美术出版社,1991年。

伪满洲国

1931 年 11 月 2 日,溥仪秘密会见了日本关东军特务机关长土肥原贤二。这个穿着一身日式西服、蓄着一小撮胡子的 48 岁的土肥原满面笑容,和蔼可亲,带着温和、谦卑和恭顺的笑意,十分诚恳地对心虚的溥仪说:张学良把满洲闹得民不聊生,日本人的权益和生命财产得不到任何保证,这样,日本才不得已而出兵。不过,日本关东军对满洲绝无领土野心,只是诚心诚意地要帮助满洲人民建立一个自己的新国家!希望陛下不要错过这个好时机,回到祖先的发祥地,亲自领导自己的人民。日本将和这个国家订立攻守同盟,它的主权领土完全受到日本的全力保护。作为这个国家的元首,一切可以自己做主!……天皇陛下,是相信关东军的!

一席话说得溥仪心花怒放。但溥仪仍然不敢相信,不禁试探着问道:这个新国家是个什么样的国家?

土肥原回答得很干脆:是独立自主的国家!是由宣统皇帝完全做主的国家!

溥仪狐疑地盘问:我要知道,这个国家是共和?还是帝制?是不是帝国?

土肥原狡猾地说:这些问题,到了沈阳,都可以解决!

溥仪摇头,坚持说:如果是复辟,我就去;不然的话,我就不去!

土肥原笑了起来,淡淡地说:当然是帝国,这是没有问题的。①

163

▲ 故宫北上门前日本人劫掠宫中铜缸情形

1931 年 11 月 10 日,溥仪在日本人的秘密安排下,悄悄离开了静园,偷渡白河。13 日早晨到达辽宁营口的满铁码头。几天后到达旅顺,住进大和旅馆。随后,奉了溥仪上谕的胡嗣瑗、陈曾寿引领皇后婉容一行也来到旅顺。随后,一箱又一箱的宫中国宝秘籍也秘密地运往东北。②

---

① 《我的前半生》。
② 《郑孝胥日记》。

1932年2月19日，日本人操纵的"东北行政委员会"复会。这个委员会由投降日本的原哈尔滨特区长官张景惠、辽宁省主席臧式毅、黑龙江省代理主席马占山、吉林省主席熙洽组成，委员长是张景惠，委员会全由日本人板垣操纵。在板垣和土肥原的策划下，委员会发表了一个独立宣言。消息一出，天下大哗。包括溥仪身边的人，罗振玉、陈宝琛等人也都恐慌起来。①

1932年2月26日，溥仪祭告祖宗。2月28日，在关东军的导演下，所谓"全满洲会议"通过了决议，宣告东北独立，推举溥仪为"执政"，伪满洲国成立。经过了再次推戴书和答书的仪式之后，3月9日，溥仪在长春举行就职典礼。东北日本满铁总裁内田康成、关东军司令本庄繁、关东军参谋长三宅光治、关东军参谋板垣参加了典礼，前盛京副都统三多、绍兴知府赵景祺、蒙古王公贵福等人也都应邀参加。②

从此，开始了14年的伪满洲国生涯。

溥仪一生对玉器充满了兴趣，他从天津逃往东北，一路上随身带着一个箱子，里面装着宫里最为珍贵的玉器和珍宝。到达长春之后，他偷运出宫的大批国宝秘籍随之也运到了长春。

据溥仪的侍卫严振文回忆，从天津张园搬到静园，珍宝秘籍大致有：

大金库，2个，每个大金库内套30多个小金库；

书画箱，32个，松木制成，长3尺余，宽1尺余，高1尺余，中有立柱，开两扇门；

书籍箱，35个，松木制成，长2尺余，宽1尺余，高2尺余，长方箱子。

据杨仁恺称，这69个箱子内装：

(1)法书名画，1300件。由北京醇亲王府运津，存放在静园楼下楼梯旁室内，约30箱。

(2)法书名画册页，40件，4箱。

① 《东方杂志》，1932年。
② 《溥仪私藏伪满秘档》。辽宁省档案馆编，档案出版社，1990年。

(3)书画挂轴,21件,1箱。

(4)宋元版书,200部,31箱。

(5)殿版书,册数不详,3箱。

(6)大金库,2个,存静园南楼下库房。内装皮匣2个,手提小金库30余个,后运长春19个,余留存天津。

(7)皮货,300件,8箱。①

这批国宝秘籍存放在天津,比较安全。溥仪和他的家眷们都在天津,溥仪的父亲、弟弟和警卫处处长、随侍等大量亲信都盯着这批珍宝,看护在周围。

溥仪前往东北,做了伪满洲国的傀儡皇帝,当然不会忘记他的这批国宝秘籍,这可是他的帝国基业。作为建立伪满洲国的日本,也垂涎这批中国皇宫的国宝秘籍,也想方设法将这批东西运到长春。

杨仁恺说:

1932年,溥仪到了长春。在伪满洲国康德元年或大同二年,由日本关东军司令部中将参谋吉冈安直将存放天津静园的法书名画、宋元善本、珠宝玉翠近七十箱,运至长春伪宫内,由刘振瀛负责看管。装书画木箱存放在伪宫东院图书楼楼下东间,即所谓的小白楼。书画册子和挂轴亦同放在一起。小金库十八个,则存于内廷缉熙楼客厅,内有六匣,装汉玉,计一百余件,余则为古玩金饰。

长春伪宫位于今天的宽城子区光复路第一号,是一座相当荒凉、窄小而破旧的房舍。如

▲ 故宫神武门外日本人劫掠铜缸情形

①《国宝沉浮录》。

果作为一所小学校,大体相称,要把它呼作皇宫,未免令人气短。它不仅比不上紫禁城的一角,就是天津张园和静园,也相差甚远。……由天津运来的大批国宝,虽然过去两百年来有较好的保管条件,可是,伪满的皇帝尚且如此,所有宝物只好委屈地堆在一座小白楼中。

这个小白楼面积不大,四面无建筑连楼,如遇火警,可能比较安全些。至于防潮、防虫等措施,还提不上议事日程,照例将原来的画卷、册、轴,用乾隆时为之专制花绫包皮裹着,装在专为之定做的楠木盒内,按大小长短分装若干大小木箱内,一只叠一只地堆在小白楼里。……我国历代法书名画,一直在这座冷冷清清的小白楼中,在此冷宫中存放了十四年之久。这还不是它命运的终结。①

伪皇宫藏书楼

溥仪盗窃出宫的宫中古物珍宝秘籍,从北京到天津,再从天津运到东北伪满洲国后,全部入藏于伪皇宫藏书楼中。

国民党占领长春后,接收了十三箱宋版书,并交给了国立长春大学图书馆,现存于东北师范大学图书馆;其余的珍贵古书和珍品文物,一部分收回、收购,入藏北京故宫博物院,其他则流失各处。

溥仪的远房侄子毓嶦,当时在伪皇宫宫内府学习,一直陪伴着溥仪,直至伪满灭亡。毓嶦这样记述当时的情形:"溥仪在青年时虽然学习不很努力,但对古版书籍和古文物都很重视。伪满初年,在西花园内用三间旧瓦房装书,弄得屋内转不过身来。修同德殿后,又在后院修了两层水泥的藏书楼,并把在天津静园存的所有书籍和珍宝全部搬来。……溥仪的宋版、元版珍贵书籍运来后,就收藏起来,很少阅读。逃往大栗子沟时也没携带,听说损失不少。国民党占领长春时,张嘉璈当东北行营经委会主任委员,曾接收了伪宫的宋版书十三箱,后来交国立长春大学图书馆保存,新中国成立后东北大学接管,估计现仍在东北师范大学图书馆收藏,几乎都是善本。"②

伪满皇宫内的藏书大体分三个部分:一是溥仪的私人藏书,称为内廷藏书;

---

① 《国宝沉浮录》。
② 《伪满时代的溥仪》。

二是宫内府藏书,数量较多;三是尚书府藏书,数量很少。内廷藏书基本上是溥仪从紫禁城中盗运出宫的古书,是从天津转运过来的;还有一部分是收购和遗老旧臣进呈的。如前清内阁侍读学士、头品顶戴刘锦藻进呈《续文献通考》,溥仪赐给他一方御题匾,他万分感激,特地上了一个"谢恩折"。

伪满皇宫的内廷藏书留下有四本目录:第一本是《书籍簿》,是藏书书名总汇;第二至四本是《书目簿》,是藏书的详细目录。这里的全部藏书 800 余种,34000余册。从天津转运过来的清宫内府古书除变卖了几十册外,基本上都在这里。如宋本《周易本义》、《广韵》、《玉篇》,分别于 1922 年七月十四日、八月初六日、八月十四日赏给溥杰,带出皇宫然后辗转运到这里。①

伪满内廷藏书中,所藏宋版《重广补注黄帝内经素问》,石青绢封面,黄绢题签,签上楷书"宋版内经素问",封面内钤"五福五代堂"、"古稀天子宝"、"八徵耄念之宝"、"太上皇帝之宝"诸印,卷首首页右上方钤"天禄继鉴"方印和"乾隆御览之宝"椭圆印,卷末末页左上方钤"天禄琳琅"方印。从书品到印章看,此书系天禄琳琅旧藏无疑。该书每册首页都有"娄东"、"扫花庵鉴赏"印,末页有"王时敏印"、"烟霞氏"等印。查阅《天禄琳琅书目续编》所记载,正相吻合。②再查《赏溥杰书画目》,此书正是 1922 年八月十八日赏给溥杰而带出皇宫的秘籍。③

第三节　小白楼之变

大逃亡

1945 年 8 月 9 日早晨,日本关东军司令官山田乙三和参谋长秦彦三郎一起走进同德殿,告诉溥仪:苏联对日宣战了。伪满洲国召开紧急会议,关东军决定放弃"新京"长春,要求溥仪迁往临江。④

8 月 10 日,关东军司令官告诉溥仪,他们决定退守南满,伪满洲国的国都要迁往通化,形势危急,必须当天动身。司令官走后,御用挂⑤吉冈恶狠狠地告诉溥

---

① 秦翰才:《清宫残照记》。台湾李敖出版社,1998 年。
② 《天禄琳琅书目后编》。
③ 《赏溥杰书画目》。
④ 《溥仪宫廷活动录》。
⑤ 御用挂,伪满政权的官职,相当于皇帝的御用专员,实际上是日本关东军派来监视伪满傀儡皇帝溥仪的大特务。——编者按

仪:陛下如果不走,必定首先遭受苏联军队的杀害!

溥仪看着吉冈的样子,心里有点害怕:他们怕我这个人证落在盟军手里,会不会杀我灭口?溥仪想到这里,吓出一身冷汗,立即召来国务院总理张景惠和总务厅长官武部六藏,为了表示对日本的忠心,吩咐:要竭尽全力支援亲邦进行圣战! 要抗拒苏联军到底! ①

8月11日晚九时,吉冈来了,告知溥仪,皇帝的弟弟、妹妹、妹夫和侄子们都已经前往火车站。吉冈宣布:无论是步行,或是上下车辆,由桥本虎之助恭捧神器走在前面,无论是谁,经过神器,都须行九十度鞠躬礼!

祭祀长桥本虎之助上了第一辆汽车,溥仪上了第二辆。汽车匆匆开出生活了14年的帝宫,接着,建国神庙笼罩在一片火海之中。

深夜,溥仪一行登上火车,匆忙逃出长春。火车经过吉林,开了两天三夜,到达梅河口。车站一片混乱,大批日本妇女、儿童拥向火车,日本士兵与宪兵打成一团。

168

8月13日,溥仪一行逃到了与朝鲜仅仅一江之隔的通化临江县的大栗子沟。②

这里是一座煤矿,隐蔽在群山之中的山弯里。白雾在山坡上弥漫,阳光穿透薄雾,照耀着青翠苍茫的群山,到处一片鸟语花香,景色十分迷人。溥仪住在矿长的家里,有七八间房。这里虽然景色宜人,但到处闹哄哄的,人心惶惶。

8月15日,日本宣布无条件投降。吉冈告诉溥仪:天皇宣布了投降,美国政府已表示对天皇的地位和安全给以保证!

溥仪双膝一软,跪了下来,磕了几个头,默诵:我感谢上天,保佑天皇陛下平安!

吉冈愁眉苦脸地对溥仪说:关东军已经与东京联系好了,送陛下到日本。不过,天皇陛下也不能保证陛下的安全。这一节,要听盟军的了。

8月17日夜晚,在大栗子矿业所的职工食堂,溥仪举行了简单的退位仪式,念诵汉学家草拟的最后一道"康德皇帝"诏书——退位诏书。张景惠回到长春,与蒋介石联系,等候国民党来接收。苏联军队进军神速,如天兵天降,突然降临长春。

---

① 《我的前半生》。
② 《溥仪宫廷活动录》。

吉冈通知溥仪，挑选几个人，立即前往日本。溥仪挑了弟弟溥杰、两个妹夫、三个侄子、一个医生和一个随侍，皇后、嫔妃全扔下了。飞机飞往沈阳，刚刚到达沈阳机场，苏军的飞机就到了，溥仪一行全部被俘，第二天就被押往苏联。①

国宝的流失

1945年8月17日，溥仪一行被苏军俘虏。溥仪一行被送往苏联，溥仪随身携带的法书、名画、珠宝玉翠，由人民解放军收缴，交东北人民银行保管。

溥仪和他的总理张景惠被押往西伯利亚的赤塔，后押送抚顺战犯监狱。这时，溥仪才交代，在他的随身行李箱子的夹缝之中，藏有珍贵的珠宝。然而打开箱子，夹缝内什么都没有。②

溥仪携带逃跑的法书名画，100余卷，包括晋、唐、五代、宋时的名家佳作，大多数是《石渠宝笈》所著录的乾隆皇帝鉴赏的名品。其余珠宝玉翠之类，也都是宫中的上乘珍玩。这些国宝，见于溥仪《赏溥杰书画目》中。主要有：

《曹娥碑》，晋王羲之书，宋高宗题跋；

《步辇图》《萧翼赚兰亭图》，唐阎立本画，1923年十一月十九日溥仪赏赐溥杰携带出宫；

《梦奠帖》《行书千字文》，唐欧阳询书。欧阳询真迹传世仅仅4件，溥仪携出2件；

《草书四帖诗》，唐张旭书，五色笺，狂草书庾信古诗4首。宋徽宗内府旧藏，传入清宫；

《论书帖》，唐怀素书，1923年十一月二十三日赏溥杰携出宫；

《写生珍禽图》，五代黄筌画，1923年十一月二十四日赏溥杰携出宫；

《溪山雪积图》《潇湘图》《重溪烟霭图》《夏景山口待渡图》等，都是南唐画师董源的画作，1923年十月二十日始，赏溥杰携出宫，其中《待渡图》随身携带；③

《方丘敕》《蔡行敕》《瑞鹤图》《临古图》《王济观马图》《写生翎毛

---

① 《我的前半生》。
② 同上。
③ 《国宝沉浮录》。

图》、《摹张萱虢国夫人游春图》，题宋徽宗书、画，1923 年十一月十九日等赏溥杰携出宫；

《寒鸦图》、《小寒林图》，题宋李成画，1923 年十二月十二日赏溥杰携出宫；

《女史箴》真迹、《九歌图》、《放牧图》、《白莲社图》、《君明臣良图》、《前代故实图》、《韩干狮子骢图》、《唐明皇击球图》、《商山四皓会昌九老二图》，题宋李公麟画，1923 年十月二十一日等赏溥杰携出宫；

《诗经图》，南宋马和之画，宋高宗书经文 16 卷，乾隆皇帝极为推重，特地命名自己的画库房为学诗堂，溥仪随身携带《唐风图》、《陈风图》、《鲁颂图》、《周颂·清庙之什》4 卷，1923 年九月二十八日至十一月初八日等，赏溥杰携出宫；

《江山秋色图》、《莲舟新月图》、《仙山楼阁图》、《荷亭消暑图》，题南宋赵伯驹画，还有其弟的《万松金阙图》，1923 年十一月二十日赏溥杰携出宫；

《清明上河图》，宋宫廷待诏张择端画，1923 年十一月十七日赏溥杰携出，等等。①

国兵哄抢小白楼

溥仪一行匆匆出逃长春之后，伪皇宫一下子安静了下来，仿佛成了一座空城。

负责看守这座皇宫的伪军"国兵"依旧守着这座空城。可是他们奇怪地发现，曾在溥仪身边的那些侍从，怎么一个个神情怪怪的，鬼鬼祟祟地进出皇宫，还携带了一些小巧精致的财物。

有一次，值勤的伪军士兵偶尔走过小白楼，由于好奇，他向楼门张望，看到门窗紧闭，可是从窗子看进去，发现有许多木箱整齐地摆放在那里。这些木箱就是从天津张园、静园搬运到长春的国宝秘籍箱子。士兵破窗而入，打开木箱，惊奇地发现，箱内有许多小木匣；再打开小木匣，更加吃惊地发现匣内竟然是暗花纹黄绫包裹着的一卷东西。

该士兵以为是一卷女人喜欢的绫罗锦缎，不经意地打开，黄绫内竟然是一些

---

① 《赏溥杰书画目》。

色泽较为暗淡的古画,画布较为结实,好像是五色锦的,上面有书签和长长的丝带,带上附有白玉别子。再展开,发现有字,有画,有图章,有签名,赤金闪烁,五彩缤纷。士兵大为疑惑,不知道这些是何物?值不值钱?接连打开几卷,都是这些玩意儿,士兵好不扫兴。但没办法,也许值几个钱呢?于是,他顺手拿了几卷。

士兵回到大门值班室,何排长正在那里,注意到士兵手里的东西,问清了来由。有点文化的何排长知道这些国宝的价值,决定暂且隐瞒,然后不动声色地组织偷运。可这个情况很快传开,许多士兵开始行动,特别是几个念过书的士兵更是跃跃欲试,行动迅速。军官们想控制局面,已经太晚了。负责值勤的国兵一批批地进入小白楼,由暗到明地抢劫,大批国宝悄然流失。①

士兵站岗都有一定的时间,他们只能在规定的时间内才能进入皇宫。这样,他们在有限的时间内充分施展本领,寻找最好的最有价值的东西。小白楼被一个个的木箱占据了空间,楼内可转动的地方有限,开箱、开匣、展画、展观,士兵们为了争夺国宝开始发生冲突,有的大打出手,有的为了争夺一卷而撕成几段,有的珍贵国宝瞬间被毁!

米芾是北宋四大书家之一,他的代表作就是著名的《苕溪帖》,是书写在澄心纸上的六首诗,可谓古画中的精品,誉满天下。可是,这样一件稀世国宝,竟然遭到前所未有的破坏:包首锦一段,不知去向;引首是明代大臣李东阳七十高龄的绝笔手书篆文"米南宫诗翰"五字,被人撕去;帖心、前隔水、后隔水,被揉成一团,完全变形;书心被子撕毁了一大块,残缺十字!②

这次士兵哄抢小白楼,所幸内府秘籍没有殃及,原因是这些书籍体积较大,不好携带,也不知道有何价值。但是,士兵们嫌这些书籍碍事,随意地推倒、翻腾,扔了一地:"当溥仪逃出长春伪宫之后,看守伪宫的伪军国兵发现他们的傀儡皇帝早已潜逃,留下的一些侍从人员鬼鬼祟祟,把伪宫内的轻便财物逐渐携出,预为脱身之谋。于是伪军亦不甘落后,先是下级军官拿(上级军官拿重头),随后国兵们也参加进去,彼此心照不宣。只有那些宋、元善本图书,似乎无人问津,即是偶尔有人取出一两函,嫌它体积大,分量又沉,不便携带,又将它扔掉。于是翻得乱七八糟,凌乱不堪,无法收拾矣!"③

①　《国宝沉浮录》。
②　《苕溪帖》,故宫博物院收藏。
③　《国宝沉浮录》。

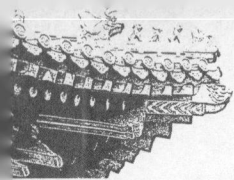

东北货

东北货，就是流失在东北的皇宫珍贵文物的简称。

大栗子沟流失的国宝，是货真价实的宫廷文物，是第一批东北货。

溥仪一行匆忙逃到大栗子沟煤矿，狼狈不堪。可是，这一行浩浩荡荡，60辆大车，令人目眩，人们不知道由军队戒严的这个大型车队究竟装的是什么。车队从长春到双阳，经过伊通、梅河口，最后到达鸭绿江上游的大栗子沟。①

60辆的车队，随行人员一大群：皇帝和他的随侍、臣僚、皇亲、国戚、护卫军等，这么多人，突然来到这样一个穷乡僻壤的地方，日常饮食首先成为大问题。当时纸币已经成为废物，摆在众人面前的难题是：用什么换些粮食来充饥？只有一个办法，就是用携带的宫中珍贵的金银珠宝和名人字画，换些可吃的粮食。可是，谁又识货呢？又有什么有眼光的财主能够出重金购买？

经过再三斟酌，溥仪拿出了相当数目的名画，交给近侍，将这些宝物存放在当地士绅大户家中，换些吃的。后来，从这些乡绅手中发现了这些宫廷珍宝，包括：唐代画师韩幹的《神骏图》、南宋画师赵伯驹的《莲舟新月图》、宋徽宗的《王济观马图》、元代赵孟頫的《水村图》、明代刘铎的《罗汉图》等。②

小白楼流失的国宝，也是货真价实的宫廷文物，是第二批真正的东北货。

小白楼流失了多少国宝文物，没有一个具体的数字。但从许多史料上看，流失的国宝触目惊心，主要有：

《积时帖》，唐虞世南墨书；

《地官出游图》，唐周昉绢本彩绘；

《职贡图》、《步辇图》，唐阎立本绢本彩绘；

《三马图》，北宋画师李公麟画，上附苏轼手书《三马记》；

《诗稿》，北宋陈洎手迹，卷末有司马光等12位名家手跋；

《易说》、《苕溪帖》，北宋书家米芾手迹；

《二札帖》，北宋大臣范仲淹手迹；

172

---

① 《我的前半生》。
② 《故宫博物院档案》。

《江山佳胜图》，南宋夏圭纸本设色长卷；

《历代钱谱》，南宋徐本绢本设色钱谱，小楷谱文；

《西岳降灵图》，南宋牟益画，有元代画家赵孟頫的墨迹；

《尺牍三帖》，元代画家赵孟頫和他的夫人、儿子的墨迹三帖；

《三蔬图》《秋江待渡图》，元钱选手绘，画上有作者生活写照的题诗；

《御史箴》，元鲜于枢大字楷书长卷，上有周驰、乐元璋、郭大中等名家题跋等。

杨仁恺对这场浩劫深感痛惜，他沉痛地说："原藏于长春伪宫小白楼的历代法书名画，在很短的时间内，经过值勤国兵的一番争夺洗劫，剩下满楼空箱空匣和散在各个角落的花绫包袱，凌乱之景，无法言喻。上面所列举者，只是荦荦大者，与实际损毁数字自然有很大的距离，已足以使人惊心动魄了！历史上，除去六朝梁承圣三年萧绎的火焚法书名画、隋大业十二年和唐初武德二年黄河运载遭落水之厄外，此次的浩劫可算是历史上屈指可数的人类精神、物质文化的第四次大灾祸！"[1]

第四节　流失国宝的命运

海外秘密收藏

溥仪盗运出宫的国宝，在东北长春风云流散，一部分由溥仪携带，绝大多数由值勤国兵抢劫，一部分在大栗子沟流失。所有这些东北货，一时成为国内军政人物和国外富商、收藏家搜集、征购和抢夺的焦点。由于国内的风声日紧，手中掌握着这些国宝的人千方百计出售奇货，获得暴利，而随着国外富商等特殊群体的介入，这些无价之宝渐渐流传国外，成为私人和国有博物馆等公私收藏的镇宅之宝。

1945年是最为混乱的年份之一，日本投降，国民党政府夜以继日地派兵东北，抢占重要城市、港口和交通要道。国民党以统治者的身份接收东北地区，并用美国的飞机空降军队，占领东北。国民政府管理松懈，特别是国宝秘籍方面，没有一个法令严格禁止珍贵文物出口。这样，大量的东北货堂而皇之地从东北拥向边

① 《国宝沉浮录》。

疆口岸，流出国门。

海外公私收藏东北货，数量惊人。

美国纽约大都会博物馆，收藏中国名画430余件，其中东北货17件。名收藏家王季迁将所藏宋元名画25件转让大都会博物馆。顾洛阜是收藏中国宋元名画的大家，其收藏之精、之富、品质之优，都令人惊叹，他将自己的收藏捐赠大都会博物馆。这样，大都会博物馆成为中国名画的主要收藏地之一，其主要作品有：唐韩幹《照夜白图》，五代《别院春山图》，北宋屈鼎《夏山图》、米芾《云山图》、高克明《溪山雪霁图》、郭熙《树色平远图》、李公麟《豳风图》、乔促常《后赤壁赋图》，南宋《胡笳十八拍图》、李唐《晋文公复国图》、马和之《鸿雁之什图》、赵孟坚《自书梅竹三诗》，元钱舜举《王羲之观鹅图》、鲜于枢《石鼓歌》、倪瓒《虞山林壑图》、王振鹏《维摩不二图》、张羽《山水图》、赵孟頫《双松平远图》，明钱穀《兰亭修禊图》，清《康熙南巡图》第三卷等。

美国普林斯顿大学博物馆，收藏中国书画也十分丰富。主要有：宋黄庭坚《张大同题语》、李公麟《孝经图》、王洪《潇湘八景图》、米芾《三札帖》、南宋张即之《楷书金刚经》、元钱舜举《来禽图》、赵孟頫《丘壑图》、《赵氏一门合札》、柯九思《上京宫词》、鲜于枢《御史箴》、康里巎巎《草书柳宗元梓人传》，明沈度《真草书诗》等。

美国堪萨斯市纳尔逊博物馆，收藏中国书画也久负盛名，有许多都是绝世孤本。主要有：宋许道宁《渔父图》、李成《晴峦萧寺图》、南宋江参《林峦积翠图》、夏珪《山水图》、元任仁发《九马图》、盛懋《山居纳凉图》、张彦辅《棘竹幽禽图》等。

杨仁恺说："大都会、普林斯顿两个博物馆内庋藏的宋元书画，可称美国、欧洲博物馆之冠，并非夸大！"①

港台地区的东北货收藏，主要包括：

《诗经·豳风图》，中国香港王文伯收藏；

《别院春山图》，五代作品，王文伯收藏；

《溪山雪霁图》，五代董源画，中国香港陈仁涛收藏；

《金英秋禽图》，宋徽宗御笔画，陈仁涛收藏；

《芦汀密雪图》，北宋梁师闵绘，宋宣和内府原装，有宋徽宗御笔题签，中国香港余协中收藏；

① 《国宝沉浮录》。

《杜秋娘图》,元代周朗绘,周氏作杜秋娘像,康里氏书唐杜牧《杜秀娘诗》,书、画合璧之佳作,余协中收藏;

《三骏图》,元代任仁发绘,余协中收藏;

《商颂图》,南宋小吴生马和之绘,南宋高宗书,清乾隆皇帝经过鉴赏,收藏于学诗堂的十四卷名迹之一,上钤学诗堂印;1923 年十一月十九日,赏溥杰携带出宫,由中国香港荣广亮收藏,后携至美国,转售波士顿博物馆;

《灯戏图》,南宋画师朱玉绘,以白描手法描绘上元节宫廷生活习俗,人人头戴面具,身穿彩衣,发簪花枝,最前一人持牌领行,上书"庆赏上元美景",后有执扇 12 人、秉烛 12 人,生动地展现了南宋真实的宫廷生活,极其珍贵,全卷由中国香港陈光甫收藏;

《谢昌元座右自警辞》,南宋文天祥 38 岁时书于湖南长沙,中国香港周游收藏;

《自书梅竹三诗》,南宋书画家赵孟坚书,周游收藏;

《三世人马图》,元赵孟𫖯画白马,其长子画青斑马,其孙子画桃花点子马,周游收藏;

《树色平远图》,北宋郭熙画师绘,中国香港张文奎收藏;

《吴江舟中诗》,北宋书画大家米芾绘,张文奎收藏;

《林峦积翠图》,南宋江参绘,张文奎收藏;

《桤木诗》,宋苏轼书,中国台湾私人收藏。

据研究、统计,流失宫外的法书、绘画共计 1371 件,比《故宫已佚书籍书画目录四种》多出 100 余件。包括:(一)晋、隋、唐时期:法书,79 件;名画,38 件;(二)五代、两宋时期:法书,74 件;墨拓,7 件;绘画,249 件;(三)金、元时期:法书、名画 195 件;(四)明代法书、名画 365 件,其中法书 98 件、名画 267 件;(五)清代法书、名画 364 件,其中法书 89 件、名画 275 件。[①]

据郑欣淼院长统计,这些流失宫外的宫廷珍宝文物,经过多年的搜罗、征集,部分文物回到故宫及其他各省市单位。包括:故宫博物院收藏 370 件,辽宁省博物馆 150 件,吉林省博物馆 42 件,沈阳故宫博物院 29 件,上海博物馆 22 件,国家

---

① 《天府永藏》。紫禁城出版社,2008 年 8 月。

博物馆 22 件,天津艺术博物馆 17 件,黑龙江省博物馆 8 件,旅顺博物馆 6 件,无锡市博物馆 5 件,首都博物馆 3 件,中国美术馆 3 件,广西壮族自治区博物馆 3 件,广东省博物馆 2 件,荣宝斋 2 件,朝阳市博物馆 2 件,丹东抗美援朝博物馆 2 件,天津市历史博物馆 2 件,贵州省博物馆、重庆市博物馆、丹东市博物馆、国家图书馆、南京博物院各 1 件。流失海外的,美国纽约大都会博物馆 20 件,美国堪萨斯市纳尔逊博物馆 14 件,美国普林斯顿大学博物馆 7 件,美国波士顿博物馆 7 件,美国克利弗兰博物馆 3 件,美国弗得尔博物馆 3 件。[①]

政府征集和收购

溥仪携带出宫的国宝秘籍在长春流散之后,政府方面和关心国宝命运的有识之士一直采取积极措施,千方百计进行征集和收购。政府的征集和收购,主要是指国民政府和中央人民政府的积极征集和收购。

刘时范是国民政府东北地区的一位民政厅长,喜爱书画,精于鉴赏。他是国民政府的几位接收大员之一,他所收获的国宝最为丰富:一方面为政府和上司多方搜集长春散出的国宝,一方面自己选择珍贵的国宝悄悄收藏。刘氏收获的国宝主要有:北宋韩琦《二牍》,南宋马和之《诗经·齐风图》,明宋濂《自书戴伯曾序文》、沈周《菖蒲图》和文徵明《自书诗》等。[②]

郑洞国将军是国民政府派到东北的又一位接收大员,是东北地区的最高军事长官。他用大量黄金收购了长春散出的许多历代书画名迹,包括:宋李公麟《吴中三贤图》,元赵孟頫《浴马图》、《勉学赋》,元马逵《久安长治图》,元人合璧《陶九成竹居诗画卷》等。新中国成立后,郑氏以郑佑民的名义,将元赵孟頫的《浴马图》捐献给故宫博物院。[③]

王世杰是文化界的名流,有两个头衔十分显赫,一是武汉大学校长,一是国民政府教育部部长。他也是一位古董行家,特别喜爱收藏古代书画。五代李赞华《射鹿图》,从长春流散之后,辗转来到北京琉璃厂,最后落入王世杰之手,1948 年携去台湾。[④]

---

① 《天府永藏》。
② 《国宝沉浮录》。
③ 《故宫博物院档案》。
④ 《国宝沉浮录》。

曾担任长春伪皇宫警卫任务的"国兵"金香蕙，是辽宁盖县人，曾当过小学美术教师。他在这次小白楼抢劫活动中收获颇丰，将30余卷宋元书画存放在好友刘国贤家里，自己携带10余卷认为最珍贵的国宝回到自己的故乡。新中国成立前夕，他卖出了两件：一是马远的《万籁清泉图》，《佚目》中无此卷，杨仁恺认为可能是《溪山秋爽图》，此画一直下落不明；一是明唐寅的《事茗图》，此画20世纪60年代由故宫博物院收购。

金香蕙将手中的明文徵明《老子像》和清张若霭《五君子图》送给其叔叔，后一再转卖，由旅顺博物馆收藏。更为珍贵的是，图后附有小楷《太上老君说常清静经》。

最为可惜的是，新中国成立初期，金氏的妻子出身地主，因为害怕，竟然将丈夫抢劫来的国宝扔进了火坑，化为灰烬！这些国宝包括：晋王羲之《二谢帖》，南宋马和之《诗经·郑风图》，南宋陈容《六龙图》，岳飞、文天祥《岳、文合卷》等。[①]

从长春流失的国宝秘籍，通过政府渠道接收、搜集和收购的，大部分拨交故宫博物院收藏，一部分则交当地相关部门管理，最后由沈阳故宫博物院、辽宁省博物馆等相关对口单位正式接收。

177

杨仁恺说："从溥仪携逃时所获的国宝中，拨归前东北博物馆接收典藏，名正言顺，本无问题；而东北博物馆从全面考虑，将全部珠宝玉翠转交沈阳故宫，也是出于全局观点，值得称许。1952年，清理及回收长春伪宫散佚历代法书名画，从数与质的方面说，不减于溥仪携逃的分量。后来全数上缴国家文物局，转拨故宫博物院。"[②]

北宋初年王著书《千字文》，是清宫收藏的一份重要墨迹，乾隆皇帝极为喜欢。王著的书法闻名天下，宋太宗慕名，召入宫中，为皇帝侍书。宋太宗喜爱书法，留下了不少书林佳话，其中有一些故事就和王著有关。王著很聪明，千方百计让太宗勤习书法，巧于应对，多方规谏，深得宋太宗的信任。太宗的书法在不知不觉间日新月异，几年后，太宗回看自己的书法精进，不敢相信，也深为叹服。[③]

王著是位书法大家，对于鉴赏却造诣不深。他深得皇帝的宠信，奉旨编纂《淳化阁帖》，但疏于考证，使得一部旷世奇帖错误百出，特别是将大名鼎鼎的米芾

① 《国宝沉浮录》。
② 同上。
③ 元·脱脱：《宋史·王著传》。清武英殿刻本。

《法帖题跋》、黄伯思《法帖刊误》搞错了，让许多大家为之扼腕。

王著的书法流传下来的极少，收录清宫、纳入皇帝鉴赏之列的就是《王著书千字文真迹》一卷。[①]这卷佳作，卷前有乾隆皇帝的七言题诗，写出了王著的个人修养和书法特色。乾隆皇帝认为，这位书林才子擅长书法，不大精通鉴赏，这有什么关系，有这一卷精品传世足矣。乾隆皇帝为这篇旷世佳作题写的诗作也反映了这位旷世奇才的皇帝独有的宽广胸怀：

考古虽然多有舛，临池何碍是其长。

一千文抚精神蕴，八百年腾纸墨光。

初仕成才遇淳化，疑摹智永识欧阳。

侍书际会传佳话，訾议宁须论米黄！

甲午新正上瀚，御题。[②]

178

乾隆皇帝书引首，在手卷之前隔水题写七言律诗，后幅则是历代大家的题跋，包括宋周越、元欧阳元、明项元汴、清于敏中等人。这卷绝世珍品，1923年十月初十日溥仪赏赐给溥杰，携带出宫。经过小白楼哄抢，此卷下落不明。杨仁恺说："据当时留长春之于莲客所云，(《王著书千字文》)原件已毁。"[③]事实上，这件真迹，王著书正文、乾隆皇帝书引首和部分题跋下落不明，但乾隆题诗和周越后跋尚存于世。这段稀世珍迹辗转流传到台湾。2006年3月16日，台湾著名作家李敖将这段真迹捐赠给故宫博物院。

秘籍的神秘去向

负责守卫长春伪皇宫的国兵大肆抢劫小白楼时，忽略了一箱箱的宋元珍本秘籍，使得这些书籍除了极少部分散乱地扔在地上之外，基本上保存完好。可是，这些书籍去了哪里？

台湾学者秦翰才说：国民党占领长春后，国民政府的东北接收大员张嘉璈接

---

① 清·张照、梁诗正等：《石渠宝笈续编》卷五十三。清内府抄本，上海古籍出版社，1991年。

② 《清高宗御制诗文集》。清内府抄本。

③ 《国宝沉浮录》。

收了 13 箱宋元善本秘籍,交给了国立长春大学图书馆保管,现收藏于东北师范大学图书馆。①

就这批书籍,我专门走访了东北师范大学图书馆副馆长王占林,王馆长说:"经向我们特藏部主任询问,他认为,如果是溥仪带来的书,应该是宋元或更早的善本书,并有宫内藏书印。但我们馆藏仅有一些残卷,没有那么好的东西。"也就是说,王占林和该馆古籍部主任都查过库房,馆中并无这批书籍。

经过查阅大量档案,发现事实上是这样的:这批宋元珍本共计 13 箱书籍,最早应该是由张嘉璈接收。但他没有交给长春大学,而是直接交给了当时担任沈阳故宫博物院院长、东北文化接收委员会主任委员的金毓黻。金先生在国民政府离开东北前夕,将这批从皇宫流出的国宝秘籍,包括宋元珍本和缂丝,用飞机运回北京,由政府再次交回故宫博物院。②

杨仁恺说:

179

　　应该提到国民党派往东北地区的财政特派员张嘉璈先生,想必广大读者特别是上年岁的能够记忆起来,他是有名的理财专家,曾担任过国民党中央的财政部长和中央银行的总裁。他与孔祥熙不应画等号,没有裙带关系,全凭多年从政的丰富经验,又有相当的学识水平,故被首先派充财经大员的重任。

　　张氏到东北究竟做了些什么,留待别人去评论。我要在此提供一件事实,就是他到长春时,发现伪宫内尚存一批宋元善本图笈,犹散乱地堆存着,没有被值勤国兵像掠夺法书、名画那样地片纸不留!在他眼里看来,善本书的价值并不低于法书、名画。于是找人将散乱图籍收拾起来,由他的助手凌志斌负责整理。得到许多种宋元珍本,随即点交当时担任国立沈阳故宫博物院院长金敏(毓)黻先生,交其典藏,不至于被无知者当作废纸,此举值得赞许。

　　后来,国民党机关、部队撤离沈阳前,金先生将这批宋元善本,连同宋元缂丝、刺绣,一并用飞机运往北平故宫博物院。时马叔平先生任该院院长,又

---

① 《清宫残照记》。
② 《故宫博物院档案》。

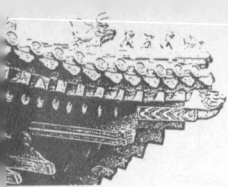

与金先生旧交,于是代为保存下来。北平解放后,故宫代管的善本又全部移交北京图书馆,庋藏于珍本库,得以保全无损,较之散佚的法书、名画来幸运多矣！①

第五节　国宝秘籍回到故宫

东北文管会的收获

抗日战争胜利后,国民政府在东北设立东北文物管理处,接收留存在东北的文物,包括溥仪盗运出宫遗散在东北的宫廷文物。

通过政府征集,许多珍贵国宝文物现由辽宁省博物馆收藏,包括:

东晋真书《曹娥诔辞卷》,唐欧阳询行书《仲尼梦奠帖卷》、孙过庭草书《千字文第五本卷》、周昉《簪花侍女图卷》、唐人《摹王羲之一门书翰卷》、五代董源《夏景山口待渡图卷》、北宋李成《茂林远岫图卷》、欧阳修行书《自书诗文稿卷》、宋徽宗《瑞鹤图卷》、南宋高宗书马和之画《唐风图卷》、徐禹功《雪中梅竹图等合卷》、陆行书《自书诗卷》、文天祥草书《木鸡集序卷》、金杨微《二骏图卷》等等。

1946 年 12 月,故宫博物院奉命接收东北文管会由长春移运北京的一批珍贵文物,包括缂丝、玉器、古钱等,共计 3319 件。

故宫博物院在《接收清点目录》中称:"中央银行长春分行运平古物,计玉器、缂丝、古钱等,共三千三百十九件,分装二十七箱匣。系于民国三十五年十一月二十五日,中央银行北平分行原封移交本院保管。当于即日起,会同中央银行北平分行,及教育部清理战时文物损失委员会平津区办公处代表,按照原单原箱,顺序启封清点。查原箱,均有民国三十五年三月十九日,中央银行徐庆澜封条。箱外,麻皮,均有同日中央银行晏戴封条。各器并多贴有伪满洲中央银行号签,其名称、件数,除间有不符,及原单间有误字当予更正并加注明外,均依原单开列物品,逐件点验清讫,仍装原箱封存。"②

这批文物,仅仅丝绣类,主要有:

宋代缂丝《大官》轴、《牡丹团扇》轴、《蟠桃春燕图》轴、《吴熙蟠桃花卉》轴、

180

① 《国宝沉浮录》。
② 《晋唐宋元国宝特辑》。故宫博物院等编。

《瑶池献寿图》轴、《米襄阳行书》轴、《米襄阳行书》卷、《紫鸾鹊谱》轴、《崔白三秋图》轴、《海屋添筹》卷、《绣线合璧》册、《万年枝片段》幅、《徽宗御笔花卉》轴、《迎阳介寿》卷、《米南宫自书诗》卷、《扁舟傲睨》轴，宋绣《金刚般若波罗蜜经》。

元代缂丝《释迦牟尼佛像》轴、《通景花卉屏幛片》轴、《宜春帖子岁朝图》轴、吴镇《草堂烟雨图》轴。

明代缂丝《故宫屏幛残段》轴、《宣宗校射图》轴、《梅花仙禽》轴、《乞巧图》轴、《牡丹》轴、《碧桃花》轴，明绣《溪山积雪图》轴、《岁寒三友》轴，明顾绣《董其昌弥勒佛像》轴，陈榘《福禄鸳鸯图》轴。

清代康熙年间组金织彩佛幌、缂丝《董其昌临蔡苏黄米四家书卷》，乾隆年御用纱窗帘、御用《龙凤双喜纱帘》、仿宋绣《花卉小景》轴、《博古花卉椅披》、《朱衣达摩像》轴、《鸡雏待饲图》、《雀雏待饲图》、《墨云室记卷》、《御制平定台湾功臣赞序》、《御制平定台湾告成碑文》、《御制生擒庄大田纪事语》、《御制生擒林爽文纪事语》。①

这些都是极其珍贵的文物，许多都是溥仪带走的宫中之物。

宋人《扁舟傲睨》轴，直幅绢本，附有木匣，匣上刻：元赵孟頫停舟携琴图。臣张之洞恭进。②

沈阳博物院一再请北京故宫博物院接收13箱珍贵宋元书籍，故宫博物院同意，最后由东北行营经济委员会正式移交。北京故宫博物院派员接收，特地开具接收函："顷接，文管会通知，关于前清点东北行营经济委员会移交之图书十三箱，已核定拨归本院管理，兹遣本院职员持函提取，即希按箱点交，并派员随同来院，会同文管会人员开箱清点，经便交接为荷，特致沈阳博物院筹备委员会。"③

故宫博物院接收了这批珍贵秘籍，又接收了文管会和北京图书馆送来的天禄琳琅旧本《经典释文》："查本月十三日，本馆在降雪轩接收沈阳博物院归还北平故宫已佚书籍，按照清册查对，除点收八十二种，一千二百四十一册外，其因版本重复，退回该院者七种，共二百一十五册，均经分别造具接收、退回两种清册各四份，随函送请分别存转。又于十五日前往文管会，接收《经典释文》三函，十八册，及北平图书馆原藏该书五册，共二十三册。"故宫博物院马院长还特地致书北

---

① 《东北文物管理处、北平故宫博物院接交文物清册》。
② 同上。
③ 《故宫博物院档案·故宫博物院公函》。

平图书馆："文管会交下《经典释文》二十三册,其中一册原为贵馆所藏,今交还本院,俾天禄琳琅旧藏复还故宫,本院受此鸿惠,至深感谢,除派员前往领收外,特函申谢!"①

故宫博物院接收了沈阳博物院送来的这批古书之后,发现有重复版本书籍7种,215册,马院长致书北平军事管制委员会文化接管委员会,请交还沈阳博物院:"查本院这次接收沈阳博物院、东北行营经委会移交之图书,业经会同贵会办理交接手续完竣,内中有重复版本书籍七种,计二百十五册。拟仍交还沈阳博物院筹备委员会。"②

故宫博物院交还的这7种书籍,是《通鉴总类》32册、《尚书》5册、《黄帝内经素问》10册、《四书》11册、《四书》9册、《六家文选》32册、《资治通鉴》116册。③

1948年5月至9月,东北文管处先后多次运送文物到北京,由故宫博物院接收,存放在景山禧雨殿,其中皇宫秘籍包括:清历朝《玉宝、玉册》,101包;汉文《清实录》原本,85包;满文《清实录》原本,65包。④

182

追寻国宝的踪迹

长春流失的许多国宝秘籍不知去向,政府方面和有识之士多方寻找国宝的踪迹。

郑洞国是国民党东北军副总司令,驻扎长春期间,他用黄金收购了大量国宝,并知道这些国宝的去向。后来他带领部队在长春起义,将随身的一大批极品珍贵国宝交给了东北民主联军。可惜,当时并未受到足够的重视。

多少年后,郑洞国作为全国政协委员,和文化部文物局局长郑振铎是老朋友,一次开会,两位老友相见,分外高兴,郑洞国特地谈到了那批国宝。郑振铎大为吃惊,立即指示马上组织人员清理这些战争留下的物品,特别是那些珍贵的国宝秘籍。这样,这批出宫流浪多年的珍贵国宝文物终于重见天日,交给东北博物馆收藏。⑤

---

① 《故宫博物院档案·故宫博物院公函》。
② 同上。
③ 《故宫博物院档案·北平故宫博物院交回沈阳博物院重复版本书籍清单》。
④ 《东北文物管理处、北平故宫博物院接交文物清册》。
⑤ 《国宝沉浮录》。

《夏热帖》是唐代大画师杨凝式的代表作,是一件流传稀少的绝世孤本。他师法张旭、颜真卿的行书、草书,融会贯通,吸收各家之长,形成自己独特的风格,行书《夏热帖》和《神仙起居注》、《韭花帖》就是他书法之冠的经典作品。《韭花帖》是溥仪 1923 年十一月初十日赏赐溥杰,带出清宫的;《神仙起居注》留在紫禁城;而《夏热帖》则是十一月二十五日赏赐溥杰,出宫之后辗转运到长春小白楼,然后在哄抢中流失。①

清代大收藏家和鉴赏家顾复说:"《夏热帖》,纸色微黄,前行后草。前字寸余,笔匾;后字如钱,笔圆。惜破碎异常,又经俗工装裱,遗墨无多,殊可叹息。王钦若跋,楷书带隶,古雅绝伦,题于澄心堂纸。后赵子昂、鲜于伯机跋,项元汴识。"②

这幅作品入清宫前是这个样子,入宫时已经由良工装裱:"据此可知,顾复当时所见墨迹已遗墨无多,表示殊可叹息。至迟入清宫时,已由良工托裱,精神焕发。面北宋阁臣王钦若的题跋特受青睐,实则从仕途显赫言之。殊知赵、鲜于两题,虽时代易于王钦若,更为墨宝增光多矣!"③

据溥仪身边的侍卫叙述:1945 年 8 月 12 日,溥仪携带最为珍贵的书画 4 箱,大约 80 件,和小金库全部珠宝,匆匆离开长春。14 日到达大栗子沟,18 日晚上 11 点秘密乘坐火车离开。临行前,溥仪将随身携带的珍贵书画珠宝分给身边的人员,剩余的书画珍宝,除留下一部分外,大多数则存放在柴扉寮 4 间房内。随后,他们来到临江县之临江公寓,留下部分珠宝给商会林会长,林会长则送 15 万元。

柴扉寮 4 间房内的书画珍宝被盗窃一空。

东北民主联军神速进驻临江,说服林会长,收回了一部分溥仪散出的国宝。④

溥仪随身携带的书画珍迹 4 箱,据说都是从宫中盗窃出来的书画精品中挑选的,也是自以为精通鉴赏的溥仪最为喜爱的佳作。在长春伪皇宫缉熙楼中,有书画账 3 册、书目账 30 余册。

这么多的珍贵书画、珠宝,去向何方?

珍稀孤本唐摹《万岁通天帖》,是 1923 年十一月初八日赏赐溥杰携带出宫

① 《故宫已佚书籍书画目录四种》。
② 清·顾复:《平生壮观》十卷。上海人民美术出版社,1962 年。
③ 《国宝沉浮录》。
④ 同上。

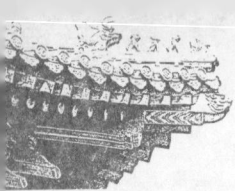

的。①万岁通天,是唐女皇武则天的年号。深得女皇宠信的王方庆被授予凤阁鸾台的要职。这位聪明过人的幸臣继续施展他的柔媚功夫,特地将家中祖宗留存下来的墨宝珍迹——王羲之一门之书翰宝迹,包括王羲之、王献之、王导、仲宝、僧绰等人的书迹——亲自题签,标出几代祖宗的墨宝,取名《王羲之一门书翰》,进献给武则天。武则天当然喜出望外,因命一一填廓,再由王方庆分别小楷题签,书写女皇武氏特地宣诏推行的万岁通天时代之新字!

这件《万岁通天帖》,南宋时流入岳珂手中。岳珂非常喜爱,特地在卷后题写跋文和赞语:"金轮(女皇武则天)御朝,始制十三字,竟有六字之差。"卷中王氏小楷"天",改写为"而"等。元代著名道士张雨,也是一位书法大家,在卷上题跋称赏其双钩之法世上罕见:"双钩之法,世久无闻。米南宫所谓,下真迹一等。《阁帖》十卷,书林以为秘藏,使以摹迹较之,彼特土苴耳!晋人见裁,赖此以存。具眼者,当以予为知言。好事之家,不见唐摹,不足以言知书者矣!"②

明代大画师文徵明,88岁大寿之时展赏此帖,爱不释手,一时兴起,以精致小楷书写长跋,留下千古难得的书林佳话,并盛语称赞此帖是:"在今世,当为唐法书第一也!"卷末是明大书法家董其昌题跋,盛赞其双钩填廓,真正一流高手:"此帖云花满眼,奕奕生动。并其用墨之意,一一具备。王氏家风,漏泄殆尽。是发薛稷、钟绍京名手双钩填廓,岂云下真迹一等!"③

这件名帖,明代时由大收藏家收为镇宅之宝,遭遇大火,幸免于难。清代时进入宫中,为皇帝珍藏,收藏于乾清宫中。不幸再次降临:嘉庆十年,乾清宫大火,乾清宫及周围廊庑陷入一片火海,大量珍贵的宋元版书籍和历代书画化为灰烬。不幸中的万幸是,这件稀世珍品的《万岁通天帖》再次逃过大劫。

《万岁通天帖》一再大难不死,人们对这件火烧之后伤痕累累的珍品古物越发敬畏,视为圣帖。人们甚至认为,这件奇货可能通灵,真正是万岁之帖,通天通神。原件10帖:第一帖是王羲之《姨母帖》,第二帖是王羲之《初月帖》,第三帖是王荟《疖肿帖》,第四帖是王徽之《新月帖》,第五帖是王献之《廿九日帖》,第六帖是王僧虔《太子舍人帖》,第七帖是王慈《柏酒帖》,第八帖是王慈《汝比帖》,第九帖是王慈《郭桂阳帖》,第十帖是王志《喉痛帖》。

184

---

① 《故宫已佚书籍书画目录四种》。
② 《万岁通天帖》。
③ 同上。

流失秘籍回到故宫

1949 年 3 月 31 日,局势紧张,沈阳博物院筹备委员会主任委员金毓黻致函故宫博物院,请求将运到北京交给故宫的国宝秘籍,包括宋元珍本和玉宝、玉册、《清实录》等运回沈阳。

经中国人民解放军北平市军事管制委员会文化接管委员会同意,由管委会主任周扬、副主任陈微明签发公函,调回这批珍贵文物:"查故宫藏有长春流平古物一批,希按前接收清册点交东北文管处,运回东北为荷! 此致,故宫博物院。"①

1949 年 4 月 2 日上午九时,东北文管处派员到故宫博物院接收了玉宝、玉册等文物。

1949 年 4 月 14 日,在故宫博物院绛雪轩,在文化接管委员会人员监督下,东北文管处代表杨孟雄正式接收了玉器、缂丝、古钱文物,准备装运出院,运回东北。

故宫博物院院长马衡在批示中写道:"准中国人民解放军北平市军事管制委员会文化接管委员会,一九四九年四月十二日平秘字第七七三号函开,故宫藏有长春流平古物一批,希按前接收清册点交东北文管处。业经于一九四九年四月十四日,双方会同文管会代表,点交清讫。"②

东北文管处编审科长杨孟雄也签署了收讫单:"准北平文管会公函平秘字第七九三号指示,前项文物移交东北文管处,运回东北。当即于本年四月十四日,会同院方负责人,将文物点收清讫。"

点交单上,北平市军事管制委员会文化接管委员会代表王冶秋也签字盖章。

这批运回东北的文物十分珍贵,仅珠玉类的文物就有:玉花杯、玉小碟、玉水池、玉水碗、玉小瓶、玉花盒、玉花屏、玉花瓶、玉插屏、玉壶、玉花碟、玉三镶如意、玉石山、玉册文、玉鸳鸯、玉石瓶、玉茶碗、碧玉缸、玉盖碟、玉花碗、玉三星、金描玉碗、玉水仙、玉雀盆、玉如意、玉长方盘、玉册文、玉水碗、汉玉壶、玉小盒、玉中碗、玉圆盘、脂玉佛子、脂玉笔筒、水晶葫芦、水晶水池、翠插屏、镶珍珠金戒指、镶钻石金戒指、镶珍珠饰物、镶珍珠镯子、小宝石、镀金金属、宝石屑、碧鼎炉、碧玉插屏、脂玉鹿、玉寿桃盆、白玉插屏、玉壶水池、玉鹿、汉玉杯、碧玉大碗、玉十二

185

① 《故宫博物院档案·北平文管会公函》。
② 《故宫博物院档案·故宫博物院公函》。

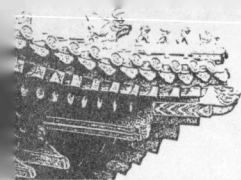

辰、玉砚池、蜜蜡朝珠、淡蓝晶石朝珠、嵌花玉如意头、玉盒、玉手臂、乾隆御题玉牌子等等。①

那么，溥仪携带出宫的国宝秘籍命运如何？最后回到沈阳了吗？

由于故宫博物院和北平军事管制委员会出面，拒绝将溥仪携带出宫的国宝秘籍运回沈阳。这样，这批国宝秘籍又逃过了一劫，仍然留在故宫博物院。

故宫博物院致函北平军事管制委员会，态度很坚决，认为这批书籍都是当年溥仪带出宫的，都是宫中的天禄琳琅珍本书籍，理应由故宫博物院收藏，因而拒绝得也很干脆：

> 查三十五年(1946)，前东北行营经济委员会查获宋版书籍多种，计九十二种，一千四百四十九册，由张嘉璈主持移交前教育部清理战时文物损失委员会东北区代表金毓黻接收保管。当时，本院查知该项书籍全部均系清逊帝溥仪携带出宫之文物，是载在本院所印行之《故宫已佚书籍书画目录》，是天禄琳琅所藏之国有瑰宝，与本院之历史关系极为重要，曾一再申请交还本院统一保管。

> 乃前教育部不察实在情形，狃于偏见，竟视为普通之文物，应俟各地接收就绪，再行统筹分配。迄今四载，该案尚久悬未结。到战时文物损失委员会结束以后，金毓黻转任国立沈阳博物院筹备委员会主任委员，该项书籍亦转归该院所有。在东北解放之前，该书移运来平，刻闻日内即将运归沈阳。查该书既系本院已佚之文物，据情度理，俱就归还本院；且前教育部亦无明文分配，岂能因人事之转移而归该院所有？拟请贵会主持停止起运，以便合理解决，使人民了解散佚及归还之意义，实为公便！②

故宫博物院先后多次接收了东北方面归还的溥仪携带出宫的清宫旧藏珍籍，而且这些珍本许多正是乾隆时期建立的天禄琳琅珍藏。当然，也有不是天禄琳琅的本子，但这些秘籍珍本都很珍贵，主要有：

《资治通鉴》294卷，142册，半页10行，行21字，白口，慎、淳等字缺笔，宋绍

---

① 《故宫博物院档案·故宫博物院公函》。
② 《故宫博物院档案·本院已佚之文物拟请停止启运以便合理解决由》，1949年3月31日。

兴初刻本。①1923 年九月十八日,赏溥杰携带出宫《宋版资治通鉴》,1 部 18 套。②

《曹子建集》10 卷,宋嘉定前刻本。

《温国文正司马公文集》80 卷,卷前有绍兴二年序言,为宋绍兴初刻本。

《欧阳文忠公居士集》50 卷,凡、慎、桓等字避讳缺笔,宋绍兴年间刻本。

《清波杂志》12 卷,卷前有宋绍兴年序,凡、慎避皇帝讳。

《三苏先生文集》70 卷,匡、恒、贞诸字减笔避宋帝讳,宋光宗前刻本。

《淮海先生文集》26 卷,慎字缺笔,宋宁宗时蜀刻本。

《孔丛子》7 卷,宋刻本。

《礼记郑注》20 卷,宋刻本。

《六臣文选》,宋刻本。

《五朝名臣言行录》,宋刻本。

《通鉴总类》,宋刻本,钤乾隆之宝印。③

拨交天禄琳琅珍藏

查阅有关档案,发现《沈阳博物院归还北平故宫博物院已佚书籍清册》,从 1949 年到 1950 年,共有 4 份。

第 1 份是 1949 年的,较为简略,是草稿本,只写书名、册数:《周礼》,6 册;《春秋繁露》,5 册;《群经音辨》,6 册;《周易本义》,6 册等。④

第 2 份是第 1 份的清稿本,字迹较为清楚。

第 3 份清册较为细致,附《审定宋版本目录》,著录内容包括号数、书名、原题版本、审定版本、册数、备注:第一号,《唐书》,原题宋版,审定元版,180 册;第四号,《资治通鉴》,原题宋版,审定影宋本,116 册,因重复本交回;第七号,《万首唐诗》,原题宋版,审定明版,24 册,原书标题《万首唐人绝句》;第十四号,《六家文选》,原题宋版,审定明版,32 册,因重复本交回等。

第 4 份是第 3 份的清稿本,内容清晰。这份目录最后称:"综计九十二号,共一千四百八十册。除《礼记》重号,《经典释文》、《爱新觉罗女宗谱》及交回之重复

① 《故宫博物院档案·本院已佚之文物拟请停止启运以便合理解决由附书目》。
② 《故宫已佚书籍书画目录四种》。
③ 《故宫博物院档案·本院已佚之文物拟请停止启运以便合理解决由附书目》。
④ 《沈阳博物院归还北平故宫博物院已佚书籍清册》。

本七种外,由沈阳博物院正式称交八十二种,一千二百四十一册。"①

最为难能可贵的是,这份目录详细审定了这批书籍,特别是鉴定清楚哪些是天禄琳琅珍本,尤见工作之细致。从目录中可以看出,许多珍本秘籍是溥仪盗窃出宫的天禄珍本,这些宫中秘籍辗转数千里,重新回到宫中,有些是全套书籍变成了残本,但大多数完好无损,实在不易。

这次沈阳博物院交给故宫博物院的珍籍,宋本有 27 部,天禄琳琅珍本主要有:

《周易本义》十二卷,《天禄琳琅书目后编》卷二著录,宋版,存 6 册。②溥仪1923 年七月十四日赏赐溥杰全套,携带出宫。

《纂图互注尚书》十三卷,《天禄琳琅书目后编》卷十著录,宋版,存 3 册。1923年七月十五日赏赐溥杰全套,携带出宫。

其他宋版天禄琳琅书籍,主要包括:《大易粹言》、《童溪易传》、《吕氏家塾读诗记》、《礼记》、《春秋经传》、《春秋集注》、《春秋繁露》、《经典释文》、《群经音辨》、《通鉴纪事本末》、《古史》、《战国策》、《五臣音注扬子法言》、《书苑精华》、《朱文公校昌黎先生集》、《淮海集》、《梅亭先生四六标准》、《后村居士集》、《六家文选》、《真文忠公续文章正宗》、《周礼》、《集韵》等。其中完好无损的足本有:《春秋集注》、《群经音辨》、《通鉴纪事本末》、《古史》、《五臣音注扬子法言》、《书苑精华》、《淮海集》、《梅亭先生四六标准》、《六家文选》、《周礼》、《集韵》等。③

影宋抄本 3 部,只有 1 部是天禄珍藏:《坡门酬唱》二十三卷,《天禄琳琅书目后编》著录,全套 6 册。④这部珍贵影宋本书籍,1923 年七月十八日赏赐溥杰携带出宫。

这批天禄琳琅珍籍包括元本 10 部:《韵府群玉》二十卷,⑤1923 年九月二十五日赏赐溥杰携带出宫;《增修文事类聚翰墨全书后丙集》六卷,⑥1923 年九月二十五日赏赐溥杰携带出宫;《学易记》九卷;《说文解字韵谱》一卷;《通鉴总类》二十卷;《王荆文公诗》五十卷;《大广益会班篇》三十卷,原题宋版,审定元版;《纂图互

---

① 《沈阳博物院归还北平故宫博物院已佚书籍清册》。
② 《天禄琳琅书目后编》卷二。
③ 《沈阳博物院归还北平故宫博物院已佚书籍清册》。
④ 《天禄琳琅书目后编》卷八。
⑤ 《天禄琳琅书目后编》卷十。
⑥ 《天禄琳琅书目后编》卷十。

注六子全书》，原题宋版，审定元版；《丽泽论说集录》，原题宋版，审定元版；《新编证类图注本草》，原题宋版，审定元版。

明本共 27 部，而其中许多都是天禄琳琅秘籍。主要有《毛诗》、《仪礼》、《春秋经传》、《春秋经传集解》、《前后汉纪》、《元经薛氏传》、《重广补注黄帝内经素问》、《论衡》、《梁溪漫志》、《自警编》、《西京杂记》、《欧阳文忠公集》、《三苏先生文粹》、《临川先生文集》、《六家文选》四部、《唐文粹》、《唐人万首绝句》等，都见于《天禄琳琅书目后编》著录。[1]另有 2 部是精抄本，即：《诗经解颐》四卷，《天禄琳琅书目后编》著录，[2]1923 年七月十四日赏赐溥杰携带出宫；《易小传》，原题影宋抄本，实则是清抄本。

这次沈阳归还的书籍还有 6 部清本，其中 5 部刻本，1 部抄本。主要包括：

《说文解字》三十卷，《天禄琳琅书目》未著录。原题翻宋本，审定为清毛氏汲古阁本。

《佩觿》三卷，《天禄琳琅书目后编》著录。原题宋版，审定是清张氏泽存堂刻本。

《班马字类》三卷，《天禄琳琅书目后编》著录。原题宋版，审定为清翻宋本。

《权文公诗集》十卷，《天禄琳琅书目后编》著录。原题宋版，审定为清刻本。

《雍正谕折》，清抄本。

189

第六节　收购天禄琳琅珍本

重金收购流失国宝

溥仪盗窃出宫的这批国宝秘籍，在政府和有识之士的努力下，大部分回到了故宫博物院。相比于小白楼被抢夺的宫中古物来看，宋元珍贵秘籍损毁较少，是不幸中之万幸。不过，这批宋元秘籍也有部分流失，不知去向。后来经过多方努力，数十年间，故宫博物院不惜重金，又先后收购了不少流失国宝和皇宫秘籍。这些流失宫外的国宝文物和宫廷秘本的天禄琳琅旧藏再次回到皇宫，收藏于故宫博物院，真是国宝秘籍之幸！仅仅 1946 年至 1947 年，故宫博物院重金收购的国宝秘籍就有 10 余种。

---

① 《沈阳博物院归还北平故宫博物院已佚书籍清册》。
② 《天禄琳琅书目后编》卷二十。

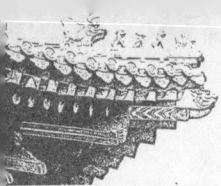

收购故宫散佚书籍书画目录表①

品名	件数	价格	收购日期
宋高宗书《毛诗·闵予小子之什》马和之绘卷	1 卷	10000000 元	1946 年 12 月 22 日
宋人摹顾恺之《斫琴图》	1 卷	1000000 元	1946 年 12 月 22 日
元人《老子授经图》书画合璧	1 卷	3000000 元	同上
明初人书画合璧卷	1 卷	7800000 元	同上
明李东阳书各体诗卷	1 卷	2000000 元	同上
明文徵明书《卢鸿草堂十志》	1 册	200000 元	同上
米芾《尺牍》字卷	1 卷	18000000 元	1947 年 3 月 22 日
唐经生《国诠楷书善见律经卷》	1 卷	15000000 元	同上
雍正、乾隆等朱批奏折	41 本	1200000 元	1947 年 3 月 27 日
宋版《四明志》	1 册	3200000 元	1947 年 4 月 28 日
宋版《群经音辨》	1 册	2000000 元	同上
宋版《春秋经传集解》	2 册	3000000 元	同上
宋版《资治通鉴》	1 部	100300000 元	1947 年 6 月 18 日
唐写本王仁昫《刊谬补缺切韵》	1 卷	100000000 元	1947 年 8 月 16 日

190

以上收购故宫散佚书籍书画,共支付国币 2 亿 6670 万元整。

人民券 11 万元收购宋本《易小传》

1948 年以后,故宫博物院依旧不遗余力地收购溥仪散佚宫外的国宝秘籍。

1949 年至 1953 年,在国家十分困难的情况下,特别是粮食奇缺、面临饥饿的危急时刻,文化部、国家文物局毅然增拨粮食,用于收购宫廷珍本。先后收购的流失宫中秘籍主要有:宋本《易小传》、宋本《三苏文粹》、宋本《古文苑》、宋本《刘后村集》和明本《孙可之集》等。

1949 年 10 月,中国书店告知故宫图书馆馆长张允亮先生,市场上发现了在

---

① 《故宫博物院档案·收购故宫散佚书籍书画目录》。

沈阳博物院交还的书籍中缺少的一部宫中旧抄《影宋抄本易小传》。张允亮先生十分高兴，想不到在市场上出现了这部珍本。这部珍贵秘籍是溥仪 1923 年九月二十三日随《宋版六家文选》赏赐溥杰带出宫的。经过交涉，持书人同意以人民券 11 万元出售。

1949 年 10 月 24 日，张允亮先生立即奏报故宫博物院院长马衡：

> 叔平先生院长：
>
> 沈阳博物院交还各书中之旧抄本《易小传》所佚一册（卷六上），已与商定，以人民券拾壹万元交易。兹将原书及书店单据奉上，即请谘阅办理。已缺古书，复成完本，亦可喜也！此致，敬礼！①

马院长当即批示收购，并请示上级。10 月 25 日，马院长批复：

> 呈会请于上午结余经费内支付。候指示。又，康熙朝小金榜一件，价四千元，可补本院之缺，亦拟收购。一并呈请。②

191

这个报告很快获得上级批复，故宫博物院以人民券 11 万元收购《易小传》所佚 1 册（卷六上），以 4000 元收购康熙朝小金榜 1 件。

小米 400 斤收购宋本《三苏文粹》

宋本《三苏文粹》是 1923 年八月初七日，随宋本《唐柳先生集》一起赏赐溥杰携带出宫的。这是乾隆皇帝喜爱的两部诗文作品集，经常展玩品赏，一再题诗赞咏。

沈阳博物院归还的溥仪携带出宫的书籍之中没有这部宋本《三苏文粹》。

1949 年 12 月，故宫博物院在市场上惊奇地发现了这部秘籍，经与持书人商谈，持书人愿意出售，唯一的条件是：小米 400 斤！

当时粮食贵如黄金，这小米 400 斤，可不是一个小数目。

---

① 《故宫博物院档案·一九四九年十月二十四日张允亮函》。
② 《故宫博物院档案·故宫博物院马衡批复函》。

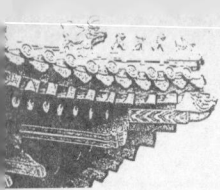

故宫博物院马院长执意收购这部宫中珍本,立即修书,奏报上级,增拨粮食购买。

1949年12月3日,马衡院长上书:

> 宋版《三苏文粹》,系本院已佚书籍,为溥仪赏溥杰之物。今在市场上发现一函(下半部)五册,议价小米四百斤。拟于增发经费小米七千斤项内支付。
>
> 衡,十二月三日,呈局。①

文化部文物局很快答复,在物字第二十七号文中正式通知故宫博物院:"通知,同意在经费项下开支,购回《三苏文粹》。"②

从小米17000斤降到人民券400万元收购宋孤本《古文苑》的真相

宋版《古文苑》是1923年七月十四日,溥仪盗窃故宫国宝秘籍行动的第十天,赏赐弟弟溥杰携带出宫的宫中秘籍,随同一起赏赐的还有宋版《玉台新咏》、宋版《唐英歌诗》等诗文集。③

《古文苑》是一部古文总集,二十一卷,辑者不知。《书录解题》称,世传《古文苑》是宋孙洙在一佛寺之中偶然在经龛中发现,视为圣经,系唐人所藏。全书收录自东周至南北朝时之南齐间的历代诗赋杂文作品,共260余篇,都是史传、文选所未收录之作。

审视其内容,发现书中的汉魏诗文作品,《初学记》、《艺文类聚》等书都已收录,《古文苑》不过是加以删节收录;石鼓文也与近本相同,真假难辨。

大约在南宋时期,宋孝宗淳熙年间,韩元吉喜爱《古文苑》,精加编次,厘为九卷。

宋理宗绍定年间,学者章樵精读《古文苑》,一一注解。

明宪宗成化年间,博学通才的福建巡按御史张世用获得《古文苑》,极为喜

---

① 《故宫博物院档案·一九四九年十二月三日马衡函》。
② 《故宫博物院档案·文化部文物局批复故宫博物院马衡函》。
③ 《故宫已佚书籍书画目录四种》。

爱，特地发币刊印。卷前有章樵序言称：有首尾残缺者，姑存旧编，复取史册所遗，以补其数，厘为二十一卷。卷末附一卷，收杂诗十四首、颂三首。此本一再编次，已非唐人所藏经笼本，但宋淳熙版旧籍十分珍贵，许多唐以前散佚之文，赖此书得以保存。①

这部宋本《古文苑》的收购颇费周折。自 1949 年 9 月发现该书，持书人先是提出以小米 17000 斤出售，然后又下降至 10000 斤相易。经过再三交涉，持书人称，如果由故宫博物院收购，愿意八折出售，小米 8000 斤，这已经是发现此书快一年了！

1949 年秋天，家住宣武门内抄手胡同 52 号院的张芳辰，前往效贤阁书店，告知自己拥有天禄琳琅藏书的宋孤本《古文苑》，想以小米 17000 斤出售。②书店店主十分吃惊，如此高的价格，除了故宫博物院，谁能收购？经过反复商讨，持书人愿以小米 10000 斤出售，最后愿意以八折出售给故宫博物院。效贤阁店主一方面收下此书，一方面反复与故宫博物院院长联系，商讨尽快收购这部珍本。③

可是，当时局势紧张，灾情严重，文化部文物局一时没有这笔经费，故宫博物院也无法筹措这笔费用，只好告诉书主，可以出售他人，但必须告知收购者姓名、地址，等故宫博物院经费筹妥后再来收购。可是，特殊时期，谁有余力收购这部宋本？直到 1950 年 7 月底，文化部文物局才筹妥经费，收购了这部稀世珍本。④

1949 年 9 月 14 日，故宫博物院图书馆纪中锐拟写报告，图书馆馆长上呈马衡院长，故宫博物院正式行文上报主管部门华北高教委员会，请求收购宋版《古文苑》：

<blockquote>
查本院三十八年内半年度业务计划，前已呈送在案。关于图书收购部分第二项，宋版《古文苑》原列预算时，系折价小米一万七千斤。

查该书为天禄琳琅旧藏，仅有之孤本，版本精良，堪称瑰宝。现在辗转流传在效贤阁书店内，该书店急于出售。经再三商洽，该书贬值为一百二十万元。诚恐失之交臂，拟请拨发专款，以便早日成交。
</blockquote>

193

---

① 《古文苑》，丛书集成初编本。
② 《故宫博物院档案·张芳辰函》。
③ 《故宫博物院档案·效贤阁书店致故宫博物院马衡院长函》。
④ 《故宫博物院档案·收购天禄琳琅旧藏宋本古文苑验收付款事》，1950 年 8 月 5 日。

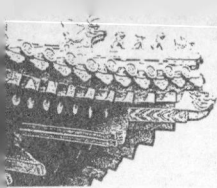

　　在未拨款以前，可否暂由本院票款收入项下借垫收购？一俟专款拨到，再行补还？是否可行，理合呈请鉴核示遵。谨呈华北高等教育委员会。①

　　当时正值困难时期，华北地区灾情十分严重。然而故宫博物院的专文送达之后，很快就传到华北高教委员会主任委员董必武手里。董必武很重视文化事业，特别是古文物的搜集和收购。经过多方联系，想尽办法，但在这十分困难的特殊时期，还是没有办法筹妥这笔经费。

　　1949年9月21日，董必武批复：特殊时期，政府暂且不能收购。但是，请故宫博物院务必通知书商，负责保管，不得散失，更不许拆散了出售。如果转移，也当通知政府。故宫博物院负责登记有关事项。②

　　董必武的批复是以命令的形式下达的：

令故宫博物院：

194

　　　　九月十五日呈悉。关于购买《古文苑》事，因目前灾情严重，正在节约期间，政府暂不能购买。但请你院通知该书商负责保管，不得散失（不能拆散卖）。如有转移，亦须呈报政府，并由你院负责办理该书之登记事项（版本、册数、保管人或书商等），以备政府将来收购。此令！

　　　　　　　　　　　　　　　　　　　主任委员：董必武

　　　　　　　　　　　　　　副主任委员：张云茹、钱俊锡③

　　马衡院长接到董主任的指示，立即着手落实，一方面告知效贤阁书店店主政府方面的意思，一方面为了防止出现意外，特别让书店将宋版《古文苑》两册送到故宫博物院，由故宫先行收藏。

　　效贤阁书店店主李杏南立即将书籍送到故宫，故宫博物院当即写下收条：今收到宋版《古文苑》两册，计卷一、八、九共三卷。此致效贤阁书店。一九四九年九月二十七日。④

---

① 《故宫博物院呈为拟请收购宋版古文苑书籍暂在本院票款项内借垫由》。
② 《故宫博物院档案·复故宫拟购古文苑事》，1949年9月21日。
③ 同上。
④ 《故宫博物院档案·故宫博物院函》，1949年9月27日。

可是过了三个月，故宫博物院仍然没有动静。时局动荡，生活也更加艰难，持书人有点坐不住了。1949 年 12 月 31 日，持书人张芳辰特地致书故宫博物院马院长，一方面是意在催促，一方面表示，如果你们不买，请将书籍交还效贤阁书店店主："叔平院长先生大鉴：芳辰私有《古文苑》，贵院购买，有优先权。如贵院不购，芳辰售之他人，亦必函知贵院。芳辰住宣内抄手胡同五十二号院内，请将两册样本交李杏南先生转下为盼。此颂，问安！张芳辰启。"①

故宫博物院不想放弃这部国宝，可是实在太艰难，筹划不到这笔费用。

反复交涉，仍然没有结果。大约半年后，1950 年 6 月 27 日，持书人张芳辰再次致书故宫博物院马院长，表示《古文苑》这样的国宝理当由故宫博物院收购，如果故宫收购，情愿以小米 8000 斤出售："叔平院长尊鉴：私有宋淳熙本《古文苑》书……小米万斤相易，惟以私藏不如公藏，如故宫收购，情愿以米八千斤割让。事在迫促，请速速决定！"②

故宫博物院想收购这部天禄琳琅珍本，可是一直筹措不齐资金。这时故宫博物院图书馆关植耘科长起草文稿，张景华处长审定，敬呈故宫博物院马院长，由马院长上呈文化部文物局，请示是买还是不买：

195

前于一九四九年九月间，于本市效贤阁书店曾发现天禄琳琅旧藏宋淳熙年孤本《古文苑》，版本精良，当时曾以呈字第一五三号呈请收购在案。嗣以专款无着，饬该书商转知书主，在本院登记，将来如出售时，应由我院优先购买，以免国宝散失。

兹据书主张芳辰来函称，有人拟以小米万斤相易，如我院收购，愿以八千斤相让。

查我院本年度并无收购款项。兹将原函附呈。如我局亦无意收购，拟即转告书主，任其自由交易。如何之处，理合呈请鉴核求遵。谨呈文化部文物局。③

---

① 《故宫博物院档案·张芳辰致故宫博物院马院长函》，1949 年 12 月 31 日。
② 同上，1950 年 6 月 27 日。
③ 《故宫博物院档案·故宫博物院为天禄琳琅旧藏宋孤本〈古文苑〉如不收购拟转告书商自由交易由》，1950 年 6 月 28 日。

1950年7月3日,文化部文物局局长郑振铎、副局长王冶秋正式批复故宫博物院:"通知博物院,六月二十八日呈字第五一六号呈悉。关于天禄琳琅旧藏宋淳熙年孤本《古文苑》,可让书主售出,唯须告书主,于出售时,必须报明买主姓名、住址,由你院报局备查。特此通知!"①

如此来回交涉,真是偌大的文化部文物局和故宫博物院没有这8000斤小米?

事实上并不是这样。当时局势艰难,灾情严重,确实是事实,但尽管如此,文化部、国家文物局和故宫博物院也不至于没有款项收购国宝。真正的原因不是别的,原来故宫博物院经过研究,知道在当时情况之下,没有人有能力收购这件国宝,而故宫博物院认为,持书人要价太高,所以想压一压。

故宫博物院由图书馆王纶撰稿,图书馆关植耘科长、张景华处长审定,最后由马衡院长签发,正式函告持书人张芳辰:"前接来函诵悉,一是关于宋淳熙本《古文苑》一书,有某君愿以米万斤相易,如我院收购,愿按八扣割让。唯以我院现无收购经费,虽据情报局,以资决定。兹接批示,可让书主售去,唯须告书主于出售时,必须报明买主姓名、住址,由你院报局备查等因相应录达,即席查照办理,见复为荷。此致张芳辰先生。"②

这一下张芳辰傻了,苦等了大半年,就这个结果?张芳辰当然知道,除了故宫博物院,谁有能力收购这样的国宝?他所称有人愿意以10000斤小米相易,不过是托词而已。

故宫博物院的态度很坚决,明确告知书店主人和持书人:不是有人愿意以小米10000斤相易吗?好,请你自便,你可以自由交易,但要告知买书人姓名、地址。

果然,正如故宫所料,持书人只好让步,大幅降价:持书人愿意以400万元出售。

故宫博物院认为时机成熟,立即致书文化部文物局,决定收购这部孤本,谜底也随之揭开:

前奉我局物字第一四七〇号通知,关于天禄琳琅旧藏宋淳熙年孤本《古文苑》,可让书主售去,惟须必须说明买主一节,遵即转知书主张芳辰遵照办理。

① 《故宫博物院档案·文化部文物局致故宫博物院函》,1950年7月3日。
② 《故宫博物院档案·故宫博物院致张芳辰函》,1950年7月5日。

兹据该书主将该书送院声称，出售未能成交，自愿以四百万元售与我院。

查该书为宋代孤本，且系天禄琳琅旧藏。过去因索价太高，故暂缓收购。今贬值为四百万元，正宜收购，以免文物散失！除已验收付款外，谨将经过情形呈请鉴核备案。①

与此同时，故宫博物院立即行动，收购此书，当面付款。

1950年8月5日，故宫博物院呈报文物局收到书籍单和收购款单据："今领到天禄琳琅旧藏宋本《古文苑》六册。此据。故宫博物院图书馆。"②

文化部文物局也验收付款，准予备案："七月二十七日呈字第五五四号呈悉。你院收购之天禄琳琅旧藏宋本《古文苑》，已验收付款事，准予备案，特此通知。局长郑振铎，副局长王冶秋。"③

人民券200万元收购宋本《刘后村集》

1923年八月二十日、二十三日，溥仪先后两次赏赐溥杰《后村居士集》，每次4套。沈阳归还故宫博物院的散佚书籍中，有宋版《后村居士集》十二册。④

1951年5月初，沈阳发现天禄琳琅旧藏宋版《刘后村集》。沈阳萃文斋书店得到此书后，立即函告故宫博物院，说沈阳归还故宫书籍中有《刘后村集》，但系残本，如果这次收购，可成完璧。故宫博物院图书馆立即上报马院长，报告这一消息，请示如何收购？

萃文斋的函件引起了故宫博物院马院长的注意，马院长指示图书馆：查清行款、装订，确认是否属天禄琳琅珍本。图书馆让萃文斋提供卷端之页等复印件，仔细查看行款，上报马院长："查萃文斋所开《后村诗集》行款、装订和印记，经与馆藏本核对，均属相符。谨此签注。"马院长批示："报院请款收购。"⑤

于是故宫博物院图书馆正式行文，收购这部流失宫外的天禄琳琅孤本：

① 《故宫博物院档案·故宫博物院收购古文苑函》，1950年7月27日。
② 《故宫博物院档案·故宫博物院收书函》，1950年8月5日。
③ 《故宫博物院档案·故宫博物院收购古文苑验收付款事》，1950年8月5日。
④ 《故宫博物院档案·沈阳博物院归还北平故宫已佚书籍清册》。
⑤ 《故宫博物院档案·故宫博物院图书馆函》，1951年5月7日。

接沈阳萃文斋书店函告，今长春散出原故宫旧藏宋版《刘后村集》一至十二卷，八册，接收沈阳书店内，似有此书。如可成为完璧，不如贵院收进。此方友人，最低人民券二百万元等由。经我院复请将版本、行款开示，需费可否减少？以便决定。

兹接复函，谓价格不能再低，并录附该册版本、行款、装订、印记前来。经核对，与我院藏本均属相符。查该集版本，就有三十二册，我院所藏仅十二册。陆续收购，以期凑成完璧。除遵照我局指示，先由我院垫款收购外，谨此呈请鉴核，拨发收购价款二百万元，以资归垫。①

文化部文物局很重视这次收购，很快批复："我局同意拨付，所购此项书籍，即拨交你院入藏。特此通知。"②

此后，故宫博物院又先后收购了天禄琳琅珍藏：

一、1951 年 7 月，收购吴丰培家藏天禄琳琅珍本 61 种，其中 14 种能与故宫图书馆藏书配成完璧。这 14 种书籍包括：宋版《包孝肃奏议》、《白孔门帖》；元版《五音类聚四声篇》、《金史》、《千家注杜诗》、《李太白诗》、《真西山文集》；明版《古文苑》、《千家注杜诗》、《欧阳文忠公集》、《初学记》、《白氏长庆集》、《东莱标注颍滨集》、《武溪集》等。

另外 47 种，除百川学海版《六一诗话》外，其余都是《天禄琳琅书目后编》著录珍本书籍。③主要包括：宋版《史记》、《汉书》、《晋书》、《朱子语类》、《校正北史详节》、《诸臣奏议》、《古文苑》等；元版《通志》、《韵府群玉》、《杜诗》、《十七史详节》、《前汉书》、《后汉书》、《金史》、《国策》、《仪礼经传》、《李太白集》等；明版《旧唐书》、《学海》、《群书考索》等。④

二、收购明版《孙可之集》、《会稽志》。⑤两书均为天禄琳琅珍本，《天禄琳琅书目后编》著录。⑥

---

① 《故宫博物院档案·故宫博物院为拟收购长春散出宋版刘后村集呈请拨发价款二百万元由》。1951 年 5 月 8 日。

② 《故宫博物院档案·文化部文物局批复故宫博物院收购后村居士集函》。1951 年 6 月 6 日。

③ 《故宫博物院档案·故宫博物院关于收购吴丰培天禄琳琅书籍事》。1951 年 7 月 11 日。

④ 《故宫博物院档案·故宫博物院关于收购吴丰培天禄琳琅书籍所附书目》。1951 年 7 月 11 日。

⑤ 《故宫博物院档案·文化部文物局批复故宫博物院收购孙可之集函》。

⑥ 《天禄琳琅书目后编》。

1953 年 6 月 4 日,文化部社会文化事业管理局通知故宫博物院:"兹拨交你院天禄琳琅旧藏书籍 14 种,计 199 册,附上移交单证一件,请即派人来局洽谈。"①

故宫博物院接收了这批珍贵书籍,都是天禄琳琅旧藏,包括:宋版《内经素问》、《后村居士集》、《通鉴总类》、《尚书注疏》;明版《六臣注文选》、《陶靖节集》、《春秋经传集解》;清版《帝学》、《三礼图》、《玉篇》、《班马字类》等。②

199

① 《故宫博物院档案·文化部社管局拨交故宫博物院天禄琳琅书籍函》,1953 年 6 月 4 日。
② 《故宫博物院档案·文化部社管局拨交故宫博物院天禄琳琅书籍目录》,1953 年 6 月 6 日。

第四章

第三次流传宫外时期

——非常岁月故宫国宝南迁

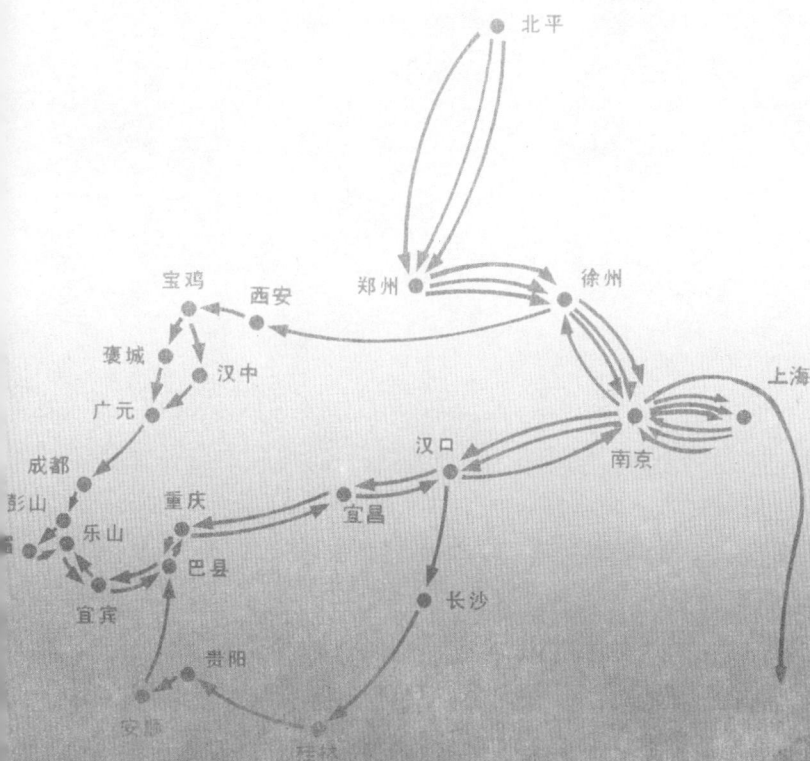

北平

郑州　徐州

宝鸡　西安

襃城　汉中　上海

广元

成都　汉口　南京

彭山　重庆　宜昌

乐山　巴县

宜宾　长沙

贵阳

安顺

第一节　故宫博物院三大馆

故宫博物院

1924 年 11 月 5 日,溥仪和他的后妃们被驱赶出宫。11 月 24 日,由社会各界知名人士和政府官员组成办理清室善后委员会,以公正的态度清点清宫遗物,办理各种善后问题。委员会设委员长 1 人,由李煜瀛先生担任,下设委员 14 人:民国代表 9 人——汪兆铭(易培基代)、蔡元培(蒋梦麟代)、鹿钟麟、张璧、范源濂、俞同奎、沈兼士、葛文濬、陈垣;清室方面 5 人——绍英、载润、宝熙、耆龄、罗振玉。当时的摄政内阁发布命令:(清室善后)委员会结束之后,即将宫禁一律开放,备充国立图书馆、博物馆之用。①

按照《办理清室善后委员会组织条例》和摄政内阁的指令,委员们讨论故宫博物院的名称和组织条例,确定故宫博物院是一个长期的事业机构,性质如同图书馆、博物馆,因为珍本秘籍、文物珍宝如此丰富,机构内肯定包含图书馆、博物馆。考察世界各国博物馆,特别是各国皇宫博物馆,通常包括博物馆、图书馆两大部分。如大英博物馆,其藏品就是图书、文物,由 18 世纪汉斯爵士遗赠的私人图书馆、文物和 19 世纪英王乔治四世捐赠的大量藏书构成,因之成立图书馆、博物馆。

1912 年 2 月 12 日,清帝溥仪退位之后,紫禁城被称为故宫。各国有直接以皇

---

① 《故宫博物院档案·1924 年 11 月摄政内阁令》。

宫命名博物院的，如土耳其伊斯坦布尔托普卡珀宫博物馆、德国柏林皇宫博物院。在北京，既然博物院以故宫为院址，主要职责是收藏、整理、保管和利用清宫所遗留的国宝、文物、图书、档案，最后，确定成立故宫博物院，院中设立两大馆：图书馆、古物馆。图书馆之下，设立图书部、文献部。选出董事 21 人，理事 9 人，并产生了《故宫博物院临时组织大纲》。①

故宫博物院设立临时董事会和临时理事会，设董事 21 人：严修、卢永祥、蔡元培、熊希龄、张学良、张璧、庄蕴宽、鹿钟麟、许世英、梁士诒、薛笃弼、黄郛、范源濂、胡若愚、吴敬恒、李祖绅、李仲三、汪大燮、王正廷、于右任、李煜瀛。设理事 9 人：李煜瀛、黄郛、鹿钟麟、易培基、陈垣、张继、马衡、沈兼士、袁同礼。②

溥仪出宫以后，在谈到宫中的稀有珍宝和宫廷秘籍时说："宫中之物，系汉唐以来历朝之物。吾既逊位，不得而私。一切珍宝，本来出自人民，吾不得据为己有。望民国政府公诸人民。"③

▲ 1925 年 10 月 10 日故宫博物院开院典礼现场，庄蕴宽主持，李煜瀛作报告。黄郛发言："今日开院为双十节，此后，是为国庆和博物院之两层纪念。如有破坏博物院者，即为破坏民国之佳节，吾人宜共同保卫之。"

故宫古物馆

1925 年 10 月，故宫博物院成立，最初设立两大馆：古物馆、图书馆。故宫博物院理事会公推易培基为古物馆馆长，张继为副馆长。馆址最初设在隆宗门内南屋三间，后迁往慈宁宫北部的西三所。1928 年 6 月，国民政府接管北京以后，任命李煜瀛为故宫博物院委员长，易培基为故宫博物院院长兼古物馆馆长。

故宫博物院又从社会各界聘用古器物、历史、文献等方面的专家学者出任古物

① 《故宫博物院临时组织大纲》。故宫博物院排印本。
② 《故宫博物院临时理事会章程》。故宫博物院排印本。
③ 《申报》，1924 年 11 月。

馆专门委员会委员,负责审查、鉴别宫廷书画、铜器、瓷器、竹器、木器等宫藏古代器物和珍宝。古物馆古物委员会专门委员有:丁佛言、沈尹默、吴瀛、俞家骥、容庚、廉泉、陈汉第、郭葆昌、福开森、邓以蛰等。其中丁佛言、廉泉到任不久相继故去。①

故宫图书馆

故宫博物院图书馆接收的是清宫各皇家书室收藏的古旧图书,陈垣任图书馆馆长,袁同礼、沈兼士任副馆长。馆中设图书、文献二部,以紫禁城西部的寿安宫为馆址,图书馆文献部的办公处设在紫禁城外东路的南三所。1926年12月,江翰任故宫维持会会长,图书馆接收了国务院移送过来的观海堂、方略馆、资政院原藏古书和前清军机处军机档案,图书馆组织人员进行全面整理。

1927年11月,王士珍任故宫博物院管理委员会委员长,故宫博物院仍设古物馆、图书馆,图书馆下设图籍、掌故二部,任命傅增湘为图书馆馆长,袁同礼、许宝蘅为副馆长。图书馆负责提取各宫殿图书集中于寿安宫,分类收藏。1928年6月,易培基任院长,聘用庄蕴宽为图书馆馆长,袁同礼为副馆长。1929年5月,成立图书馆图书专门委员会,聘请全国古籍方面的知名学者出任专门委员:陈垣、张允亮、陶湘、朱希祖、卢弼、洪有丰、赵万里、刘国钧等。②

故宫文献馆

1927年6月,图书馆文献部改称掌故部。1928年10月,故宫博物院调整院设机构,设立秘书、总务二处和古物馆、图书馆、文献馆三馆——从此,掌故部从图书馆中分离出来,单独成立文献馆。文献馆系宫廷文献宝库,专门收藏宫廷文献档案,计近1000万件。主要包括五大类:内阁大库档案、军机处档案、内务府档案、宗人府档案、宫中档档案。但明代的档案却极少,仅3000余件,而且主要是明末时期的兵部档案。③

档案是活的历史,每一份档案都代表着一个重大历史事件或一件真实的历史故事。可惜的是,有许多重要的历史档案,由于人为的原因而惨遭损毁,这之中

---

① 《故宫博物院图书馆概览》。故宫博物院排印本。
② 吴瀛:《故宫博物院五年经过记》。故宫博物院排印本。
③ 《故宫博物院图书馆》。故宫博物院排印本。

最著名的事件便是"八千麻袋事件"。

清末宣统元年(1909),清室决定修缮年久失修的内阁大库。修缮之前,将大库内收藏的大部分实录、圣训暂时移送大库南边的银库;库藏的书籍、档案一部分存放在大库内,一部分存放在文华殿两庑。

不久,内阁大学士管理学部事务的军机大臣张之洞,奏请以内阁大库所藏书籍设立学部图书馆,其余则系

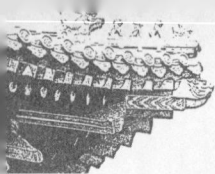

▲ 1925 年 10 月 10 日故宫博物院建院当天之参观者

"无用旧档",请求焚毁。大学问家张之洞的奏请,清室自然同意。第二年六月,内阁大库修缮完成,库藏的实录、圣训仍旧送回大库,库藏的书籍、档案,则如张之洞所请,没有送回大库,学部派参事罗振玉前往内阁接收库藏书籍。

大学者罗振玉看到堆积如山的书籍和档案,随手翻阅,觉得均很珍贵,绝不是"无用旧档",而是近代史上十分罕见的稀世史料。罗振玉立即上奏张之洞,请求留下这批珍贵档案,不能焚毁。这批档案就这样幸免于难,侥幸保存了下来:全部交学部收存,一部分拨交国子监南学,一部分送贮学部大堂后楼。

1913 年,北洋政府教育部于国子监旧址设立历史博物馆,该馆接管了这里的档案。三年后,历史博物馆迁至午门,档案也随之带到午门进行整理:部曹数十人,每人拿一根木棍,将满地的档案随意乱拨,稍整齐地收藏起来,其余的则通通装入麻袋,准备处理。待处理的档案多达八千麻袋,重约 15 万斤,该馆仅以 4000 元的破烂价卖掉! 这便是"八千麻袋事件"。万幸的是,这批档案因为罗振玉出面收购,得以保存下来。①

第二节　全面点查清宫秘籍

满院国宝

溥仪和他的后妃们出宫之后,留下一大片寂静的宫院。然而这座座相连的院

---

① 《中国近代史料汇编》。中国文史出版社。

落虽然荒凉,却是满院古董,珍宝无数,甚至有些价值连城的国宝,却被随意地或者被太监有意地扔在井里或者戏台的角落。据故宫博物院的老专家那志良回忆:在重华宫戏台一角的后面,曾发现了无价之宝的《兰亭八柱帖》。这等奇珍,为什么会在这里?①

那志良说:"有一次在外东路的一个殿里点查,工作完毕之后,我们的双手弄得很脏,想在院里的井中汲些水上来洗洗手。吊桶下去之后,觉得水里有什么东西,伏在井口往下看,像是有瓷器漂在水上。我们赶快回去报告,点查事务室派人下井去捞,真的是两件很好的瓷器。瓷器怎么会到井里去了?那一定是由库中偷出,无法即刻拿出宫去,拿水井做接运站了。"②由库内偷出的,自然是管理库房的太监。

吴稚晖对宫中国宝的流失和内务府官员对国宝的公然盗卖活动十分气愤,曾愤怒地指出:"诸君不见前几天本报揭登的盐业银行八十万借款合同吗?他的内容是:金宝金册通共七千六百两七钱,金箱金塔又共三千三百六十九两零九分六厘,两共一万零九百六十九两七钱九分六厘,就是马上回炉,已超过四十五万元!其余三十六件自身成器的价值不算,一千五百五十二颗的珍珠也不算,一百八十四块的宝石也不算,还有不是十足金的八百八十三两八钱的金子也不算,又玛瑙等珍器四十五件也不算,据说一塌刮子算做荒金,抵过四十万元半额借款。不好意思,又加上零数五千八百三十六元收入内务府账上,就算公平交易!"③

皇帝身边的大臣、师傅、近侍、太监,是宫中国宝的主要盗窃者和占有者。

吴稚晖严厉地指出:"近来有一个住在后门内三眼井七号的老太监,叫作邱和来,尝在奏事处当差,当到首领,已有三四十年。他说:那般徐师傅之徒,专门想借光,今天磕响头,拿了书画走了;明天谢天恩,领了古玩去了。好东西都被那班拖辫子的汉官老爷搜刮完了。借光别号揩油,的确算得是鼠窃一般。"④

那志良也说:"最大批的偷窃,可能还是中正殿。中正殿里的收藏,据说金银、珠宝之类的东西比较多。1924年时,有人出主意请溥仪清查这个殿里的东西。他同意了,立刻派人去查,查到第三天,这个殿就着火了,火势颇大,延烧附近的几

---

① 那志良:《故宫四十年》。台湾商务印书馆,1966年10月。
② 那志良:《典守故宫国宝七十年》。紫禁城出版社,2004年1月。
③ 同上。
④ 同上。

个殿。这把火无疑是有人放的,东西偷得多了,无法交代,一烧了之!"①

图籍集中寿安宫

图书馆馆址寿安宫,明代称为咸安宫,明穆宗陈皇后和明熹宗乳母客氏曾居住在这里。清乾隆皇帝为恭祝其母六十大寿,特地下旨修缮这所宫院,改称寿安宫,供其母居住。这是一个自成体系的院落,分外院、内院、后院三重。

图书馆建馆以后,将外院辟为阅览室,内院东西延楼辟为书库:东楼贮经部、史部和志书,西楼贮子部、集部和丛书。寿安宫正殿辟为特藏书库和殿本书库以及满文库、杨氏观海堂书库。后院有福宜斋和萱寿堂,分别辟作佛经书库和复本书库。

清宫遗留下来的书籍,除了各朝皇帝御纂、御制作品和内府本子之外,大多是先朝皇宫的旧有古书。这些皇宫珍藏许多系海内外孤本,非常珍贵。其中珍品中的珍品就是:宋元善本、皇帝御笔写经、臣工精抄写经、宫廷内府本等等。

从 1925 年故宫博物院图书馆成立以后,就一直着手将紫禁城中清宫遗存的古书集中于寿安宫。截至 1934 年,从各宫殿中提取的古书集中于寿安宫的就达 9300 多种,265300 余册。②

提取古书的宫殿,主要是皇帝和后妃们处理政务和生活起居的地方,包括:养心殿、懋勤殿、弘德殿、乾清宫、昭仁殿、景阳宫、位育斋、上书房、南书房、景福宫、毓庆宫、宁寿宫、斋宫等。其中善本书 11857 册,清宫殿本书 55000 余册,经部书 7510 册,史部书 28261 册,子部书 16701 册,集部书 20000 余册,满文书 12843 册,杨氏观海堂书 15906 册,地方志书 57000 余册,复本书 70000 余册。

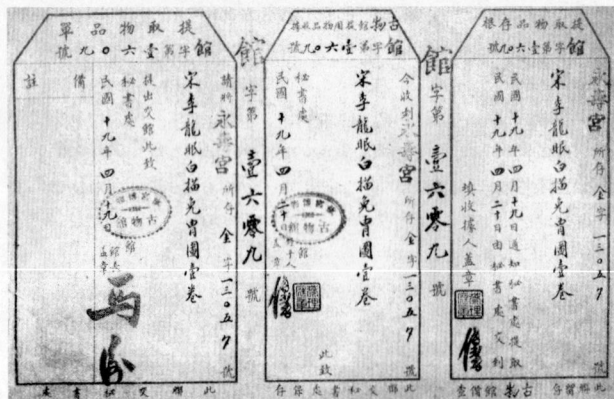

▲ 故宫博物院 1930 年"提取物品单"之三联单

---

① 那志良:《典守故宫国宝七十年》。
② 《故宫博物院图书馆概览》。

图书馆建立了十三大书库：善本库、殿本库、经部库、史部库、子部库、集部库、丛书库、方志库、佛经库、复本库、满文库、普通库、观海堂藏书库。[①]

秘阁特藏秘籍

紫禁城中有几部大型书籍，因为原藏地条件较好，不宜移动，确定依旧留在原处，不必集中于寿安宫。这些特藏秘籍主要包括几部大型书籍、军机处档和观海堂藏书。几部大型秘籍是：文渊阁《四库全书》、《古今图书集成》，摛藻堂《四库全书荟要》，乾清宫《古今图书集成》等。[②]

清雍正七年(1729)设立军机房，负责军国大事的处理。三年后，雍正皇帝下旨，改称办理军机处。再过三年，这个特别机构停止工作。乾隆二年(1737)正式设立军机处，从此，军机处成为这个王朝的中枢机构，历时近两百年，直到清亡才废止。

军机处将一切经办的文书、档案登记簿册；所有谕旨奏章，一一缮录副本，正本原件送还内阁。这样，留存在军机处的是一些关乎军国大事和外交事务的原始谕旨奏章、外藩表文和各国照会文件，是国家最重要、最机密，也是最完整、最可靠的档案。内阁大库虽然留存的是原件文档，但档案如果缺失，还要到军机处借用副本抄补。

1914年，这批极为重要的军机处档案移交北洋政府国务院管理。国务院收到这批档案之后，移贮于国务院里的"集灵囿"，但因为国务院中事务繁杂，没有人管理这批档案，故宫博物院成立后，认为这批档案秘籍十分珍贵，有极高的历史文物价值，应当加以整理编目，为编纂国史时用。

1926年1月，故宫博物院致函国务院：

> 查清旧军机处档案，现存集灵囿，自雍正以来，二百年间军事机密胥具于是。今境迁事过，无所忌讳，是宜公表于世，以资考证。且此项文件与宫中所藏档案关系之密，往往一档分载两处，或两种记载互相发明，合之两美，离之两伤，亦宜汇聚一处，加以处理。
>
> 考历代官私书目，史料传者，大抵编敕成书，方能流布。其以散佚传者，

---

① 《故宫博物院图书馆概览》。
② 《故宫博物院图书馆》。

209

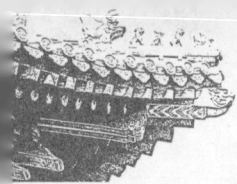

未之前闻。即已有成书，如《唐二十二朝实录》之见于高氏史略者，除顺治一朝外，至明多已不传。宋代史料之见于晁、陈二家书目，如《元丰广案》百卷、《嘉祐御史台记》五十卷、《国朝会要总类》五百八十八卷，至明亦已不传。元代史料见于明初《文渊阁书目》，如《经世大典》七百八十一册、《太常集礼稿》百册、《大元通礼》四十五册，至清初亦已失传。

以此类推，清代遗文，失今不图，后将何及？查德、法等国所有各机关过时档案，均移存文献馆，以为编纂国史之用。本院现为保存有清一代文献典章起见，用特函请贵院将旧存军机处档案移存故宫博物院(图书馆)文献部，以便从事整理，一面分类陈列，并可勒成专书，一举两得，岂不胜束之高阁，徒供蠹鱼，终归漂没也！①

国务院认为故宫博物院的提议是合理的，就同意了这一请求。故宫派人前往集灵囿，看到的场景令人惊叹：房内布满蛛网，一堆堆档案堆积如山，落满尘土。故宫工作人员立即动手清除蛛网，抖落尘土，小心翼翼地将一堆堆容易破碎的档案装上车，运送到紫禁城北部的大高玄殿，进一步进行仔细的清点、整理。

杨守敬是清同治时期的举人，光绪五年(1879)奉旨随同出使日本大臣黎庶昌、何如璋出访日本。当时日本正值变法维新时期，旧的、破的古董、书籍被认为是糟粕的东西，弃之如敝屣。日本收藏有大量中国古董、书籍，特别是古籍；收藏也极广泛，尤其是关于饮食、游乐和房中术方面的书籍在日本收藏较为系统。正在日本的杨守敬乘机广泛搜购，特别注重搜罗中国古书。杨守敬收集了大量书籍，撰写了《日本访书志》。光绪十年(1884)杨守敬回国，带回了一大批古籍，其中有许多书籍都是珍本和孤本，有些还是国内失传之作。杨氏很珍爱这批书籍，郑重保存于观海堂。

1915年，杨守敬去世。他的后人以35000元将这批观海堂藏书卖给政府。这批珍贵藏书一部分存放于国务院集灵囿，一部分拨交松坡图书馆。故宫提出将收藏于集灵囿的军机处档案收回整理，国务院随之将集灵囿的这批观海堂藏书一并拨交故宫博物院。②

① 《故宫博物院档案》，1926年1月。
② 《典守故宫国宝七十年》。

集灵囿的军机处档案和观海堂藏书由故宫博物院图书馆接收之后,一起运往大高玄殿:书籍部分,由图书馆王先生和那志良先后负责整理;档案部分,由图书馆文献部负责清点整理。随后,故宫博物院编纂了《故宫所藏观海堂书目》。[1]

第三节　国宝秘密装箱南迁

紧急方案

1931年九一八事变后,日军虎视眈眈,准备将战火引向中国华北。故宫博物院感到形势危急,奏呈国民政府应急方案:将院中所藏百万件文物,选取精品装箱南迁。国民政府审时度势,同意了这一方案。

当时的紧急情形,参与其事的当事人这样记述:"溯自'九一八',日人占领我东北,华北之屏障已失。不意三三年开战伊始,国难日深,榆关告警,平市垂危,当时遂有将文物分迁京、洛之议。然平津人士多以为,京、洛两处均无适当之仓库可以贮藏,势难安全,群思制止。而政府当局则以为,国宝沦入战地,或遭敌掠,或被摧残,实为我国文化上莫大之损失。乃经中央政治会议,决议南迁。唯以数量浩繁,迁运手续烦难,固非轻而易举者。"[2]

那志良谈到当时情形,感慨地说:"1931年9月,东北发生了九一八事变,大家明白了日本的野心,是想先得到了东北,再向南侵。平津一带如果发生了战事,故宫里这些国宝就有危险了。当局认为,必要时应当把这些文物迁运到安全地带,现在就应当准备。就装了箱,紧急时搬运着方便。"[3]

故宫国宝装箱南迁,是当时国民政府决定的,由行政院代理院长宋子文亲自密电启运。档案记载:"迭经本院当局与中枢人士文电筹商始行启运决定。本院于三三年二月间接到行政院代理院长宋子文密令:启运。本院遂即开始筹备,选择精品,分别装箱,编号造册,加封标志。荏苒数月,并连同前古物陈列所等家,选择一万九千余箱,分五批装火车,经平汉、陇海、津浦、京沪等路,运到上海,租妥楼房,入库保存。"[4]

211

---

① 何澄一编:《故宫所藏观海堂书目》四卷。故宫博物院排印本,1932年。
② 《故宫博物院档案·文物南迁》。
③ 《典守故宫国宝七十年·文物南迁时期》。
④ 《故宫博物院档案·文物南迁》。

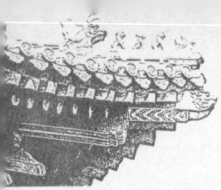

文物装箱工作是从 1932 年秋天开始的。虽然有人认为这是杞人忧天之举，但事实证明这是明智的决策，为后来的突发事件赢得了宝贵的时间。1932 年秋初，故宫博物院理事会立即通过装箱南迁决议，报请国民政府核准以后，故宫职能部门和三大馆立即行动起来：秘书处和总务处负责各项准备和协调工作，三大馆则着手本馆文物精品的装箱南迁。

文物装箱，可是一门专深的学问。一方面是文物古董、宝贝书籍如何装？一方面是哪些国宝秘籍应该装？那志良记述说：

> 院中主持人们的打算是：一、箱件不必用新箱，买那种装纸烟的旧木箱就可以了。二、棉花可用黑棉花，就是那些旧棉衣、棉被拆下来的，再经弹过一次的棉花。三、同仁没有装过箱，万一装得不好，运出去后都打碎了，如何交代？决定找那些古玩行里专装出口文物的工人来装，比较放心。谁知这三个办法都有毛病。第一，那些装香烟的旧箱本来就不稳固，木料很薄，文物装进后晃晃动动，颇有危险。第二，旧棉花已没有弹性，失了用棉花包装的原意，而且装的时候棉絮满处乱飞，味道难闻。一位同事告诉大家，这叫"回笼棉花"，是用穿过的棉衣、不用的垫子，甚至婴孩尿垫，再经弹过，人家只能用它做垫子，我们怎能拿来包宝贝？第三，那些请来的装箱工人，到此摆着专家的姿态，拿很高的工资，时常用教训的口吻和我们谈话！……院长听从了大家的意见，叫我们把那旧箱移交给图书、文献两馆，他们装书籍、档案使用旧箱，没有破伤的危险。①

国宝文物的装箱有两大秘诀，一是紧，二是隔。当时，故宫三大馆都是选派有关方面的专家来挑选国宝、秘籍。他们的想法是，北京有可能沦为战场，应当尽量装最好的文物，尽量装满，尽量减少箱数而增加件数。那志良说："三馆——古物、图书、文献，装箱时，他们都认为北平有作为战场的危险，应尽量把重要文物装了箱，并抱着设法减少箱数、增加件数的心情。例如吴玉璋装的铜器箱，后来在上海开箱检查时，把铜器搬出来核对后，再装回去时，装不下了。拿出来再重装，仍是不能把所有铜器装进原箱。大家在那里抱怨，当时何必装这许多？而不知原装箱

———————————
① 《典守故宫国宝七十年》。

人是一片好心。……图书馆的书籍、文献馆的档案,他们也是装得满满的,唯有秘书处的箱不是如此。秘书处那时的权责很大,所有宫中文物,在各馆没有把他们应当保管的文物提走之前,一律皆由秘书处保管。我们装箱的文物,都经过我们写过提单,提到我们馆中才能装箱,他们不必经过这手续,他们可以直接到各宫殿去装。那些职员,对文物、图书、文献一概不懂,叫他们装箱,就有应该装的不装,而那毫无价值的东西却装了箱!"①

　　秘书处的职员虽然不大懂文物,装了一些"毫无价值的东西",这是相对价值连城的文物而言的,实际上,绝大多数装箱南迁的都是珍贵的国宝。当时,故宫博物院关于文物装箱的规定是很严格、很细致的,装什么、不装什么通常都要请示院长。欧阳道达参与了装箱工作,他在给故宫马衡院长的信中说:"本院第三次院务会议讨论事项,总务处提案中,有关南迁所字号箱拟请令饬拨还本院云云:南迁所字号箱,在伪政府时分院已办移交,并呈报在案。现既议决,建议上级机关当候指示办理。唯有二事,须于移运前决定:一、在抗战时,为检查潮湿、损伤等项,启封、重装之所字号箱,原经决定须开箱按册点交,目前,是否即应完成是项手续?抑待上级机关关于拨还这一问题指示而决夺?二、京字号箱中,尚有所字号文物,在移运前应否办理移交?以上二事,敬请先生即予指示,俾有遵循。"②

　　装箱工作开始于1932年秋天,到1933年5月方才结束。古物馆、图书馆、文献馆都是集中精通业务的专家精心挑选,许多珍贵国宝秘籍被装箱南迁。

国宝装箱——古物馆

　　古物馆负责的宫廷古物种类繁多,品种多样。其中最为珍贵的就是为历代皇帝们所津津乐道的书画、瓷器、陶器、玉器、铜器和金银器。

　　清代宫廷收藏着中国古代丰富的书法、书画手卷,这些珍稀之物都是历代宫廷流传下来的,是历代皇帝御笔之作和各朝名家珍品。这些历代书画佳作一直主要集中存放在内廷东六宫的钟粹宫和斋戒之地的斋宫,其他皇帝和后妃们生活起居的重要宫室,也有相当一部分珍稀书画,共计9000余件。③

---

① 《典守故宫国宝七十年》。
② 《故宫博物院档案·信件》。
③ 《典守故宫国宝七十年·文物南迁时期》。

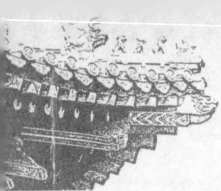

清宫遗存的这些书画名作，包括两晋、隋、唐、宋、元、明、清名家佳作和清代皇帝的御笔珍品。其中主要有：东晋王珣行草《伯远帖》卷，隋展子虔《游春图》卷，唐虞世南行书《摹兰亭序帖》卷、阎立本《步辇图》卷、韩滉《五牛图》卷、颜真卿行书《湖州帖》卷，五代杨凝式草书《夏热帖》卷、北宋王诜《渔村小雪图》卷、张择端《清明上河图》卷，南宋李唐《采薇图》

瓷 器 類 統 計 卡 片 之 一 （二）				
監藏號數	寒字二六六	幅目號數	分類號數	攝影號數
類別	兩瓷			
品名	汝窯春華尊			
件數	一件	原藏	養心殿南庫	
朝代	宋	效數	無欵	
質地	瓷質	形式	尊形	
色彩	天藍	印記		
花紋	開片			
題句	底鐫春華二字			
尺寸	高五寸二分深四寸八分口徑四寸一分底徑三寸弱			
備改				
附記	第二十一期月刊照相			

▲ 故宫博物院"瓷器类统计卡片之一"

卷、宋高宗赵构真草《养生论》卷，元赵孟頫《水村图》卷，明唐英《函关雪霁》轴，清王翚《秋林图》轴、郎世宁《聚瑞图》轴等。

书画中的精品，凡留存宫中的都精选装箱，几乎网罗一空。

玉器是清代历朝皇帝、后妃之所爱，清代宫中玉器数量之众多、品种之精美，都是史无前例的。玉器中的精品集中在斋宫，这次全部装箱南迁。

瓷器历来是中国宫廷的至爱，也是中国历代宫廷之中收藏最多、品种最为齐全、做工最为精美的古物之一。

宫中瓷器的精华集中在东六宫的景阳宫，包括宋钧窑、哥窑、汝窑、官窑、龙泉窑，元钧窑、临川窑等宋元名窑精致瓷器，有 3700 余件；还有景祺阁，收藏有 3400 余件明瓷精品。所有这些瓷器，全部装箱。①

古物馆所选择的南迁国宝是宫廷珍宝的精品，全部装箱，都是按照英文顺序进行编号，从 A 到 F，共 2585 箱；后来又补充了 46 箱，按照天干编号。

古物馆木箱按照英文编号的 2585 箱，包括：A.瓷器 1058 箱；B.玉器 158 箱；C.铜器 55 箱；D.书画 128 箱；E.杂项 380 箱；F.新提 806 箱等。②

其中，B 类玉器 158 箱内，有 3 箱装的是宫中的稀有碑帖。当时碑帖和玉器库房紧邻，挑选玉器的专家知道这些碑帖的珍贵，顺手将它们提出，放在玉器库房

214

---

① 《故宫博物院档案·南迁》。
② 《故宫四十年》。

中,装箱时随同玉器一起装箱,专门负责编号的人就将它们编入玉器类中。

E 类杂项 380 箱,是宫中一些珍稀玩赏类的珍宝,包括:朝珠、如意、文具、扇子、印章、漆器、玻璃器、鼻烟壶、雕刻品、多宝格器玩等。

后来补充的古物馆珍宝 46 箱,包括:乙、玉器 14 箱;庚、铜器 2 箱;丁、剔红 10 箱;戊、景泰蓝 15 箱;己、象牙 5 箱等。[①]

秘籍装箱——图书馆

图书馆的古旧珍贵秘籍包括两个部分:一是存放于收藏珍贵秘籍原地的特藏珍本书籍,一是集中于寿安宫的各宫殿古书。图书馆首先将存放于原地的特藏秘籍就地装箱,然后在寿安宫将重要书籍精选装箱。图书馆装箱秘籍按照分类编号,分别以各类古书的首字,或者代表性文字,或者收藏地按序编号,共计装贮 1415 箱:

藏字 2 箱,宫中秘本《龙藏经》;

内字 6 箱,内阁实录库藏秘籍;

佛字 13 箱,宫廷秘本佛经书;

满字 23 箱,宫中秘籍满、蒙文刻本;

图字 32 箱,文渊阁《古今图书集成》;

绝字 34 箱,明清绝刻本;

志字 46 箱,地方志珍本;

大字 54 箱,宫廷秘本《大藏经》;

甘字 54 箱,宫廷秘本《甘珠尔经》;

观字 62 箱,观海堂杨守敬藏书;

善字 72 箱,宫廷善本秘籍;

龙字 108 箱,宫廷秘本《龙藏经》;

殿字 228 箱,清宫武英殿刻本书;

《四库全书》四部书:

---

① 《故宫四十年》。

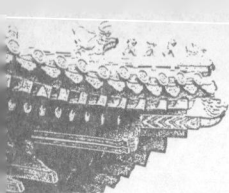

经字 85 箱,《四库全书》经部;

史字 129 箱,《四库全书》史部;

子字 139 箱,《四库全书》子部;

集字 183 箱,《四库全书》集部;

《四库全书荟要》四部书:

荟经字 28 箱,《四库全书荟要》经部;

荟史字 46 箱,《四库全书荟要》史部;

荟子字 26 箱,《四库全书荟要》子部;

荟集字 45 箱,《四库全书荟要》集部。①

216　　　　图书馆这次装箱南迁的宫廷秘籍,选取的是宫廷中最为珍贵的书籍。主要包括:文渊阁《四库全书》,36533 册,《排架图》4 函;文渊阁《古今图书集成》,5020 册;摛藻堂《四库全书荟要》,11178 册,《分架图》1 函;皇极殿《古今图书集成》,5020 册;乾清宫《古今图书集成》,5019 册;清乾隆年朱印《大藏经》,108 函;清乾隆朱印《满文大藏经》,32 函;藏文《龙藏经》、《甘珠尔经》,各 108 函;善本书,13564 册;宛委别藏,784 册;观海堂藏书,15500 册;地方志,14256 册等。还有大量宋、元、明抄本,宋、元刻本,满、蒙文刻本,佛经、乾隆石经等等,共 1415 箱,计 14 万余册。②

秘籍装箱——文献馆

文献馆档案堆积如山,专家们考虑,选择最为重要的宫廷秘档和史实类书籍,包括文档、册宝、图像、戏本、乐器、服饰和实录、圣训、玉牒、起居注等等。清代宫廷秘档主要包括:宫中档、刑部档、军机处档、内务府档、清史馆档、内阁大库档等。

宫中档是有关皇帝、太后在处理政务、皇室财政和宫中生活诸方面的重要档案秘籍,包括皇帝信任大臣的重要奏折,重要官员的引见单,上驷院的机密档,皇家银库的机密档,给皇太后、皇上的请安折等。

① 《故宫博物院档案·南迁》。
② 《故宫四十年》。

这次挑选入箱的宫中档案秘籍主要有:银库档,124 箱;奏折,121 箱;杂单,110 箱;请安折,54 箱;上驷院档,35 箱;引见履历,17 箱。①

军机处档是指王朝中枢机构的军机处所经手和处理的档案,包括皇帝对有关军事、政务的指示和批示,有关重大军事行动的剿捕密件,有关重要官员的引见档案,以及军机大臣们处理的朝廷政务档案。这批秘档不仅包括汉文的,还有满文的,主要有:汉文折、满文档、上谕档、军机档、引见档、剿捕档等。

这次装箱的军机秘档包括:杂档,6573 本;满文档,1845 包;军机处折档,909 包;汉文档,263 包;杂项档,98 箱;杂册,87 函,又 47 本。②

内阁是清雍正皇帝之前的国家政务中枢,军机处成立以后,内阁虽然仍保留着,但大权旁落,不过,有关朝廷的奏折、朝仪等政务活动,内阁都要一一存档,交内阁大库收藏。所以,内阁大库档案内容十分丰富,极有史料价值。主要包括:敕令、诏书、军令、条约、红本、满文档等。

红本,就是高级官员向皇帝奏报政务的文书,凡是有关政务、刑名、钱粮等军国事务的方方面面,文武大臣和封疆大吏等重要官员都可以上书皇帝,他们的奏本由内阁直接进呈皇帝御阅。大臣的奏本称为题本。题本送到内阁之后,负责有关事务的内阁大臣对题本的内容提出处理意见,就是拟出批语,称为票拟。皇帝接到题本,参阅大臣的票拟意见,提出自己的看法。皇帝阅准之后,内阁和批本处先后用票拟文字,以满、汉文,用红笔批于题本之上,成为皇帝正式批示的奏本,称为红本。

内阁大库档,这次装箱的重要档案有:红本,1139 箱,乾隆五年至光绪二十四年不曾间断的奏本秘档;史料书,293 箱,顺治十年至光绪二十九年不曾间断的史料秘籍;军令、条约,39 箱;敕书、诏令,6 箱;满文档,2548 本;满文老档,575 本。③

宫廷册宝一类的国宝秘籍,主要是一个王朝权力象征的宝玺和帝王后妃身份标志的宝册以及各种珍稀的印章。这次南迁装箱的宫廷册宝包括:皇朝宝玺,25 方,一直收藏于交泰殿;皇帝后妃玉册,171 件;各式印章,1157 件;珍贵印匣,20 件。④

图像历来是中国宫廷之中十分稀有之物。在照相术没有发明之前,图像一直是

① 《故宫博物院档案·南迁》。
② 同上。
③ 《故宫南迁档案》。
④ 《故宫四十年》。

217

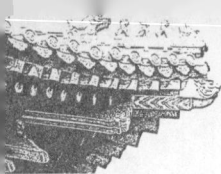

十分珍贵的,珍贵在于它的稀少,因为除了国家疆域绘成图谱秘籍之外,很少有图像资料存世。能够流传于世间的图像,一是皇室图像,主要是皇帝、太后和皇帝的后妃们的肖像画、生活起居图,以及巡游图、大婚图;二是大臣图像,主要是开国功臣像和有重大影响的勋臣、名臣像;三是舆图,是国家的山川地理、边界疆域图。这次装箱的宫廷图像秘籍共有 1500 件,包括:图像,662 件,主要是皇帝像、后妃像、名臣像、南巡图、大婚图、礼器图等;舆图,734 件,主要是皇舆图、边疆图;地图铜版,104 块。

戏剧活动在中国宫廷之中历来十分繁盛,特别是宋代以后,大量戏本纷纷问世。清代宫廷中收藏的戏本都是皇帝、太后、后妃们喜爱的本子和王朝大典、宫廷节令所需的内府戏本。这次装箱南迁的宫廷戏本有 807 册,包括:昆腔戏本 419 册,乱弹戏本 388 册。①

乐器是皇宫中的重要器物,从王朝所有重大典礼到宫中娱乐,都离不开各种各样的能奏出美妙声音的乐器。太后、皇帝吃饭时也会有乐工演奏妙曲。乐器是朝廷典礼、祭祀之时演奏庄重雅乐的重要工具,也是后宫欢娱生活的必需品,许多太后、皇帝喜欢乐器和乐器奏出的美妙音乐,因此,乐器成为历代宫廷中的重要收藏,有些乐器甚至成为国宝的象征。这次南迁装箱宫廷乐器共 160 余箱,包括镈钟、特磬、编钟、编磬、方响、排箫、管、鼓、琴、笙等。

礼仪之邦的中国历来注重服饰。尤其是讲究尊卑等级的中国宫廷,服饰是十分严肃的,丝毫不容苟且。服饰包括布料和成衣两大宗,成衣包括衣服和饰品。皇帝、太后和后妃们所享用的衣物都是用料考究,做工精致,饰品珍稀华贵。因此,服饰是中国历代宫廷之中最为丰富的,也是历代皇家库房收藏中的一大宗。这次装箱南迁,宫廷服饰有 200 余箱,主要有:冠服、盔甲、仪仗、戏衣等等。

史料类的秘籍,是指皇室家谱类的玉牒、皇帝生活纪实的实录、皇帝重要训示的圣训、宫廷生活记录的起居注等,都是秘藏深宫、由皇帝指定的专门人员记录和撰写的皇家秘籍。清历朝皇帝政务活动纪实的《清实录》,有内府精抄本、精刻本等各种珍贵秘本,包括大红绫本、小红绫本、大黄绫本、小黄绫本、满文本、汉文本、蒙文本等多种。这次装箱南迁的史料秘籍包括:《清实录》、《清圣训》,507箱;《清玉牒》,94 箱;《清起居注》,11900 本。②

---

① 《故宫博物院档案·南迁》。
② 同上。

其中《清实录》包括：乾清宫小红绫本、皇史宬大红绫本、内阁实录库小黄绫本以及大量的满文本、汉文本、蒙文本等。

文献馆基本是按类装箱，箱号既不用分类项的缩写字，也不按英文字母排，而是统一按照"文"字的序号编排，从 1 号起，顺序排列，共计 3773 箱。文献馆装箱的精品秘籍主要包括：内阁大库档,1516 箱；实录、圣训,507 箱；宫中档,461 箱；军机档,365 箱；戏衣,200 箱；乐器,160 箱；玉牒,94 箱；刑部档,86 箱；清史馆档,77 箱；起居注档,66 箱；图像,62 箱；册宝,35 箱；内府档,32 箱；盔甲,32 箱；地图铜版,26 箱；仪仗,16 箱；舆图,17 箱；陈列品,9 箱；剧本,5 箱；武器,5 箱；印玺空盒,2 箱等等。①

珍玩装箱——秘书处

故宫三大馆挑选精品国宝文物紧急装箱之际，故宫秘书处也奉命：选取特藏珍玩精品装箱。

按照分工，故宫博物院所藏文物，古物馆、图书馆、文献馆各自提取负责的古物、图书、文献等馆藏文物，所有提取和保管的文物存单都存放在故宫博物院秘书处；院中三大馆没有提取的、仍然存放在各个宫殿原地的文物，则统一由秘书处负责和保管。

秘书处负责的这些宫廷文物都是历代宫廷之中的特藏珍品，其中有许多都是稀世之宝，十分珍贵。秘书处知道所管文物的非凡价值，深知责任重大，奉院方之命后，立即组织专家、学者和所有工作人员，分别到各主要宫殿去提取特藏文物，并将这些珍宝一一装箱，分别编号。

故宫秘书处的装箱国宝主要是按照宫殿和类别装箱的，装箱文物也是按照两个系列编号：

一是按照类别。"丝"，代表纺织品文物；"缎"，代表缎库文物。

二是按照宫殿。"长"，代表长春宫文物；"康"，代表寿康宫文物。

故宫秘书处的装箱工作比三大馆的装箱工作要晚些，但秘书处是故宫的政务中枢，工作效率较高，装箱的珍宝更多。秘书处的装箱文物都是各式各样的珍品和珍玩之物，涉及珠宝、玉玩、文具、皮衣、丝绸、家具等各个方面，主要包括文

① 《故宫博物院档案·南迁》。

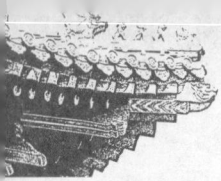

房四宝、皮衣皮帽、绸缎织锦、盆景钟表、玉牒秘档、家具珠宝等等种类,大大小小,林林总总,应有尽有,先后总计5600余箱,比古物馆、图书馆两馆装箱珍宝秘籍之和还要多出1600余箱! ①这些珍玩中,按照类别装箱的文物共计1192箱,包括:

牒,皇家玉牒、朝廷档案和乾清宫等处特别秘籍,284箱;

丝,宫廷衣料库房的丝织衣料、织锦等衣物,369箱;

内,内廷钟表、盆景之类的古物,293箱;

缎,宫中缎库、茶库等处物品,74箱;

武,宫中各种枪炮等武器,64箱;

木,宫中各式家具器物,41箱;

皮,宫中各式各样皮衣,41箱;

永,宫廷精致的珠宝,20箱;

墨,宫廷各式墨宝,6箱。②

220

故宫秘书处按照宫殿提取的文物比例很大,是秘书处装箱文物精品的主体,共计4480箱。③秘书处的宫廷秘籍主要包括:

宁,东部乾隆养老之所的宁寿宫内文物,1281箱;

皇,景运门外皇极殿、阅是楼等处文物,763箱;

和,东部宫区颐和轩、养性殿等处文物和大量钟表,540箱;

养,雍正以后皇帝理政、起居养心殿内珍宝文物,283箱;

康,太后宫区寿康宫、寿安宫等处文物,208箱;

寿,永寿宫等处珍玩文物,180箱;

翊,西六宫翊坤宫、储秀宫等处珍宝文物,162箱;

如,如意馆等处珍宝文物,153箱;

园,隆宗门外慈宁花园等各处珍玩文物,93箱;

---

① 《故宫博物院档案·文物南迁》。
② 同上。
③ 同上。

慈,慈宁宫等处珍宝文物,87箱;

雨,雨花阁等处珍宝文物,70箱;

长,西六宫长春宫、太极殿内珍玩文物,59箱;

北,北部神武门东北五所等处珍玩文物,349箱;

重,御花园西部乾隆潜邸重华宫内文物,44箱;

端,弘德殿、懋勤殿等处文物,44箱;

漱,御花园西部漱芳斋等各处珍玩文物,41箱;

遂,东部乾隆喜爱之地遂初堂、三友轩等处文物,34箱;

性,养性殿、乐寿堂文物,30箱;

太,午门外皇帝祖庙太庙等处珍宝文物,28箱;

崇,崇敬殿等处珍玩文物,23箱;

勤,符望阁、延趣楼等处文物,8箱。①

第四节　国宝秘籍南迁

皇城戒严

国宝南迁,最后确定的起运日期是1933年2月5日深夜。在此之前,起运日期多次变更,因为北京人坚决反对国宝文物南迁。最初确定的起运日期是1933年1月,押运文物的人员正式通知准备启程。故宫博物院负责押运古物国宝的是那志良、杨宗荣、易显谟和吴子石等人。那志良回忆说:"我们接到这个任命之后,有了不少的麻烦。有时有人打电话来,指名要找哪个人,然后问:你是不是担任押运古物?接着又说:当心你的命!又有人说,在起运时,他们要在铁轨上放炸弹。家里的人劝我辞去这个工作,我告诉他们:'他们是吓人而已,怕什么?'"②

押运的人员虽然不怕,但他们心里也没有底,不知道这件事情是好还是不好。不过他们觉得,将国宝秘籍南迁,让它们远离战火,也许是一件好事,有利于保存这些珍贵文物。只是让这些从未离开宫廷的国宝突然迁出深宫,任何人都感到心里不是滋味,更何况是懂得国宝文物历史价值的故宫人!

---

① 《故宫博物院档案·文物南迁》。
② 《典守故宫国宝七十年》。

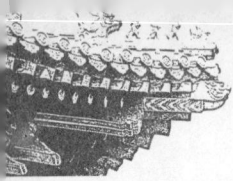

最为关键的是,日本的魔爪伸向了入侵华北的最重要门户锦州,这里是连接北平所在的满洲、热河、河北的交汇点。1932年1月,日本悍然入侵上海,关东军同时进攻热河。3月,日军占领了热河省,并攻下了华北的门户山海关。从热河到北平,直线距离只有短短的50公里,日军可在一天之内直抵北平城下。当时的国民政府决定:国宝秘籍,立即南迁。①

那志良回想这段历史, 感慨万千。他说:"外面反对迁运的声浪一天比一天高,政府虽然百般解说:'故宫文物,是国家数千年来的文物结晶,毁掉一件就少一件,国亡有复国之日,文化一亡,就永无法补救。古物留在这里,万一平津作了战场,来不及抢救,我们是不是心痛?'不管你怎么说,没有人听你这一套!政府并没有灰心,仍然积极地筹备起运……"②

五批国宝南迁

反对国宝南迁的声浪日益高涨,报刊上也连篇发表文章严厉声讨。有人干脆联名上书国民政府,提出质询:政府命令将宫廷珍宝文物悄悄装箱南迁,这是政府重视古物,轻视人民,遗弃人民! 遗弃人民,就是遗弃文化,遗弃古都! 遗弃古都,就是遗弃江山,遗弃国土! 这种行为是荒唐的、错误的、不明智的! 政府应当立即停止国宝文物装箱南迁,积极采取措施,保卫古都,保卫人民!

当时官方以沉默面对舆论,故宫方面依旧加紧工作,着手国宝南迁。起运日期是1933年2月5日深夜,从紫禁城到天安门到前门外火车西站,道路两边和车站周围全部由荷枪实弹的军人戒严和守卫。一百多辆大型卡车开进皇宫,装上封存着国宝文物精品的木箱,离开故宫博物院,由皇宫南大门的天安门开往前门火车站。到车站后, 国宝文物木箱全部装上南下的货物列车, 装了满满两列火车,39节车厢。2月6日凌晨,这座专列在军队的武装护卫下离开北平,向南方进发。③

亲历其事的那志良这样记述:"凡是担任押运的同事,都提前回家整理行装。我回到家后,一面把这个消息告诉家中,一面到各处辞行。晚间,家里可热闹了,来了许多人,也收到许多礼物。这些礼物中最别致而最有人情味的,是我婶母送

---

① 《南迁档案:国民政府令》。
② 《故宫四十年》。
③ 《故宫博物院档案·文物南迁》。

▲ 国宝文物南迁照片

给我的一包土,她告诉我:这是家乡土,带了家乡的土,便不会忘了家乡!你在外面,如果是水土不服,感觉不舒服,闻一闻土,或用水冲服一些,病就会好了!老太太的话灵与不灵不必管他,但情却是感人的。2月5日中午,大批的板车拖进院子里来,一箱一箱地装上板车,一车一车地拖到太和门前,集中在一起。天黑了,由天安门到前门外火车西站,这一带地区戒了严,不准任何人通过。一辆板车紧接着一辆,在暗淡的灯光下静悄悄地前进。除了执行戒严工作的军警以外,没有行人,没有车辆。在这种凄凉的景象中,大家的心情都是沉重的。2月6日清晨,第一批南迁文物由北平出发了!"①

　　从这一天起,历时四个月,南迁文物分五批运完。火车沿平汉路南下,由郑州改陇海路东行,到徐州后改津浦线到达浦口。交通部下令:沿途所有车辆,一律让国宝文物专列先行。

────────────

① 《故宫四十年》。

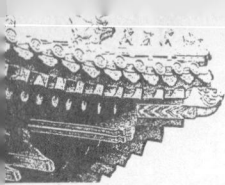

从第二批国宝文物开始,故宫博物院文物之外,增加了古物陈列所、颐和园和国子监所选送的珍贵文物。

从 1933 年 2 月 6 日到 5 月 15 日,共计运送文物 19557 箱:其中故宫博物院文物 13491 箱,包括古物馆 2631 箱,图书馆 1415 箱,文献馆 3773 箱,秘书处 5672 箱;附运文物 6066 箱,包括古物陈列所 5415 箱,颐和园 640 箱,国子监 11 箱。[①]

五批国宝文物,全部运到上海法租界天主教堂。这里是一座七层楼的大仓库,与周围的房屋不相连,相对独立而安全。可是文物太多,这七层楼哪里装得下?于是在英租界四川路又租了一层仓库,专放文献馆文物。这批南迁文物虽然都是精品,但这精品之中还有更为珍稀的精品,都集中存放,重点保护:都放在法租界天主教堂库房的第五层,这一层的每一个库门上都装有警铃,一旦有意外,警铃便会立即鸣响。所有装有文物的库房都加固两把锁,配备两套钥匙,一套由故宫博物院保管,一套交行政院委托的中央银行保存。[②]

上海点查国宝

224

1933 年 5 月,五批国宝文物全部运抵上海。这五批文物共 19557 箱,存放于上海法租界、英租界两处。这些文物从装箱到南迁至上海,几经辗转,一直没有进行仔细建账、造册和细致核对。因此,第四批国宝文物抵达上海之后,故宫博物院专家和有关押运人员留下一批,着手准备核对文物,登记造册。第五批文物到达上海后,北平和上海两地故宫博物院专家、员工同时对库存文物进行点查、登记和验收。

第一步,逐箱造册清点,统一编号。五批文物来自不同的单位,同一单位的又出自不同的部门,头绪太多,纷繁复杂,不利于国宝文物的统一管理,也不能确保这些国宝秘籍的安全。这次在上海,将同一个单位、同一个部门的文物集中在一个地方,统一用一个字来代表,按序编号。故宫博物院第一任院长易培基,卷入了一场莫须有的盗宝冤案,被迫辞职。刚刚上任的故宫博物院院长马衡统筹全局,亲自负责南迁国宝文物,一上任就决定利用有限的空闲时间,立即点查南迁文物。[③]

---

① 《故宫博物院档案·文物南迁》。
② 《故宫四十年》。
③ 《故宫博物院档案·文物南迁》。

经过研究,确定故宫博物院南迁国宝
文物,统一用"沪、上、寓、公"四字,分别代
表故宫博物院古物馆、图书馆、文献馆、秘
书处提取的宫廷南迁存沪文物;这四部分
文物清点之后,统一钤盖"教育部点验之
章";清点之时,对照清室善后委员会当年
编印的《故宫博物院点查报告》,一一核对
南迁文物,凡是有异议的文物,都要注明
"待审查";南迁文物中,凡是有遗失或错
放的,都注明"号待查"。点查完成以后,将
所有点查结果汇在一起,油印成册,取名
《存沪文物点收清册》。①

▲ 故宫文物南迁箱子

第二步,是统一钤盖印章。宫里的古
物字画秘籍,许多都是要钤盖印章的,特别是在讲究风雅的康熙、乾隆时代,这两
位博学的皇帝喜好印章,更喜欢在自己喜爱的书画、秘籍上钤盖自己得意的收藏
章、鉴赏章。他们的文化素养和文学造诣本身就很高,印章的文字内涵丰富,意味
深长。印章的材质是第一流的,印泥的质地也是第一流的,有这些风雅皇帝钤盖
的印章,宫中收藏的书画秘籍自然更是身价倍增,国宝文物又有另一番别样风
景。所以,钤盖印章历来是国宝文物的一件重要事情,不是随便就可以钤盖的,这
方寸之地上大有文章。

既然是点查验收,自然就要钤盖印章。那么如何钤盖?怎么盖?盖在什么地
方?钤盖印章后怎样才能既不影响国宝文物的品相又能增加其风采?这是每一个
负责南迁文物的故宫人日夜考虑的。

经过慎重考虑,马衡院长提出,故宫所有存沪国宝文物,书画、图书、卷轴之类,
统一钤盖印章,以示郑重,表明正式清点验收。钤盖什么印?有人建议,专门刻一方:
故宫博物院收藏印。经历易院长风波之后,惊魂未定的马院长仍然觉得不妥,主张
应该由故宫之外的重要机构刻章、盖章和保管文物,故宫博物院人员只管清点。院
长此言一出,故宫人目瞪口呆:院长怎么如惊弓之鸟?南迁的宫廷珍宝文物怎么可

① 《故宫四十年》。

▲ 1936年4月15日，国立北平故宫博物院建筑南京分院保存库房奠基典礼之奠基碑，左为北京大学校长、国民政府大学院院长、中央研究院院长蔡元培，右为故宫博物院院长马衡。

以让别人代管？讨论的结果是，由教育部刻一方：教育部点验之章，清点国宝文物，就钤盖此章验收。

南京朝天宫

故宫国宝文物南迁，国民政府决定将这批珍贵文物存放于首都南京。然而，南京没有足够的库房来收藏这些珍品，第一批文物滞留浦口达一月之久，实在找不出合适的地方，最后五批国宝全部转运到上海。国宝运抵上海，故宫人颇有隐忧：这里临海，气候潮湿，不利于文物的保存；上海这座东方不夜城，鱼龙混杂，治安很成问题；这座拥挤的城市，人口稠密，火警令人担忧。因此，上海不过是临时存放之地。南京方面，选址、修缮工作全面展开。

1933年7月，故宫博物院理事会召开第一次会议，原则上通过成立故宫博物院南京分院，国宝存放于南京。1934年12月，故宫博物院第四次常务理事会议，理事王世杰提出议案并获得通过：南京朝天宫划归故宫博物院，正式成立故宫博物院南京分院，以朝天宫为院址和库房，存放南迁国宝文物。1936年11月，国民政府核准将存沪南迁文物全部迁运南京朝天宫：先后分五批运送，先从上海坐火车到南京下关，再从下关坐汽车到朝天宫。[1]

▲ 参加伦敦国际艺术展，在英国皇家艺术学院，中国文物开箱点验，此为中英双方工作人员，从左至右：庄尚严、特派员郑天锡、大维德爵士、陈维诚参事、英国海关关员、王景春博士、傅振伦。

---

[1] 《故宫博物院档案·文物南迁》。

迁运南京的这批国宝文物，除南迁的文物珍宝之外，还有 100 箱文物精品：80 铁皮箱是参加英国伦敦中国艺术国际展览会的文物，7 箱是没有入选参展的文物，2 箱是古物陈列所的文物，11 箱是易培基涉嫌盗宝案法院认为有问题而封存的文物。[①]

1935 年 6 月至 1936 年 4 月，中国政府派员选定了 1022 件珍稀文物参

▲ 参加伦敦国际艺术展，在英国皇家艺术学院。工作人员合影，后排左起：傅振伦、牛德明、那志良、庄尚严。

加伦敦中国艺术展。其中故宫博物院选送的文物最多，也最精，共 735 件，包括书画 170 件、瓷器 352 件、玉器 60 件、铜器 60 件、珐琅 16 件、织绣 28 件、剔红 5 件、折扇 20 件、家具文具 19 件、杂宝 5 件。故宫博物院选送的文物精品全部入选参展。这届艺术展从 1935 年 11 月 28 日开幕，到次年 3 月 7 日结束，历时四个月的时间。伦敦各大媒体都作了大量的精彩报道，观者如潮，人们对故宫文物精品反响尤其强烈，引起了世界的极大轰动。[②]

朝天宫依山坐落，地势高旷，占地 138 亩，绵延起伏的山地，绿树掩映，宫殿楼阁依山建造，恢宏壮丽，巧夺天工。东部明伦堂一带地势宽阔，空气适宜，易于守护，因此，确定这一带为国宝库房；中间一线，是清代的府学建筑，棂星门、戟门、大成殿、崇圣殿等处保存完好，用作分院展室。

国宝库房的要求是很高的，全部必须是钢筋水泥浇灌建成。库房分成三层，每一层一个库房，库房前各建一个相对独立的办公室。库房后面是一座布满绿草的山丘，山丘下面是特别建造的一个山洞，整体都做密实的加固处理，这就是故宫国宝的特藏库。这座特藏库，与前面地上第一层的第一库——地洞库房连成一

① 《故宫四十年》。
② 《故宫博物院档案·伦敦中国艺术展文物》。

体,建筑在厚实的山丘下面,即使遭遇飞机空袭,国宝依旧安然无恙。这地洞库房很坚固,故宫人称之为保险库。南迁文物中最为珍贵的国宝就收藏在这座保险库内。这里戒备森严,如同一级军事基地:只有三层之上有六七寸见方的小窗,其他地方没有窗户;所有的门窗都是紧闭的,不许随意开启;库房内的温度、湿度确保在适宜的限度之内,空气流通交由机器调控。[①]

第五节　国宝秘籍西行

向后方疏散

1935 年 5 月,故宫文献馆秘籍中的满文老档 8 箱奉命运回北平;1936 年 2 月,这批满文老档中的 1 箱又从北平再次运回上海。这样,从上海运到南京朝天宫的国宝文物少了文献馆的 7 箱。在南迁五批文物之外,又增加了精品 100 箱。这样,五批南迁文物,加上增加的 100 箱,减去 7 箱,存放在南京的国宝文物比起上海来多出 93 箱,共计 19650 箱。

1936 年 12 月,故宫南迁文物全部运抵南京朝天宫。1937 年卢沟桥事变以后,日军将战火引向了华北。8 月 4 日,古都北平陷落。8 月 13 日,日军入侵上海。时局十分险恶,故宫博物院毅然决定:全部南迁文物向后方疏散。

国宝文物向后方疏散,是分三路进行的:

第一路 80 箱, 主要是参加伦敦艺展的文物,从南京装船溯江而上,到武昌后改乘火车运到长沙,存入湖南大学图书馆;

第二路 9369 箱,也是由水路从南京装船溯江而上,运抵汉口;

第三路 7286 箱文物, 由陆路从陕西转运四川。[②]

▲ 1938 年,故宫文物由内陆疏散,中路运输途中。卡车右灯上,是牛德明之子牛晨。

---

① 《故宫博物院档案·文物南迁》。
② 同上。

除已经疏散后方的这些文物，还有 2000 多箱无法运出的文物留在南京。

第一路

第一路文物运到长沙以后，故宫博物院就觉得这里也不是久留之地，决定继续向后方转移。这批文物刚刚离开长沙火车站，日寇的飞机就到了长沙，狂轰滥炸，长沙火车站和湖南大学图书馆都化作一片焦土！

▲ 1938 年运送故宫文物的汽车经过川广元城外川陕路旁的千佛岩前。

这批文物的目的地是贵州贵阳，但为了安全起见，要躲开土匪经常出没的湘西，绕道广西桂林：湖南省公路局派车从长沙运到广西边境，广西公路局派车转运到贵州边境，再由贵州公路局派车运到贵阳。

文物运到贵阳不到一年，日军将战火引向中国内地，贵阳也被战争的阴云笼罩。故宫博物院决定将这批文物向山洞转移：1938 年 11 月，这批 80 箱珍贵文物全部移运至距贵阳 200 余里的贵州安顺华严洞中，故宫博物院在此成立了故宫博物院安顺办事处。从南京到安顺，行程 6000 余里。①

第二路

1937 年 12 月 8 日，第二路文物先后运抵汉口，共计 9369 箱，其中故宫博物院的文物是 4055 箱，包括古物馆 687 箱，图书馆 1158 箱，文献馆 1082 箱，秘书处 1128 箱。

1938 年 1 月，存放在汉口洋行仓库中的这批文物全部西迁四川重庆。不久，重庆遭日军的轰炸。马衡院长立即指示：限 20 天内，将所有存渝文物运往重庆 40 里外的深山之中。这批文物先用汽车运到宜宾，然后用轮船从宜宾运往乐山。

1939 年 9 月 19 日，这批 9369 箱文物运抵乐山安谷乡大祠堂中。文物安顿了，故宫博物院成立乐山办事处。从南京到乐山，历时近两年，行程 5000 余里。②

---

① 《故宫四十年》。
② 同上。

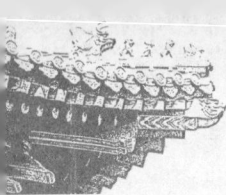

第三路

第三路陆路文物的转运最为艰辛。水路的文物都是轻便易行的东西，而将大的、重的都留给了陆路运输，其中包括国子监石鼓，一个重量就是一吨以上。

陆路的第一个目的地是陕西宝鸡：从南京北上到徐州，转而西过开封到达宝鸡。最险的是在徐州，文物专列刚刚离开火车站，日机便开始轰炸火车站，转瞬之间，火车站就化成一片火海。

文物运抵宝鸡仅两个月，行政院就命令将这批文物转运汉中，然后又转运成都。

▲ 1938 年，故宫文物经汉中至成都，河水宽阔，无桥，只能用木船载运装载故宫文物的卡车渡河。

1939 年 7 月，这批文物 7286 箱全部运抵峨眉，故宫博物院成立峨眉办事处。从南京到峨眉，行程 5000 余里。[①]

从重庆到南京

日本投降以后，三个办事处南迁文物开始集中于重庆：从 1946 年 4 月到 1947 年 3 月，三批文物全部集中于重庆向家坡。然后又分水路和陆路运回南京朝

① 《故宫四十年》。

天宫。11 箱国子监石鼓因为太重,只好走陆路:走川湘公路,经过长沙,直达南京。其余走水路的,从向家坡到海棠溪,由川湘公路局用汽车装运到水边,然后由民生轮船公司水运到南京。陆路运输历时两个多月,行程 6000 余里。水路运输从 1947 年 6 月到 12 月,历时半年,全部安全地运到南京朝天宫。①

三处国宝文物复员还都,大家轻松的心情又紧张起来:这么多国宝秘籍,究竟怎么办?故宫博物院理事长杭立武称:"文物全部复员后第一件事,是故宫博物院把代其他文物机关疏散到后方的箱件移交原机关, 颐和园及国子监的没有派人来接收,只好暂存库内;古物陈列所的文物奉命移交中央博物院,办理了移交手续,他们也没有搬走,仍存故宫博物院的仓库中。其次是点查陷京文物两千多箱,点查结果发现少数的错误,大致完整无缺。再次是复员文物的点查,因为字画、图书、文献等属于纸片的文物,在存储后方时已经各办事处的职员经常开箱检查与晾晒,并且重新登记。复员后就再将铜器、玉器、瓷器、陶器以及所有不属于纸片的文物箱一一开箱检查,并与原始清册核对,均未发现问题。"②

第六节　台北故宫博物院珍藏

国宝秘籍运往台湾

1948 年冬天,淮海战役进入白热化。国民党眼看支撑不住了,南京再一次陷入危机之中。在这非常时期,故宫博物院奏请国民政府核准,决定将故宫和中央两博物院存放在南京的文物提取精品,运往台湾。当时确定运往台湾的故宫文物精品共计 600 箱,以参加伦敦艺展的文物为主。随后,中央博物院、中央研究院历史语言研究所、国立中央图书馆和外交部也决定提取文物精品运往台湾。这样,五大文物单位成立一个联合机构,办理文物迁台事宜。③

存放南京的南迁文物分三批运往台湾。

第一批,五大机构各派专人押运,由中央研究院李济带领,押运员 8 人:故宫博物院是庄尚严、刘奉璋、申若侠 3 人,中央博物院是谭旦冏、麦志诚 2 人,中央图书馆是王省吾 1 人,中央研究院是李光宇 1 人,外交部是余毅远 1 人。国宝文

---

① 杭立武:《中华文物播迁记》。台湾商务印书馆。
② 同上。
② 《故宫博物院档案·国立北平故宫博物院存京文物迁存台湾报告》。

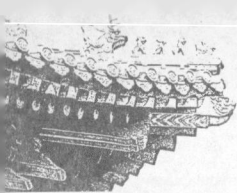

物共计772箱,包括:故宫博物院320箱,中央博物院212箱,中央研究院120箱,中央图书馆60箱,外交部60箱。①

1949年1月,负责国宝文物迁台事宜的故宫人这样记述当时的情形:

战火普被,时势紧张。当局鉴于典守职责甚为重大,为国家数千年之文物妥筹安全避免不幸计,即向最高当局请示办法,乃于去岁十二月四日,本院理事会假行政院,召开常务理事会议,出席者为朱家骅、彭昭贤、王世杰、杭立武、陈方、傅斯年、张道藩、李济,临时代理主席为王世杰。

本院列席人员为徐鸿宝,当即提出存(南)京文物应否迁移安全地点妥筹保管一条,即席讨论。经公议决,先提选精品二百箱运存台湾,其余应俟交通可能陆续移运;其不能运出者,仍在原库妥为存放。经通过后,当由理事会具呈行政院请示核办。

本院于去岁十二月十七日奉到行政院(卅七)四地字第五五九六〇号训令,内开:据该院理事会翁理事长呈称——前以国立北平故宫博物院存(南)京文物,显多精粹,国之瑰宝……亟宜妥筹安全保管……

本院奉令后,遵即开始筹备装箱启运,并选定指派押运人员。首批于去年十二月二十一日启程,同年十二月二十六日抵台,计为书画、铜器三百二十箱。原定为二百箱,俟因船只吨位有余裕,经临时商酌,改为三百二十箱。继于本年一月六日启程,于一月九日至台,计一六八〇箱……

本院于本年一月二十日接台方来电,报称一二批文物已于一月十九日,全部运入台中糖厂存藏。又本院于二月四日接行政院电称,三四批合并于一月二十九日启运,计九七二箱。②

第一批文物由海军部负责运输,是海军部派出的中鼎轮号舰将文物从南京直接运往台湾。这一批文物中,故宫博物院共计320箱,包括古物馆295箱,图书馆18箱,文献馆7箱。1948年12月22日中鼎轮起航,26日到达台湾基隆港。③

---

① 《中华文物播迁记》。
② 《故宫博物院档案·国立北平故宫博物院存京文物迁存台湾经过情形略述》。
③ 《中华文物播迁记》。

第二批国宝文物数量大，共计 3502 箱，包括：故宫博物院 1680 箱、中央研究院 856 箱、中央博物院 486 箱、中央图书馆 462 箱、北平图书馆 18 箱。其中故宫博物院包括古物馆 496 箱、图书馆 1184 箱。这一批文物，由故宫博物院理事徐鸿宝率领，由于徐先生临时有事不能成行，只好由各机关押运员共同负责。这次押运员共 13 人，包括：故宫博物院那志良、吴玉璋、梁廷炜、黄居祥 4 人，中央研究院董同龢、周法高、王叔岷 3 人，中央博物院李霖燦、周凤森、高仁俊 3 人，中央图书馆苏莹辉、昌彼得、任简 3 人。这批文物由招商局货轮海沪轮号负责运输，不用任何军舰，于 1949 年 1 月 9 日运抵基隆港。

第三批国宝文物迁运，只有故宫博物院、中央博物院和中央图书馆三家参加，计划装运文物 2000 箱，包括故宫博物院 1700 箱、中央博物院 150 箱、中央图书馆 150 箱，由海军部派昆仑舰护航。这批国宝文物中，故宫博物院实际装船 972 箱，包括古物馆 643 箱、图书馆 132 箱、文献馆 197 箱。故宫博物院另有 728 箱因故未能及时装船，都运回南京。昆仑舰运走的国宝文物历时一个月，于 1949 年 2 月 22 日到达台湾。

故宫博物院三批文物，共计 2972 箱。①

1949 年 1 月 7 日，负责押运事宜的故宫方面负责人庄尚严在完成迁台文物运输之后，就运台文物有关的六大机构、文物数量、押运事宜、船运细节、沿途情形、入库情况、库房条件等方面，特地给院长写了一份报告，详细叙述国宝文物迁台的经过，以及鲜为人知的国宝秘籍的受潮受损情况和库房收藏状况。报告节录如下：

院长钧鉴：

本院移台文物第一批，上月 21 日自南京装船，28 日运抵台湾，存于临时库房杨梅镇之通运公司仓库。兹将沿途经过及到此各方情形分项报告，敬请鉴察是幸！

…………

船名。由海军总部派中鼎号大型登陆艇一艘，事前极端秘密，船名与启行日期坚不公布，且声言专载六机关文物，无其他货物与人员。及 20 日装船

233

---

① 《故宫博物院档案·国立北平故宫博物院存京文物迁存台湾报告》。

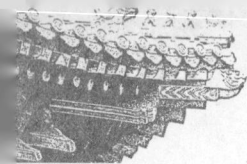

时,发现舱中有其他机关预装之箱,已将及半!而箱上满搭乘客,男女老少,形形色色,不下四五百人!箱上堆有钱板隔绝,然钱板原有孔洞,烟尘、火柴、大小粪便、呕吐饭食均可漏入文物箱上,与事先所接洽者大相径庭!

装船日期。20日,其他各机关装船。21日,本院装船。21日,杭次长、傅孟真、徐森玉、蒋慰堂诸先生均来船上视察,见此种混乱情形,与文物之安全关系至大。经与海军总部交涉,请将其他各机关之箱与人员撤出。桂总司令亦来船查看,会商结果,其他机关之箱,因亦奉最高当局命令,非危险性物品,可以装载。非六机关之押运人员,一律撤出。舱中除押运员外,不准其他人员入内。秩序始能维持。然箱件之杂乱堆放,不问轻重、不问大小之状况,因时间所限,已无法改装。

航行时期。22日,南京开行。至晚,停泊南通江心。时局紧张,唯在舟中,亦行戒严。23日晚,停泊黄浦江口。24日,放洋。25日晚,经台湾海峡,风浪极大,马达一边发生障碍,左右摇摆,箱件互相震撞,员工站立不稳,无法补救。26日上午,抵基隆。因无码头,停泊港口。27日,停泊。28日午,靠岸卸船,至下午五时,1000箱完全装入火车,共装16车,当夜启行。29日上午一时许,抵杨梅,候天明。8时,卸车入库,阴雨,5时天黑,未能全部入库。余2车,停存站中。30日上午,全部入库。

沿途雨湿及震动情形。中鼎原为运输舰,舱口及舱内通风管均皆漏水,一路风浪特大,巨浪打来,覆没甲板,致舱中多处入水。由基隆至杨梅,途中又逢大雨,火车车皮亦多节渗漏,共计受水之箱二十六箱,兹另列表报告。因库房堆积皆满,且多架案,天又连阴不晴,无法逐箱晾晒。曾将最严重之箱启视,见内部尚未湿及书画本幅,差强告慰。至顾其他各机关受水之箱,亦多与本院情形相同。惟本院瓷器箱是否因受震动而损坏,此刻更无法知之。

杨梅库房情形。文物移台,杭先生意愿存储台中,并先行电省府及教厅,请预备库房。又派教育部秘书杨少白与中研院芮逸夫先行来台接洽,不意各机关之来台者不下数百单位,而军事机关占其大半,台中库藏文物无法实现。不得已,教厅在新竹所属杨梅镇觅得通运公司(日本时代之运输公司)之仓库一所,在车站旁数十步,火车可以直达。库系砖墙瓦顶木门,维种种之条件,未能尽合理想,在目下情状下已属不易。最使人安心者,当地之人民淳朴,原多属粤之客家,对内地来人无多歧视。"二二八"事变时,本地并无暴动,可证与其他地方不同。距台北约一小时半火车路程,镇内有学校、电灯、电话、邮局、小医院,生活程度比台北、台中均为低下。库内堆存千箱,最高者高及6箱,一室皆满。各机关各为单位,不相混杂。库内原为三合土地,为防潮湿,上铺地板(新竹多风多雨,天气不及台中)。惟台湾各地均有白蚁,目下箱子皆直接堆地板之上,此决非久远之计。防范白蚁,亦无从查看,如一一设架,此笔经费相当可观,款由何出?此将来一大困难问题也!

省府、教厅协助情形。文物到时,省府指派宪兵一班到基隆,随来杨梅维护。惟原云暂时性质,当天办毕,移派警察,宪兵来杨,并不负责警备,且寻花问柳……伙食花费,每人近二万元,如此巨款,只得遣回台北。目下省府正在交接,警察亦未派来,幸地方安静,镇长力保,尚无意外。教厅则派员1人,帮同照料。

押运人看守情形。所有押运人员,除杨、芮、谭3人在台北接洽一切未能来杨梅(外交部人亦常不在库),余人均住库房,并订明轮流值日,注意烟火。

续移台中情形。文物未来之存放地址,杭先生意在台中。据云,风土人情,皆属相宜。一时无着,只得封存杨梅。近往接洽,已觅资委会台中粮厂仓库一所,足敷第一批全部存放之用。拟五六日后,本院与中博、中图、北图、外交部等五机构即行移往。惟史研所傅先生拟全所移至台北,故第一批仍封存杨梅不动。[1]

那志良参与了这次故宫文物运台工作,他对这次转运的艰辛记忆犹新。他说:"文物运台,是几个机关合作的事,主其事者是杭立武。他派了杨师庚及芮逸夫两先生,先到台湾布置一切。他们在杨梅找到了铁路局的仓库,打算文物运到之后,先在这里存放一下,再找适当的地方存。第一批文物运到了,文物也就存在这里。大家商量,这地方存不了许多,大多数人主张在台中找地方,是考量了台中的气候好,干燥、少雨,适于储存文物。他们就到台中市,先找台中糖厂商量,厂长游升峰本已接到国内电报,请他帮忙,谭旦冏又是他法国留学时的好友。游厂长告诉他们,现在不是制糖时期,仓库不少是空的,可以给你们借用,但到制糖时期

---

[1] 《故宫博物院档案·国立北平故宫博物院存京文物迁存台湾经过情形略述》。

一定要归还。"①

杭立武对这次国宝迁台经过情形十分了解，感叹说："三批文物，'中央研究院'的箱件，单独存在杨梅。'外交部'档案，在运到台中不久就运往台北交还'外交部'。各机关存在台中糖厂的文物箱件数量如下：'故宫博物院'2972 箱，'中央博物院'852 箱，'中央图书馆'644 箱，北平图书馆 18 箱。以上共计 4486 箱。这次迁运，自 1948 年 12 月 21 日至 1949 年 1 月 28 日，五个星期的时间，自比上次十八天的抢运较为从容，困难也比较少。……这次播迁既较上次从容，为什么反较上次一万多箱为少呢？……这次是经过挑选，而且是有计划的挑选，量虽不多，但百分之九十五的精品全运来了！"

故宫国宝文物找个落脚之地实属不易。杭立武回忆说："文物运存台中临时仓库后，我以'教育部长'名义，于 1950 年 1 月 27 日，把迁运及暂时存储情形签报'行政院'，经阎'院长'锡山于 2 月 23 日以第 614 号指令核示：'所有主持迁运、押运、保管该项文物、图籍，及在事出力人员，应予传令嘉奖，以励有功。'报备及奖励，仅是一项行政上的手续，至于以后的妥善保管、开箱检查、编目分类、研究流传以及公开展览等等，可以说就此开端。"②

台北故宫博物院

文物存放在台中糖厂，只能是权宜之计。负责故宫文物事宜的常务委员熊国藻，带领各处主管到各地查看合适地点。查看了各处，有三个地方供选择：台中县番子寮山麓、台中县雾峰乡旁山麓、台中县雾峰乡吉峰村北沟山麓。杭立武主任会同两院理事会委员蒋梦麟、傅斯年、罗家伦等人亲自前往三处地方实地考察，认为北沟山麓最为理想：背倚高山，空地开阔，地处幽静无人之境。

买下这块地之后，着手建造库房。库房三层，呈品字形，每层容纳 1600 箱。中间库房，由"中央博物院"和"中央图书馆"合用，中以墙壁隔开；两边的库房，由"故宫博物院"专用。

1950 年 4 月 14 日，工程竣工。文物开始运往北沟，4 月 22 日，文物全部运完。③

---

① 《典守故宫国宝七十年》。
② 《中华文物播迁记》。
③ 《典守故宫国宝七十年》。

国宝文物运到台湾，参加文物运输的六大机构"国立故宫博物院"、"中央博物院"、"中央图书馆"、"中央研究院"、北平图书馆和"外交部"，合组六机构联合办事处。

故宫国宝文物运到台湾之后，理事朱家骅担心文物的安全，多次提出清查运台所有文物。1950 年 7 月 17 日，两院理事会开会，朱先生再次提议清点。最后决议，用抽查的办法点查文物：由理事多人，延聘专家，组成清点委员会，抽查两院运台文物和"中图"所有文物，抽查方法是依据原有清册，逐项核对，确实无误，注明：核对无误。

237

这次抽查，由理事会理事李济、罗家伦、丘念台和有关专家黄君璧、董作宾、孔德成、高去寻、劳幹等人负责。1951 年 6 月 16 日至 9 月 8 日，历时近三个月，抽查了 1011 箱，其中故宫国宝文物是 560 箱，点查结果：良好。李济在报告中称："此次所查，1011 箱，虽有笔误或者漏列之处，但均能查出原因，而文物并无损失。且此项笔误或漏列，尚系在平、沪时经手之人校对未周，与现在保管人员无关。"

连续三年抽查，共 2412 箱，结果都是良好：1952 年，520 箱；1953 年，777 箱；1954 年，1115 箱。[①]

1962 年 6 月 18 日，在台北士林外双溪建造台北故宫博物院。

即将建成时，蒋介石前来视察时问：何时开幕？负责人恭敬地回答：11 月 12 日，孙中山诞辰纪念日开幕。蒋介石感叹：好，这个博物馆，若是叫中山博物院，多好！负责人一听，立即像奉了圣谕一样：好，就叫中山博物院。负责人恭敬听令，吩咐随从人员，要做金字牌匾悬挂：中山博物院。

后来，巍峨的建筑建造完成了，黄色琉璃瓦，高悬大匾，还是称为"故宫博

---

① 《中华文物播迁记》。

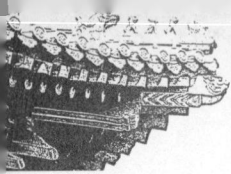

物院"。

这件事,台北故宫博物院的那志良觉得有点荒唐,打趣说:"有人问:你们这个博物院到底是什么博物院? 我们告诉他们,这房子原来是为'故宫博物院'盖的,只因'总统'随便说了一句话,房主人就换成了中山博物院,我们由房主人变成了房客了! "①

台北故宫博物院落成之后,正式恢复"国立故宫博物院"称号,直属于台湾当局"行政院"管理。台湾"中央图书馆"馆长蒋复璁就任台北故宫博物院院长,他在谈到台北故宫博物院院藏文物时说:

> 本院藏书,其源有二:一曰逊清秘府所贮,一曰宜都杨氏观海堂旧藏。清内府藏书,原分别庋置昭仁、养心诸殿,景福、乾清诸宫,及文渊阁、摛藻堂、史馆等处。
>
> 昭仁殿所贮者,善本也,为清历代所集。乾隆九年,高宗命内值诸臣检阅秘府藏书,择其精善,于昭仁殿列架庋置,赐名天禄琳琅,敕于敏中等排比,编为《目录》十卷,凡著录宋金元明珍籍四百部。
>
> 嘉庆二年十月,乾清宫灾,延及昭仁,琅嬛秘册,尽付一炬。寻宫殿重建成,仁宗敕检别弃御花园养性斋,续获善本,命彭元瑞等择优编次,成《书目》二十卷,著录历代旧刻影抄六百六十四种,即《天禄琳琅书目后编》是也。以后继收之善本,咸集于兹。
>
> 养心殿所贮者,阮文达进呈《四库》未收之书一百七十二种,仁宗赐名"宛委别藏",率影宋元旧钞秘籍。文渊阁则贮《四库全书》一部,初写进呈,精美为七阁之冠,凡收书三千四百五十九种,三万六千余册。摛藻堂则贮《四库荟要》一部,乃辑《四库全书》之重要典籍四百七十三种,抄成一万一千余册,以供御览者。景福、乾清诸宫所贮,多为明清两朝内府殿刻;史馆所藏,皆属方志。
>
> 民国十三年冬,逊帝溥仪迁出皇城,政府组织清室善后委员会,接收清点各宫殿所贮文物图书。翌年,本院正式成立,下设图书馆以典掌图书。除文渊阁、摛藻堂藏书仍保持原状外,将散处各宫殿之书咸集寿安宫,置库贮存,

---

① 《典守故宫国宝七十年》。

238

总其各殿藏书,逾四十万册。整理核对,日不暇给。文渊《四库》及"宛委别藏"仅微有佚缺;善本部分,以校《天禄琳琅后编》,虽颇有短少,然共续增,犹存宋版四十六部,金元版六十部,率多孤本。

············

此存(南)京之图书,除数十箱《藏经》不及装载外,运达台湾者,凡一千三百三十四箱,总其册数,达十五万七千余;《四库全书》而外,内有宋版六十二部,金版三部,元版一百一十二部。①

台北故宫博物院古物珍藏

1949年,运往台湾的南迁宫廷国宝文物,故宫博物院文物共计231910件,分装2972箱,包括古物馆1434箱,图书馆1334箱,文献馆204箱。古物馆国宝,包括玉器、瓷器、铜器、书画、漆器、珐琅、文具等。其中特别珍贵的历代古书画作品94箱,5760件,主要包括:

东晋王羲之《快雪时晴帖》;

唐代李思训《江帆楼阁图》,韩幹《牧马图》,周昉《内人双陆图》,唐人《宫乐图》、《明皇幸蜀图》;

五代人《丹枫呦鹿图》,赵嵒《八达春游图》,后蜀滕昌祐《牡丹图》,南唐顾闳中《韩熙载夜宴图》,南唐唐希雅《古木锦鸠图》;

宋代米芾《蜀素帖》,徐熙《玉堂富贵图》,李成《寒江钓艇图》,燕文贵《奇峰万木图》,赵昌《写生杏花图》、《岁朝图》,范宽《溪山行旅图》、《秋林飞瀑图》,文同《墨竹图》,李公麟《丽人行》,李唐《万壑松风图》,李迪《画狸奴小影》,郭熙《早春图》,苏汉臣《秋庭婴戏图》,宋人绘《婴戏图》、《扑枣图》、《秋荷野凫图》、《种瓜图》、《花蓝图》;

元代赵孟頫《鹊华秋色图》,李容瑾《汉苑图》,陈琳《溪凫图》,高克恭《云横秀岭图》,赵雍《骏马图》,黄公望《九峰珠翠图》、《富春山居图》,朱叔重《春塘柳色》,王蒙《溪山高逸图》;

明代唐寅《关山雪霁图》,吕纪《杏花孔雀》,仇英《秋江待渡》、《水仙蜡梅》,

---

① 《名宝上珍》,台北故宫博物院编。汉光文化事业公司。

边文进《春花三喜》,陈宪章《万玉图》,孙克弘《朱竹》,吴彬《文杏双禽图》;

清王翚《秋林图》,恽寿平《花卉山水》,清高宗《御笔诗经图》,清高宗御笔《冰嬉赋》,郎世宁《聚瑞图》,宫廷画师沈源《画御制冰嬉赋图》,高其佩指头画《庐山瀑布图》,刘墉《书无量寿佛赞》,张照临米芾《蜀素帖》,蒋溥《画御制塞山咏雾诗意图》,陈牧等奉旨精绘院本《清明上河图》等。

清宫旧藏书画方面的古物,包括书画、碑帖作品,有15万余件,北京故宫博物院收藏有14万余件,台北故宫博物院收藏有1万余件。其中以纸本、绢本画为主,包括手卷、卷轴、贴落、屏条、屏风、扇面、扇页多种形式。在乾隆时期,清宫书画方面的收藏已经超过了10万件。其中唐、宋、元珍贵书法、绘画1000余件,明代书法、名画2000余件。

两岸故宫博物院收藏,基本上反映了乾隆时期的鉴藏水平。十分遗憾的是,许多乾隆皇帝鉴藏的珍品,因为各种历史原因,由两岸故宫博物院分别收藏。最有名的就是乾隆皇帝醉心观摩的"三希",一直珍藏在乾隆皇帝生活了64年的养心殿三希堂。如今,台北故宫收藏"三希"之一的王羲之《快雪时晴帖》;北京故宫收藏另两件,王献之《中秋帖》、王珣《伯远帖》。王献之的《中秋帖》目前争论较为激烈:书画家谢稚柳认为是宋人所书,鉴定大家启功、徐邦达认为是画家米芾临摹之作。

20世纪30年代,故宫博物院第一任院长易培基盗宝冤案闹得沸沸扬扬。画家黄宾虹以著名书画鉴定家的身份应邀鉴定书画,他将宋徽宗《听琴图》、马远《踏歌图》鉴定为明代书画,一大批作品因此单独封箱,留存了下来,这批已经出宫的南迁文物珍品得以回到北京故宫。台北故宫所藏名画,也有几件争论较为激烈:唐怀素《自叙帖》,此帖在台北故宫,此帖的原包装盒却留在北京故宫。

台北故宫博物院所藏,大多数为清宫旧藏之物。而宫中所藏,可以追溯到宋初,距今已经一千余年了。宋承五代之旧藏,收藏日渐丰富。宋太祖锐意改革,大兴文教。建隆元年(960)设立翰林图画院。宋太宗醉心于绘画,太平兴国元年(976)诏令天下,求前哲书画墨迹。大臣高文进、黄居采奉旨搜罗民间珍贵书画。太平兴国四年(979)建造太清楼,收藏珍贵书画。庆历年间,辽国送《千鹿角图》,皇帝吩咐将此图收藏于太清楼中。《景德四事图》中的最后一幅就是《太清观书》。端拱二年(989),太宗复于崇文院建造秘阁,以三馆书籍珍本以及内府古书画墨迹收藏阁中。秘阁,实际上就是北宋宫中的皇家博物院。宋徽宗时,内府收藏更加丰富多彩,皇帝雅好丹青,吩咐大臣集中妙迹,敕撰《宣和书谱》二十卷、《宣和画谱》二十卷,并完成了《宣和博古图》。

宋末靖康之难,宋徽宗、钦宗二帝被俘,宫殿焚毁,宫中珍宝或被金人抢掠,或流失民间。宋高宗南渡,建立南宋,大力收购宫中旧藏,北宋内府珍宝渐渐收回,许多珍品得以收藏于南宋宫中,并钤南宋内府之印:奉华堂。宋高宗宠妃刘氏雅好瓷器,其所珍藏之瓷器底部镌刻:奉华。宋理宗醉心于古物,宫中珍藏都钤:缉熙殿宝。南宋灭亡,首都临安和平接管,元宰相伯颜派遣郎中董祺,就宋宫旧藏悉数收取,由海道运送大都,即北京。元亡之后,明大将徐达进入北京,收取宫中旧物,全部运往南京。明成祖迁都北京,这些宫中旧物再度北上,运到北京紫禁城。清承明宫旧藏,历二百余年,珍宝更加丰富。

民国建立之初,逊帝仍然居住在宫中。民国政府将故宫三大殿划归内务部,成立古物陈列所,除宫殿旧物之外,拨沈阳故宫及热河行宫文物充实其中。溥仪盗窃宫中宝,珍品大量流失。宫中文物南迁,最后运到台湾,成立台北故宫博物院。台北故宫博物院最初统计所藏珍品是 24 万件,后来经过仔细整理核对,实际上是 60 余万件,包括:

(一)器物类

1.铜器,4389 件;

2.瓷器,23863 件;

3.玉器,4636 件;

4.漆器,459 件;

5.珐琅,1871 件;

6.文具,2062 件;

7.杂项,21135 件;

8.雕刻,98 件;

9.新增,9146 件。

合计 67659 件。

(二)书画类

1.法书,1041 件;

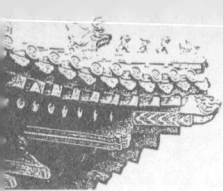

2.名画、图像,4099 件;

3.碑帖,313 件;

4.扇子,296 件;

5.织绣,254 件;

6.新增,2664 件。

合计 8667 件。

(三)图书文献类

善本,147924 册;

满蒙图书,2764 册;

档案文献,393167 件;

新增,4457 件。

合计 548312 件册。

242

以上三项,共计 624638 件册。

台北故宫所藏,确实是宫中精品,有些全部提走,包括宋汝窑瓷器 23 件、珐琅彩瓷 450 余件以及文渊阁《四库全书》等等,都在台北故宫博物院中。除图书、文献、书画、瓷器、玉器之外,台北故宫博物院仍有丰富的收藏,包括青铜器、漆器、珐琅、服饰、文具、图像、织绣等。

(1)玉器

清乾隆皇帝喜爱宫中玉器,不仅命儒臣编纂了各种目录、图谱,而且喜爱鉴赏,并在特别喜爱的珍贵器物上刻字留念。

乾隆十一年(1746),乾隆皇帝写了两首诗,吟咏一块赭红色玉版。据说这块玉版是新石器时代晚期的杰作。玉版呈梯形,上下边缘都涂深褐色。这件作品可能是新石器时代大型玉刀的半成品,乾隆皇帝命宫中玉工精心修饰整理,配上木座,制成屏风。

乾隆皇帝担心在这件珍贵玉版上题诗,会破坏了这件珍品。于是,他写诗之后,命大臣张若霭代为书写,将诗刻在紫檀木架上。八年后,乾隆皇帝实在忍耐不住,吩咐宫中玉工将先前自己所写之诗刻写在这件珍贵的玉版上。

乾隆皇帝十分重视懂得鉴赏的宫中玉工,姚宗仁就是杰出的代表。宫中收藏的玉螭纹杯,乾隆皇帝十分喜欢,一直以为是汉代旧物。后来经过仔细观赏和鉴别,乾隆皇帝开始怀疑,认为可能是伪品。他召来玉工姚宗仁,两人一起鉴赏。姚宗仁是玉工世家出身,他的父亲就是宫中的玉器大师。姚宗仁一看,就说这件作品是他的祖父精心制作的仿制品。

乾隆皇帝问:为什么不像市场上造假的汉玉那样油腻不堪?

姚宗仁回答:是祖传秘法。

乾隆皇帝十分高兴,鉴别了一件奇珍,特地写了一篇《玉杯记》,写在这件玉杯的木盒之上。

姚宗仁知道乾隆皇帝喜爱玉器,特地为皇上精心制作了一件鹅形玉器。据说书圣王羲之极喜爱白鹅,乾隆皇帝极喜爱书圣王羲之,也极喜爱白鹅。乾隆皇帝对姚宗仁制作的鹅形玉器十分珍爱,视为珍品,特命侍臣缩临王羲之的《快雪时晴帖》,刻在姚宗仁进献的鹅形玉器上。闲暇之余的乾隆皇帝时常展玩这件独特的玉器,欣赏玉器精美的同时,也欣赏书圣王羲之的书法杰作,那种愉快和欢悦,恐怕只有喜爱艺术珍品的乾隆皇帝能够独自享受。

243

(2)青铜器

青铜器在中国有着悠久的历史,大约在夏代就已经铸造出了十分精美的青铜器物。夏代的青铜器只见于《墨子》一书的记载,人们一直不敢轻信其是否真实。随着近年考古发掘的发现,一些精美的夏代器物现世,夏朝灿烂的文化和成熟的文明成果令人惊叹。

中国可信的文明历史,起码可以确定成熟于商代,正史和大量史料文献记载了商代的灿烂文明,大量的考古发现证实了商代的丰硕文明成果。商代早期的青铜器制作反映了商民的独特文化品位。商末到西周初年,青铜器的制作工艺和技术水平达到了前所未有的高峰。

中国的早期文献记载了这样的历史史实:商人尚鬼。青铜器的大量铭文,也证实了这一点。商民相信,人是有灵魂的,人死以后,也和生前一样,需要一切用品;鬼神的世界和红尘世界一样,是同样真实存在的。既然鬼神世界存在,既然死后与生前的需要是一致的,商代就风行厚葬,厚葬之风将大量祭祀用的礼器带入了坟墓。这些出自墓葬的大量青铜器,就是当年墓主人爱不释手的祭器,它们是

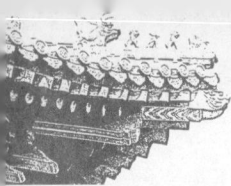

商周时代文明的见证。

青铜器时代,似乎是古代文明中心的标志之一。中国在公元前16世纪前后就有了青铜器文明,欧洲、土耳其、里海在古代也都有青铜器问世,土耳其和里海的青铜器甚至要早于中国的商周时代。中国的青铜器是用块范法铸造的,欧洲的青铜器则用废蜡法铸造。但世界上无论哪一种青铜器,都没有中国青铜器精美,不论是其铸造技术、制作工艺,还是器物造型、纹饰图案,中国青铜器都是无与伦比的。

中国古代的精美青铜器问世以后,大多数进入了中国宫廷,成为皇帝十分看重的国家宝藏。这些国宝级的青铜器一直收藏于皇宫之中,其中一部分精品随着宫廷文物南迁,现收藏于台北故宫博物院,包括:商兽面纹方尊、父丙角、康侯方鼎、祖乙尊、献侯鼎、毛公鼎、宗周钟等。

商兽面纹方尊,是王朝举行典礼时使用器物的总称,并不是专有名称。宋代开始,将高、粗、口外撇之容酒器称为尊。这件方尊,方体,方圈足,圆口,折角;腹部是兽面纹,正方是立雕兽头,四角是鸟的剖面图,两两相对。

商父丙角,腹部、腿部和盖子都装饰着花纹,腹部饰云雷纹图案。

244

(3)漆器

中国漆器的制作起码有三千年的历史。漆是漆树的一种汁,既有保护功效,又有装饰效果。漆器工艺复杂,包括彩绘、描金、填漆、戗金、雕漆、螺钿等多种技法。雕漆工艺在中国宋、元之时就已经成熟,工艺水平很高。明清时期,由于皇帝的喜爱,宫中十分流行,也是宫中漆器类的大宗。

雕漆,就是在器坯上涂漆数十层,然后在漆上雕刻精美的图案,又分为剔红、剔黑、剔犀、剔彩等。明代早期和中期的漆器漆层很厚,雕刻技法圆润,以花卉为主;明中后期,喜欢浓烈的色彩,好龙纹装饰。清代漆器色彩艳丽,雕刻精致。

台湾故宫所藏宫中漆器较多,珍品有:元剔黑双凤牡丹八瓣盘、明剔红花卉锥把瓶、明螺钿牡丹圆盒、明戗金填漆龙纹菊瓣盘、清剔彩春熟宝盒等。

(4)珐琅

珐琅器,就是在金属胎外施以玻璃釉,经过高温窑烧之后而形成的器物。从技法上看,分为三类:画珐琅、掐丝珐琅、内填珐琅。

画珐琅,在金属胎外直接以珐琅绘画,然后高温窑烧而成。这种技法,是16世纪传自欧洲,又称为洋瓷。

掐丝珐琅,以金属丝盘成花纹轮廓,焊在金属器外,用各色珐琅填入轮廓内,在窑中高温加热,然后打磨、镀金而成。明景泰年间,宫中的掐丝珐琅最为有名,又称景泰蓝。

内填珐琅,相近于掐丝珐琅,不同的是,花纹轮廓是以刻、铸而成。

中国宫廷之中,皇帝、后妃们十分喜爱珐琅器,特别是明清两代,宫中设立作坊,专门制作皇帝御用的珐琅器。

台北故宫博物院收藏有宫中珐琅器物1800余件。著名的包括:明景泰掐丝珐琅熏炉、清康熙画珐琅彩绘牡丹方壶、清乾隆内填珐琅蕃莲盖碗等。

(5)服饰

中国两千余年的帝制时代,造就了等级森严的帝制文化。其中最为显著的标志之一,就是严格规范着不同身份、不同等级的服饰制度。这个制度规定着什么人穿着什么颜色、什么样式、什么质地的衣服。与衣服相匹配的,就是各式各样的饰品,包括不同颜色、不同形状、不同图案、不同配饰的冠帽、朝珠、衣带、首饰、手串、带扣、香包、如意、鼻烟壶以及五彩缤纷的女性用品等。

台北故宫所藏宫中服饰,数量庞大,种类多样,品种十分丰富。主要有:

清高宗大阅胄,革质,外饰以漆,龙纹,镶貂皮和各种珠宝。

皇贵妃冬朝冠,熏貂朝冠,上缀朱纬,装饰金凤、珍珠、宝石等。

双喜冠,是黑布制作的女冠,婚礼上使用。其外部装饰翠鸟羽毛,组成云纹、双喜纹,其间缀饰珊瑚双喜以及珍珠、碧玺,垂翠玉坠脚。

手串,有紫碧玺手串、黄碧玺手串、镶米珠沉香木手串、雕木罗汉手串等。

松石朝珠,以松石珠108颗,用黄丝线串成,间缀红碧玺佛头以及珊瑚、坠角等。

红木镶宝如意,红木胎,螺丝镶点翠,上饰大块翠玉、碧玺和各种珍宝雕刻的牡丹、三多吉祥图案。

宫中首饰,丰富多彩,有镶珠金镯、珊瑚金镯、镶翠金戒指、镶珠花戒指、珠翠葡萄耳坠等。

女性首饰,五彩缤纷,有蝙蝠簪、菊花簪、珠花簪等。

(6)法器

法器是佛事活动中所用的祭器、乐器、服饰的总称。台北故宫所藏,主要是紫禁城中慈宁花园法器旧物,以及养心殿和热河行宫部分法器。

清代特别注重西藏、新疆地区的治理,强调宗教领袖的重要性,一方面颁赏金印,一方面大规模地建造寺院,宫中也建造佛殿,包括英华殿、雨花阁、慈宁花园等地。

宫中的法器十分精美,一部分是内府所造,一部分则是西藏进贡之物,还有一些是征服边疆地区时缴获的精美器物进献宫中的。

台北故宫博物院所藏宫中法器很多,珍贵的有:

镀金宗喀巴佛,乾隆四十六年镀金坐像,眉心嵌一颗大珠,结跏坐莲花座。身后是娑罗树光背,座周镶透花狮子,宝座、光背镶嵌五色珠宝。光背上刻写汉、满、蒙、藏四体文字,称:乾隆四十六年孟夏月,卫藏贡有大利益金宗喀巴佛像。奉旨照式范金造此宗喀巴佛,普利众生。

雕象牙璎珞冠裳,冠以象牙雕骷髅头五组串联而成,顶承法轮,法轮中心刻写梵文经咒,下以象牙珠串联成璎珞,间以坠角、小铃装饰;裳是以牙雕金刚杵、法轮、兽面串联而成,红色锦为裳带,带下是牙珠串联,间饰轮、角、方胜等。

右旋白螺,螺口镶镀金边,正中心刻写藏文,周围是串枝花叶图案,上嵌三色石珠。下部刻写:乾隆年制。背镶银片,上镌刻汉、满、蒙、藏四种文字,书:大清乾隆年制。法螺是佛教八宝法器之一。白螺通常是左旋,右旋白螺十分稀少。这颗右旋白螺,在乾隆五十二年(1787)平定林爽文时曾经携其渡海,一直风平浪静,御赐名为定风珠。

(7)文具

中国文明悠久,文化源远流长。中华文化在世界文明史上是独一无二的,其独特性的标志就是象形汉字和书写汉字的材料:笔、墨、纸、砚。笔是毛笔,笔毫柔软,用于书写。墨是墨水,是水溶性的。纸是写字的承载体,吸水性好。砚是研磨成汁的砚台,与水溶性的墨配套。这四样东西,就是中国知识分子日常使用的文具,合称文房四宝。

中国的文具,比较而言,注重其实用性功能,但不易保存,所以流传下来的不多。而一些精品进入宫廷以后,由于皇帝和皇室成员的喜爱,经过内府的装饰,得以保存,留传下来。

中国宫廷的文房四宝十分讲究。笔由两个部分组成,一是毫,一是管。笔毫有多种,羊毫、狼毫是主体。笔管是装饰的重点,质地也各不相同,有玉质、瓷质、牙质、角质等,经常在笔管上题字、雕刻、绘画。

墨分多种,主要是松烟墨、油烟墨和漆烟墨。不同类别的墨,都讲究墨模雕刻的图案、形状、墨的气味和墨的色泽。宫中的墨主要是皇帝御用墨和贡墨,质地好,用料上乘,造型美观,制作精美。明清两代的御用墨都是精致之作,贡墨也别具一格。明中期以后,宫廷御用品的制墨大师罗龙文、叶玄卿、程君房等人的佳作独树一帜。

中国宫中用纸品种多,种类齐全,有高丽纸、粉笺、梅花笺、宣纸、罗纹纸、桃花纸、竹帘纸等。

砚的收藏,是中国文人的大好,往往与金石收藏相媲美。清乾隆皇帝就喜爱古砚,不仅爱赏玩内府收藏的各种古砚,还不遗余力地搜集各种名砚,一有发现,必搜罗入宫。乾隆皇帝爱好古砚,特地将宫中所藏古砚编辑成册,纂成《西清砚谱》,中国古砚之精华全在其中。而书中古砚精品半数以上入藏台北故宫博物院。

彩漆云龙纹管笔,明嘉靖时期的宫中珍品。笔管、笔帽,均黑地描彩漆绘云龙纹,笔管上方,金漆书:大明嘉靖年制。

百子图墨,明天启元年叶玄卿制。圆形、黑色,边框起棱。墨之两面,绘百子嬉戏图。墨两侧题字,阳文楷书,一边是:天启元年墨,苍苍室藏款;一边是:新都叶玄卿,按易水法制。

乾隆御咏明华诗十色墨,清乾隆皇帝御用墨,长方形,边框起棱。十锭,分朱红、浅红、黄、浅黄、蓝、绿、黑、白、褐、浅褐十色。墨之一面绘所咏花卉,一面是填金隶书乾隆御制咏花诗。左侧凸起,楷书:大清乾隆年制。

松花石葫芦砚,清雍正皇帝御用砚。松花石砚材,砚上是绿色斜纹,砚为扁平葫芦式。墨池上刻蝙蝠。砚背面中心微凹,下方镌清雍正皇帝御题隶书:以静为用,是以永年。下钤篆文方玺:雍正年制。

(8)图像

中国的图像画起源很早,大约在殷商时代就有得良辅之绘画。周代时,有明

堂四墉,描绘尧、舜圣主和夏桀、商纣暴君。自三代以后,中国的图像画就分为两大类,一是写真画,真实描绘人物的逼肖形貌;一是想象像,表现传说或者远古时期人物的形象。中国历代宫廷之中收藏有大量图像画,主要是历代圣贤像和历代帝王后妃像。

台北故宫博物院所藏,主要有:《伏羲坐像》,宋马麟画,绢本设色;《宋仁宗皇后坐像》,应是宋仁宗第二任皇后曹氏像,绢本设色;《元世祖出猎图》,元刘贯道画,绢本设色;《元世祖后彻伯尔像》,绢本设色;《明宣宗坐像》,绢本设色;《玛瑺斫阵图》,清郎世宁画,纸本设色。

(9)织绣

织绣种类繁多,宫中精致的织绣品主要包括两大类,一是刺绣,一是缂丝。

刺绣是中国妇女的发明,也是中国妇女的一种绝艺。这种工艺历史悠久,技艺精湛。但中国古代的刺绣通常是实用性的。宋元以后,开始出现书画刺绣作品,并进入宫廷。现存较早的刺绣佳作是五代时期所绣的《三星图》。

一般织绣品,花纹较为规则,纬线必须经过经线。缂,意思是织纬。缂丝工艺则与普通织绣品不同,纬线仅通过图形部分的经线,再回转;图形以外未通过纬线的经线,由其他图形的纬线穿越。以各色纬线在预定的图案内往返穿梭,形成所需要的图案。在纬线回转的地方,因为彼此不相关联,所以,在图案的周围形成了锯齿状的空隙,看上去如同雕刻镂空之状,称为缂丝。缂丝的织面是平纹,正面反面的花纹相同,左右方向则相反。

缂丝工艺十分精美,宋代时发展迅速,南宋是其黄金时代。这种工艺费时费力,织之艰难,主要用于旗帜和珍贵图画,也用于织祝颂之词和书法名作。明清时,缂丝工艺成为皇家的至宠,用于织朝衣、蟒袍,倍极珍贵。

台北故宫博物院珍藏着十分珍贵的织绣精品,大约有254件,主要包括:

宋缂丝《海屋添筹》,白地设色刻织蓬岛瑶台,祥云仙鹤。

宋沈子蕃缂丝《山水》,白地设色刻织重山秀水,石矶茅亭。

宋朱克柔缂丝《桃花画眉》,蓝地刻织一只画眉亭亭玉立于一枝桃花之上。

宋内府缂丝《龙》,刻织五爪金龙,云游于菊花、牡丹、山茶、栀子花丛之间。

明吴斫缂丝沈周《蟠桃仙》,白地设色,刻织沈周所画蟠桃树下仙人持桃画。

画边织诗:囊中九转丹成,掌内千年桃熟。蓬莱昨夜醉如泥,白云扶向山中宿。

明绫本《西池王母》，八仙庆寿挂屏十二幅之一，绣西王母乘坐彩凤，手持寿桃，从天而降。

清乾隆御制赞缂丝《极乐世界图》，刻织西方极乐世界，大幅画面，诗塘用汉、满、蒙、藏四体文字刻织乾隆皇帝御制赞。

清乾隆缂丝《岁朝图》，白地刻织工笔设色花卉，葫芦形状，瓶中杂置梅花、天竺、水仙，都是岁朝清供。瓶下花种落地，小鼠探壶。瓶上方蓝地刻织隶书乾隆皇帝御制《岁朝诗》。摹织题款：臣姜晟敬书。二朱印：臣、晟。

清绫本顾绣《桂子天香图》，绣桂树、秋花、坡石。左方绣题：蓝袍脱却喜冲冲，足下生云入化工。堪羡姮娥真有意，天香赠自广寒宫。癸卯新正偶题，锡山嵇璜。

清绢本乾隆御制《乐寿堂诗意图》，大幅绣庭院楼阁，左上方绣摹乾隆皇帝御制《乐寿堂七言律诗》。右下方绣：臣孔宪培之妻于氏恭绣。

台北故宫博物院秘籍珍藏

故宫博物院图书馆方面，南迁宫廷善本共计是 1415 箱，而运往台湾的是 1334 箱，还有 81 箱图书在哪里？

其实，这留下的 81 箱图书有 15 箱是空箱，箱内图书全部被提出，参加伦敦国际艺展，随第一批文物运往台湾。也就是说，运往台湾的图书实际上是 1349 箱。另外留下来的 66 箱图书全部是《藏经》，共计 170 余册。这 66 箱图书事实上也计划随第三批文物运往台湾，运到下关的时候，因为太过沉重，军舰容不下，只好将这 66 箱退回。①

故宫博物院南迁的珍贵图书，几乎所有的都运往了台湾，包括：

> 参加伦敦艺展的珍本，15 箱；
>
> 殿本书，206 箱，36986 册；
>
> 观海堂藏书，58 箱，15500 册；
>
> 善本书，83 箱，14348 册；
>
> 地方志，46 箱，14256 册；
>
> 实录库书，6 箱，10216 册；

---

① 《故宫四十年》。

满蒙藏文书,23箱,2610册;

佛经,13箱,713册;

《藏经》,132箱,154册;

几部特藏本大型书籍:

《四库全书》,536箱,36609册;

《四库全书荟要》,145箱,11169册;

《古今图书集成》,3部,86箱,15054册。

故宫博物院南迁图书1334箱,共计157602册;参加伦敦艺展的珍本15箱。两项合计,近16万册。①

台北故宫博物院藏书大多数是宫中最精美的本子,书品好,版本精良,装帧华贵,是富于鲜明皇宫特色的典型的皇家秘籍。

250

起居注是中国皇宫特有的一种日记体式的编年史书,是具有较高史料价值的有关皇帝政务、生活、宫廷等诸方面的纪实性实录,是由皇帝选定的学识渊博、品德优异的文臣作为皇帝身边的起居注官,逐日真实记录皇帝日常言行、起居的内廷秘籍。

▲ 参加伦敦国际艺术展,在英国皇家艺术学院。牛德明摄影
题记:"伦敦中国艺术国际展览会之唐及五代艺术陈列室,陈列布置将毕时情景。"

起居注官是皇帝设立的史官,是历代中国皇帝身边最

① 《故宫博物院档案·迁台文物分类统计》。

为重要的史官之一。早在周代,君王身边就设立左史、右史,记录君王的言行:"先圣据龙图,握凤纪,南面以君天下者,咸有史官,以纪言行。言则左史书之,动则右史书之,故曰:君举必书,惩劝斯在!"①

汉武帝时,皇帝的活动日益频繁,正式设立禁中起居注官,将古代左史、右史分工记录皇帝言行的职责合二为一。这是中国正式设立记录皇帝日常生活的起居注官之始,也是正式以史官介入皇帝生活的开端。汉以后,历代皇帝继承了这一史官记录皇帝生活的优良传统。

中国较早的皇帝起居注是唐代的《创业起居注》;而记录皇帝生活最为完善的是清代,清代宫中拥有极为丰富的《起居注册》。

太和门广场西庑,清廷设专门的起居注官公署。皇帝从翰林之中选择最为优异的卓越之士担任起居注官,并兼职为皇帝讲解经史,称为日讲官。清代皇帝十分注重学习儒家经典,特别是康熙、乾隆皇帝,终生好学,绝不荒疏一日,因此特设日讲官。皇帝每天听政下朝以后,日讲官就为皇帝讲解儒家经书,或者讲论古史,君臣一起探讨学问,十分有益。日讲官又担任起居注官,合称日讲起居注官,通常是由几名学识渊博的学士轮流担当。

日讲起居注官每天侍值,他们在见证了皇帝一天的言行之后,回到太和门广场西边、门南侧的办公房内,记录皇帝一天的政务、生活。每天一次,每个月汇为一编,订成 1 册,分别收贮在宫中特制的书匣内。每年 12 月底,再将一年 12 个月的起居注册合在一起,交给内阁大臣,收存在内阁大库中。②

清代《起居注册》通常分为两类:一是满文《起居注册》,一是汉文《起居注册》。

清代较为完整的《起居注册》始于康熙皇帝,差不多坚持每月 1 册,一年 12 册,闰年 13 册。

雍正皇帝是位十分勤奋的皇帝,政务繁忙,事务众多,真正是日理万机。这一点从雍正《起居注册》可以看出来:每个月增为 2 册,一年是 24 册,闰年是 26 册。

从康熙九年(1670)正式设立起居注官,直到清代灭亡,除了康熙五十七年(1718)至六十一年(1722)特殊时期一度裁撤此官职之外,《起居注册》基本没有中

---

① 唐·魏徵:《隋书·经籍志》。清乾隆年武英殿刻本。
② 《清宫述闻·太和门》。

▲ 参加英国伦敦国际艺术展的中国文物，元钱选
《荷塘早秋图》。

断，保存完好，这为后世保存了十分完整而极有价值的史料。

清代皇帝的《起居注册》，从康熙十年（1671）到宣统二年十二月（1911），历时 240 年的时间，共有珍贵的内府秘籍 12000 余册，包括稿本、正本，分满文、汉文两种。其中以乾隆皇帝的《起居注册》最多。①

台北故宫博物院收藏清代皇帝《起居注册》7600 余册，以乾隆皇帝的《起居注册》最为完整，约占三分之一。其余仍然存放在故宫博物院文献馆内，后来文献馆改称为中国第一历史档案馆。

《诗经》是中国最早的一部诗歌总集，分风、雅、颂三部分，用诗意的笔法，真实而生动地记录了从公元前 11 世纪到公元前 6 世纪(西周至春秋)前后 600 余年的社会生活，既是一部优美的文学作品，也是一部有着极高史料价值的史学著述。

《诗经》作为书，最早称为《诗》，或者称为《诗三百》。汉武帝独尊儒术，设立五经博士，《诗》正式确立为经，始称《诗经》。《诗经》编纂成书于春秋时期，全书 305 篇，分三大部分：风是民间歌谣，按照国家分成 15 国风，收诗歌 160 篇；雅是王朝之正音，是京城由周天子钦定的正乐，文人根据正音创作的诗歌就是雅，分小雅、大雅两部分，小雅收诗歌 74 篇，大雅收诗歌 31 篇，共 105 篇；颂是王室宗庙祭祀用的乐歌，分周、鲁、商颂三大部分，周颂 31 篇，鲁颂 4 篇，商颂 5 篇，共收诗歌 40 篇。②

乾隆皇帝即位不久，就特地来到皇家宝库，检阅宫中珍藏的国宝秘籍。翻到南宋画家马和之精心所绘的《诗经图》时，乾隆皇帝眼睛一亮，由衷地喜欢。乾隆

252

---

① 《起居注册》，清内府写本。
② 宋·朱熹集注：《诗经集注通考》。明万历三十年刻本。

皇帝感叹马和之的画笔法飘逸，务去华藻。他对这幅精致的画品佳作爱不释手，反复观摩，决定自己亲自动手，抄写一部《诗经》，再选择宫廷画院画师模仿马和之的精致笔法，为每一首诗配图。[1]

从乾隆四年开始，一有空闲，乾隆皇帝几乎每天坚持抄写《诗经》，墨笔行书，笔力苍劲，不断句，运笔如行云流水。先后用了六年的时间，到乾隆十年，乾隆皇帝才完成了《御笔诗经》这样一部惊世大作，配上精致的画面，由内府装订成册，共30册，名《御笔诗经图》。乾隆皇帝亲自写跋，记述这一盛事的经过。近侍文臣为之写跋，赞颂皇帝不世之才。[2]

《石渠宝笈初编》记载了《御笔诗经图》，详细记录了每一册的成书时间和成书经过。

乾隆皇帝的《御笔诗经图》一直被视为皇帝御笔真迹之精品，也是宫廷之中最为珍贵的内府秘籍，现由台北故宫博物院收藏。

南宋马和之的《诗经图》是乾隆皇帝《御笔诗经图》的祖本，一直被视为诗画神迹，也是中国历代宫廷的收藏珍品。马和之的《诗经·小雅·节南山之什图卷》，现由北京故宫博物院收藏。

乾隆皇帝一生喜爱佛经，特别钟爱《无量寿佛赞》。

刘墉是乾隆皇帝最为信任的大臣之一，不仅理政的才华令皇帝欣赏，书法造诣也令非常自负的乾隆皇帝深为叹服。刘墉知道皇帝喜爱《无量寿佛赞》，特地选取名贵的羊脑笺，用特制的泥金在笺上精写经文，在皇太后生日前夕，将他精心抄写的泥金《无量寿佛赞》精写本，恭敬而郑重地进呈给乾隆皇帝，恭祝太后万寿无疆，福如东海。乾隆皇帝看到刘墉的亲笔泥金写本非常高兴，特地在母亲生日那天，作为生日大礼郑重地进献给自己敬爱的母亲。

253

▲ 参加英国伦敦国际艺术展的中国文物，隋开皇年间弥陀佛造像。

① 《石渠宝笈初编》。
② 清高宗书:《御笔诗经图》。

世人只知道刘墉的理政之才,其实刘墉对自己的书法尤其自负,认为自己的书法造诣远胜于自己的政治才能,无人能比,可谓独步当世。他曾对儿子十分自负地说:"他日为予作传,当云:以贵公子为名翰林,书名满天下!"①

台北故宫博物院收藏的宫廷秘籍之中,就有刘墉手书的泥金书《无量寿佛赞》。

北京故宫博物院收藏有刘墉的几幅真迹:《送蔡明远叙轴》、《小楷七言诗册》、《诗文卷》等。

北京故宫博物院图书馆收藏有几部重要的乾隆年间写本《无量寿经》,主要有:

《无量寿佛赞》,清乾隆年玉版写刻本,原藏养心殿;

《无量寿佛经》,清乾隆二十四年弘历御笔写本,原藏永寿宫;

《无量寿佛经》,清乾隆二十六年弘历泥金写本,原藏寿康宫;

《观无量寿佛经》,清乾隆四十五年御笔精写本,原藏缎库;

《佛说无量寿佛经》,清乾隆年和坤泥金精写本,原藏宝蕴楼;

《佛说无量寿佛经》,清乾隆年朱珪泥金精写本,原藏宝蕴楼;

《佛说无量寿经》,清乾隆年张若霭墨笔精写本,原藏毓庆宫;

《佛说无量寿经》,清乾隆年刘纶泥金精写本,原藏永和宫等。

乾隆皇帝对自己十次成功的军事行动十分得意。他觉得,作为皇帝,能够创下如此辉煌的武功,是史无前例,绝无仅有的。他称自己十次的武力征服为十全武功,并自号为十全老人。乾隆皇帝的十全武功是:平定新疆准噶尔(北疆),2次;平定四川两金川,2次;平定廓尔喀(尼泊尔),2次;平定新疆回部(南疆),1次;平定台湾,1次;平定缅甸,1次;平定安南,1次。

乾隆皇帝的十次军事行动取得了空前大捷,虽然损失巨大,人们对这十次武力征服评价不一,但乾隆皇帝颇为自得。

乾隆五十七年(1792),清廷征服了廓尔喀,第十次军事行动圆满完成。廓尔喀带着大量的财物,恭敬地前来纳表进贡称臣。乾隆皇帝春风得意,兴奋之余,亲笔写下了《十全记》,命侍臣翻译成满、蒙、藏文,颁赐天下,并吩咐内府织成绣绘品。②

---

① 《清史稿·刘墉传》。
② 《清高宗御制诗文集》。

清内府缂丝精绣的乾隆御笔《十全记》，可谓是无价之宝。正文四字：止戈成绩。下面是小字注解，很长的御笔后跋。乾隆皇帝特别喜爱为自己题写的一句话、一幅画、一篇诗作之类，写上长篇的跋文。上钤朱印：五福五代堂古稀天子宝、八徵耄念之宝、太上皇帝之宝等。

▲ 参加英国伦敦国际艺术展的中国文物：中为乾隆珐琅彩月季双安高足杯，左右为明嘉靖官窑回青小碗。

清内府缂丝乾隆御笔《十全记》、《清高宗实录御制十全记（满文本、汉文本）》等，都在故宫国宝秘籍南迁中运往台湾，现由台北故宫博物院收藏。

清内府缂丝乾隆御笔《十全老人之宝说》，也是一部十分珍贵的内府本，由北京故宫博物院收藏。

台北故宫博物院珍藏秘籍中，最为珍贵的是宋本书。

台北故宫博物院院长蒋复璁熟悉宫廷秘籍，他在谈到台北故宫博物院所藏珍本古书时说：

昔黄荛圃有言：书以古刻为第一。顾千里亦云：书以弥古为弥善。

唯我国雕版，虽兴于唐，盛于五代，而唐、五代雕本传世固罕，且除历书及韵书外，均属释氏经咒。故言儒家典籍旧刻，率以赵宋为先。倭宋之称，盖缘其由。然沧桑多变，聚散非常，天水旧椠，其存于今日者，亦云稀矣！

本院珍藏宋椠，袭自逊清秘府。天禄之贮，插架琳琅，素称宏富。唯一毁于嘉庆乾清之火，再散于民初易代之际，所幸存者，十不二三。其余各宫殿收贮，间亦偶得宋版。

若钟粹、毓庆、寿皇诸宫殿，颇有释藏，见之《秘殿珠林续编》著录。养心殿宛委别藏，乃阮芸台所进呈。内阁大库检存，多属残帙散叶，乃宋秘书之孑遗。益以热河行宫所贮后归"中央博物院"者，及购自宜都杨氏观海堂者，共

得宋椠七十六部,除去复本,得六十八种。虽未云丰,孤本秘籍,往往而在。①

台北故宫博物院收藏的宋本十分珍贵,也很稀少,特别是一直流传于宫中的本子,是珍品中的珍品。这些宋本主要包括:

经部:《尚书注疏》、《毛诗注疏》、《周礼注疏》、《仪礼要义》、《春秋经传集解》、《春秋左传注疏》、《春秋穀梁注疏》、《春秋集注》、《论语注疏解经》、《论语笔解》、《孟子注疏解经》、《尔雅》、《说文解字五音韵谱》、《龙龛手鉴》等。

史部:《前汉书》、《后汉书》、《三国志》、《晋书》、《周书》、《资治通鉴》、《资治通鉴纲目》、《通鉴纪事本末》、《古史》、《苏文忠公奏议》、《国朝诸臣奏议》、《四朝明臣言行录》、《东莱先生标注三国志详节》、《诸儒校正唐书详节》、《十七史详节》、《新编方舆胜览》、《宣和奉使高丽图经》、《昭德先生郡斋读书志》、《致堂读史管见》。

子部:《纂图互注荀子》、《心经》、《历代名医蒙求》、《严氏济生方》、《类编秘府图书画一元龟》、《孔氏六帖》、《新编翰苑新书》、《大方广佛华严经》、《大集譬喻王经》、《金刚般若波罗蜜经》、《妙法莲华经》、《楞严经》、《首楞严义疏注经》、《菩萨璎珞本业经》、《老子道德经》、《云笈七籤》。

集部:《常建诗集》、《昌黎先生集》、《增广注释音辨唐柳先生集》、《刘宾客文集》、《淮海集》、《南轩先生文集》、《梅亭先生四六标准》、《文选》、《六家文选》、《文苑英华辨证》等。②

台北故宫所藏宋本珍品之中,对照《天禄琳琅书目》、《天禄琳琅书目续编》等书著录可知,属于天禄琳琅藏书的珍本主要包括:《春秋经传集解》、《春秋集注》、《论语笔解》、《孟子注疏解经》、《许氏说文解字五音韵谱》、《龙龛手鉴》、《前汉书》、《后汉书》、《通鉴纪事本末》、《古史》、《国朝诸臣奏议》、《诸儒校正唐书详节》、《十七史详节》、《宣和奉使高丽图经》、《心经》、《孔氏六帖》、《常建诗集》、《唐柳先生集》、《文选》、《六家文选》、《文苑英华辨证》。

这批宋本中,除了天禄琳琅藏书之外,还有一些是宫中的珍本,但不是天禄琳琅秘本,包括秘殿珠林本、宛委别藏本、观海堂本和宫殿内府秘藏本。

宛委别藏本有:《致堂读史管见》、《仪礼要义》等。

---

① 蒋复璁:《"国立故宫博物院"宋本图录·蒋复璁序》。台北故宫博物院印行,1977年。
② 蒋复璁:《"国立故宫博物院"宋本图录》。台北故宫博物院印行,1977年。

杨守敬观海堂本有:《三国志》、《周书》、《新编方舆胜览》、《来氏济生方》等。

秘殿珠林本有:《大方广佛华严经》、《大集譬喻王经》、《金刚般若波罗蜜经》、《妙法莲华经》、《楞严经》、《大乘本生心地观经》、《菩萨璎珞本业经》等。①

宫殿内府秘藏本有:《尚书注疏》、《纂图互注毛诗》、《尔雅》、《晋书》、《资治通鉴》、《苏文忠公奏议》、《首楞严义疏注经》、《云笈七籤》、《淮海集》、《南轩先生文集》、《梅亭先生四六标准》等。

《春秋经传集解》,晋杜预撰,宋淳熙抚州本。此本收藏于昭仁殿,是嘉庆时期第二批入选天禄琳琅的。《天禄琳琅书目后编》鉴定此本为宋监本,提出四条证据:"不附入音义,一也;自序后连卷一,不另篇,二也;缺笔谨严,如桓二年斑字诸书,从未见避,三也;明传刻监本误字一一无伪,四也。"

其实这不是监本。这也是天禄琳琅藏书中鉴定错误的几个本子之一。这个本子是著名的宋抚州六经之一。宋咸淳九年(1273),黄东发修抚州六经跋称:"六经官板,旧惟江西抚州、兴国军称善本。兴国板已毁于火,独抚州板尚存。咸淳七年,叨恩假守取而读之,漫灭已甚,中用国子监本参对整之者,一百一十二;因旧版整刊者,九百六十二;旧本中更修缮字反多讹,今为正,七百六十九字。"

台北故宫博物院考证《春秋经传集解》称:"抚州本传世诸经,有《公羊何注》,藏涵芬楼;《礼记郑注》,藏海源阁,其版式、行款率同此本。又据江安傅氏所藏抚州本《礼记释文》残卷,行款亦视此本不悖;且书中刻工吴中、高安国等人,亦复叠同。则此本为抚州刻本,毫无可疑。"②

书中钤有六方清代皇帝藏书鉴赏章,可以进一步印证,这是清宫内府秘籍。内府朱印五方:天禄琳琅、乾隆御览之宝、太上皇帝之宝、八徵耄念之宝、五福五代堂宝。内府白印一方:天禄继鉴。

《春秋集注》,宋张洽集注,宋临江郡庠刊本。这是昭仁殿天禄琳琅旧藏,也是嘉庆年第二批入选的珍品,书上所钤内府诸印与《春秋经传集解》相同。内府鉴藏印六方,朱印五方:天禄琳琅、乾隆御览之宝、太上皇帝之宝、八徵耄念之宝、五福五代堂古稀天子宝;白印一方:天禄继鉴。③

257

① 《秘殿珠林》。清武英殿刻本。
② 《"国立故宫博物院"宋本图录》。
③ 《天禄琳琅书目后编》。

《前汉书》即《汉书》,汉班固撰,汉班昭续撰,唐颜师古注,宋福唐本,半页十行。史学家班彪仿《史记》写《后传》,未成而卒。其子班固续写,历时二十余年完成《汉书》一百二十卷,80万字,沿用《史记》体例,改书为志,去掉世家。其妹班昭和马续接着完成《天文志》和八表。《汉书》创纪传体断代史书之先河,其表、志大有新创,《刑法》、《五行》、《地理》、《艺文》各志为新创,后来史书沿用。其中《艺文志》详细记载了秦汉以来流传的书籍,是中国最早的目录学著作之一。①

唐颜师古病各家注或离析本文,隔其辞句,或以意刊改,错乱舛杂,前后失次,故博采众家之长,在班昭之下各家旧注的基础上重加校勘,集诸注之大成:凡旧注是者具而存之,旧注未详者衍而通之,旧注缺漏者详注而补之,是为唐代集注本,也是世间最流行的注释本。宋福唐郡庠监本是最早的版本之一,元、明两代递修。宋代监修《汉书》,始于宋太宗淳化年间,最早修的史书就是《史记》、《前汉书》、《后汉书》。

宋藏书家叶梦得说:"淳化中,以《史记》、前、后《汉书》付有司摹印,自是,书籍刊镂益多!"②

南宋大学者李心传说:"监本书籍者,绍兴末年所刊也。国家艰难以来,固未暇及。九年九月,张彦实待制为尚书郎,始请下诸道、州、学,取旧监本书籍,镂板颁行。从之。然所取者多残缺,故胄监刊六经无《礼记》,正史无《汉书》。二十一年五月,辅臣复以为言,上谓秦益公曰:监中其他缺书,亦令次第镂版,虽重有所费,不惜也!是经籍复全。"③

▲ 参加英国伦敦国际艺术展的中国文物,故宫博物院藏清永瑢《山水》。

---

① 汉·班固:《汉书》。清乾隆年武英殿刻本。
② 宋·叶梦得:《石林燕语》。中华书局,1985年。
③ 宋·李心传:《建炎以来朝野杂记》。中华书局,1985年。

台湾学者称:"是本,元季补修版片,几占十之八九,曩海宁陈氏遂定为元翻宋版。今考书中刻工郑全、郑立,见于日本静嘉堂文库所藏宋末刊本《古灵先生文集》书中,而避宋讳止于慎字。设使此本为元大德年间翻北宋监本,断无避南宋帝讳之理。又元大德九年,太平路儒学刊本此书,其行款为每半页十行,行二十二字,视此本不同。若此书为元大德所刊,必不会在一二年之中两次雕版……订此本为宋福唐刊,元、明递修本。……书中钤有天禄继鉴、乾隆御览之宝、天禄琳琅……诸藏书记。前三钤记为内府所用,而此书未见于《天禄琳琅书目》中,殆为嘉庆以后继进。"①

《后汉书》,南朝宋范晔撰,一百三十卷,230万字。此书问世前,有十八家《后汉书》,范晔以《东观汉记》为主体,博采众家之长,自订体例,以类叙法编次,大量收录奏议、文章,论后附赞,形成文笔流畅、叙事详明、结构严谨的独特史书风格,并新增《党锢》、《宦者》、《文苑》、《独行》、《逸民》、《方术》、《列女》七类。②

唐代之时,《史记》、《汉书》、《后汉书》并列,合称"三史"。历代为此书注释者众多,流传最广者,纪传唐李贤注,志南朝梁刘昭注。宋淳化五年初刻本,宋福唐本、绍兴本为善本。宋福唐郡庠刊本,晋司马彪撰志、唐李贤注纪传、梁刘昭注志,元、明递修本,半页十行。

台北故宫博物院收藏:"是书本院尚藏有一部,为天禄琳琅旧藏。书中宋版原刻,视前本略少,泰半为元季补刊。……书中钤有天禄继鉴、乾隆御览之宝……诸藏书印记。"③

《孔氏六帖》,宋孔传撰,宋乾道二年刻本。孔传鲜见于史书记载,是书首冠东鲁韩仲通序称:"孔子之后,四十七代,有孙曰传。"④孔传初名孔若古,宋兖州仙源(山东曲阜东北)人。在此书之外,曾撰写《孔子编年》、《东家杂记》,他曾在序中自称:"宋绍兴甲寅三月辛亥四十七代孙右朝议大夫知抚州军州事兼管内劝农使仙源县开国易食邑三伯户借紫孔传序。"⑤此书传本极少,曾入藏明文渊阁,明初《文渊阁书目》收录此书。后于嘉庆年间入选昭仁殿第二批天禄琳琅藏书,《天禄琳琅

259

① 《"国立故宫博物院"宋本图录》。
② 南朝宋·范晔:《后汉书》。清乾隆武英殿刻本。
③ 《"国立故宫博物院"宋本图录》。
④ 宋·孔传:《孔氏六帖·乾道丙戌端午日东鲁韩仲通序》。
⑤ 宋·孔传:《东家杂记·自序》。

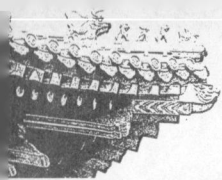

书目续编》著录。①

《孔氏六帖》大约写于南宋高宗绍兴年间，是续《白氏六帖》之作。

《白氏六帖》一百卷，由唐大诗人白居易编纂，宋孔传续编，又称《白孔六帖》、《唐宋白孔六帖》。诗人白居易喜爱古典、佳句，曾特地设数千瓶子，命诸生采集唐以前所有经史书籍之中的典故词语、诗文佳句投入瓶中，然后分门别类，编辑成书，取名《经史类要》三十卷，又名《事类集要》、《六帖》、《白氏六帖》。各卷有总目，凡235目、1367门，附503小目，合1870门。因为人多手杂，没有很好地组织编纂，类目无序，征引杂乱，不标明出处，引起一片批评之声。南宋大目录学家晁公武之曾祖父晁仲德喜好《白氏六帖》，仔细考证出处，一一加注，此书一时身价倍增。②

宋孔氏仿《白氏六帖》体例，辑唐至五代经史诸籍，续成《六帖新书》三十卷，1371门，始刻于宋乾道二年(1166)，世称《后六帖》。为了区别两书，后人冠以白氏、孔氏，称《白氏六帖》和《孔氏六帖》。

《孔氏六帖》问世之后，历来褒贬不一。宋代时，肯定的评语与批评之声相交织。肯定者认为："取唐以来至吾宋诗、颂、铭、赞，奇编典录，穷力讨论，撮其枢要，区分汇聚，有益于世。续白居易《六帖》，谓之《六帖新书》。"③

韩苍子在序言中也称："孔侯之书，如富家之储材，栋榱枅栱，云委山积，匠者得之，应手不穷，其用岂小！"④

宋大学者洪迈则持不屑态度，认为两部《六帖》庸俗浅薄，称《白氏六帖》："俗传浅妄，书如《云仙散录》之类，皆绝可笑！……传续六帖，悉载其中事，自秽其书！"⑤

南宋末年，两书合刊本问世，取名《唐宋白孔六帖》，以《白氏六帖》为主，将《孔氏六帖》附于其下，另析为一百卷，1399门，为集大成者，比《白帖》多32门，比《孔帖》多28门。

台北故宫博物院所藏《孔氏六帖》二十九卷，书中避宋高宗讳，为南宋时的版本，一直收藏宫中，世所罕见："自《白孔六帖》合刊行世，白孔二帖，元、明以降，遂无单行本。由是原书面目后人极难窥见，而宋本之存于世者更稀如星凤。孔氏此书，千

---

① 《天禄琳琅书目后编》。
② 唐·白居易：《白氏六帖》。1933年吴兴影宋本。
③ 《复斋漫录》。清刻本。
④ 《孔氏六帖·韩苍子序》。
⑤ 宋·洪迈：《容斋随笔》。清康熙三十九年洪氏刻本。

百年来,尚鼎峙于天壤间,宁非书林之宝?各家藏书志,除官府书目外,未见著录,足知传本极罕。今观书中有文渊阁印,又明《文渊阁书目》著录此书曰:一部十册缺。今本院所藏,此书十九册,实后代改装。原即为明内府所藏,后散入民间,为山西按察使宋筠所得,后复归内府。……书中钤有文渊阁印、五福五代堂宝、八徵耄念之宝、太上皇帝之宝、天禄继鉴、乾隆御览之宝、天禄琳琅……诸印记。"①

《文选》,又称《昭明文选》,南朝梁萧统编。萧统是梁武帝的长子,未即位而殁,谥昭明,世称昭明太子。萧统博学,工书能文,信奉佛教。他喜欢结交文学之士,谈论诗文。曾特地召集文学之士编纂书籍,确定新的入选原则:文学之书,方能入选;何为文学之书? 事出于沉思,义归乎翰藻,方为文学作品;经、史、子部书籍与文学书籍相区别,排除在文学之外;只有史部之中,综辑辞采、错比文华的论、赞,方可入选。所选作品,以楚辞、汉赋、六朝骈文为主,诗歌选择严谨,只有对偶工整的颜延之、谢灵运的诗才能入选,而陶渊明的作品不能入围。②

《文选》三十卷,是古代文学作品的选集,也是集各家代表作之总集,集周、秦、汉、魏、晋、宋、齐、梁等数代文学作品汇成一辑。此书问世以后,成为古代士人的必读书。为此书注解者众多,以唐李善注最负盛名。李善博学通才,极喜欢《文选》,晚年以讲读《文选》为业,唐高宗李治显庆年间潜心注解《文选》,析为六十卷,注解文字讲解详明,资料丰富,为后世保留了大量资料,有极高的历史、文学价值。③

李善注之外,还有五位文学大师的注解本较为独特,影响也大。这五位注解大师就是张铣、吕延济、李周翰、刘良、吕向。五臣注与李善注不同,五臣注偏重解释字句,李善注较为精善,但较偏于经史,只引经史释事。唐玄宗李隆基开元六年(718),大臣吕延祚以李善注只引经史,殊忘本意,特地将五臣之注解合为一辑,《五臣注文选》三十卷。吕延祚认为《五臣注文选》不错,修表进呈御览。④

《五臣注文选》本想补李善注之不足,可是五臣所依据的本子太过俗劣,加之附会穿凿,断章取义,遭到宋代儒生们的讥毁。宋代大诗人苏轼就说:"五臣乃俚儒荒陋者,反不及善。"⑤

① 《"国立故宫博物院"宋本图录》。
② 南朝梁·萧统选:《文选》。清康熙二十五年重刻汲古阁本。
③ 南朝梁·萧统选,唐李善注:《文选》。清同治八年金陵书局刻本。
④ 南朝梁·萧统选,唐五臣注:《文选集注》。京都帝国大学影印唐抄本。
⑤ 宋·苏轼:《苏轼资料汇编》。中华书局,1994 年。

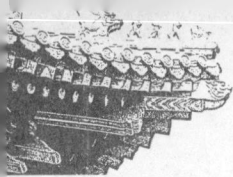

　　李善注与五臣注各有长短,后来人们将二者合而为一,取名《六臣注文选》,六十卷,又称《六家文选》。

　　《文选》自问世以后,各种刻本纷纷出笼,包括李善注本、五臣注本、六臣注本、袖珍本、白文大字本、白文小字本等。较早的《文选》刻本大约是五代的本子,最有名的是宋绍兴本、淳熙尤袤刻本、明汲古阁和清嘉庆征刻尤氏本。这些本子中,以宋绍兴十八年(1148)明州本较佳,收藏于宫中。

　　台北故宫博物院所藏《文选》,就是宋绍兴明州本,其书末跋称:"右文选板,岁久漫灭殆甚。绍兴二十八年(1158)冬十月,直阁赵公来镇是邦,下车之初,以儒雅饬吏事,首加修正,字画为之一新。俾学者开卷免鲁鱼三豕之讹,且欲垂斯文于无穷矣。左迪功郎明州司法参军兼监卢钦谨书。"①

　　这部宋绍兴明州本《文选》旧藏昭仁殿,为乾隆时期鉴赏入藏的第一批天禄琳琅藏书,《天禄琳琅书目》著录。书上钤有五方朱印、一方白印,即天禄琳琅、天禄继鉴、乾隆御览之宝、八徵耄念之宝、太上皇帝之宝、五福五代堂古稀天子宝等六方内府藏书印。

　　台北故宫博物院所藏南迁珍贵秘籍,除天禄琳琅珍本外,还有许多珍稀内府秘本,包括宛委别藏本、观海堂本、内府秘藏本等。

　　《尚书注疏》二十卷,汉孔安国传。卷一首行题:附释文尚书注疏。第二行题:国子祭酒、上护军、曲阜开国子臣孔颖达奉敕撰。唐太宗贞观年间,孔颖达与王恭、颜师古、司马才章等大家,以《孔传古文尚书》为底本,搜集南北朝以来蔡大宝、顾彪、刘炫之各家《义训》,汇为一炉,共撰《尚书》义训,一百余篇,取名《尚书义赞》,进呈御览。唐太宗较为满意,钦定改名为《尚书正义》,又称《尚书注疏》。②

　　台北故宫博物院所藏《尚书注疏》,第三行题:唐国子博士兼太子中允赠济州刺史、吴县开国男陆德明释文。卷一尾题:魏县尉宅校正无误大字善本。字体遒劲,笔法端庄,墨迹如新,是世间罕有的宋庆元建安本,半页九行,历经元、明修补,以元建刊明闽修补十行本补配,世称十行本,也就是著名的建刻音释注疏本之九经三传十行本。这本秘籍原藏于御花园东部的摛藻堂,《天禄琳琅书目》没有著录。③

---

①　南朝梁·萧统选:《文选·卢钦跋》。宋绍兴年明州本。
②　汉·孔安国:《尚书正义》。中华书局影印本,1980年。
③　汉·孔安国传,唐·孔颖达疏:《尚书注疏》。宋庆元建安本。

262

《纂图互注毛诗》二十卷,汉毛亨传,汉郑玄注,宋建阳书坊刻本。书中避宋帝讳,不甚严格。卷前附毛诗举要图,十分珍贵,包括:十五国风地理图、大东总星之图、公刘度夕阳图、楚丘定星中图、七月流火图、三星在天图、宣王考宝图、文武丰镐之图、春籍田祈社稷图、巡守柴望告祭图、祭器之图、乐舞器图、器物之图、四诗传授图等32图。①

台北故宫博物院所藏《毛诗》,二十卷,宋绍熙建阳本,有耳题,上书篇名、页数。这是一部清内府旧藏珍本:"全书朱笔句读,兼校误字,盖经学人致力者。又书眉墨批,蝇头小楷,极为细致。恒、贞、构字减笔,宋人墨迹也。版刻字画流美,纸墨亦佳,允为锓本之精者。原藏昭仁殿。"②

《资治通鉴》二百九十四卷,简称《通鉴》,宋司马光撰。世称涑水先生的司马光,陕州夏县人,一生喜好史书,想熔历代史籍于一炉,统为编年体巨著。经过多年努力,完成了《通志》八卷,记载战国至秦时史事。宋英宗特地在宫中为司马光设置书局,以司马光为主修官,选史学大家刘恕、刘攽、范祖禹为协修官,博采十七史以及唐以来的重要史书,包括实录、杂史、谱录、碑碣、行状、家谱、传记、小说、文集等300余种史料,先编丛录(大纲),再纂长编(史料系年),最后由司马光笔削润饰成书,完成定稿,历时近二十年,纂成中国第一部编年体通史,也是第一部编年体史料长编。内容以政治、军事为主,旨在以治乱兴衰的历史为统治者提供借鉴,取名《资治通鉴》。③

台北故宫博物院所藏《资治通鉴》,蝴蝶装,宋鄂州覆刊龙爪本:"是书版刻晴朗,楮墨如新,允为宋版佳构,为内阁大库旧藏。……此书南宋刻本甚多,其可考者,有海陵郡斋本、蜀广都费氏进修堂本、浙江茶监盐本、监本、建阳本等数种。其中以蜀广都费氏进修堂本椠雕精湛,最为世人艳称,宋人又称之为龙爪本。今流传绝罕,其行款与此本不殊,后人遂每误此本为龙爪本……则是帙当即为鄂州覆刊龙爪本。"④

263

---

① 清·朱彝尊:《经义考》。清康熙三十八年刻本。
② 《"国立故宫博物院"宋本图录》。
③ 宋·司马光:《资治通鉴》。清同治十年崇文书局刻本。
④ 《"国立故宫博物院"宋本图录》。

北京故宫博物院古物珍藏

北京故宫博物院,从 1925 年成立至今,经历了 80 余年的风风雨雨。北京故宫博物院收藏的是清宫遗留下来的约 150 万件珍贵文物,除溥仪盗窃出宫的 2000 多件珍品和运往台湾的 23 万余件文物之外,其余尚有 100 万余件文物留存下来,继续由北京故宫博物院保存。这百余万件文物,除极少数外,绝大多数都是货真价实的真品,具有很高的文物价值、历史价值和艺术价值。

北京故宫博物院保存的百万件文物,有许多都是世间孤本和罕有的珍品。

书画方面,几乎历代重要的名人书画墨迹在故宫博物院都有收藏。这些代表人物,主要包括:五代时期的大画师杨凝式,宋代太宗至徽宗的皇帝御笔,苏、黄、米、蔡四大家和宋初的李建中、林逋,宋末的张即之等;元代不过九十年,可是书画大家辈出,人才济济,前有赵孟頫、鲜于枢、邓文原,后有康里巎巎、周伯琦、张雨、杨维桢、王蒙;明清时代,书画繁荣,明有张弼、陈献章、李东阳、祝允明、文徵明、王宠、董其昌、倪元璐、傅山、王铎,清有金农、郑燮、邓石如、何绍基、赵之谦、康有为等等。

这些书画大师,都有自己的独特风格和成名佳作,令人敬仰。

宋太宗雄才大略,治理国家有条不紊,对于书法艺术却情有独钟。宋徽宗是一代艺术天才,独秉天赋,标新立异,创立了一种笔法瘦硬的书体,人称瘦金体、瘦金书。[1]

宋初的李建中、林逋保持着盛唐的遗风流韵,李氏的笔法清丽圆润,姿态横生;林氏的风格则是无尘俗气,瘦硬通神。林南李北,李肥林瘦,书风各异,南北呼应,人称南林北李。

宋代文人书画四大家,首推苏轼。这位四川天府之乡滋养出来的大才子,天赋高,积学深厚,心灵手巧,心手相应,笔法如行云流畅,气象万千,堪称当朝第一人也。苏轼在谈到自己的书画时说:"我书意造本无法,点画信手烦推求。一切顺其自然,师法天地也。"[2]

四大家之黄庭坚,以擅长楷书、草书闻名天下。他的书法内敛外张,沉着雄浑,气势宕荡,犹如笔走龙蛇,睥睨天下。米芾则是以天赋奇高和性情不羁而折服士林,他的笔迹超逸绝尘,自由放浪,犹天马行空,仙游林海,舒展而飘逸。四大家

264

---

① 元·脱脱:《宋史·徽宗本纪》。清武英殿刻本。
② 《苏轼传记资料》。台北天一出版社,1982 年。

之蔡氏,本来是书法奇才的宰相蔡京,因为他的人品低劣,为世人不齿,就以蔡襄代之。对于蔡京之书画才华,只能叹息,书为人掩也者![1]

赵孟頫是元代书坛盟主,以独特的书法绝艺称霸天下。赵氏是一位多才多艺的才子,能书、能画、能文,书法上宗唐师晋,用力极勤,其篆、籀、分、隶、真、行、草书,无不冠绝古今,形成独树一帜的赵体书风。[2]鲜于枢则以行草见长,他自视甚高,自称:"把笔离纸三寸,取其指实、掌平、虚腕,法圆转,则飘逸纵之,体自绝出耳!"[3]

故宫博物院所藏历代书画名迹,也是历代书画的精品,许多都是稀世孤品。主要包括:

五代杨凝式,《神仙起居法》墨迹卷;

宋李建中,行书《同年帖》;

宋林逋,行书《自书诗卷》;

宋苏轼,行书《新岁展庆帖》、《题王诜诗跋》、《人来得书帖》和《墨竹》真迹卷;

宋黄庭坚,草书《诸上座帖》、行楷《诗送四十九侄》;

宋米芾,行书《苕溪诗卷》、《粮院帖》;

宋赵子固,《墨兰》真迹卷;

宋徽宗,楷书《闰中秋月诗帖》;

宋陆游,行书《尊眷帖》;

宋张即之,行书《台慈帖》;

元赵孟頫,行书《杂书三帖》、小楷《老子道德经》和《绝交书》真迹卷;

元鲜于枢,行书《秋兴诗》、草书《杜诗魏将军歌》;

元虞集,行书《白云法师帖》;

元康里巎巎,草书《奉记帖》;

元杨维祯,行书《城南唱和诗》;

元周伯琦,楷书《通犀饮卮诗帖》;

元王蒙,行书《厚爱帖》;

265

① 《宋史·蔡京传》。
② 元·赵孟頫:《赵孟頫集》。浙江古籍出版社,1986年。
③ 元·鲜于枢:《困学斋杂录》。中华书局,1985年。

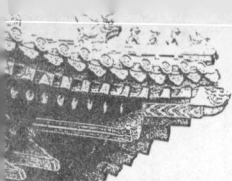

明解缙,草书《自书诗卷》;

明张弼,草书《赠词友》轴;

明陈献章,草书《大头虾说》轴;

明李东阳,草书《甘露寺诗》轴;

明祝允明,行楷《饭苓赋》轴;

明文徵明,行书《五律诗》轴;

明倪元璐,行书《七绝诗》轴;

清王铎,草书《录语》轴;

清朱耷,行书《七绝诗》轴;

清王翚,《雪江图》真迹卷;

清康熙皇帝,行书《柳条边望月》轴;

清雍正,行书《夏日泛舟》轴;

清张照,行书《七绝诗》轴;

清郑燮,行书《七律诗》轴;

清乾隆皇帝,行书《麦色诗》轴;

清刘墉,行书《七二首诗》轴;

清林则徐,行书《论书》轴;

清翁同龢,行书《赠叔苇》轴;

清康有为,行书《七绝诗》轴等。

北京故宫博物院秘籍珍藏

故宫博物院图书馆部分善本装箱南迁以后,图书馆继续清点和整理清宫遗存下来的古书,并重建了善本书库。

图书馆着意选择明代刻本和书品较佳的抄本入充库房,包括经、史、子、集、丛书五大部分,合计11600余册,重建图书馆最为重要的善本库。

清宫武英殿刻本原库书籍如数装箱南迁,库中只留下了一些抄本。于是图书馆从复本书库和经、史、子、集各库中挑选殿本的复本书籍,重建殿本书库,共有16600余册。

图书馆在重建善本书库和殿本书库的同时,也着手重建其余各大书库。各大书库虽有一部分挑选装箱南迁,但仍有丰富的库藏,其中经部书库9400余册、史部书库 30100 余册、子部书库 11300 余册、集部书库 13800 余册。合计善本、殿本、抄本、经、史、子、集、丛书、佛经、道经等各书库藏书,共有约 30 万册。①

故宫博物院的现藏古籍珍本十分丰富,仅孤本珍品就有:

《般若波罗蜜多心经》,清康熙年御笔白绫写本,原藏太和斋;

《般若波罗蜜多心经》,清乾隆三十三年御笔菩提叶写本,原藏毓庆宫;

《金刚经》,清乾隆十一年御笔楷书卷轴;

《妙法莲华经》,清乾隆十四年御笔泥金写本,原藏乾清宫;

《药师琉璃光如来本愿功德经》,清康熙四十九年御笔写本,原藏养心殿;

《无量寿经》,清乾隆二十六年御笔泥金写本,原藏寿康宫;

《大方广圆多罗了义经》,清乾隆四十二年御笔写本,原藏缎库;

《度一切诸佛境界智严经》,清乾隆年御笔写本,原藏乾清宫;

《宫藏金经》,清乾隆四十六年泥金写本,原藏养心殿;

《高上玉皇本行集经》,清康熙年御笔写本,原藏养心殿;

《金刚寿命经》,清泥金藏满蒙汉四体文合璧本,原藏皇极殿;

《妙法莲华经》,清乾隆四十四年永瑢泥金写本;

《药师琉璃光如来本愿功德经》,清乾隆二十八年梁诗正泥金写本,原藏宝蕴楼;

《佛说大阿弥陀经》,清乾隆年于敏中精写本,原藏乾清宫;

《佛说观无量寿佛经》,清乾隆年万寿祺泥金写本,原藏乐善堂;

《佛说无量寿经》,清乾隆刘纶泥金写本,原藏永和宫;

《满文大藏经》,清乾隆年朱文精印本;

《密宗修习法图解》,清乾隆年内府藏汉文彩绘本,原藏养心殿;

《万寿生生图》,清乾隆年罗学旦篆书泥金写本;

《万寿衢歌乐章》,清乾隆年彭元瑞精写本;

《御制盛京赋》,清高宗撰,清乾隆年曹文埴精抄袖珍本;

《万寿无疆赋》,清光绪三十年陆润庠精写进呈本等等。②

267

---

① 《故宫图书馆藏品草账》。
② 《故宫图书馆抄本书目》。

第七节　两岸绘画法书精品

三希奇珍

　　书法是中华民族所独有的一种文字艺术,传承古老,历史悠久,在中华民族古老的土地上枝繁叶茂,生机勃勃。世界上,恐怕只有含蓄、机智的中国人才能创造出这种造型独特的象形文字,才能将这种独具特色的文字演绎、书写得如此灵活多变,风姿绰约。可以说,书法是一种能够充分体现个体特色的艺术,能够较真实地展现个人修养、性格魅力和时代风情。

　　中国有十大传世名帖:东晋王羲之家族《三希宝帖》、王羲之《兰亭序》,唐欧阳询《仲尼梦奠帖》、颜真卿《祭侄文稿》、怀素《自叙帖》,北宋苏轼《黄州寒食帖》、米芾《蜀素帖》、宋徽宗赵佶《草书千字文》,元赵孟頫《前后赤壁赋》,明祝允明《草书诗帖》。这些个性鲜明的书法名帖,千百年来流传有序,饱经沧桑,充满灵性,它们传奇的命运和坎坷的经历以及流传过程中的历代名人题跋、印记,使它们一直笼罩在神秘的光圈之中。

　　王羲之所处的东晋时代自由之风盛行,士人们讲究欣赏美,赞美风骨,品味神韵。这种风气融会在《快雪时晴帖》这件行书作品之中。

　　王羲之所书《快雪时晴帖》,是写给朋友的一封问候信,信很短,意思是说:快雪时晴,天气很美,想必你也平安?开头结尾都是羲之顿首,这是汉代文人的书写方式。这件短小的作品是王羲之最为著名的行书作品之一,也是他的书法代表作。元代大书法家赵孟頫极喜爱此帖,曾特地和好友黄公望一起展帖共观,两人爱不释手,赵氏一时兴起,挥毫加题四字:快雪时晴。后人因此称此帖为《快雪时晴帖》。

　　王羲之原作《快雪时晴帖》等作品已经失传,书林众人都想一睹真迹风采,可惜自唐以后鲜有其踪。目前传世的王羲之书迹墨宝,都是后世痴迷者的临摹之作。现留传于世的《快雪时晴帖》,是一件精美的唐代临摹本。全帖布局整齐,前后呼应,字体结构稳健,神韵内敛,行笔舒展流畅,字体丰腴温婉,一气呵成。整幅作品气韵生动,笔意昂然,荡漾着一股淡淡幽馥的清香和书卷气浓郁的儒雅高风,让人尘俗皆忘!

　　康熙时期,国子监祭酒冯源济将《快雪时晴帖》进献给康熙皇帝。这件稀世之珍的《快雪时晴帖》本是冯氏家族的家传至宝,冯源济一生极喜爱书法,本身就是一个书痴,对此帖自然也十分喜爱。冯源济知道康熙皇帝年轻的时候就很喜爱书法,曾下了很大的工夫临摹古代书法大家的作品,是一位人所共知的喜爱书法的君主。

康熙皇帝是一位很自持的皇帝,他一直克己复礼,尽量按照儒家圣贤的标准约束自己的言行举止。他没有因为自己的喜好而特地下旨天下,征求先贤名家的真迹墨宝,也没有派人劝说冯源济,让他进献家中珍藏的名帖。康熙十六年(1677)八月,冯源济经过慎重考虑,主动将自己家藏的稀世唐人临摹真迹《快雪时晴帖》进献给康熙皇帝。

24岁的康熙皇帝自然喜出望外,欣然接受,并厚赏了冯源济,吩咐将此帖留存宫中,时时观览。

这件真迹留传到以风雅自许的乾隆皇帝手中,被视为无上至宝,一有空闲,不论白天还是深夜,随时展帖观览,细细品味,真正爱不释手。据记载,60多年中,喜爱墨宝的乾隆皇帝对《快雪时晴帖》始终充满了热情,而且随着岁月的流转,年事日高的乾隆皇帝对此帖的热情不仅不减,反而更加炽热。

269

乾隆十一年,乾隆皇帝在《快雪时晴帖》之外又集得王献之《中秋帖》、王珣《伯远帖》。36岁的乾隆皇帝喜不自胜,认为自己已经拥有世上最为宝贵的三件稀世奇珍,特地吩咐在日常理政的养心殿南窗的最西间专辟一室,收藏这三件墨宝,赐名三希堂,并御笔亲书匾额。

三希珍宝,旧藏于乾清宫,这次集中收藏于养心殿之三希堂,收藏条件更好,也更利于乾隆皇帝随时赏玩。三希堂虽然名之为堂,实际上不过是8平方米的一间微型小室,还分成内外间。室内摆设着文具、玉玩、如意、坐垫、靠背,乾隆皇帝御题的三希堂匾两边是一副流传千古的御笔对联:怀抱观古今,深心托毫素。

这间温馨的小小斗室记录了乾隆皇帝的无穷雅兴和不尽的人文乐趣。数十年间,坐在这书香四溢的三希堂中,乾隆皇帝心如止水,静静地观赏和把玩着他喜爱的书法真迹。他对三件稀世之珍充满爱恋,反复题跋,特别是《快雪时晴帖》,一生中竟然对此帖先后题跋达73次。这种近乎病态的题写,如果不是真正喜爱,谁会如此痴狂?

三希堂中的"三希",一直是世间文人墨客关注的目标。"三希"之一的王羲之《快雪时晴帖》,随着故宫国宝秘籍南迁流传到台湾,现藏于台北故宫博物院。事

实上，清宫遗留下来的晋人书法珍品并不是晋人的真迹，而是唐人临摹晋人的作品。台北故宫博物院收藏的清宫珍贵墨迹主要有两部分：一是唐人临摹晋人的墨迹，一是唐代文人的真迹。最有名的珍贵书法作品就是晋王羲之《快雪时晴帖》、《远宦帖》和《平安、何如、奉橘三帖》的唐人临摹品。

三希堂中的另外"二希"，王献之《中秋帖》和王珣《伯远帖》则命运多舛，辗转流传。

张伯驹说：王献之《中秋帖》与王珣《伯远帖》两件墨迹，乃"三希"中之"二希"，是溥仪在天津时售出，不知何时归郭世五。新中国成立前夕，一度为财阀宋子文据有，民间因之愤愤不已，一时风声很大，不得已退还郭家。郭氏原为琉璃厂古玩商人，善于经营，有理财管理能力。袁世凯登总统宝座，继之洪宪丑剧出场，郭氏都是他的总务局长，颇受青睐。为洪宪专门在景德镇烧制几窑洪宪官窑，美轮美奂，破费民间资财，不知凡几，而郭世五本人因此大发其财，成了显赫人物。其后人多财善贾，衣钵相传。后来从事银行业务，在华北伪政权时期也发了一笔财。抗战胜利后，摇身一变，投靠国民党财阀宋子文，于是用"二希"为觐见礼。丑闻终于暴露，故一时风波大作，全国上下舆论哗然。在无法掩饰下，只好将原物归还郭家。最后，几件珍贵国宝辗转流落到香港。有一天，在香港一家银行保险柜内意外地发现了存放许久的几件珍品，原来正是人们苦苦寻找的稀世国宝，震惊世界。这些国宝包括：晋王献之《中秋帖》、晋王珣《伯远帖》、唐韩滉《五牛图》、五代南唐顾闳中《韩熙载夜宴图》、宋刘松年《四季山水图》等。周恩来总理得知此讯后明确指示：不惜一切代价，收购回京。就这样，乾隆皇帝珍爱的"二希"被重金收购，回到北京。"二希"购回之后，依旧入藏故宫博物院。

《三希堂法帖》

乾隆十二年，大学士梁诗正奉旨编纂宫廷所藏墨宝，将魏晋至明末宫廷所藏的历代珍迹汇编成册，进呈御览。乾隆皇帝十分满意，赐名《三希堂法帖》，亲书圣谕，吩咐勾摹刻石流传，乾隆皇帝的圣谕冠于卷首。

北宋时期，喜好墨迹的宋太宗命侍臣将宫中所藏历代书法墨宝汇编成册，刻印流传，赐名《淳化阁帖》。这件佳作，是中国宫廷汇刻书法墨迹的开始。从此以后，历代法帖纷纷问世。

清代宫廷之中,除了乾隆皇帝至爱的"三希"之外,尚有许多历代名家墨宝。喜爱书法的乾隆皇帝命侍臣将历代名家墨迹编辑成册,并选择宫中最好的工匠,将他选定的极为珍爱的法书摹写刻石,赐名《御刻三希堂石渠宝笈法帖》。这件法帖,简称《三希堂法帖》。

《三希堂法帖》是中国宫廷中汇刻法帖规模最大、选择最精的法帖,也是中国书法史上辑历代丛帖之集大成者。此帖收录了魏晋至明末 135 位书法名家 340 件书法真迹名品,并将所选作品按照楷书、行书、草书三类分别编排。此外,还收录了历代名家、著名收藏家的题跋 200 多件,收藏印章 1600 多方。法帖依时间顺序排列,按照朝代分类编排,基本上囊括了清以前历代名家的法书墨迹。这些名家主要包括:王羲之、王献之、唐玄宗、褚遂良、欧阳询、颜真卿、怀素、孙过庭、柳公权、杨凝式、苏轼、黄庭坚、米芾、蔡襄、吴琚、赵孟頫、鲜于枢等等。

《御刻三希堂石渠宝笈法帖》中的许多精品,随着故宫国宝文物的南迁流传到台湾。台北故宫博物院收藏的流传于历代宫廷中的著名法帖主要包括:晋王羲之《快雪时晴帖》、《平安何如奉橘三帖》,唐玄宗《鹡鸰颂》,唐怀素《自叙帖》,唐颜真卿《刘中使帖》,五代杨凝式《唐卢鸿堂十志图卷跋》,宋苏轼《前赤壁赋》,宋黄庭坚《寒山子庞居士诗》,宋徽宗《诗帖》,宋吴琚《七言绝句》,金赵秉文《赤壁图卷跋》,元张雨《七言律诗》,元鲜于枢《行草真迹》,明祝允明《七言律诗》,明邢侗《古诗》等。

东晋王羲之《兰亭序》

《兰亭序》,又称《禊序》、《禊帖》、《临河序》、《兰亭集序》、《兰亭宴集序》,与颜真卿《祭侄文稿》、苏轼《寒食帖》并称三大行书法帖,《兰亭序》列其首。这是王羲之的代表性作品,代表了王羲之书法艺术的最高境界。王羲之的行草清新自然,人们形容为"清风出袖,明月入怀"。《兰亭序》正如清风、明月,反映了书法家的襟怀、风韵和气度。《兰亭序》真迹失传,三种唐摹本最好的本子,都收藏在北京故宫博物院。

王羲之(303—361),字逸少,琅琊临沂(今属山东)人,后徙居会稽山阴(今浙江绍兴)。官至右军将军、会稽内史,因此,世称王右军、王会稽。王羲之以书法名世,善楷书、草书、隶书:楷书师钟繇,草书、隶书学张芝、李斯、蔡邕等人,博采众

长,融会贯通,形成自己的独特风格。王羲之的书法别有风韵,笔法圆融,笔力凝重,用笔内敛,以隶书为根基,又全面突破了隶书的框架,创造了一种曲线优美、气韵生动的新书体。人们形容为"龙跳天门,虎卧凤阙"。王羲之独特的书法造诣赢得了世人的尊敬,被尊为"书圣"。

王羲之作品的真迹如凤毛麟角,几乎难得一见。现在传世的作品基本上都是临摹本。王羲之多才多艺,楷、行、草、隶、飞白诸书皆能。如行书《快雪时晴帖》、《姨母帖》、《丧乱帖》,楷书《乐毅论》、《黄庭经》,草书《十七帖》等,都是他的经典作品。当然,他的代表作就是他和朋友们在兰亭修禊活动时留下的行楷《兰亭序》,也是中国书法史上最具有代表性的杰作。

兰亭,位于浙江绍兴兰渚山下。《会稽志》记载:"兰亭,在县西南二十七里。"《越绝书》称,当年勾践就在兰渚山下种田。关于兰亭的称谓,在王羲之之前就已经有了,只是因为《兰亭序》才闻名遐迩。清于敏中《浙程备览》认为:"或云兰亭,非右军始,旧亭塘之亭,如邮铺相似,因右军禊会,名遂著于天下。"

东晋穆帝永和九年(353)三月三日,书圣王羲之欲至郊外踏青,他约谢安、孙绰等 41 位好友前往兰亭,举行文人"修禊"活动。大家散布在河流两边,曲水流觞,饮酒赋诗。聚会很热闹,也很成功,诗稿合集成册,王羲之特地为诗集《兰亭集》写了序文。在这篇序中,生动地描述了兰亭的山水之美和文人聚会的欢乐之情,表达了人生苦短、好景不长和生死无常的感慨。

这件法帖 28 行,324 字,无论内容、神韵、结构、章法,还是笔法、运力、布局、气势,都十分完美,一气呵成,堪称一代杰作。这一年,王羲之 33 岁,正是人生的黄金时期,这篇序文也是他的得意之作。人们评述王羲之的书法:"右军字体,古法一变。其雄秀之气,出于天然,故古今以为师法。"这件作品,历代书家推为圣品,称《兰亭序》为"天下第一行书"。

关于王羲之的《兰亭序》,世间流传着一些神奇的传说,最流行的说法就是神助之笔。传说王羲之写完这篇《兰亭序》之后,自己都不敢相信这是自己的墨迹。他看了几遍,对自己的这件作品非常满意。可后来他又重写了几篇,但都达不到《兰亭序》这种书法境界。为此,他叹息说:此神助耳,何吾能力致!

《兰亭序》作为王氏家族的传家之宝,世代相传。王羲之第七代孙智永,少年时就出家为僧。他临死将《兰亭序》传给弟子辨才和尚。辨才和尚的书法造诣很深,对历代法帖也很有研究。他将《兰亭序》视为神品奇珍,并在卧室房梁上凿洞收藏《兰亭序》。

唐太宗李世民得悉《兰亭序》尚在人世，多次选派能人前去索取，可辨才始终推说没有见过真迹，不知其下落。经过反复思考，唐太宗决定派监察御史萧翼智取《兰亭序》。

萧翼装扮成书生模样，前去拜会辨才。两人一见如故，谈得十分投机。临别之际，萧翼拿出几件王羲之的书法作品，与辨才共赏。辨才心里感觉由衷的高兴。但他不以为然地说：你这些法书倒是真品，却不是最好的！我有一件真品，不妨给你看看。萧翼问：除此之外，还能有王羲之更好的真迹？辨才神秘地说：是《兰亭序》真迹。萧翼故作惊讶地说：此帖不是早已失传？于是，辨才从房梁上的洞里取出《兰亭序》，递给萧翼。萧翼展开一看，果然是真正的《兰亭序》！萧翼立即收起真迹，脸色一变，从袖中掏出皇帝的诏书。辨才目瞪口呆，愣在了那里。萧翼收拾好《兰亭序》回宫。辨才忧郁成疾，卧病不到一年就去世了。

唐太宗计夺《兰亭序》，龙颜大悦。他下令侍臣赵模、冯承素等人组织专人，精心临摹了一批《兰亭序》。唐太宗将这些临摹本以及后来的石刻摹拓本，分别赏赐给皇亲贵戚和宠信的大臣。一时间，《兰亭序》临摹本风靡京城，洛阳纸贵。书法大家欧阳询、褚遂良、虞世南等人见到了《兰亭序》真迹，惊叹之余，亲自临摹，他们这些名手大家的临摹本流传世间，成为宫廷和收藏家的珍品。而《兰亭序》原始真迹一直不知所终。人们推测，可能是唐太宗去世后，此真迹作为皇帝的爱物殉葬了。

存世的唐临摹《兰亭序》墨迹本众多，主要有四大临本：褚本、虞氏黄绢本、冯本、定武石拓本，而以冯本即"神龙本"为最著盛名。在《兰亭序》的石刻拓本中，最有传奇色彩的则是《宋拓定武兰亭序》了，也就是定武本。

《兰亭序》之褚氏临本，纸本墨笔，行书，纵 24 厘米，横 88.5 厘米，为唐代大书法家褚遂良所临，因卷后有北宋书法家米芾的题诗，又称"米芾诗题本"。此卷是《兰亭序》的早期临摹品，也是最能体现原作精髓的唐代临本。褚本注重精髓，讲究体现原作的魂魄，笔力健朗，点画温润，字字血脉畅通。

此卷真伪一直有争议。旧传为褚遂良所临摹真迹，因此，卷前有明代鉴藏名家项元汴标题"褚摹王羲之兰亭帖"。据专家研究考证，全卷由两纸拼接，前纸 19 行，后纸 9 行。卷中文字均匀，以临写为主，辅以勾描。卷上有宋、元、明各代名家题跋、款识，钤有鉴藏家收藏印、鉴赏印 215 方，半印 4 方。其中 2 方"滕中"印为北宋印，7 方"绍兴"、"内府印"、"睿思东阁"等印为南宋绍兴内府印，和第一后纸

米芾诗题以及 7 方钤印等都是真的。此卷为楮皮纸本,是唐末至宋时使用的纸张,由此,应确定此卷为唐末或者北宋米芾前之临摹本。此卷传承有绪,两入内府:经北宋滕中之手,辗转传入南宋绍兴内府;后由元赵孟頫,明浦江郑氏,项元汴,清卞永誉收藏,到乾隆年间,收入皇宫内府之中。此卷现藏于台北故宫博物院。

《兰亭序》之虞氏临本,白麻纸本,行书,纵 24.8 厘米,横 57.7 厘米,为唐代大书法家虞世南所临,因卷中有元天历年内府藏印,又称"天历本"。此卷是《兰亭序》的早期临摹品,也是最能体现原作生动意韵的临本。虞世南之书法得智永大师真传,承继魏晋古风古韵,在运笔和气势上,很接近王羲之的书法,尤其是用笔浑厚,意韵生动,虞氏临本十分接近原作。

此卷流传有序,真伪扑朔迷离:自唐至明,一直都认为此卷是唐褚遂良临本;明代时,大书画家董其昌重新认定,特地在题跋中认为"似永兴(虞世南)所临"。从此,后世从董其昌说,改称此卷为虞世南本。入清以后,此卷传到大臣梁廷标手中,他在卷首题识"唐虞世南临禊帖"。全卷用两纸拼接,各书 14 行。布局上,文字排列松散、均匀,有点接近石刻定武本。运笔方面,点画圆转,墨色清淡,没有锐利笔锋,古香古色。清宫刻"兰亭八柱",此帖列为第一。

据最新考证,此卷当为唐代辗转翻摹古本。卷中有宋、明、清诸名家题跋、款识 17 则,钤有各种印章 104 方,半印 5 方。卷中前拼纸部位,钤有元文宗图帖睦尔天历年间之"天历之宝"内府朱文印,故又称天历本。其后拼纸下有一行小楷题识:臣张金界奴上进。"天历之宝"和此题识应该是真迹无疑。后隔水处,钤宋内府印。第一尾纸上,有宋魏昌、杨益题名以及明初大臣宋濂题跋,均为后人所配。而后接纸上的明人题跋、款识等等,则都是真的。此卷命运坎坷,经历丰富,辗转流传,三入皇宫内府:先入南宋高宗内府,接着进元文宗内府,经明杨士述、吴治、董其昌、茅止生、杨宛、冯铨,清梁清标、安岐之手,到乾隆年间,三入清宫内府。明董其昌《画禅室随笔》,张丑《真迹日录》、《南阳法书表》,汪砢玉《珊瑚网书录》,清吴升《大观录》,安岐《墨绿汇观》,阮元《石渠随笔》,清内府《石渠宝笈续编》诸书,均有详细记录。

《兰亭序》之冯氏临本,纸本墨笔,行书,纵 24.5 厘米,横 69.9 厘米,为唐代内府拓书官冯承素所临,因为其卷引首处钤盖有唐中宗年号"神龙"二字的左半小印,又称"神龙本"。此卷是《兰亭序》的早期临摹品,也是最能真实体现原作原貌的临本,历代评价极高。全卷纸质光洁,行文精细,笔力清新流畅。用笔方面,俯仰反复,笔锋尖锐,间有贼毫、叉笔。其前后左右布局合理,疏密适中,错落有致。

元人郭天锡评述"神龙本":"书法秀逸,墨彩艳发。奇丽超绝,动心骇目。毫铓转折,纤微备尽。下真迹一等。"这卷传世最真的神龙帖,墨色鲜活,神韵跃然纸上。特别是其摹写勾勒,精细入微,纤毫毕现,令人吃惊。其牵丝之手法是较为独特的,全帖数百字之文,几乎无字不用牵丝。其俯仰婀娜之态,运笔多变而不觉其佻,其笔法、墨气、行款、神韵,栩栩如生;其破锋、断笔、结字、行文,均精微入神。可以说,在传世的《兰亭序》诸临本中,此卷最称精美,也最接近王羲之原品真迹,其神清骨秀的风格,可看作是最能体现王羲之书法的真传临品。

此卷为楮纸本,由两纸拼接而成:前纸13行,行款疏松;后纸15行,行距紧凑。后纸上,有明大收藏家项元汴题记"唐中宗朝冯承素奉敕摹晋右军将军王羲之兰亭禊帖"。由此,人们定此本为冯承素临本。但据专家考证,卷首"神龙"半方小玺并不是唐中宗内府印,而是后人添加的。因此,确定为冯承素临本似乎不足信。不过可以肯定的是,此卷为唐以来最重要、最逼真的临本。此卷前隔水,有四字标题"唐摹兰亭";引首处,有乾隆御笔四字"晋唐心印";后纸,有宋、元、明各代名家题跋、款识20则,有历代收藏、鉴赏家收藏印、鉴赏印180余方。此卷精妙,三入皇宫内府:南宋时,一入高宗、理宗内府。后来由驸马都尉杨镇收藏。经元郭天锡,二入明宫内府。后经明王济、项元汴,清陈定、季寓庸诸人之手,到乾隆时期,三入清宫内府,成为乾隆皇帝鉴赏的御府神品。此卷现收藏于北京故宫博物院。

《兰亭序》之欧阳氏临本,是唐代大书法家欧阳询的临本。刻帖本临自欧阳询临本,因为在宋仁宗庆历年间发现于河北定武而得名,称为"定武本"。宋徽宗宣和年间,此帖勾勒上石。定武本原帙失传,世间仅有拓本传世。这件法帖为原石拓本,是定武兰亭刻本中最珍贵的石拓本。此卷是《兰亭序》的早期临摹品,也是最能体现原作风骨的临本。

可以这样说,唐人的四大临本,从不同的角度和层面,全方位地展现了书圣王羲之天下第一行书《兰亭序》的风骨、魂魄和神韵,成为后世传承和研究"兰亭"两大系的源头:一是帖学体系,以虞本、冯本、褚氏黄绢本为宗的法帖体系;一是碑学体系,以定武拓本为宗的碑学体系。这两大体系是千百年来"兰亭"家族的两大宗,它们并行于世,造就了一代又一代兰亭大师。

唐人传世的这四大临本曾完整无缺地收入清宫,成为乾隆时期重要的内府收藏。后来国事变迁,国宝流失宫外,这几大《兰亭序》临本命运各异,骨肉离散:

275

褚遂良黄绢本,也就是"米芾诗题本",现藏于台北故宫博物院;唐代最好的几种临摹本,基本上都收藏在北京故宫博物院,包括褚本、虞本、冯本、欧阳询本。

唐颜真卿《祭侄文稿》

颜真卿(709—784),字清臣,唐京兆万年(今陕西西安)人,祖籍是琅琊临沂(今属山东)。颜真卿是唐代,也是中国历史上最杰出的书法家之一。他匠心独运,自成一体,所创立的楷书人称"颜体"。他的楷书独树一帜,对后世影响很大,与柳公权并称为颜柳——"颜筋柳骨",与柳公权、欧阳询、赵孟頫并称为中国"楷书四大家"。

颜真卿小的时候家中贫寒,连纸和笔都买不起。但他天生就喜欢写字,怎么办?只好用木棍蘸着黄土水在墙上练字。后来他以名师为师,学习书法:最初学褚遂良;后来师从张旭,尽得张氏笔法;接着他广泛吸收初唐四大书法家的书法特点,以楷书为主,兼收并蓄,充分吸收篆书、隶书和北魏书法的笔法、气韵和笔意,创立了一种独特的楷书风格,稳健、厚重、雄劲、宽博,人称颜体,形成了独特的唐代楷书模式,也成为中国历代楷书的典范。

从书法艺术上说,颜真卿的楷书是一种全新的书法模式:他一改早期的书法范式,也一反初唐时期盛行的书风,以稳健、厚重、敦实的篆、籀笔法,化传统的瘦削硬板为丰腴雄厚、身宽体博,整体上看,气势磅礴,结构恢宏,笔力遒劲,端庄稳重,有一种凛然之气,代表着一种盛世帝国的胸怀和风度。北宋书学大师朱长文称赞颜体:"点如坠石,画如夏云,钩如屈金,戈如发弩,纵横有象,低昂有志,自羲、献以来,未有如公者也。"诗人欧阳修说:"颜公书如忠臣烈士、道德君子。其端严尊重,人初见而畏之,然愈久而愈可爱也。其见宝于世者,有必多,然虽多而不厌也。"

颜体书法别开生面,对后世影响深远。可以说,大唐以后,许多帝王和书法名家都师从颜真卿,从颜体之中汲取营养。包括行书、草书和行草,许多名家都是先习二王书法,再学颜体,在此基础上才可以行草书之事。所以大文豪苏轼说:"诗至于杜子美,文至于韩退之,画至于吴道子,书至于颜鲁公,而古今之变,天下之能事尽矣。"

颜真卿一生勤于笔耕,著有《吴兴集》、《卢州集》、《临川集》。颜真卿很勤奋,一生留下了大量的墨迹书宝,尤其是题写碑石极多,流传至今的,包括:《元结碑》,刚劲深厚;《宋广平碑》,雄浑广博;《臧怀恪碑》,雄伟挺拔;《李玄静碑》,遒劲厚实;《干禄字书》,端正持重;《郭家庙碑》,开怀畅朗;《多宝塔碑》,结构严谨;《东方朔画赞碑》,雄健浑厚;《谒金天王神祠题记》,稳健遒劲;《麻姑仙坛记》,庄严厚重;《大唐中兴颂》,摩崖刻石,方正敦实;《八关斋报德记》,气势如虹;《颜氏家庙碑》,筋肉俱丰。颜真卿传世墨迹不多,但件件都是珍品,包括《祭侄文稿》、《争座位帖》、《刘中使帖》、《自书告身帖》等。

《祭侄文稿》是颜真卿为侄子颜季明所作的祭文,祭奠颜季明在安史之乱时英勇就义。唐玄宗天宝十四载(755),镇守北疆的安禄山、史思明拥数万之众起兵造反,大军直扑京城。平原太守颜真卿奋起抵抗,立即联络其从兄、常山太守颜杲卿,一同率领官军讨伐叛军。叛军兵锋正盛,军力雄厚。第二年正月,叛军史思明部以数倍的优势兵力攻陷常山。常山太守颜杲卿率众顽强杀敌,最后寡不敌众,颜杲卿及其少子颜季明等被捕。史思明诱迫颜杲卿、颜季明投降,季明无所畏惧,怒斥叛军。颜杲卿、颜季明父子先后遇害,英勇牺牲,颜氏一门三十余人全部被杀。

安史之乱爆发以后,唐肃宗即位。乾元元年(758),颜真卿派专人前往河北常山一带,寻访侄子颜季明的身首尸骨。面对为国捐躯的壮士遗体,颜真卿悲愤交加,含泪挥笔,写下了这篇流芳千古、满含激情的祭侄文。颜真卿亲笔手书,完成了这篇行书杰作——《祭侄文稿》。

颜真卿留下的书法作品包括《湖州帖》、《竹山堂联句》和《祭侄文稿》等,都是颜体稀有的存世作品。《湖州帖》、《竹山堂联句》十分珍贵,现由北京故宫博物院收藏。《祭侄文稿》是颜真卿颜体书法著名的"颜氏三稿"(《祭侄文稿》、《争座位帖》、《告伯父文稿》)之一,被列为"颜氏三稿"之首,也是颜氏书法的代表作。此帖是历代争相收藏的名帖之一,是历代法帖的必收作品,后世仿效、临摹不绝,是公认的行书佳作,受到世人的赞扬。

历代书法法帖的创作讲究静心屏气,心到神到,才能出神入化。既抒情,又写好书法,可以说,这是世界上第一难事,然而颜真卿做到了。他的《祭侄文稿》堪称惊世之作:运笔自如,坦白直率,将真挚情感运于笔墨的点画之间,饱含激情和悲愤,或急或缓,或疏或密,不在意工拙,无拘无束,信马由缰,随心所欲,真是将激情与书艺完美结合的典范。观赏作品,感觉其书法之功力和书法之中蕴含的深切情感,强烈地冲击和震撼着每一个观者之心,给人以壮美和崇高之感,回味无穷。

王羲之的《兰亭序》问世在先,人称是"天下第一行书"。元代学者鲜于枢是书

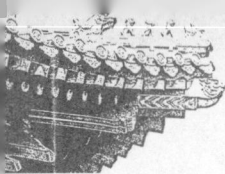

法鉴赏大家,他品评《祭侄文稿》,称此帖为天下第二行书。其实如果从笔法、气势和结构上看,《祭侄文稿》并不在王羲之的《兰亭序》之下,其声情并茂,书艺超群,干裂秋风,润含春色,当为天下第一行书。

《祭侄文稿》,麻纸本,行书,纵 28.2 厘米,横 75.5 厘米;23 行,行 11—12 字不等。全帖共 234 字。帖上钤有 "赵氏子昂"、"大雅"、"鲜于"、"枢"、"鲜于枢伯几父"、"鲜于"等印。此帖曾收入宋徽宗宫廷,成为宣和内府珍品。后来经历代名家收藏,历元张晏、鲜于枢,明吴廷以及清徐乾学、王鸿绪诸人之手,最后进入清宫,成为内府收藏的珍贵法帖之一。此帖现收藏于台北故宫博物院。

唐怀素《自叙帖》

怀素(725—785),唐代僧人,字藏真,幼年出家为僧,僧名怀素,永州零陵(今湖南零陵)人。在中国书法史上,他是一位领一代风骚的草书大家,他的草书独树一帜,用笔刚劲,浑圆有力,流转如环,纵横连线,极尽奔放流畅之能事,人称"狂草"。他与唐代的草书大家张旭齐名,风格迥异,人称"张颠素狂",又称"颠张醉素"。

怀素喜欢结交朋友,能诗善文,常与大诗人李白、杜甫、苏涣等人来往。他性情豪爽,爱好喝酒,每饮则兴起,无论何时何地,不分地点场合,在墙壁、衣物、器皿上任意发挥,随心狂写,人称其为"醉僧"。从师承上说,怀素的草书师法张芝、张旭,发扬光大,青出于蓝而胜于蓝。唐吕总《读书评》品评天下书迹,认为:"怀素草书,援毫掣电,随手万变。"宋书法品评家朱长文在专著《续书断》中将怀素草书列为妙品,评论其:"如壮士拔剑,神采动人。"

怀素自幼喜佛,聪明好学,痴迷于书法。这段经历,他在《自叙帖》中叙述说:"怀素家长沙,幼而事佛,经禅文暇,颇喜笔翰。"虽然他勤奋好学,可是没有钱,买不起纸和笔,怎么办?怀素自有办法,他找来一块木板,又找来一个圆盘,在上面涂上白漆,用木棍、笔反复书写。他用漆盘、漆板代纸,勤学苦练,圆盘、木板都写穿了,写坏的笔头、木棍不计其数,这些笔头都埋在一角,人称"笔冢"。后来他觉得漆板太光滑,不好着墨,觉得练不好书法,于是,在寺院附近开垦了一大块荒地,不辞劳苦地种植了一万多株芭蕉树。由于寺院周围触目所及,都是一片片芭蕉林,因此他把这里称为"绿天庵"。几年后,芭蕉树长大了,他笑逐颜开,开玩笑说:有习字纸了!从此,他经常摘下芭蕉叶,整齐地铺在桌子上,挥毫习字,寒暑不断。

怀素夜以继日地练字,用不了多少日子,一万株老芭蕉叶用光了!可是小芭蕉叶又舍不得摘,怎么办?他灵机一动,有了个办法:他带着笔墨,直接站在芭蕉树前,就着芭蕉鲜叶大书特书,肆意狂写。从春天写到夏天,从夏天写到秋天,三伏天挥汗如雨,三九天手肤冻裂,他坚忍不拔,持之以恒地在芭蕉叶上练字。怀素写完一片地的芭蕉,再写另一片地,练习从未间断,绿色的芭蕉叶变成了一片斑驳,一大片芭蕉林变成了斑驳陆离的试验地,成为当地方圆数十里的特殊风景。

怀素运笔神速,如狂风骤雨,飞转流动之间千变万化,不乱法度。怀素书法的最大特点是善于运用中锋,他气势磅礴地书写大草,有人形容为"骤雨旋风,声势满堂"。怀素的草书纵横放达,进入化境,到达了一种超然物我的特殊境界,有诗为证:"忽然绝叫三五声,满壁纵横千万字。"令人惊奇的是,怀素的书法虽然迅疾,但他留下的众多通篇草书作品中极少出现失误的情形。这种状况,与许多书法大家书法混乱、错误连篇相比,有着天壤之别。

虽然怀素的狂草率性飘逸,千变万化,但他的书法魂魄依然不离魏晋法度,这是多年在寺院中以极大的毅力苦修得来的结果。据记载,怀素性情狂放,草书出神入化,声名远扬。在京城长安,怀素的声誉也与日俱增,有人形容为青云直上。文人们很喜欢他,称赞他和他草书的诗篇多达三十余篇。米芾在《海岳书评》中说:"怀素如壮士拔剑,神采动人,而回旋进退,莫不中节。"

怀素的不拘一格、狂放不羁,引来文人们的一片称赞之声。王公大臣、贵戚名流通过各种渠道认识怀素,纷纷结交这个与众不同的狂僧。唐代诗人任华曾对怀素及其狂草写有一首诗加以描述:"狂僧前日动京华,朝骑王公大人马,暮宿王公大人家。谁不造素屏,谁不涂粉壁。粉壁摇晴光,素屏凝晓霜。待君挥洒兮不可弥忘,骏马迎来坐堂中,金盘盛酒竹叶香。十杯五杯不解意,百杯之后始颠狂。"诗人李白写有《草书歌行》,曼冀有《怀素上人草书歌》、《草书屏风》等诗,都以美妙的诗句描述和称赞怀素狂草的神妙莫测和出神入化!

怀素留下的草书墨迹众多,主要包括《自叙帖》、《苦笋帖》、《食鱼帖》、《圣母帖》、《论书帖》、《千字文》、《藏真帖》、《清静经》、《北亭草笔》、《大草千字文》、《小草千字文》、《四十二章经》等等。

就怀素传世的作品分析,大致可以分为三类:第一类,继承前人书法风格的作品,包括《食鱼帖》、《圣母帖》、《苦笋帖》、《藏真帖》等,这些书帖基本上不同程度地保留了魏晋时期的书法遗风,尤其是《圣母帖》,带有明显的颜真卿风格;第二类,独树一帜、自成一家的作品,包括《自叙帖》、《清净经》、《北亭草笔》、《四十

279

二章经》等；第三类，是心境平和的书法作品，包括《小草千字文》、《大草千字文》等，这些草书墨迹清澈自然，平淡祥和，与其他作品的狂放肆意之风相比大相径庭，似乎是完全换了一个人书写的。

《自叙帖》是怀素的草书作品，人称"中华第一草书"。从内容上看，此帖是一篇自叙之作，是作者的书法心得，是怀素叙述自己多年练习草书的经历、临摹前辈大师的书法经验、创立狂草时的特别感受，以及当时文人、士大夫对他草书作品的欣赏和评价。在这篇《自叙帖》中，怀素特别提到了当时闻名遐迩的几位名人和书法大师，包括颜真卿、戴叔伦等人对他作品的首肯和赞赏。从书法上说，此帖通篇是狂草，笔走龙蛇，字字中锋，就好像在沙堆上用锥子划沙一样，笔力雄劲，纵横之线旁若无人，斜竖线条无往不胜；上下连接，左右呼应，气势恢宏，如狂风骤雨。明代书法鉴赏家安岐评价此帖："墨气纸色，精彩动人。其中纵横变化发于毫端，奥妙绝伦，有不可形容之势。"明代画家文徵明敬仰怀素，称赞其"藏真书，如散僧入圣；狂怪处，无一点不合轨范"。

280

《自叙帖》是一件传世的草书杰作，也是怀素草书的代表性作品。《自叙帖》，纸本，纵31.4厘米，横1510厘米。全帖126行，共698字。据记载，此帖大约书写于唐大历十二年(777)。在流传过程中，原作真迹的首六行年久磨损，渐渐失传。展开全卷，俯瞰整个法帖，前六行与后面的书法有很大不同，一目了然：此帖前面六行，据研究，是由此帖收藏人宋大臣苏舜钦补写完成的。从第七行开始，才是真迹。两相比较，书法的笔力和风格诸方面确实有天壤之别。书帖前的引首部分有明代著名大臣李东阳篆书四字："藏真自叙"；书帖的后部有南唐升元四年(940)的跋文，记载了此帖传入南唐之后，由大学者邵周等人重新装裱，他们写上题记，记述流传经过。帖上留下了许多题跋和印章，真实地记录了此帖传承有绪的流传历史。

从印章上说，帖上主要钤盖有"建业文房之印"、"佩六相印之裔"、"四代相印"、"许国后裔"、"武乡之印"、"赵氏藏书"、"秋壑图书"、"项元汴印"、"安岐之印"等。从这些收藏、鉴赏和闲章等印玺来看，此帖辗转流传，命运坎坷：唐亡以后，先是传入南唐，收藏于南唐内府之中；然后经宋苏舜钦、邵叶、吕辩、贾似道和明徐谦斋、吴宽、文徵明、项元汴诸人之手；入清以后，传到徐玉峰、安岐等人手中，于乾隆年间进入清宫，成为清内府的重要收藏。乾隆皇帝十分喜爱此帖，帖上有乾隆皇帝和宣统皇帝钤盖的鉴赏印："乾隆"、"宣统鉴赏"等。据曾行公的题识记载，旧帖之上，有米元章、薛道祖、刘巨济等几位名家的题款，后来这些款识渐渐失传。宋书法家米芾的《宝章待访录》、黄伯思的《东观馀论》和清学者安岐的《墨缘汇观》等书，详细地记录了此帖的流传情况。怀素《自叙帖》原件真迹一直收藏在清宫之中，后随文物南迁，运往台北，成为台北故宫博物院藏品之一；北京故宫博物院藏有此帖的影印本。

南唐顾闳中《夜宴图》

顾闳中是五代时期的人，南唐李后主时的宫廷画师。李后主最早在宫廷之中设立画院，召集天下最优秀的画师入充院中。顾氏是江南人，召为南唐画院待诏，成为宫廷画师，以擅画人物著称，他的经典作品就是《韩熙载夜宴图》。韩熙载是位才华出众的大臣，因为才华过人，遭遇妒忌，受到同僚的排斥和主上的猜忌，只能以纵情声色来掩护自己，借以宣泄内心的忧郁。李后主不放心，还是派近臣顾氏、周氏二人深夜前往韩府探视求证。顾氏、周氏都是御用宫廷画师，他们将在韩府所见所闻一一默记在心，归来后画成《夜宴图》，送呈后主御览。

《夜宴图》画卷分五段，分别描绘了韩熙载听乐、观舞、休息、清吹、送别的场景。韩熙载躯体高大，身形伟岸，头戴一顶高冠，长髯飘逸，神情俊朗，是一位性情豪放却不失分寸的美男子。即使在与乐伎嬉戏的场合，他也不失威严，仍然保持着高贵而庄重的神情。从他的眼神、表情和行为上，丝毫看不出一点失态和轻佻。整个画面富于动感，人物生动，形象逼真。

《夜宴图》是一件不可多得的杰出画品，整幅画作如同一幅连环画，前后相连，每一个场景以屏风隔开，自成体系。韩熙载是夜宴的主人，自然也是画卷的中心。他在不同场合一再出现，不仅参与了教坊副使李嘉明极富艺术气质的妹妹的弹琴活动，还热心地参加了舞师王屋山的激情舞蹈，特别是在王氏跳六幺舞时，他手持鼓槌的样子活灵活现。他悠然自在地往来于宾客、乐妓之间，尤其是他那示意勿打扰别人的神态，简直是出神入化，十分迷人。

台北故宫博物院收藏了画卷五部分中的送别部分，其余部分仍然收藏于北京故宫博物院。引首有明人题篆书大字："夜宴图。太常卿兼经筵侍书程南云题"。前隔水有宋人题款，四行核桃大的行书。明代大学者顾复称：此书是宋高宗赵构御笔。卷上钤有收藏印，从南宋史弥远绍勋印到近代画家张大千印，共46方。特别珍贵的是，前隔水处有乾隆皇帝亲笔题写的韩熙载小传。清乾隆皇帝鉴赏此

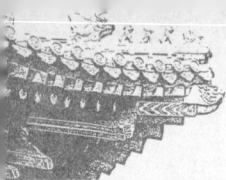

画,《石渠宝笈初编》著录了此卷。

北宋苏轼《寒食帖》

苏轼(1037—1101),字子瞻,号东坡居士,眉州眉山(今四川眉山县)人。他是北宋时期著名的词人、诗人、书法家、画家和美食家,"唐宋八大家"之一。苏轼多才多艺,除了诗、词,他在书法、绘画等艺术领域也独树一帜,给后世留下了极其宝贵的财富。可以说,苏轼是中国历史上和艺术史上十分罕见的全才,他的文学、艺术达到了极高的造诣,是中国最杰出的文学、艺术大家之一:诗歌方面,他与黄庭坚并列,合称苏黄;词曲方面,他与辛弃疾齐名,并称苏辛;散文方面,他与欧阳修并驾齐驱,人称欧苏;书法方面,他与黄庭坚、米芾、蔡襄并称为北宋四大家;绘画方面也独具特色,开创了绘画史上的湖州画派。

苏轼天赋很高,功底深厚,书法以晋、唐风骨为根基,博采王僧虔、李邕、徐浩、颜真卿、杨凝式等众家之长,融会贯通,自成一家。他为人浪漫,用笔丰腴,其书法作品充满着天真烂漫的情趣。谈到书法时,他认为自己的书法不拘一格,不模仿前人,完全是自创新意,他说:"我书造意本无法……自出新意,不践古人。"

苏轼才华横溢,却一生坎坷。表现在他的书法之中,就形成了飘逸、潇洒的独特风格,对后世的帝王将相、文人士子影响颇深。宋代的黄庭坚、韩世忠、陆游,明代的刘基,清代的张英、张廷玉、张之洞等人,在诗词、书法方面都以东坡为师,欣赏、临摹他的书法,学习他的诗词。黄庭坚喜欢东坡的书法,他在《山谷集》里多次说到东坡,对他评价极高。他说东坡:"早年用笔精到,不及老大渐近自然……到黄州后,犊笔极有力。"黄庭坚认为,当世书法第一人,应当是苏轼:"本朝善书者,自当推(苏)为第一。"

苏轼留下的书法作品十分珍贵,主要包括:《治平帖》、《江上帖》、《东武帖》、《北游帖》、《宝月帖》、《令子帖》、《渡海帖》、《一夜帖》、《近人帖》、《梅花诗帖》、《前赤壁赋》、《怀素自序》、《与范子丰》、《宸奎阁碑》、《中山松醪赋》、《洞庭春色赋》、《人来得书帖》、《李白仙诗帖》、《新岁展庆帖》、《次辩才韵诗》、《答谢民师论文帖》、《次韵秦太虚诗帖》、《祭黄几道文卷》、《致南圭使君帖》、《致若虚总管尺牍》、《寒食帖》等。

苏轼所书《寒食帖》,又名《黄州寒食帖》、《黄州寒食诗帖》,是一件十分稀有的行书作品。这篇《寒食帖》是大诗人苏轼的一首节令之时的遣兴之作,抒发了诗人怀才不遇的人生感慨。因为政见不合时宜,自视甚高的苏轼被骤贬到黄州,做了个没有实职的团练副使。这是到黄州的第三年,又是一个满目荒凉的寒食节。天气幽寒,景物萧瑟,眼前一片苍茫,苏轼触景生情,感慨万千,于是铺纸挥毫,一气呵成,写下了这首《寒食帖》。

《寒食帖》笔力遒劲,诗意苍凉,意境凄婉,运笔跌宕起伏。全卷行文豪情奔放,波澜壮阔,气势恢宏,充分表达了诗人坐困黄州的孤独心情和空怀壮志时的惆怅感受。《寒食帖》与苏轼的其他作品不同,可以看作是他的行书代表作,也是他书法方面的上乘作品。黄庭坚对于苏轼此帖评价极高,认为有颜真卿书法的特点,绝对是苏轼的神来之笔。黄庭坚说,如果让苏轼再写,不一定能写得出来此帖。黄庭坚在诗后题跋:"此书兼颜鲁公、杨少师、李西台笔意,试使东坡复为之,未必及此。"

南宋初年,此帖传到张浩之侄孙张演手中,他爱不释手,特地在卷中题跋:"老仙(苏轼)文笔高妙,灿若霄汉、云霞之丽。山谷(指黄庭坚)又发扬蹈厉之,可谓绝代之珍矣。"入明以后,此帖由明代大收藏家、书画家董其昌收藏,他十分珍爱此帖,认为此帖是他见过的 30 余幅苏轼真迹中的巅峰之作。他在帖后题语:"余生平见东坡先生真迹,不下三十余卷,必以此为甲观!"人们将东晋王羲之《兰亭序》、唐颜真卿《祭侄文稿》和宋苏轼《寒食帖》并列,合称为"天下三大行书";或者直接称苏轼《寒食帖》为"天下第三行书"。天下三大行书,可以这样概括:晋王羲之《兰亭序》在雅,有儒雅之风;唐颜真卿《祭侄帖》在仁,有贤士风范;宋苏轼《寒食帖》在骨,有文人学士傲岸风采。

《寒食帖》,纸本,25 行,共 129 字。清乾隆年间,此帖辗转流传,进入清宫,成为内府的珍贵藏品。精于鉴赏的乾隆皇帝亲自鉴定,将此帖按照一等品收藏,编入内府珍品系列的《三希堂法帖》中。乾隆皇帝很喜爱此帖,一有空闲就拿出来赏玩,兴之所至,挥笔在卷上题跋、赋诗。乾隆十三年(1748)四月初八日,乾隆皇帝在此卷上御笔题跋:"东坡书豪宕秀逸,为颜、杨后第一人。此卷乃谪黄州日所书,后有山谷跋,倾倒至极,所谓无意于佳乃佳!"乾隆皇帝十分感慨,意犹未尽,特地在卷首御书四个大字作为标题:"雪堂余韵。"

《寒食帖》作为皇帝喜爱的珍品,被珍藏于圆明园中,专室收藏,专人保管,定期检查。咸丰十年,英法联军火烧圆明园,无数宫廷珍宝或被掠夺,或被焚毁,《寒食帖》却奇迹般地保存了下来,流落民间。

《寒食帖》辗转流传，先后历经冯展云、盛伯羲、完颜朴孙等藏家之手。1917年，《寒食帖》在北京一个书画展览会上首次公开露面，立即引起了文物界的轰动，书画家、收藏家对此帖表现了极大的关注。1918年，颜韵伯购得此帖，并于同年12月19日——苏轼诞辰纪念日——那天研墨挥笔，在卷上题写跋记，记录此帖的流传经过。

1922年，颜韵伯东渡日本，以高价将《寒食帖》卖给日本东京的收藏家菊池惺堂。1923年9月，东京发生了特大地震，菊池惺堂家正处在地震的中心区，几乎遭到了灭顶之灾。劫后余生的菊池惺堂不顾一切冲进废墟中的火海，冒着生命危险救出了《寒食帖》。

大地震后，菊池惺堂辗转各地，《寒食帖》一直带在身边，不离左右。后来他将这件珍品寄存在友人内藤虎家中。1924年4月，菊池特请内藤虎在帖上题写跋文，记述这件《寒食帖》辗转流传日本各地的经过。珍珠港事件后，美国轰炸日本东京，寄身于东京的《寒食帖》却躲开了枪林弹雨，安然无恙。

《寒食帖》流落日本，令许多中国的仁人志士们食不甘味，夜不能寐。二战刚刚结束，国民政府外交部长王世杰就着手搜访流失海外的珍贵文物。王世杰特地嘱托友人，前往日本寻访《寒食帖》的下落。王世杰指示：一旦发现此帖，或者得知此帖下落，立即不惜一切代价，以重金购回！很快，发现了《寒食帖》的下落，经过反复交涉、谈判，终于以重金购回了此帖。珍品失而复得，国人感慨万千，他们在帖后题跋，详细叙述了此帖流失日本东京的经过，以及从日本购回、回归中国的艰难历程。此帖现收藏于台北故宫博物院。

十余年后，台北故宫博物院举办了一个大型书画展览。在这个展览会上，他们特地展出了馆藏中的稀世珍品《寒食帖》的复制品。复制品是全真卷轴装，幅长7.3米。据报道，当时观者如潮，轰动一时。据说台北故宫博物院将《寒食帖》只复制了十件，每件分别编号。这些珍贵的复制品绝大部分被世界上顶级的各大国家博物馆所收藏，只有两件一直下落不明。1975年，日本的山上次郎特地前往台北，参观大型书画展。山上次郎是个地道的东坡迷，他在《寒食帖》复制品前流连忘返，不想离去。最后，他以重金买下了台北展厅中这最后一件复制品。

1985年11月2日，山上次郎率领由日本东坡迷组成的"东坡参观访问团"访问中国大陆。他们一行人来到《寒食帖》产生的故地黄州，在东坡赤壁参观，与中国的专家进行交流。山上次郎心情很激动，最后，他将自己高价购得的这幅《寒食帖》全真卷轴复制品无偿捐赠给黄州东坡赤壁管理处。这幅《寒食帖》复制品是十件复制品之一,也是在中国大陆唯一的一件复制品。1995年,在山上次郎的倡议下,中国方面在东坡赤壁修建了一座"中日友好之舍",这件捐赠的《寒食帖》全真卷轴复制品第一次在这里公开展出。1995年4月6日,台湾地区邮政部门专门发行了一套《寒食帖》邮票,横式四连张印刷,一套4枚,在边纸上还特地印上了黄庭坚的《寒食诗跋》。

北宋米芾《蜀素帖》

米芾是中国北宋时期最有艺术家个性特征的书画家和理论家,生于吴地,祖籍则是太原。他的天赋极高,为人潇洒豪迈,却好洁成癖。他推崇大唐,衣饰方面喜欢仿效唐人,穿唐服,用唐器物,临唐书画。一生痴迷奇石,多方搜罗。最为奇怪的是,他只要一见到奇石,就会身不由己地伏地跪拜,人称米颠、米石颠、米狂。他学识渊博,历官校书郎、书画博士,官至礼部员外郎。他善写诗词,精于鉴赏,书、画别具一格,自成一家。书法方面,他擅长篆、隶、楷、行、草等多种书体,特别是在临摹古人书法方面造诣极深,所临之字画几乎达到了乱真程度,有时连自己都难以辨识。

米芾在书法方面用功最苦,用力最勤,造诣最深,因此他的书法成就也最高,尤以行书成就最大。对于他所取得的成就,他曾自谐说是"集古字"而已。所以有人写诗这样描述他:"天姿辕轹未须夸,集古终能自立家。"从师承上说,米芾早期以五位唐代大书法家为师,他们是颜真卿、欧阳询、褚遂良、沈传师、段季展。后来苏轼让他临摹晋书,从此他开始转向师从三王等晋人书法。从运笔上说,米芾有很多独特的法门功夫,也算是他的独门商标。比如书写"门"字,他常常右角大圆转,竖钩则陡起,书蟹爪钩等等。这些特点显然是学自颜氏之行书。

从字体上说,外形竦削、体态丰腻的书法,是模仿自欧体字。至于褚遂良书法,学自王羲之、虞世南、欧阳询诸家笔法,自成一系。褚氏是书法天才,他将王羲之和虞、欧笔法融为一体,形成自己方圆兼备、收放自如的书法风格,在大唐众多的书法大家中,褚氏书法显得更加舒展,也更有亲和力。米芾最爱褚遂良的用笔和结体,他称赞褚氏的书法:"如熟驭阵马,举动随人,而别有一种骄色。"沈传师之行书近似于褚遂良。在大字行书方面,段季展是首屈一指的人物,米芾学段季展之大书,形成"刷字"如风的磅礴气势,书写"独有四面"之大字行书。

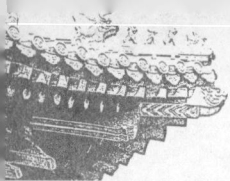

米芾行书《蜀素帖》,又称《拟古诗帖》,是米芾书法方面的代表作,也是后人推崇备至的杰作,有人甚至称为中华行书第一美帖。绢本,墨笔,行书。纵 29.7 厘米,横 284.3 厘米。这件作品完成于宋哲宗元祐三年(1088)。这一年米芾已经 38 岁了。全卷是在蜀素上写各体诗 8 首,共 71 行,658 字,署款"黻"字。"蜀素",是北宋时期享誉天下的丝织品,由四川织造,手感细腻,质地精良。用于书法的蜀素织有乌丝栏,丝绸十分考究。

据说,一个叫邵子中的人,曾将一段蜀素装裱成卷,意在有机会时,恭请名人在蜀素上留下墨宝。可是此卷蜀素传了邵氏祖孙三代,竟然无人敢写。不是没有名书法家,而是这卷蜀素织品纹理粗糙,行笔十分滞涩,如果没有深厚的功力,绝对不敢问津。这卷蜀素流传至宋代湖州(今浙江吴兴)郡守林希手中,收藏了整整 20 年。元祐三年八月,大书法家米芾应郡守林希的盛情之邀,游览太湖及苕溪。苕溪在太湖附近,风景秀丽。林希特地在苕溪秘阁隆重招待米芾。品尝湖州的香茶之后,林希从内室中亲自取出珍藏了 20 年的蜀素卷,恭恭敬敬地请米芾书写。米芾一看,眼前此卷正是人们盛传的滞涩蜀素。米芾艺高胆大,才识过人,遂饱蘸浓墨,当仁不让地在蜀素上笔走龙蛇,一气呵成,完成了 8 首诗。卷末题署"元祐戊辰九月二十三日,溪堂米黻记"。这件作品就是后来名动天下的《蜀素帖》。

《蜀素帖》,8 首诗,行书于乌丝栏内。米芾运笔气势磅礴,率意放达,曲尽其美。应该说,米芾的"八面出锋"之笔变幻莫测,令人眼花缭乱。丝绸织品不易着墨,特别是这样粗糙的蜀素,因此卷上出现了较多的枯笔,纵观全卷,感觉墨色浓淡相间,若隐若现,如林间奔泉,更觉飘逸动人。董其昌欣赏米氏的书法,他在《蜀素帖》后题跋称:"此卷如狮子搏象,以全力赴之,当为生平合作。"《蜀素帖》率意、奇诡,耳目一新,一洗晋唐以来简远之书风。因此,清收藏家高士奇盛赞此帖,特地题诗:"蜀缣织素乌丝界,米颠书迈欧虞派。出入魏晋酝天真,风樯阵马绝痛快。"《蜀素帖》辗转流传,明代时,由项元汴、董其昌、吴廷等众家先后收藏。入清后,经高士奇、王鸿绪、傅恒之手,最后进入清宫,成为内府上乘珍品。此帖现收藏于台北故宫博物院。

北宋张择端《清明上河图》

《清明上河图》是中国古代绘画的杰作,是 12 世纪初期宋代著名画家张择端留给世人的一件绘画精品。张氏是东武(今属山东诸城)人,北宋宣和年间,以杰出的绘画才能被皇帝召为图画院翰林待诏,史书上称他:"性喜绘事,工于界画。尤嗜于舟车、市桥、郭径,别成家数。"

《清明上河图》为绢本设色,以写实的风格真实再现了历史名埠汴京开封一带清明时节的繁荣兴盛景象。开封是一座历史悠久的古城,这里古迹众多,人文荟萃,是宋代最为繁荣的都市。《清明上河图》真实地描绘了人杰地灵的都市风貌和热闹非凡的城乡景象,将形形色色的街市水道和五光十色的人文风情尽收画中。

画卷起首就是实写汴河两岸之自然景色,细致入微地刻画了河道两边的人文地理和风土人情——幽静的郊野牧牛,富于动感的村落放鸢,热闹非凡的迎亲队伍,茶坊酒肆的百态人生,庙宇屋舍的清静雅致,戏场剧院的人头攒动,以及亭台、楼阁、教场、溪桥、樯帆、舟车、郭径等等,无一处不是构图巧妙,精致绝伦。其笔法之工整、画面之雅致、设色之艳丽、楼阁之堂皇、反映世俗生活之细致真实,都是前所未有的。这幅鸿篇巨制堪称是中国古代社会生活真实写照的艺术名作。

《清明上河图》真迹,由北京故宫博物院收藏。卷后有金张著、张公药、郦权、王磵、张世积,元杨准、刘汉、李祁,明吴宽、李东阳、陆完、冯保、如寿等13家题跋。画卷题有季贤、宜子孙、宣统鉴赏、三希堂精鉴玺、审定名迹、嘉庆御览之宝、娄东毕沅鉴藏、东北博物馆珍藏之印、陆丹叔氏秘笈之印等鉴赏印、收藏印约67方。这幅名作,历宋内府,金武林陈氏,元杨氏、周氏,明朱氏、徐氏、李氏、陆氏、顾氏,清毕氏等先后收藏,几经辗转,最后进入故宫。关于此画,向氏《图画记》、《铁网珊瑚》、《庚子销夏记》、《石渠宝笈三编》等书都有著录。

乾隆皇帝编纂《秘殿珠林》、《石渠宝笈》,将宫中珍贵的手书经卷和宗教绘画收入《秘殿珠林》,而历代名画中的精品,经过鉴别后,选入《石渠宝笈》,不仅将明代以前重要的名人墨迹收录在内,而且还将清宫收藏的明代大家的名作和当朝皇帝、大臣和画院画师的佳作收入其中,为后人留下了一笔十分丰厚的文化遗产。

奇怪的是,《清明上河图》这样的绝世佳作,竟然没有入以鉴赏行家自居的乾隆皇帝的法眼,也没有收入乾隆时期的著名大作《石渠宝笈初编》、《石渠宝笈续编》之中,只是到嘉庆时期,编纂《石渠宝笈三编》时,才勉强收入了这幅作品。

原因很简单,儒家文化,重雅轻俗——音乐有雅乐、俗乐之分,文化也有高雅、世俗之分。就绘画而言,宫殿、楼阁、人物、花鸟之类都是高雅的内容,而百姓生活、挑水卖浆、贩夫走卒之辈则是风俗的内容,不仅皇帝好高雅、鄙风俗,士大夫群体也是以诗书相尚,不喜欢《清明上河图》这样的风俗画卷。

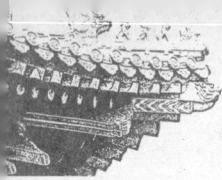

末代皇帝溥仪想盗窃宫中国宝秘籍出宫，吩咐学识渊博的陈宝琛点查宫中历代名贵字画，分成上、中、下三品。1923年十一月十七日，溥仪赏赐弟弟溥杰这卷《清明上河图》，携带出宫。随后溥仪将《清明上河图》带到东北，入藏伪满皇宫。1945年8月，溥仪被俘，随身携带的收藏名贵字画珍宝的木箱也被收缴，其中就有这幅中华第一神品《清明上河图》。

但当时情况混乱，没有人在意这些书画名品，只是随意扔在机场，后来作为战利品上缴，并陆续发现了两幅临摹本。1950年，这三件《清明上河图》，也就是一件真迹和两件临摹本，拨交东北博物馆（今辽宁省博物馆），该馆在这幅名品上正式盖上馆藏章：东北博物馆珍藏。

1950年年底，文化部组织专家清理东北遗留下来的文化遗产，文化部研究员杨仁恺奉命清点、整理东北地区收缴的战利品。杨先生在堆积如山的藏品中发现了这幅《清明上河图》真迹，欣喜若狂，差点跳了起来："1950年冬，我在东北博物馆临时库房里竟然发现张氏《清明上河图》真本！顿时，目为之明，惊喜若狂，得见庐山真面目！此种心情，不可言状！"

经过专家鉴定，一致认为，这是张择端的真迹。

1953年，中央下令，将这幅《清明上河图》真迹送回原收藏地故宫博物院。

元黄公望《富春山居图》

黄公望（1269—1354），字子久，号一峰，别号大痴道人、井西老人，浙江富阳（一作江苏常熟）人，元代著名山水画家，与王蒙、倪瓒、吴镇并称"元四家"。他从小聪明好学，勤奋刻苦，长大后博览群书，天文、地理、书法、绘画无不通晓。特别是工书法，通音律，能作曲。他的学画生涯起步较晚，但酷爱绘画，对所绘的青山绿水，必须亲临实地，仔细体察。所以，他的画千丘万壑，奇谲幽深，妙笔生花。

他曾经充满理想，满怀豪情地充任浙西廉访使署的年轻书吏，代表政府，经办田粮征收事宜。因他从不同流合污，在上司贪污案中受牵连，被诬陷下狱，受尽折磨。出狱后，他大彻大悟，改号为"大痴"。从此不投考，不当官，不问政事，终日放浪山水，漂泊江湖。后信奉"全真教"，十分虔诚，成为一位道法高深的清修道士，占卜算卦，云游江海，浪迹于杭州、松江各地。大约五十岁时，他才开始专心致志地绘画，尤其是山水创作。

黄公望早年师法北宋大画家董源，他的绘画作品多以董氏画法为基础，吸取

288

了董源、巨源、赵孟頫等各大名家之所长，师法自然，形成自己的独特艺术风格。他以山水画见长，画风独特，主要分为两类：一是浅绛色系列，描绘的是山头、岩石，笔势雄劲，浑厚广阔。一是水墨系列，用笔少皴纹，画意简洁辽远，浑厚华滋。他的独特风格和卓越成就使他独步于当世，如兀峰挺立，对当世和后世的绘画产生巨大影响，被推为"元四家"之首。

黄公望与富春山有不解之缘，他生于富阳，长于富春山，晚年居于富春江边。他一生游历名山大川，对富春山和富春水却情有独钟。晚年时，他结庐于富春江畔的筲箕泉（今富阳市东郊黄公望森林公园内），在那里度过了晚年最美好的时光，并创作了《富春山居图》。此图是一幅以富阳地区的富春江为背景的真实生活长卷。动笔之前，他细心筹划，终日奔波于景色宜人的富春江两岸，看日出，赏落霞，观察山中云雾的奇妙变幻，领略滔滔大江的奔腾汹涌，感觉山峰、幽谷、钓矶、浅滩的

▲ 参加英国伦敦国际艺术展的中国文物，故宫博物院藏清张宗苍《仿黄公望山水》。

险奇之胜。他十分勤奋，随身携带纸笔，风雨无阻，有感而发，随时写生。美丽的富春江两岸和宜人的富春山以及山中的许多山村小寨，都留下了他的汗水和足迹，这些山水也自然而然地融入了他的作品之中。

《富春山居图》长卷气势磅礴，展现的是富春江一带初秋时期的迷人景色：青翠的山峰巍峨耸立，丘陵起伏，层林尽染；山间小径蜿蜒，峰回路转，林木葱茏；江流浩渺，沃野如茵，沙町烟雾迷蒙；绿树掩映着村舍，水波荡漾，渔舟出没；远处重峦叠嶂，云烟缥缈；近树莽莽苍苍，疏密有致；深壑幽谷，小桥茅舍，飞泉流瀑。这幅疏密有致的山水长卷布局精细，从山林的平面向山体纵深和河流拓展，画面极具立体感，空间上留白较多，显得真实自然，感觉恬静舒适。笔墨技法方面有继承，有创新，特别是淡赭色的巧妙使用，开创了一种独特的画风，这是黄公望的首创，人称"浅绛法"。

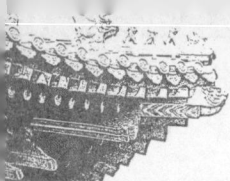

黄公望创作的画品有一百余幅,传世之作极其珍贵,包括《仙山图》、《芝兰室图》、《江山胜览图》、《嶓溪渔隐图》、《雨岩仙观图》、《天池石壁图》、《陡壑密林图》、《秋山幽寂图》、《浮岚暖翠图》、《九峰雪霁图》、《富春大岭图》、《秋山无尽图》、《快雪时晴图》等。他的著述也很丰富,主要有《大痴道人集》、《写山水诀》、《论画山水》等。而在黄公望的众多作品之中,《富春山居图》又是最好和最有代表性的佳作。

黄公望去世以后,大约三百年间,他的《富春山居图》真迹声名鹊起,多次转手,竞相被名家收藏。元至正十年(1350),黄公望将《富春山居图》题款送给无用上人。这样,无用上人就成为《富春山居图》的第一位藏主。从此,此图开始了它在人世间数百年的坎坷历程。当时无用上人见到此画,"顾虑有巧取豪夺者"。果然,不幸被大师言中。明成化年间,沈周收藏此画,遭遇"巧取豪夺"者。沈周与此画失之交臂,只得背临一卷。此画先后传经樊舜、谈志伊、董其昌、吴正志诸人之手。

吴正志去世后,《富春山居图》传到了后代吴洪裕手中。吴洪裕对此画爱不释手,吃饭、睡觉也寸步不离,简直到了痴情的程度。恽南田《瓯香馆画跋》中说:吴洪裕于"国变时",置其家藏于不顾,唯独随身携带《富春山居图》和智永法师《千字文》真迹逃难。

吴洪裕弥留之际依旧对《富春山居图》念念不忘,他命家人将此画烧了殉葬。家人听从吴洪裕临终的吩咐,将此画丢入火中。据记载:"先一日,焚《千字文》真迹,(吴洪裕)自己亲视其焚尽。翌日,即焚《富春山居图》,当祭酒以付火。到得火盛,洪裕便还卧内。"千钧一发之际,人群中突然蹿出一个人,从火中救出了这幅名画,将火扑灭。这个人正是吴洪裕的侄子吴子文。当然,为了孝道,尊重老爷的遗嘱,他在抢救这幅《富春山居图》的同时,往火中投进了另一幅画。

火扑灭了,这幅名画的中间烧出了一排连珠洞,并且断为两截,分成一大一小的两段。这幅《富春山居图》烧成了两段,吴家深感痛惜,特地分别加以装裱:启首一段,没有火烧的痕迹,装裱之后,画幅小,画面较为完整,人称"剩山图";保留了原画主体内容的另一段,有明显的火烧痕迹,在装裱的时候,为了掩盖火烧的痕迹,特意将原本位于画尾的董其昌题跋切割下来,经过精心装裱,放在画首。后半段画幅大,幅面较长,但画面损坏严重,修补地方较多,人称"无用师卷"。从此以后,这件稀世珍品的《富春山居图》一分为二,开始了它们不平凡的传奇经历。

乾隆十年(1745),《富春山居图》进入清宫,送到了乾隆皇帝的面前。乾隆皇帝反复展玩、观赏、鉴别，认为这是真迹无疑。乾隆爱不释手，将这幅名画收藏在自己身边。他一有闲暇，就取出此画，仔细欣赏，越看越喜欢，于是，他在6米长卷的留白之处，用皇帝御用的文房四宝，挥毫赋诗，题上御笔，盖上自己的专用玉玺。乾隆皇帝为拥有这件杰作感到十分高兴，他还将自己的高兴让身边的大臣分享：他在便殿收藏了这幅珍品，特召大臣入宫，观赏这件珍品以及珍品上自己的御笔题诗和鉴赏题跋。

让乾隆皇帝感到意外的是，第二年又有大臣进呈了一幅《富春山居图》！两幅作品放在一起，真假难辨。自负的乾隆皇帝经过认真比较和反复鉴定，依然认定最先进宫的那一幅画作，也就是御笔赋诗题字的那一幅是黄公望的真迹。而后来入宫的画作是一件临摹品。

事实上，这幅乾隆题诗的画作是明末文人的临摹品，并非黄公望的真迹；他认定是临摹品的那幅"赝品"，正是黄公望的真迹。投机之人为了牟利，利用明末文人临摹的"无用师卷"，将原作者的题款一一去掉，随之依照真迹伪造了黄公望的题款，又伪造邹之麟等人的题跋。如此以假乱真，把精于鉴古的乾隆皇帝也完全蒙骗住了。

291

这卷赝品被称为"子明卷"，被乾隆皇帝视为真迹，收藏在身边，并在画卷的空白处密密麻麻地写满了御笔赋诗题词。而《富春山居图》真迹"无用师卷"虽被认定为"赝品"，但因为它太"逼真"了，几可"以假乱真"，乾隆也不忍丢弃，仍将其收藏在宫中。从此，"无用师卷"真迹阴差阳错地进入了大清宫廷，收藏在乾清宫中，一待就是两百余年。

关于《富春山居图》，从乾隆鉴别真假之后，就一直存在着不同的看法。但因乾隆鉴别在先，谁也不敢公然提出质疑。清亡以后，才有人提出了质疑，认为乾隆鉴定的那幅假画才是真正的《富春山居图》，也就是黄公望的真迹。理由很简单：那幅《富春山居图》是半截画，有火烧的痕迹，还有修补之处这些痕迹与这幅名画的流传历史记载吻合。后经古画和文物专家的反复鉴定，直到20世纪70年代，专家们才最后确定：乾隆鉴定为真迹的《富春山居图》是假画，而被乾隆鉴定为假画的才是真迹，也就是《富春山居图》的后半段："无用师卷"。

关于"子明卷"，一直存在着争论：一说是火前本，驳斥者认为不是火前本，而是《富春山居图》创作之前十年的作品；一说是乾隆认定的真迹实际上是假的，驳斥者认为乾隆皇帝没有走眼，他从"子明卷"入宫，到做了太上皇，一直在认真研

究此画的真假。

乾隆皇帝数十年来鉴赏"子明卷",十分勤奋,仅仅有关这幅"子明卷"的作者子明就写了三条跋语,记载了他从乾隆十一年(丙寅年)春月到夏至后一日的长至日,以及再到年末的冬小寒,三次考证子明其人的经过。沈德潜是一位博学的大臣,也是一位精于鉴古的大师,沈氏说他亲眼见过"无用师卷",对皇帝认为"子明卷"是真迹表示质疑。乾隆皇帝很重视沈氏的质疑,仔细鉴赏,认真考证,苦苦搜寻有关材料,判断子明其人。乾隆皇帝的这一考证、探究工作一直持续到他去世。由此可见,乾隆皇帝在鉴定古画、辨别真伪字画方面还是较为慎重的,并不独断,也不武断。他觉得,只要确定子明其人,确认子明与黄公望是同时代,善于绘画,与黄氏意气相投,两人时常往返交游,那么,这"子明卷"的题款明确写有山居,这里的山色水景确实是富春山的景色,这样的话,称这幅画为《富春山居图》就不会有什么大错了。

台湾邱敏芳在其硕士论文《黄公望〈富春山居图〉卷临仿本研究》中写到了这幅"子明卷":元代书画家黄公望画作共19件,第一件是《富春山居图》,第九件是《子明画》。子明画,题款记称,子明是无尘真人之弟,无尘真人曾随黄公望去杭州,他们到琴川道观后,无尘真人又返回杭州。其弟子明留在观中,借住两旬,黄公望"朝莫(暮)与子明手谈之乐"。临行时拿来笔墨,"征拙笔。遂信笔图之,以当偾(租赁)金之酬。他日,无尘老子观之一笑云。至元戊寅闰八月一日,大痴道人静坚稽首"。意思是说,元顺帝至元四年(戊寅年,1338),子明与黄公望一起在道观同住了20天,黄公望与子明朝夕相处,经常一起下围棋,切磋画艺,两人相处融洽,关系很好。无尘真人回杭州了,弟弟子明也"将归钱塘"。黄公望画《山居图》送给子明,就是这幅"子明卷",便无可怀疑了。

两幅真假《富春山居图》奇迹般地进入宫廷,收藏在乾隆皇帝的身边,它们日后的命运也十分传奇。尤其是黄公望的真迹《富春山居图》,他无论如何也不会相信,竟然被精于鉴赏的乾隆皇帝鉴定为临摹品,打入"冷宫",一待就是200余年。然而,正如古人所言,福兮祸所伏,祸兮福所倚。祸福无门,许多事,许多物,都是因祸得福。这幅真迹,两百余年间一直无人干扰,藏于深宫,完全真实地保留洁净之身,为后人保留了绝对完好的原画原貌。

1933年,故宫博物院为了珍贵文物的安全,将宫中珍品装箱南迁。后来,这批南迁文物绝大多数迁到台北,成为台北故宫博物院的珍藏。真、假《富春山居图》

292

也随着文物南迁到了台湾。当年,这批从宫廷南迁的珍贵文物秘密存放在上海期间,因为特殊的原因,请了一批文物专家对部分书画进行了鉴定。故宫博物院研究员、著名书画收藏家和鉴定专家徐邦达认真鉴定了这两幅《富春山居图·无用师卷》。经过反复比较,仔细考证,他认为,乾隆御笔题诗、认定是真的那幅实际上是假的,而御笔认定为赝品的那幅其实才是真的。

抗日战争时期,《富春山居图》前半卷,即"剩山图",被近代大画家吴湖帆发现。吴湖帆喜出望外,用家藏镇宅之宝的古铜器商彝换得这幅"剩山图"残卷。吴氏十分珍惜,视为奇珍。从此,他自称其居为"大痴富春山图一角人家"。当时,在浙江博物馆供职的沙孟海得知此画的消息,心情十分激动。他认为,这件无价国宝一直在民间辗转流传,境遇曲折,命运坎坷,受各种条件限制,保存极为不易,只有收归国有,才是保护国宝的万全之策。于是他不辞劳苦,多次前往上海,与吴湖帆商谈。沙孟海以一颗赤子之心,晓以大义。吴湖帆爱此名画,本来就得之不易,根本无意让。但沙孟海从不灰心,寒来暑往地来往于沪、杭之间,耐心劝说;同时,他又请出名流钱镜塘、谢稚柳等大家从中周旋,一起开导、说服。精诚所至,金石为开,吴湖帆被沙老的诚心所感动,最后同意割爱。1956年,《富春山居图》的前段,即人称"剩山图",正式入藏浙江省博物馆,成为浙江省博物馆的"镇馆之宝"。

《富春山居图》前半卷,称《富春山居图·剩山图》,尺幅纵31.8厘米,横51.4厘米,收藏于浙江省博物馆;《富春山居图》后半卷,称《富春山居图·无用师卷》,尺幅纵33厘米,横636.9厘米,收藏于台北故宫博物院;明子明仿本,称《富春山居图·子明卷》,收藏于馆藏台北故宫博物院;明沈周背临本,称《富春山居图·沈周临摹本》,收藏于北京故宫博物院。

《富春山居图》真迹"剩山图"与"无用师卷"分别收藏于浙江省博物馆与台北故宫博物院。自20世纪90年代以来,海峡两岸的有识之士始终在为《富春山居图》的合璧事宜而努力奔走。功夫不负有心人,在多方努力之下,2011年6月1日,浙江省博物馆收藏的《富春山居图·剩山图》赴台,与台北故宫博物院收藏的《富春山居图·无用师卷》合璧展出。分隔360多年之后,《富春山居图》终于以完整面貌重现在世人面前,这是一件多么激动人心的文化盛事!

台北故宫博物院院长周功鑫感慨地说,每一件文物背后都有故事。这幅画分开360多年后,各自说故事,将借着这个展览,呈现黄公望的人生哲学和艺术成就。

清郎世宁和艾启蒙《十骏图》

清宫之中珍藏了两份《十骏图》,系供职清廷的西洋画师意大利人郎世宁和波希米亚人艾启蒙所画:一份记载于《石渠宝笈初编》,收藏于御书房,系郎世宁一人独立完成的真迹,十骏分别命名为:奔霄骢、赤花鹰、雪点雕、霹雳骧、笯云驶、万吉骦、阚虎骝、狮子玉、自在骄、英骥子;另一份载于《石渠宝笈续编》,由郎世宁和艾启蒙共同完成,收贮于宁寿宫。

第二套十骏中有三骏出自郎世宁之手——红玉座、如意骢、大宛骝,另七骏出自另一位西洋宫廷画师艾启蒙之手——驯吉骝、锦云骓、偲闲骝、胜吉骢、踣铁骝、宝吉骝、良吉黄。

郎世宁是意大利人,19岁那年加入天主教,成为耶稣会助理会士。他向往东方文化,主动要求到中国传教。27岁时到达中国澳门,在那里学习中文,并取了一个中文名字——郎世宁。康熙五十四年(1715),来到北京,受召入宫,进见康熙皇帝。这位以传播天主教为己任的传教士,传教没有被中国皇帝重视,但他的绘画才能却受到了中国皇帝的格外垂青。康熙皇帝吩咐让他留在宫中,成为专职的宫廷画师——内廷画院供奉。他先后历康熙、雍正、乾隆三朝,数十年间生活在中国宫中,成为最有名的西洋传教士和宫廷画家。这位受到乾隆皇帝信任的画师擅长西洋技法,糅合中国水墨画法,描画人物、花鸟、犬马。他的绘画作品真实地记录了当时五彩缤纷的宫中生活,成为极有历史和文化价值的画品。

乾隆皇帝做皇子之时,就十分欣赏郎世宁的绘画,两人经常一起切磋画技。郎世宁与法国画家王致诚都受到乾隆皇帝的宠信,曾一起奉旨参与了圆明园西洋楼的绘图和设计。他们有很深的绘画造诣,一生热心于绘画事业,深得皇帝的信赖,经常奉旨在宫中授课,讲解西洋绘画,教授给中国宫廷画家许多西洋绘画技巧。郎世宁将一生献给了他所钟爱的绘画事业,留下了丰富的绘画遗产。乾隆三十一年(1766),郎世宁在北京去世,乾隆皇帝十分伤痛,特地下旨赏赐他侍郎衔,葬于北京城外传教士墓。

以风雅自许的乾隆皇帝喜爱犬马,郎世宁奉命绘制《十骏图》、《十犬图》。

国宝文物南迁装箱之时,故宫博物院古物馆中只找到了这两套《十骏图》20幅中的11幅,包括郎世宁所画的8幅和艾启蒙所画的3幅,也就是郎世宁的第一套五骏:奔霄骢、赤花鹰、雪点雕、霹雳骧、笯云驶;第二套三骏:红玉座、如意骢、大宛骝。这十一骏现收藏于台北故宫博物院。

294

另外，尚有 9 幅没有下落：郎世宁画的 5 幅——收存于御书房的万吉骦、阚虎骝、狮子玉、自在骄、英骥子和艾启蒙画的 4 幅——收贮于宁寿宫中的驯吉骝、锦云骓、佶闲骝、胜吉骢。文物南迁以后，故宫博物院组织人员继续清点，找到了这余下的 9 幅，正是《石渠宝笈》所记载的十骏真品。

第八节　国宝秘籍的数量

南迁国宝秘籍的数量

由北平起运，到达上海的故宫国宝文物，共计 13427 箱，又 64 包。包括：秘书处 5608 箱又 64 包，古物馆 2631 箱，图书馆 1415 箱，文献馆 3773 箱。

北平—上海故宫国宝文物列表[①]

批数	秘书处	古物馆	图书馆	文献馆	总数
第一批		452 箱	602 箱	1064 箱	2118 箱
第二批	426 箱	384 箱	44 箱	436 箱	1290 箱
第三批	1013 箱 62 包	242 箱	477 箱	1240 箱	2972 箱 62 包
第四批	2635 箱 2 包	829 箱	138 箱	1033 箱	4635 箱 2 包
第五批	1534 箱	724 箱	154 箱		2412 箱
总计	5608 箱 64 包	2631 箱	1415 箱	3773 箱	13427 箱 64 包

北平—上海故宫外各单位附运国宝文物表[②]

第二批	古物陈列所 200 箱	中央研究院 37 箱	
第三批	古物陈列所 814 箱	颐和园 74 箱	内政部档案 4 箱
第四批	国子监石鼓 10 件碑 1 件	古物陈列所 1400 箱	颐和园 224 箱
第五批	古物陈列所 3000 箱	颐和园 343 箱又 8 件	先农坛 88 箱

---

① 《故宫博物院档案·由北平起运赴沪分批箱数表》。
② 《故宫博物院档案·各处附运箱数表》。

北平—上海故宫国宝文物各批起止日期表①

批数	起运日期	到达日期
第一批	1933 年 2 月 6 日	1933 年 3 月 5 日
第二批	1933 年 3 月 14 日	1933 年 3 月 21 日
第三批	1933 年 3 月 28 日	1933 年 4 月 5 日
第四批	1933 年 4 月 19 日	1933 年 4 月 27 日
第五批	1933 年 5 月 15 日	1933 年 5 月 23 日

上海开箱点查故宫国宝文物箱数表②

单位		字号	第一批	第二批	第三批	第四批	第五批	总计	备注
故宫博物院	古物馆	沪	2466 箱	164 箱	1 箱			2631 箱	与南迁时数目相符。
	图书馆	上	420 箱	995 箱				1415 箱	与南迁时数目相符。
	文献馆	寓			129 箱	1535 箱	2102 箱	3766 箱	南迁时为 3773 箱。1935 年 5 月提老满文档 8 箱运回北平。1936 年 2 月由北平运还老满文档 1 箱。
	秘书处已点收箱件	公		3658 箱	105 箱			3763 箱	
	秘书处未点收箱件	禾			1845 箱		64 包	1845 箱 64 包	以上两项共为 5608 箱 64 包，与南迁数目相符。
	伦敦艺展箱件	艺	76 箱		4 箱			80 箱	

---

① 《故宫博物院档案·由北平起运赴沪表起止日期表》。
② 《故宫博物院档案·在沪经开箱点查后运南京箱数表》。

单位		字号	第一批	第二批	第三批	第四批	第五批	总计	备注
故宫博物院	艺展会退回未选送出国箱件	提				7箱		7箱	
	法院封存箱件	法				10箱	1箱	11箱	以上三项共为98箱，系从三馆及秘书处南迁各箱内提出另存，将来须归原箱。
	驻沪办事处文件箱	处				2箱	39箱7件13扎	41箱7件13扎	
	刊物	刊	189箱					189箱	以上二项共230箱7件13扎，系附带运京箱件，方兴未艾另提存。
其他单位	古物陈列所	所			1760箱	3657箱		5417箱	南迁时箱件原为5414箱，艺展退回连囊匣一并归箱，新添箱加空囊匣，合为5417箱。
	颐和园	颐			566箱8件8包	74箱		640箱8件8包	
	国子监	国					11箱	11箱	
总计			3151箱	4817箱	4410箱8件8包	5285箱	2153箱64包7件13扎	19816箱72包15件13扎	

297

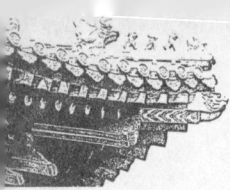

上海—南京列车到南京日期及装卸时间表①

批数	专车到站时间	开始装卸时间	装卸完毕时间	库房装置竣事时间
第一批	1933 年 12 月 9 日下午 4 时	1933 年 12 月 9 日下午 6 时	1933 年 12 月 10 日上午 3 时半	1933 年 12 月 10 日上午 9 时
第二批	1933 年 12 月 12 日下午 3 时半	1933 年 12 月 12 日下午 5 时	1933 年 12 月 13 日上午 8 时	1933 年 12 月 13 日上午 9 时半
第三批	1933 年 12 月 15 日上午 9 时	1933 年 12 月 15 日上午 10 时	1933 年 12 月 15 日下午 11 时	1933 年 12 月 16 日上午 3 时半
第四批	1933 年 12 月 19 日上午 1 时 5 分	1933 年 12 月 19 日上午 6 时	1933 年 12 月 19 日下午 6 时	1933 年 12 月 19 日下午 9 时
第五批	1933 年 12 月 22 日上午 10 时	1933 年 12 月 22 日上午 11 时	1933 年 12 月 22 日下午 6 时	1933 年 12 月 22 日下午 9 时

迁台国宝秘籍的种类及保存状况

故宫博物院在南迁文物迁移台湾之后,专门对迁台文物进行了分类统计,写
成了一个报告,称:

298

> 南京分院因抗战西迁之一万六千余箱文物（包括中央博物院文物在
> 内),于一九四七年陆续运回分院保存库。此项文物,几经播迁,流亡十年,是
> 否有损坏情形,亟待检查。故在南京解放前,以开箱检查为主要工作。
>
> 一九四八年终,京津接近解放时,伪国民政府张皇失措,企图依赖美帝,
> 窃据台湾,以苟延残喘,因有劫运分院文物赴台之密谋。十一月间,曾由理事
> 会秘书电促马院长南下,经马院长窥知其隐,一再抗议运台,拒绝赴宁,理事
> 会乃悍然议决,径呈伪行政院令准,选择文物迁台。
>
> 计分院文物,经其选迁者:第一批,三百二十箱,十二月二十一日启运;
> 第二批,一千六百八十箱;第三批,九百七十二箱,于一九四九年一月六日及
> 二十九日分别启运。②

查阅故宫其他档案,发现还有一份运台文物、南京文物和留平文物的报告,

---

① 《故宫博物院档案·到京及装卸日期表》。
② 《故宫博物院档案·迁台文物》。

故宫国宝秘籍南迁运台文物,分类统计如下(单位:箱)①:

批次	第一批			第二批					第三批						总计
日期	1948年12月21日			1949年1月6日					1949年1月29日						
船名	中鼎号			海沪号					昆仑号						
箱别	沪	院	小计	沪	上	上特	展	小计	沪	上	寓	公	畬	小计	
瓷器	111	38	149	397				397	347			14		361	907
玉器	2		2	10				10	80			6		86	98
铜器	55	4	59	1				1	1					1	61
雕漆										35		1		36	36
珐琅					21			21	32			13		45	66
书画	74	10	84	2			1	3	1			1	2	4	91
图书	18		18		1182	2		1184		133				133	1334

分类记述了这三处文物的存放、损失情况,特别是对赴英国参加伦敦中国艺展的有关入选、未入选文物,以及江宁地方法院因故宫第一任院长易培基盗宝冤案查封南迁文物的情况,记录得十分清楚:

一、由沪运南京之字号:沪、上、寓、公、禾,五项,即由北平运沪之原箱。惟寓字内提运北平《满文老档》,箱件总数为 13420 箱。

二、二十四年(1935)在英国伦敦中国艺术国际展览会,由各箱内提选精品参加展览,于出国前,增制精美囊匣。回国后,沪处仍用运英原箱,装为 80 箱,编为艺字第 1 号至 80 号。

三、由各箱内提出参加展览之物品,未入选者,沪处临时装为 7 箱,编为提字号第 1 号至第 7 号。

四、江宁地方法院在沪检查本院各箱,由各箱内提出之物品分装 11 箱,编为法字第 1 号至 11 号。

五、处字及刊字之 230 箱,系沪办事处之文件账册及照相室所之器材,

———

① 此表依据《故宫博物院档案·迁台文物分类统计表》原始档案录入,部分数据与实际情况有出入。
  ——编者按

及本院印行之刊物等,与文物之无关。

六、本院代运前古物陈列所之箱数,在沪点查后,较由平运沪之箱数多3箱;又颐和园之箱数,较由平运沪之箱数少1箱。应是在沪开箱点查后,装箱技术不同之差别。

查以上号字,沪字者,包括铜器、瓷器、书画、织绣、玉器、景泰蓝、剔红、折扇、木器及象牙、雕刻等杂项;上字者,为书籍;寓字者,为文献档案;公字、禾字,为绸缎、皮件。(附言:公字、禾字箱,包括瓷器、绸缎、皮件,尤以瓷器为大多数)。①

这次故宫国宝秘籍南迁,然后转运台湾,所有国宝文物几乎完好无损。但因离开皇宫,奔波数千里,辗转十余年,特别是一直在潮湿多雨的长江流域存留,因此,文物的受潮情况较为严重。

第一批运台国宝秘籍受潮情形就不容乐观。沪字号中,主要是书画容易受损。受潮国宝文物,书画21箱,瓷器4箱,铜器1箱,共计26箱。②

第一批运台文物受潮详细情况,根据档案,列表如下③:

	院字箱号	受潮地	沪字箱号	受潮地	共计
书画	89、111、242、250	船上	656、690、702、728	船上	沪字号箱21箱
	100、103、107、109、110、113、243、244、245、246、248、252、253、259	车上	339、652、658、659、665、704、708、710、711、712、714、716、724、726、747、778、862		
瓷器	142、176、192、194	船上	837、851、892、900	船上	沪字号箱4箱
铜器	292	船上	1006	船上	沪字号箱1箱
合计					故宫博物院沪字号箱26箱

---

① 《故宫博物院档案·迁台文物》。
② 《故宫博物院档案·故宫博物院第一批文物移台途中潮湿情况》。
③ 《故宫博物院档案·故宫博物院第一批文物移台途中潮湿情况表》。

国宝秘籍留存南京数量

故宫博物院南迁的国宝秘籍分三批迁移台湾,还有相当数量留存南京。根据1949年4月故宫博物院留存南京与迁存台湾文物统计,主要有:

瓷器——迁台907箱,留南京3933箱;

玉器——迁台98箱,留南京406箱;

书画——迁台91箱,留南京120箱;

图书——迁台1334箱,留南京193箱;

档案——迁台204箱,留南京3457箱等等。[1]

根据1949年4月的有关档案,兹列表如下(单位:箱)[2]:

		基本箱件						附属箱件						合计
		沪	上	寓	公	颐	国	院	展	上特	法	京	畬	
瓷器	存台	855			14			38						907
	存京	847			2617	351						118		3933
玉器	存台	90			6			2						98
	存京	94			280	25						7		406
铜器	存台	56			1			4						61
	存京				29	111						6		146
雕漆	存台	35			1									36
	存京	32			215	1						17		265
珐琅	存台	53			13									66
	存京	42			75	5						8		130
书画	存台	77			1			10	1				2	91
	存京			60	30	2						28		120

301

---

[1] 《故宫博物院档案·北平故宫博物院存京存台文物》。

[2] 此表依据《故宫博物院档案·北平故宫博物院存京存台文物箱件分类统计表》原始档案录入,部分数据与实际情况有出入。——编者按

		基本箱件						附属箱件						合计
图书	存台		1314					18	2					1334
	存京		86	18	44	22						23		193
册宝	存台													
	存京			32									1	33
陈设	存台													
	存京				468	38						291		797
服饰	存台				20									20
	存京			205	373							56		634
档案	存台			197				7						204
	存京			1471	68							1918		3457
乐器	存台													
	存京			31								86		117
武器	存台													
	存京			1								67		68
石鼓	存台													
	存京						11							11
杂项	存台	139			14			1	1					155
	存京	99		13	579	12				1	12	152		868
总计	存台	1305	1314	197	70			80	2	2			2	2972
	存京	1114	86	1834	4778	567	11	1			12	2775		11178

北返国宝秘籍

原故宫博物院文物处处长梁京生是故宫文物方面的资深专家，家中先后有五代人默默献身于故宫博物院事业。就北返故宫国宝秘籍一事，梁先生说：南京存留文物，先后有三次北返，但档案不全，数量不准确。

仔细查阅这个时期的档案，只发现有两次较大规模的文物北返，一次是1950年，一次是1953年。

1950年，从南京北返了一批珍贵文物，其中属于故宫图书馆的是86箱，包括藏文写本《甘珠尔经》48箱、96函，满文《大藏经》38箱、76函，以及珍稀的内府舆图。

1950年夏初，故宫博物院将南京分院北返的《甘珠尔经》等秘籍进行开箱清点。

5月23日下午，总务处第一科奉命清理，开箱至上字第585号（故博字1023号）时，惊奇地发现：箱内有一包割断之物，是捆经书用的五彩丝带！在场众人大惊，立即打开包袱，再次惊奇地发现：上下护经板内精美佛像周围的镀金佛光和镶嵌的七宝珠宝竟然不翼而飞了！

故宫图书馆十分重视，立即调查，并将情况马上上报院长：

303

> 查还京之《甘珠尔经》，本馆现已开始开箱清查、整理，于五月二十三日下午，开至上字第585号箱（即故博字1023号），箱外一九五〇年一月十一日封条未破，箱内发现一包有割断捆经丝带者。当即由在场职员二人、工友六人，会同打开包袱夹板，详加查看，见上下经板内，佛像周围之镀金佛光及镶嵌七珍皆缺少，并有"585"三字，白纸条一小张，又原贮第四箱字样一小条，及干树叶一片。
>
> 与其他已开各册情形不同，原箱上贴有民国二十九年五月二日严庆熺签字的本院封条，及民国二十二年三月十七日及二十八日本院封条各一张，已残破。理合签呈具报，敬祈鉴察，谨呈院长。①

故宫博物院院长马衡十分重视，当即批复：抄寄分院，查明当时组单并记录具报！

马衡对这件奇怪的事件感到不解，立即询问有关负责人员欧阳道达。欧阳回

---

① 《故宫博物院档案·北平故宫博物院图书馆函》。

忆整个细节,答复信函很快送呈马衡:

叔平先生道席:

　　关于上字五八五号箱捆经丝带有割断情形,据达记忆,似有二三箱,曾
与伯华兄谈过。据彼见告,乃八国联军所为。现查各项记录,均未之详。窃思
伯华所说,必有依据,当不致向壁虚构。……想图书馆当日提集该藏经时当
有记录,而为伯华面曾见者,或伯华即系提集之经手人? 不过,此种情形不便
列入呈复,恐涉道听途说之偏差。①

　　故宫图书馆随即组织专家仔细清点、检查,既然检查上字 585 号,也随即检
查上字 516 号(故博 970 号)和上字 520 号(故博 973 号)。

　　上字 516 号是故宫南迁珍本之珍字 402 号文物 2 件:《清刻本乾隆译满文大
藏经》之《大般若经》第五卷,一函,552 页;第六卷,一函,534 页。

　　上字 520 号是故宫南迁珍本之珍字 429 号文物 2 件:《清刻本乾隆译满文大
藏经》之《大般若经》第九卷,一函,634 页;第十卷,一函,640 页。②

　　1950 年 6 月 5 日,故宫博物院南京分院奉院长之命,立即组织人员进行检查、
核对,仔细查阅有关记录,针对箱件出现的各种情况一一解释,包括箱件的封条、严
氏签字封条、3 字白纸条、5 字小条、树叶等等情形,一并详细向马院长进行汇报:

　　顷接本院总务处第一科一九五〇年五月二十五日发文,总壹字第三六
〇号笺函通知,关于上字第五八五号箱捆经带有割断等情形。奉院长指示,
着分院查明当时组单并记录具报。

　　遵经检查旧卷有关该箱各项记录,兹撮要具报于次:

　　(一)该箱属第三批南迁文物,于一九三三年即民国廿二年三月二十八
日由北京启运。箱上原贴有民国廿二年三月十七日及廿八日本院封条,自系
南迁启运前所加封。

　　(二)箱上民国廿九年五月二日严庆焌签字封条,乃西迁乐山安谷期间,

304

① 《故宫博物院档案·欧阳道达致北平故宫博物院院长函》。
② 同上。

在第三库出组检查潮蛀，施以晒晾时组长所加封。

（三）"585"三字白纸条，乃晒晾时用以标识文物，由某号箱所提出来，俾于晒干后核对装箱，以免淆误。

（四）"原贮第四箱"小条，当系南迁前由该藏经原贮处提集时所附加记载。

（五）安谷库房院落均植有花木。干树叶一片，当系晾晒时落叶，出组组员未及注意清除而留存于箱内者。

（六）查西迁文物开箱统计，该箱在沪点收后，仅于一九四〇年即民国廿九年五月二日，为检视潮蛀，曾经开过一次。开箱记录中，列载该箱字号下，仅有"微潮"字样，不及其他。

（七）存沪文物点收清册，系按类总记，见廿一（上五三九号）备考栏，而非如沪字号箱分箱详注，故于带断情形亦未详及。

（八）就分院现藏旧卷所能查到者略陈如上。此外，如图书馆提集该藏经时记录、南迁装箱记录，以及南迁清册等，均可作覆按稽考，拟请饬由图书馆方面分别查报。[①]

305

有了这份综合报告，马院长悬着的心终于可以放下。马院长在南京分院报告上行书批示：交图书馆，查点查报告、提集等记录、南迁装箱记录及南迁清册。[②]

北京故宫博物院图书馆奉院长之命也积极检查、核对，查阅有关记录、档案，历时一个多月，一切方才查得水落石出。

1950 年 7 月 11 日，故宫博物院图书馆将查阅的结果会同有关档案、清册，以正式报告送呈马院长，主要回答四个问题：一是北运回到故宫的秘籍数量以及霉伤情况，二是缺失的佛光、嵌七珍数量，三

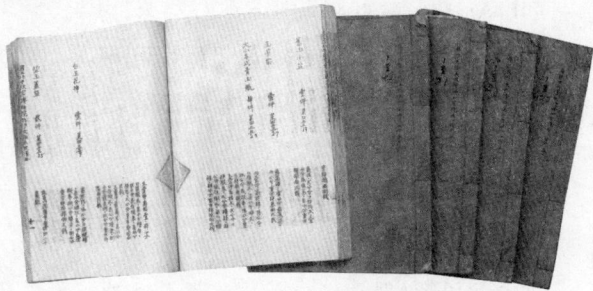

▲ 国宝文物南迁照片

① 《故宫博物院档案·北平故宫博物院南京分院函》，1950 年 6 月 5 日。
② 《故宫博物院档案·马衡批示北平故宫博物院南京分院函》，1950 年 6 月 7 日。

是慈宁花园档案房档案,四是18函经卷经带被割断的原因:

> 查上次北运文物,属于我馆者计八十六箱,业于五月中开始清点、整理,至六月中完成。其中藏文写本《甘珠尔经》四十八箱,九十六函(原装五十四箱,一〇八函,尚缺六箱,十二函),三万零七百一十七页。系两面漆地金书,因存在南方年久,受潮生霉,颇为严重(在民国二十四年存沪文物点收清册上,注有"霉伤"字样,可见已潮霉多年)。故此次清点时,发动员工八人,分为四组,将此项经卷逐页小心擦去水湿霉痕,防止霉烂。
>
> 《满文大藏经》三十八箱,计七十六函(原装五十四箱,一〇八函,尚缺十六箱,三十二函),三三七一六页,亦有同样情形。均经逐页揭开透风,顺序整理,工作相当繁重困难。
>
> 又查,《甘珠尔经》装潢富丽,每函上下梵夹内均有铜镀金佛光、嵌七珍。此次清查,计缺佛光、七珍者十五函,均经分别详注目内。
>
> 其残缺的原因亦经查出。清光绪二十七年(1901),慈宁宫花园档案房的记载:
>
> 光绪二十七年,皇太后回銮后,九月初一日,派遣总管李莲英至临溪亭拈香毕,并查点各殿陈设,以及慈荫楼楼上经包,经庚子兵乱,已经脱落在地等情,业经奏明。奉太后懿旨:着本处首领太监会同该管官员等将该经包照旧包放原处,钦此。本处档案房特记。
>
> 原条二纸,以及民国二十年(1931)四月十二日,由慈宁宫花园提来藏文《甘珠尔经》,当时所造目录册后注明:以上共一百八函内18、24、30、34、35、39、40、41、42、45、46、47、48、52、53、54、60、66函,原存慈宁宫花园慈荫楼内,提时原包丝条割断,破坏不堪。今已整理,照原样包妥,陈列于英华殿西庑等句。
>
> 根据这两项记载可知,被割断破坏者,除此十五函外尚有三函,当在未运回的六箱之内。所有开箱清查、整理手续及有无残缺情形,理合备函据实说明,连同查点藏文《甘珠尔经》清册、满文《大藏经》清册各二份,送请转呈院长核阅,分别存转为荷。此致总务处。附清册四本。①

从南京北返故宫博物院的流失国宝秘籍,除了藏文《甘珠尔经》、满文《大藏

306

---

① 《故宫博物院档案·北平故宫博物院图书馆函》,1950年7月12日。

经》外,就是一批十分罕见的舆图、照片和宫廷用品,是南迁时伟字号和寓字号的精品文物,十分珍贵。

这批珍贵舆图主要包括:《一营操演图说》,10 张;《陆军会操全图》,6 张;《彰德府陆军会操图》,6 张;《大理院衙署图》,5 张;《中俄交界全图》,5 册;《直鲁豫黄河图》,4 册;《地图》,2 轴;《洋工江海全图》,1 套;《广西沿边中越交界图》,1 张;《查勘陕西达汉口运道图》,1 张;《赣汉铁路图》,1 张;《宣统三年开平大操图》,2 张;《太白山庙图》,1 张;《黄河堤工图》,1 张;《卫藏舆图》,1 张;《郧阳等处地方图》,1 张;《轮船机器总图》,1 册;《万国红十字会图说》,1 张;《东三省铁路图》,1 张;《福建城东支港纵断面设计图》,1 张;《徐淮海河工图》,1 册;《全国行盐区域图说》,1 册;《湖北汉阳钢铁厂照片》,1 册;《沿海七省口岸险要图》,1 册等。

照片主要有:《溥仪像》,2 张;《溥仪妻妾像》,4 张;《溥仪妻妾像》,16 版;《溥仪妻妾等作品》,25 版;《舒景安小像》,1 张;《灾民照片》,1 册等。[①]

宫中用品主要是:骨筹码,392 个;象牙麻雀牌,164 张;竹骨麻雀牌,152 张;纸牌,30 包;纸牌,17 包;牙牌,2 件;绿头牌,1 件;升官图,1 份;纸牌木板,1 块;骨赌具,76 件;象牙骨牌,32 张;象牙骨牌,32 张;象牙骨牌,32 张;象牙骨牌,32 张;国书,2 张;国书,1 张;国书,1 张;国书,1 袋;永和宫银牌,35 件;三镶如意,1 柄;象牙筒,1 件;镶螺钿木盒,1 件;玻璃小镜,1 件;铜烟袋,1 件;针,4 支(骨质 3 支,金质 1 支,附小镜 1 个);木变石,1 块;天降石,1 根;黑碎石,1 袋;空青石,1 件;羊肚石,1 件;试金石,3 块;木变石,10 块;土旋石,10 块;铁流星,1 件;象牙筒,1 件;石鹿,1 件;紫土,1 袋等。[②]

307

1932 年南迁的故宫所藏宫中档案,运往台湾的是 197 箱,1950 年北返故宫博物院的是 235 箱,仍旧存放在南京的是 2771 箱。

1953 年 1 月,故宫博物院计划将存放于南京的 2771 箱文物运回北京。

1953 年 1 月 11 日,故宫博物院正式行文,拟将南京文物北迁:

查我院所藏档案:一部分在一九三二年南迁,除一九五〇年北返二三五

---

① 《故宫博物院档案·还京舆图图像开箱目录》。
② 同上。

箱,及劫去台湾一九七箱外,现存于南京者,据查,尚有二七七一箱。

兹据档案馆称:这一部分,同是清代中央机关的档案,割裂存放,实属两伤。急应合并,做有系统之整理等语。惟箱数逾千,是否可以计划一并运回。谨报请鉴核。①

报告送呈文化部社会文化事业管理局,局里很快下了批文:数量太大,暂时不必运回。②

1953 年 3 月,故宫博物院要到南京提选文物,再次向社文局提出报告,想将存放南京的军机处汉文档案运回,特别是军机处中的随手登记档,那可是所有大臣奏折和皇帝批复、上谕的总目:"据我院档案馆称,一九五〇年间还京的档案并不齐全,同类亦多遗漏,以致在编目上搜集材料上均感不便,尤其是军机处档册中的随手登记档,是当时所有奏折、上谕之总目,有此目录,颇便利用。兹拟将现存南京分院的军机处汉文档册等六十七箱,趁南去选提陈列文物之便一同检出,一并运回北京等语,文物迁运,谨报请鉴核批示。"③

在档案馆主任沈士达的报告中还有一个附件,就是应该运回的军机档案清单:军机处汉文档册,40 箱;军机处汉文折包,3 箱;军机处满文折包,1 箱;军机处汉文图书,3 箱;宫中朱批奏折,20 箱。

以上均存南京,共计 67 箱。以上各类,尚有 76 箱运存台湾。④

4 月 20 日,这批珍贵宫中秘籍运回北京,入藏故宫博物院。⑤

---

① 《故宫博物院档案·计划将南京现存档案 2771 箱运回合并整理由》,1953 年 1 月 11 日。
② 《故宫博物院档案·社文局计划将南京现存档案 2771 箱运回合并整理回文单》,1953 年 1 月 24 日。
③ 《故宫博物院档案·拟请将南京分院军机汉文档还京函》,1953 年 3 月 16 日。
④ 《故宫博物院档案·拟请将南京分院军机汉文档还京函附件》,1953 年 3 月 16 日。
⑤ 《故宫博物院档案·拟请转告档案馆将应北运的档案箱件字号抄示遵办由》,1953 年 4 月 15 日。

第五章

第四次流传宫外时期

——特别时代秘籍外拨

第一节　北京图书馆

1958 年初,为了适应新的形势,进一步发挥图书资料的作用,更好地为政治服务,文化部文物局经过认真研究,作出了一个大胆的决定:将文物局、故宫博物院、历史博物馆、文物出版社等单位图书馆合并,成立故宫文博图书馆。

9 月 9 日,故宫博物院院长吴仲超为响应号召,特地报请将院中所藏复本以及与业务无关的书籍,共计 23 万余册,全部外拨。由于要求拨书的单位太多,故宫博物院不便从事外拨书籍这项工作,吴院长特地与北京图书馆联系,打算将这23 万余册宫廷书籍统一拨交北京图书馆,并将熟悉这些书籍的四名图书馆干部,随同书籍一并拨给北京图书馆。①吴院长报请文化部文物局:

> 我院已将本院原有图书馆度藏 40 余万册书籍进行分类整理,酌留宫廷历史与业务研究有关的书籍,留我院图书馆度藏。为了充分发挥图书的利用率,拟将重复本和与业务无关的书籍 23 万余册,全部外拨。
>
> 近年来,根据各地图书馆要求,我院曾先后拨给中国科学院、北京图书馆、吉林省图书馆、人大、北大、各省市大学校等 23 个机关,共拨出 190 部,4万余册书籍。

---

① 《故宫博物院档案·拟将复本书籍拨交北京图书馆》,1958 年 9 月 8 日。

　　最近，仍有中华某某总公司等单位来信，要求拨书。为更好地合理分配使用这批书籍，拟将这批书籍全部拨交北京图书馆，统一分配处理。

　　此项建议已征得北京图书馆同意，并将了解此项书籍干部四人，亦随同书籍拨给该馆，以资熟悉。

　　是否可行？请审核批示！①

吴院长随同上报函件，附了一张《外拨书籍清单》：

　　明本正本、复本，392 种，7375 册；

　　殿本复本，5545 种，54678 册；

　　普通复本：

　　　　经部，389 种，3539 册；

　　　　史部，357 种，11135 册；

312

　　　　子部，1458 种，10392 册；

　　　　集部，261 种，3071 册；

　　　　丛书，22 种，5958 册；

　　佛经道经，4321 种，15473 册，拓片 338 册；

　　满蒙书籍，15000 余册；

　　普通抄本，77 种，235 册；

　　《图书集成》石印本，4 部，20176 册；

　　《清历朝御制诗文集》，47 部，25474 册；

　　《清历朝圣训》，16 部，7168 册；

　　各类杂书，20000 余册；

　　各种残书，20000 余册；

　　各种期刊，20000 余册。②

文化部文物局和北京市文化局同意故宫博物院关于书籍外拨的请示，让故

---

①　《故宫博物院档案·拟将复本书籍拨交北京图书馆》，1958 年 9 月 9 日。

②　《故宫博物院档案·拟将复本书籍拨交北京图书馆·附外拨书籍分类统计》，1958 年 9 月 8 日。

宫博物院直接与北京图书馆接洽。

北京图书馆同意接收故宫博物院这批珍贵书籍,同时提出将故宫博物院所藏天禄琳琅书籍随同这批书籍一并拨交北京图书馆。

故宫博物院无偿将大约 24 万册宫中书籍和熟悉这些书籍的 4 名干部拨给北京图书馆,以满足所有要求拨书的愿望,并且答应北京图书馆的请求,将宫中天禄琳琅珍本也一并交给北京图书馆。①

故宫博物院致函国家文物局和北京市文化局,正式拨交书籍给北京图书馆。

故宫博物院行文上级,不仅愿意将院藏天禄琳琅珍本拨交北京图书馆,还主动将天禄琳琅珍本之外、十分稀有的宫廷宋元版本报请拨交:

> 本院所藏重复和与业务无关书籍,经北京市文化局同意,拨给北京图书馆。在双方协商接交工作中,该馆要求将院藏天禄琳琅书籍也随同拨给。现将院藏天禄琳琅,共 209 种、2347 册,缮造清册。此外,尚有不在天禄琳琅范围内的宋元等版本书籍,共 29 种、509 册,一并造册,报请审批。②

北京图书馆要求拨给的宫廷所藏天禄琳琅珍本,主要包括:

> 宋本,38 种,479 册;
>
> 元本,26 种,337 册;
>
> 金本,2 种,16 册;
>
> 明本,128 种,1442 册;
>
> 清本,12 种,53 册;
>
> 清抄本,3 种,20 册。
>
> 共计:209 种,2347 册。③

故宫博物院主动所列非天禄琳琅藏书但系宫廷珍本的书籍,主要包括:

① 《故宫博物院档案·故宫博物院复北京图书馆函》,1958 年 9 月 17 日。
② 《故宫博物院档案·复将复本书籍拨交北京图书馆》,1958 年 10 月 22 日。
③ 《故宫博物院档案·故宫博物院藏天禄琳琅书籍统计表》,1958 年 10 月 23 日。

313

宋本,5 种,69 册;

元本,8 种,272 册;

明本,8 种,134 册;

清本,3 种,20 册;

清抄本,5 种,14 册。

共计:29 种,509 册。①

上述两项,均为故宫博物院所藏宫廷珍本秘籍,合计共 238 种、2856 册。

故宫博物院无偿拨给北京图书馆宫廷珍本秘籍 238 种、2856 册,双方在这批书籍交接之时签署了一份协议。签署之后,北京图书馆又拟来一份补充协议,就拨交书籍的范围、借用房屋的间数、借用期限以及卫生、防火工作,进一步作了补充规定。

故宫博物院最后确定拨交北京图书馆的宫中书籍,主要包括:

天禄琳琅,239 种,2868 册;另有新购《续资治通鉴纲目》1 册;

明本书籍,1505 种,21261 册;

殿本书籍,5817 种,54603 册;

普通书籍,2850 种,37419 册;

满蒙书籍,1166 种,11470 册;

图书集成,5 种,21713 册;

清代圣训,26 种,11648 册;

清代御制诗文集,50 种,27100 册;

清代七省方略,29 种,5639 册;

清代普通书籍,528 种,4719 册;

各种杂志,8512 种,20123 册;

过期杂志,1486 种,18969 册;

各种残书,3428 种,41405 册;

---

① 《故宫博物院档案·故宫博物院藏天禄琳琅书籍统计表》,1958 年 10 月 23 日。

佛经道经,621 种,28906 册,另 460 夹、908 卷、26 帙、9 件。

合计:26262 种,307844 册,另 460 夹、908 卷、26 帙、9 件等。①

另外,还有两项没有列入统计之内:

残破、过火佛经,3 种,169 箱,计铁箱 151 个、木箱 18 个;

残破霉烂书籍,1 种,202 捆。②

北京图书馆收到故宫拨交的珍本书籍以后作了回函。而拨交了 30 余万书籍之后,故宫博物院请示继续拨交:

本院庋藏的普通版本线装书(经、史、子、集、丛书),除了拨给北京图书馆外,前文博图书馆留用 4767 种、65834 册(不包括地方志)。

前经唐兰主任再行选择,凡与本院业务参考用处不大和重复本多的书籍,拟再处理,并奉院长指示,写好草目,报院审查。

现将拟作外拨书籍,2322 部,23799 册,424 幅,缮造清册,报请审核。③

这次拟定外拨的书籍,主要包括:

经部,698 种,6602 册;

史部,774 种,12088 册,又 424 幅;

子部,596 种,3421 册;

集部,238 种,1028 册;

丛书,15 种,654 册。

共计:2321 种,23793 册,又 424 幅。④

315

① 《故宫博物院档案·故宫北图交接书籍佛道经分类统计表》,1959 年 5 月。
② 《故宫博物院档案·故宫北图交接书籍佛道经分类统计表附件》,1959 年 5 月。
③ 《故宫博物院档案·故宫博物院拟再外拨书籍函》,1959 年 5 月 20 日。
④ 《故宫博物院档案·故宫博物院拟再外拨书籍函附件》,1959 年 5 月 20 日。

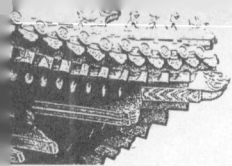

第二节　天禄琳琅珍本流失宫外

　　天禄琳琅藏书,是康熙、乾隆年间搜罗、收集的最著名宋元旧本,也是乾隆皇帝及其后代君主最为看重的重要宫廷旧藏善本。乾隆四十年,大学士于敏中编纂《钦定天禄琳琅书目》,是为前编天禄琳琅,收集善本古籍 429 部,收入《四库全书·史部》。嘉庆二年大火,全毁。乾隆皇帝深为伤痛,悲愤之余,卜令再次收集宫中旧藏,重建天禄琳琅藏书。尚书彭元瑞于嘉庆二年十月奉旨编纂《天禄琳琅书目后编》二十卷,收录珍贵古籍 664 部。

　　历时两百余年,朝代更替,饱经磨难,天禄琳琅藏书几乎全部流失宫外。据刘蔷博士统计,天禄琳琅藏书,中国台湾地区收藏 334 部,中国大陆地区收藏 376 部。①台湾地区收藏最多的单位是台北故宫博物院,319 部;台湾"中央图书馆",9 部;台湾"中央研究院"傅斯年图书馆,4 部;台湾大学图书馆,2 部。大陆地区收藏最多的是国家图书馆,272 部;第二位的是辽宁省图书馆,35 部。收藏 2 部以上的,有上海图书馆 8 部、中国文化遗产研究院 7 部、吉林省博物院 7 部、北京大学图书馆 4 部、山东省博物馆 4 部、哈尔滨市图书馆 4 部;收藏 2 部的,有故宫博物院图书馆、清华大学图书馆、北京市文物局、北京市文物公司、黑龙江省图书馆、吉林市图书馆、辽宁省博物馆、山东省图书馆、甘肃省会宁县图书馆。收藏 1 部的,有北京师范大学图书馆、中国国家博物馆、中国印刷博物馆、中国社会科学院文学研究所图书馆、中国书店、长春市图书馆、吉林省图书馆、成都杜甫草堂博物馆、上海图书公司、南京图书馆、复旦大学图书馆、华东师范大学图书馆、安徽省图书馆、安徽师范大学图书馆、湖南省图书馆、广东中山图书馆、青海大学医学院图书馆。②

　　天禄琳琅藏书,故宫博物院图书馆仅存一部半。一部完整的,是《春秋诸传会通》二十四卷,元李廉辑,元至正十一年(1351)虞氏明复斋刻本,16 册。《春秋》三传及诸传版本,以此本为最精妙,流传于世者极少。书中辑录宋代春秋学方面的名家、学者,加以传注,后列按语,为作者之评语小传。诸册前后钤盖乾隆诸玺。此书一度流失宫外,混迹书肆之中。后为临清徐氏所有,回归宫中。书内有一小签,

316

---

①　《清宫"天禄琳琅"书存世状况总述》,《故宫博物院院刊》2010 年第 3 期。
②　同上。

记录入宫经过："《春秋诸传会通》二十四卷,以至正时虞氏明复斋镌本为精,传世已少。此清内府秘籍,乾隆诸玺俱在。曾归临清徐氏,自梧生恒化所蓄宋元椠,往往流入厂肆,此其一也。甲申秋七月,铜山张伯英借观日记。"半部,是《通鉴总类》二十卷,宋沈枢辑,元至正二十三年(1363)吴郡庠刻本,故宫博物院图书馆仅存八卷,16册。全书取材司马光《资治通鉴》之事迹,依照《册府元龟》之体例,分271门,以时代为序,依事迹标题。康熙年间,大臣揆叙收藏,后进献宫中,为罕见之善本。各册之前页、卷端钤乾隆诸玺:五福五代堂咸希天子宝、八徵耄念之宝、太上皇帝之宝、天禄继鉴、乾隆御览之宝,以及揆叙之藏书印"谦枚堂藏书记"。

《故宫南迁档案》卷等档案详细记载了故宫国宝装箱、南迁情况,以及天禄琳琅部分藏书南迁入台之经过和数量。台北建立"故宫博物院"后,编纂了《"国立故宫博物院"善本旧籍总目》、《"国立故宫博物院"宋本图录》等书目,著录了存台之天禄琳琅藏书。1924年溥仪出宫后,昭仁殿及其他宫殿尚存天禄琳琅藏书313部。20世纪30年代,这些藏书随国宝装箱南迁,1949年又运往台湾,入藏台北故宫博物院。谈到台北故宫博物院所藏善本时,蒋复璁称:"善本部分,以校《天禄琳琅后编》,虽颇有短少,然共续增,犹存宋版四十六部、金元版六十部,率多孤本。"①刘蔷博士核对《天禄琳琅书目后编》著录记载,按现在版本鉴定,台北故宫博物院所藏天禄琳琅藏书,包括"宋版18部,元版24部,明版261部,钞本11部,清版3部,朝鲜刻本及铜活字本各1部"。②

台北故宫博物院所藏天禄琳琅珍本都是清宫珍稀旧籍,书品好,版本精,装饰华贵,富于鲜明的皇宫特色。这批宫廷旧藏,许多版本系海内孤本,极其珍贵;有些藏书流传有绪,数度出入宫廷,几经易手,最后回到皇宫。台北故宫天禄琳琅珍本主要包括:《文选》,宋高宗绍兴二十八年明州刻本;《孔氏六帖》,宋孝宗乾道二年泉南郡庠刻本;《宣和奉使高丽图经》,宋孝宗乾道三年澄江郡斋刻本;《春秋经传集解》,宋孝宗淳熙年抚州公使库本补配乾道年江阴郡本;《晦庵先生文集》,宋孝宗淳熙年福建刻本;《通鉴纪事本末》,宋理宗宝祐五年湖州刻本;《十七史详节》,福建建阳书坊本;《书传集录纂注》,元仁宗延祐元年建安余氏勤有堂刻本;《文献通考》,元泰定帝泰定元年西湖书院刻本;《松雪斋文集》,元惠宗(顺帝)至

317

① 《"国立故宫博物院"善本旧籍总目》。
② 《清宫"天禄琳琅"书存世状况总述》。

▲ 《钦定天禄琳琅书目》

正五年花溪沈氏刻本;《战国策》,元惠宗至正二十五年平江路儒学本,等等。

中国大陆收藏《天禄琳琅书目后编》所列天禄琳琅藏书大约 376 部。其中中国国家图书馆收藏最丰,有 272 部,按现在版本鉴定包括"宋版 54 部,元中统刻本 1 部,金版 2 部,元版 31 部,明版 165 部,钞本 6 部,清版 12 部"[1]等。这些珍贵古籍,其中 205 部来自 1959 年北京故宫博物院拨交。刘蔷博士说:"笔者仔细核对这部分故宫档案,其中《前后汉纪》被计为《前》、《后》各一书,《通鉴总类》、《初学记》、《梅溪先生文集》各有残本 2 部,实都出自一书。因此拨交北图的天禄琳琅书,依《天禄琳琅书目后编》的算法,应为 205 部,2347 册。这 205 部天禄书中,65 部乃曾经辗转东北、经沈阳故宫送还北京的书,被冠以'沈'字号书签,几近三分之一。"[2]

因溥仪赏赐而流失出宫的天禄琳琅珍本藏书,系《天禄琳琅书目后编》之中最为珍稀的宋元旧本,"皆属琳琅秘籍,缥缃精品"。[3]这批珍贵古籍是中国存世最早的珍稀古籍,版本年代久远,许多系海内孤本。中国国家图书馆收藏的天禄琳琅珍本主要包括:《资治通鉴》,南宋高宗绍兴二至三年(1132—1133)两浙东路茶盐司公使库刻本;《大易粹言》,南宋孝宗淳熙三年(1176)舒州公使库刻本;《春秋繁露》,南宋宁宗嘉定四年(1211)江右计台刻本;《群经音辨》,南宋高宗绍兴九年(1139)临安府学刻宋元递修本、绍兴十二年(1142)汀州宁化县学刻本;《周礼》,金刻本,等等。

1946 年 4 月长春解放。东北民主联军进驻长春,在长春市政府大楼发现 100 余箱珍贵古籍,共计 2 万余册。宋版《续资治通鉴长编》、《广韵》、《韵补》,影宋抄《周髀算经》,以及元版《学易记》、《韵府群玉》等 10 部天禄琳琅藏书保存在东北。1948 年,北京故宫退还沈阳故宫部分重复版本,共计 7 部,215 册。其中 3 部系天

318

---

① 《清宫"天禄琳琅"书存世状况总述》。
② 同上。
③ 《故宫已佚书籍书画目录四种》。

禄琳琅旧藏:宋版《通鉴总类》、《黄帝内经素问》、《六家文选》。①

第三节　档案馆

1925 年 10 月 10 日,故宫博物院成立,下设图书馆、古物馆两大机构,收藏、管理宫廷旧藏古籍、文献、珍宝古物。图书馆下设立图书、文献二部。1928 年,文献部从图书馆分离出来,成立文献馆。从此,故宫博物院以古物馆、图书馆、文献馆闻名于世:古物馆收藏宫中古物珍宝 100 余万件,图书馆收藏清宫旧藏古籍 80 余万册,文献馆收藏宫廷文献 800 余万件。文献馆下设立大库档案组、宫中档案组、军机处档案组、内务府档案组、宗人府档案组。1951 年 5 月,故宫文献馆改称档案馆。1955 年 8 月,故宫博物院鉴于附设之档案馆的重要性,以及档案工作与艺术博物馆事业不相适应,特与国家档案局协商,认为将故宫档案馆交由国家档案局领导为宜。经文化部批准之后,双方办理了档案移交手续。②

故宫档案馆旧藏清宫档案,主要包括八大类:

一、内阁大库档案:包括红本、黄册、制诏诰敕,启本、奏本,朱批奏折、揭帖、试卷、乡试会试录,起居注、史书、表笺、会典图稿,皇册、军令条约,抄档、内阁各房档案,各馆修书档案,满文老档、满文木牌,明选簿、明季题行稿等。

二、军机处档案:录副奏折,各项档簿、来文、清册、奏表,各国照会、函札、电报,奏稿,呈稿,方略馆档案等。

三、内务府档案:汇抄档簿,活计清档,各项日行公事档簿,各园囿各行宫陈设档,三旗户口册,销算清册,俸银俸米册,奏折及月奏、题本、呈稿、来文,织造缴回案卷,广储司各库档案、御茶膳房档案、修书处档案、上驷院档案、升平署档案等。

四、宫中档案:朱批奏折、朱谕、廷寄、汇折谕旨、国书、贡单、履历单、汇辑专案档、各项记事档、膳牌绿头签、档案附图等。

五、宗人府档案:玉牒、星源吉庆、各项档簿、启册、银米册、说堂稿等。

六、清史馆档案:借调各处档、抄录档、日行公事档,清史馆之清史稿本等。

七、个人档案:溥仪档(1912—1924 年宫内部分档以及天津部分档,包括谕

319

---

① 《故宫博物院档案·北平故宫博物院交回沈阳故宫博物院重复版本书籍清单》。
② 《故宫博物院档案·故宫博物院档案馆移交国家档案局的拟议》,1955 年 8 月 2 日。

旨、奏折、档簿、贡单、月折、函札、呈文等)、端方档案(电报、函札)等。

八、各部档案:陆军部、财政部、交通部、司法部、实业部、旧国会档案等。①

当时清宫旧藏档案十分丰富,故宫博物院根据自身工作需要,决定选留下一部分档案,以便于开展业务工作。文化部副部长郑振铎同意故宫博物院的请求,提出六个方面的档案留存于故宫:各园囿各行宫档案;御茶膳房档案,膳牌绿头签;升平署档案;织造缴回案卷;修书处档案;会典图稿等。②

故宫博物院按照文化部的指示,组成由单士元、单士魁、李鸿庆、欧阳道达、张德泽、曾远六人小组,研究历史档案和留存故宫档案,提出五条意见:

一、历史档案,包括四项:1.清内阁、军机处、宫中、内务府、宗人府、清史馆档案;2.清内阁原藏明末档案;3.故宫藏个人档案,如溥仪档案;4.故宫藏各部档案。

二、档案所附图表,随档案收藏。

三、满文木牌、膳牌、绿头签等,随档案收藏。

四、拟留故宫博物院图书文物档案:1.实录、圣训、本纪、则例、历书;2.舆图、图版、书版;3.铁券、腰牌、金叶表文;4.剧本、曲本、串头、排场等等。

五、拟留故宫博物院档案:1.各宫殿陈设档;2.各建筑画样等等。③

经过讨论、审定,故宫博物院最后确定留存故宫博物院图书、档案,建造清册。包括:

一、故宫博物院收藏图书文物档案:1.实录、圣训、本纪、稿本等2487册,会典事例稿本6210册,历书2674册,各项书籍4678册;2.舆图1306件,书版16箱;3.明铁券2件,腰牌130个又6箱,金叶表文19件;4.剧本、曲本、串头、排场2079号又36捆,未刻石章200个等;5.各宫殿陈设档485件;6.各建筑画样349件,等等。④留院各项书籍,经过交接、汇总,总计有16049册,主要包括内阁史籍9360册,内阁汉文书455册,宫中书籍522册,宫中满文书72册,宫中历书2674册,军机处书1339册,宗人府书873册等。⑤

二、台北故宫图书:1.实录,5箱;2.本纪,8箱。

① 《故宫博物院档案·档案馆所藏各系统档案种类清单》,1955年12月29日。
② 《故宫博物院档案·故宫博物院选留图书文物及档案总册》,1955年。
③ 《故宫博物院档案·关于档案馆所藏档案文物图书划分范围初步意见》,1955年10月10日。
④ 《故宫博物院档案·故宫博物院选留图书文物及档案总册》,1955年。
⑤ 同上。

320

三、留存南京图书：1.实录、圣训、本纪，501箱；2.舆图铜版，26箱104块；3.剧本，5箱。

1955年底，故宫博物院档案馆留存故宫自己所需档案之外，所有档案以及25名工作人员全部划归国家档案局，随后更名为中国第一历史档案馆。1969年，中央档案馆领导小组经过研究，认为明清档案是明清封建王朝之档案，不宜与中央档案保存在一起，建议将这批档案交还故宫博物院。经过与故宫博物院协商，故宫博物院同意接收这批档案。1969年11月22日，故宫博物院与中央档案馆正式签署移交书。当时这批珍贵档案分存两地：故宫存档343万余件，包括六部、内务府、宗人府以及溥仪档案等；中央档案馆存档820余万件，其中包括明朝档案3484件，清内阁、军机处等档案477万余件，等等。1979年6月，国家档案局奏请，将第一、第二历史档案馆划归国家档案局。1980年4月，故宫博物院档案部档案及工作人员再次划归国家档案局，改称中国第一历史档案馆。①

1954年，故宫博物院将宫中舆图5747件移交档案馆，包括《元旦朝贺图》、《盛京事迹图》、《廓尔喀战图》、《河间府图》、《扬州府水陆舆图》等，只留下158件与故宫业务有关的舆图。1956年10月，故宫拨交国家档案局一批内府书籍，13103册。1977年4月，故宫再次拨交国家档案局一批宫廷古籍，220部，5790册，包括《洪武宝训》、《大清会典》、《晴雨录》等。

第四节　其他单位

故宫博物院出于全国一盘棋考虑，先后多次拨交大量宫中器物、古籍等，给九个国家和中国各省、市、自治区等相关单位珍贵宫廷文物84000余件，宫廷古籍数十万册。

宫廷文物方面，主要包括：

1957年，故宫博物院赠送给苏联东方博物馆大量宫廷文物，包括清宫瓷器、玉器、漆器、织绣等文物550件。②

1959年，中国历史博物馆成立，故宫博物院拨交宫中珍贵文物3881件，包括

---

① 《故宫博物院档案·关于拟将另第一第二历史档案馆划归国家档案局领导的请示报告》，1979年6月28日。
② 《故宫博物院档案》。

虢季子白盘、《乾隆南巡图》等。虢季子白盘和台北故宫散氏盘、毛公鼎并称西周三大青铜器,是国之重宝、国之重器。虢季子白盘道光年间面世,出土于陕西宝鸡,后不断辗转流传,传至江苏常州。同治三年(1864),淮军将领刘铭传攻占常州,在太平天国护王府马厩中惊奇发现此盘,带回故乡合肥,建造盘亭收藏。从此以后,各方势力激烈争夺,白盘历尽磨难。刘氏后人挖地三尺,深埋此盘,才免于大难。1950年,刘铭传四世孙刘肃将此白盘献出,由故宫博物院收藏。①

故宫博物院院长郑欣淼根据大量院藏档案统计,"北京故宫从1954年至1990年拨给外单位的、有登记记录的文物共84000件,另87斤1两。拨给单位,包括国内外各博物馆、事业单位、企业、人民团体、科研机构、寺院、学校、国家机关、电影厂等。北京故宫拨出文物涉及9个国家及国内27个省、自治区、直辖市和部队单位。其中共拨往国外文物1000件,国内82999件另87斤1两"。②

郑院长指出,国内省市中接收故宫文物最多的九个省市包括:北京市,35680件,另87斤1两;河北省,15874件;辽宁省,9950件;河南省,4235件;广东省,2398件;吉林省,1965件;黑龙江省,1812件;江西省,1274件;湖南省,1088件。其中,故宫博物院拨交文物最多的十家单位:国家博物馆,7970件;沈阳故宫,7546件;承德外八庙,5968件;民族宫,5519件;洛阳文化局,3361件;东陵管理所,2966件;北京电影制片厂,2510件;中国工艺美术学院,2356件;国庆工程单位,2534件;佛教协会,2015件。③

宫廷古籍方面,主要包括:

1957年,拨交中国科学院新疆分院内府古籍14种,3196册。

1957年、1977年,两次拨交内蒙古大学宫廷古籍95部,9487册;蒙文古籍2部,36册;其他书籍93部,9451册。

1977年4月25日,拨交河北省博物馆宫中古籍747部,24548册。

1977年5月20日,拨交河南省博物馆宫中古籍20部,635册。

1977年5月24日,拨交河南省图书馆宫中古籍54部,2184册。

1978年7月28日,拨交天津市人民图书馆宫中古籍94部,3544册。④

---

① 《故宫博物院档案》。
② 《天府永藏》。
③ 同上。
④ 《故宫博物院档案》。